目录

CONTENTS

傍晚的天边出现了一道虹光。

天际烧得艳丽，彤红一片，一切喧嚣声响好像都被消音。

✗

这是一年中最炽热的夏季。

故事就此拉开帷幕，人生最好的时节，

降临在他的十九岁。

my Rainbow

満地都是六便士，他在看他的月亮。

my Rainbow

那年的盛夏延续至今。
告别和问候的声音，你听见了吗？

即将上线

先导片

早 BE[1] 八百年了

《演入》的制作人联系我，说已经定了人，让我们不用去签约了！"

周涟打来电话的时候是中午，赵霓夏正准备吃午饭，一接起就被他怒气冲冲的声音扑了满耳朵。

夹面的筷子顿了一下，她给手机开扩音放到一边，问："他们定了谁啊？"

周涟没好气道："还能是谁，不就是任妍！世嘉那边早先说她要拍新剧，撞了档期不接，现在一听说我们在接触，宁可让她剧组请假都要上这个节目！"

他们说的《演入》是一档名叫《演员入场中》的演技比拼综艺，第一季网播成绩不错，正准备开启第二季，24 个嘉宾还剩一个没定。

节目组原本找了任妍，她今年小爆了一部剧，正有热度，但她的经纪公司世嘉娱乐不肯松口，最后还是没谈成。

周涟这边也是收到节目组询问有没有合适的女演员，见他们迟迟敲不定人，才推荐了刚回国的赵霓夏。

本来互相接洽过后各方面都商定好了，这周末就要签约，谁知道临门一脚突然变卦。

"世嘉那点小心眼真是刻进了骨子里，来这么一出好像就能把当年的怨气撒了似的！"被那两方携手甩来的大嘴巴子气到，周涟忍不住嘲讽，"节目组的脸变得也是快，不就是看你刚回来，要是换作以前……"

他说得愤愤，赵霓夏在这点上倒挺想得开："很正常，毕竟今时不同往

1　Bad Ending 的简称，指悲剧结局。

日嘛。"

节目组的选择不难理解。

赵霓夏刚出道那会儿风头确实很盛，蹿红得又快又凶，把同期所有女艺人都甩在身后。

但周涟也说了，她如今刚回来。

距离她退圈离开到现在已经六年多，她早就成了过去时。

一个重新复出的过气女明星，和一个正有热度处在上升期的小花[1]，谁都知道怎么选。

周涟自然明白跟红顶白的道理，难免还是不爽，再者他这几年没少和世嘉的人打交道，早攒了一肚子怨言。

"就因为当初他们的同期新人被压在你之下怎么捧都捧不出来，这些年但凡遇见，没少给我找事儿，我看见他们就来气！"

他说着开始细数世嘉这些年的"累累罪行"，赵霓夏不得不劝："又不是第一天跟他们打交道，你别把自己气坏了。"

其实比起参加综艺她更喜欢演戏，只是复出能选的角色少，周涟才想着让她先上上节目积攒热度。

听他越说越激动，她怕他真气出个好歹来，好说歹说对着他一通顺毛。

周涟总算冷静了几分："算了，不成就不成吧。下午先把咱自己的合约签了，等会儿司机来接你，我带你见见其他人。顺便参观咱们的办公场地，看看我挣下的家业。"

他不忘邀功："好让你这大小姐知道，这几年我可是兢兢业业勤勤恳恳，一天都没偷懒！"

赵霓夏被逗笑，应下后又和他闲说了几句。

挂了电话，她顺手把壁挂电视调到电影频道，瞥了眼正在放的影视新闻，低头专心吃起东西。

澄澈明亮的公寓里氤氲着香味。

吃了没一会儿，周涟发来微信。

大概是担心刚才那通火撒过了头，怕她嘴上不说实际被打击了士气，他后知后觉关心起她的情绪。

赵霓夏心下好笑，正要回复，一抬眸瞥见电视里播报新新闻，拿着手机

1　指青年女演员。

的动作一顿。

"加莱电影节正式闭幕，提名主竞赛单元的《离别之地》剧组人员前日均已回国，虽未能获奖，主创团队并未显露沮丧之色，导演谭升言语间对男主角裴却多有肯定，称希望二度合作……"

旁白声字正腔圆，屏幕中放的是前不久《离别之地》剧组出席加莱电影节的场景。

加莱电影节作为全世界最具影响力的国际电影节之一，媒体关注度非常高。长长的红毯两边挤满了不同肤色不同人种的记者，《离别之地》主创一行人沐浴在闪光灯下，大导演谭升被簇拥着，脸上挂着浅笑。

旁边占据同样重要地位的年轻男主角身形修长，气宇轩昂，穿着手工黑色西装的模样锐利又傲岸，气势全开，将长枪短炮衬作了背景。

手机又振了一下。

赵霓夏回过神。

周涟：你不会真被打击到了吧？我只是吐槽骂一骂，以后还有机会，你别把这事放在心上。

"我没事，"赵霓夏摁下语音键，"你不用担心我，我——"

视线扫过屏幕顿了两秒，那道熟悉又陌生的身影很快消失，她接上后半句，声音怅然了几分。

"……我就是，终于有一点回来的实感了。"

下午去周涟工作室的路上，赵霓夏小憩了半程，车开到工作室所在大厦附近时，她让司机在旁边的一家咖啡店停了一会儿。

午后容易犯困，她进店点了三杯咖啡，又订了十几个人份的吃的喝的，让他们往工作室送过去，当作给其他人的下午茶。

付完账拎起东西，一转身却见店里旁边一桌有几个女生拿着手机，一直往她这边看。

夏天天气热，赵霓夏出门前把微卷的长发扎成了丸子头，简单的牛仔裤配一件浅黄百褶碎花小吊带，有点跳的颜色，被她白皙的肤色压住，衬得气色越发亮。

她出道时就有"精致神颜"的称呼，鼻尖小巧挺翘，一双眼灵动勾人特别漂亮，素面朝天不化妆，更显出几分清澈的娇憨。

那桌女生瞄她几眼，就叽叽喳喳地小声说着什么，赵霓夏几年没在演艺圈，早没了戴口罩的习惯，不知她们是认出了她还是别的，不欲多事，拎着东西快步出了店门。

现取的三杯咖啡，一杯给她自己，一杯给周涟，还有一杯给了司机。

司机大哥见她还记着自己的份，感激地谢过，又道："赵老师，你用手机点就好了，这太阳多大啊。"

赵霓夏谢他提醒，说没事："我好多 App 都还没下载呢，晚点再弄。"

车开进兴越大厦地下车库，工作室在十一楼。

赵霓夏自己上去，电梯一开，周涟已经等在门口。

她刚回来时他们就见了一面，早拥抱过，这几天更没少聊。周涟不跟她来虚的，接过她递来的咖啡，劲头十足地给她介绍环境。

这地方是今年新搬的，规模不小，楼上是一些口碑不错的造型工作室和摄影棚，这栋楼时常有艺人出入。

周涟带她往办公室走，正说着，经过拐角处，就听见开放式的休息室里传来一阵说话声。

"裴却这套图好帅！"

"抓拍的那张好带感啊，又冷又邪，好蛊。"

"他耳骨的耳钉又戴上了欸，每次私人场合戴耳钉看起来都很痞……"

工作室几个小姑娘凑在一块儿看手机，你一句我一句地犯花痴，声音里的激动都快压不住了。

周涟飞快朝赵霓夏瞥了一眼，皱眉咳嗽一声："吵什么呢你们，工作时间像什么样子？"

几个小姑娘吓了一跳，转身一见他，纷纷站好。

"……周哥！"

下一秒瞥见跟他一起的赵霓夏，俱是一愣。

"这是赵霓夏。"周涟主动介绍，"今天来签合约的，以后就是我们工作室的人了。"

因为长相精致，赵霓夏总被说有种矜贵不近人的距离感，但她一笑起来很明亮。

她没在意她们的惊讶，带着恰到好处的热情笑着打招呼："我订了下午茶给你们，一会儿送到。"

说完她冲她们颔了颔首，和周涟一道往办公室走。

几个小姑娘探头探脑，等他们的身影看不到了，脸上又浮现出那种别样激动的表情，你一句我一句地讨论。

"是赵霓夏？我第一眼没认出来还以为周哥从哪儿找的大美女，她真的要复出啦？"

"听说她家里挺有背景，周哥还是给她当助理起家的，他们关系看起来好好哦……"

其中一个刚进这行实习的小姑娘以前不怎么关注演艺圈，往常看网上消息也少，不太懂她们在说什么，好奇地问："她是谁啊？"

"你不知道她？"离得最近的一个女生说，"我们读书的时候她挺红的！她以前和裴却一个公司，裴却出道这么多年，唯一红过的 CP[1] 和传过比较真的绯闻，都是和她！"

几个知道的给懵懵懂懂的那个科普起来："他们 BE 那会儿闹得可轰轰烈烈了，她退圈出国，微博取关裴却，当时大家全在吃瓜[2]……"

"你们说，网上那个综艺的传言不会是真的吧？"

不知谁突然来了一句，空气一下安静下来。

时常高强度冲浪的几个小姑娘当然知道是什么传言，几个人想起这茬一时都怔住，你看我我看你，面面相觑地听说话的人接上下半句——

"她该不会，真的要和裴却上网上传的那档综艺吧？"

办公室里。

周涟一坐下就有点不好意思地咳了声："都是些刚毕业没两年的小姑娘，平时就喜欢叽叽喳喳的……"

"追个星而已。"赵霓夏不在意，"况且裴却红成那样，提几句名字又有什么。"

她顿了顿，加上一句："也没什么不能提的。"

周涟原本隐晦地没点破"裴却"这两个字，不料她反倒直白，动了动唇似乎想说什么，最后还是岔开话题："先不说这些，谈正事儿吧。"

合约周涟先前发给赵霓夏看过，各项条件都是最好的，可以说比当初公司开给她的还要良心。

律师已经过了一遍，两人没什么废话地签了字。

周涟又聊起对她事业的规划，策划书是他亲自动手做的，之后还得和工作室的人开会讨论，现下先说给她听。

---

1 是英文 couple 的缩写，指存在恋爱关系的情侣。

2 网络流行词，用来表示一种不发表意见，仅围观热门事件的状态。

两个人谈起正事格外专注，几个小时转眼就过去了。

天色已晚，周涟总结一声："差不多就这样吧。"

他合上策划书，边喝水边看了眼手机，眉头一皱。

赵霓夏瞧见，问："怎么了？"

"你来的时候被拍到了，有营销号发了。"

工作室的人下午给他发的消息，他现在才看到。

周涟把点开的微博给她看了眼："不过没什么，已经发了两三个小时了，下面的评论都还行。反正之后迟早要宣传，你以后出门记得戴口罩。"

屏幕里那几张图的背景是下午的咖啡馆，估计就是店里那几个小姑娘拍的，发到网上后被几个娱乐博主搬运了。

周涟工作室新搬的地址就在兴越大厦，她被拍到的地点又是在这附近，评论都在猜测她是不是要来工作室，是不是真的要复出。

见没造成什么问题，赵霓夏"哦"了声便没多管。

两人最后聊了几句，周涟晚上得和其他人开会，没时间一起吃晚饭，送她下楼。

走到电梯口，他还在提醒赵霓夏今后要注意的事，光顾着说话，顺手按了上行的键，反应过来后才把下行键也按亮。

电梯上来得慢，好一会儿，才从楼下到达他们这一层停住，门"叮"的一声打开。

赵霓夏听着周涟的念叨正点头，不经意瞥了眼，一愣。

里面站着两个人。

左边的男人戴了顶鸭舌帽，黑口罩拉到下巴，露出大半张脸。耳骨上一枚锥形银质耳钉泛光，短 T 涂鸦夸张，手插在兜里，清冷又高挑，一身黑穿得随意散漫。

电梯开门的瞬间，他微抬了眼朝外看来。眼皮弧度很浅，淡淡薄薄。帽檐下眉骨优越，鼻梁秀挺，像没睡醒，懒懒的眼神却带点迫人意味。

浑身上下自带一种"不用看也知道是个大帅哥"的气质。

——裴却。

和她中午在电视上看到的，一样，又不太一样。

周涟也愣了，电梯里右边那个矮点的男人是裴却的助理，表情同样意外。

都在这个圈里混，他们做经纪人做助理的最会面子活儿，反应过来连忙互相打招呼。

助理伸手摁了摁电梯键，让门保持开着更久，动了下脚似乎想让出点位置，周涟忙说："不用不用，我们下楼。"

一旁的裴却没有说话，顶着张又怏又踉的脸静静地站在那儿，视线似乎穿过那两人的对话落在赵霓夏身上。

这片刻仿佛很长，实际只是短暂瞬间。

赵霓夏回神迎上他的目光，尽量扯开一个不那么尴尬的笑。

"——好久不见。"

车门轻响一声关上。

赵霓夏系好安全带，同车外送她下来的周涟笑笑，挥了挥手。

司机将车驶出车库，光线逐渐变亮。

她往后靠住椅背，舒了口气，又想起先前在电梯口的场景。

那一句问候的话音落地以后，气氛微妙地停滞了一瞬。

站在电梯里的裴却没吭声，他没回应她的招呼，只用那帽檐下淡薄的眼，静静地看她。

周涟和裴却的助理一时都不知该不该插话，好在大家没有僵持太久，两三秒，电梯就运行起来。

赵霓夏心里也松了口气，就那样保持着笑意，随着关门的动静后退了半步。

电梯很快在眼前闭合。

不知是不是她的错觉，门彻底隔绝前的瞬间，裴却那张没有表情的脸，看起来却好像格外不高兴。

——可能突然遇见她确实比较影响心情吧。

赵霓夏看着车窗外倒退的风景，叹了口气不再去想。

因为怕堵车，回去和来时走的不是一条路。

赵霓夏本想看看风景转移注意力，不料，裴却的脸却频繁出现在她眼前，一路上几次遇见他的大幅照片。

公交车站、广告屏、高塔顶端，主要以他在《离别之地》中的剧照为主，另外搭配一些他工作场合和私下的神图，每张都很好看。

看这声势浩大的阵势，应该是影迷为他的新电影做的应援。

其中最有氛围感的是一张在机场的图，不知道是什么时候的接机照。

裴却一身深色私服，戴了顶帽子，口罩扯到下巴，左手中指上戴着枚虎头银戒，右手拿着手机和登机牌，指节修长，瘦削手背显出青筋。

周围是一圈被层层虚化过的粉丝和路人，他就像一个不小心路过的惊艳掠影，淡定地被人群包围。

赵霓夏看得恍神。

在国外这些年，她一直有意避开，从不关注国内演艺圈。

回来这几天陆续接触了与裴却相关的消息才慢慢意识到，如今的他，已经同过去拉开了天堑般的鸿沟。

80 后到 95 后这些现役男演员里，他是唯一拿过金影提名和金骏影帝的，票房成绩更是远超其他人，如今新片又提名加莱。

可以说是，票房奖项实绩在手，人气热度如日中天。

真正的今时不同往日。

赵霓夏说不清是什么感觉，她出神得有些远，手机突然响起，一看来电是周涟，敛神坐直了些。

周涟在那边吞吞吐吐，等了半天不见他正经说话。

她忍不住问："怎么了？"

"是这样的，就是……"

周涟组织了半天措辞："你回来前我不是就在帮你接洽合适的工作嘛，圈里不少人知道你要复出的消息，我之前一直没跟你说，其实也别的项目主动找了我……"

"什么项目？"

复出毕竟是个看点，有别的项目找来不奇怪，赵霓夏只奇怪，是什么能让他这么犹豫。

"企映视频要开的一个新综艺。"周涟说，"这是他们接下来的重点项目，平台那边找了我，想邀请你去。但这个节目要两人一对——"

他停了好一会儿，深吸一口气，语气前所未有地纠结："平台的意思是，让你和裴却一起。"

赵霓夏一愣，仿佛没听清，反应片刻才问："什么？我和谁？裴却？"

"对。这也是下午我没有当面告诉你的原因。"

周涟叹了口气："我接到邀请后一直在考量，你复出肯定会比以前辛苦一些，我原本想着要是能上别的综艺也行，没想到另一边会被世嘉搅黄。

"企映这个综艺确实有潜力，热度估计不会低，可……"

说到这里他语气不自觉放缓："你也知道，我当然还是以你的意愿为主，你不想接，我们就推掉。"

除了经纪人和艺人，他们更是朋友，周涟不会逼她做她不想做的事。

他这些天一直在犹豫，要不是刚才在电梯里碰见裴却，都没想好要不要跟她提这件事。

"现在国内综艺太多了，都在想尽办法制造看点。这个综艺的主题说是重逢，搞什么故人怀旧，但我看企映那边打算邀请的都是些很久不互动的艺人。"

他报了一长串拟邀名单，特意点了每对之间的关系，赵霓夏听着，明白了这个综艺的性质。

举例的艺人说得好听点是很久不互动，说得直接点，几乎是老死不相往来。

"我发给你看看你就知道了。"周涟自觉说得不够清楚，挂了电话又从微信发了一条链接给她。

赵霓夏点进去，是一条微博。

@每日娱评V：企映视频那档重逢综艺已经在筹备了，好多人说适合一些CP去怀旧，大家觉得哪对CP上这个节目最有惊喜？

热评第一和热转第一都是同一条：

"裴霓。"

这个网友的回复就像是往热油里倒了盆凉水，一下让评论炸开了锅。

"你好勇！节目组不把你请回去做策划我不服！"

"裴霓都BE成什么样了，还上综艺，你可真敢想！"

"无冤无仇为什么突然给我一刀？好痛啊我们裴霓。"

"不可能吧，赵霓夏都退圈多少年了，再说现在裴却的身价，得花多少钱才请得起啊？（虽然我也很想看）"

"这对当年BE的时候闹得那么大，都摆到台面上来了，感觉挺不体面的，就算没退圈都在圈内估计也不会上同一个综艺。"

"好离谱，但不知道为什么又感觉会好精彩。"

回复的楼层近千，转发过万，后面提名的一些评论都被这一条压过了热度。

除了看热闹的、期待的，也有一些裴却的影迷在不爽。

几个似乎是裴却影迷的账号转发了，好一点儿的说"早BE八百年了，别带裴却"，难听的直接开骂"都BE了还提什么提，你却哥忙着拍电影少来找骂""有些人想看热闹在这儿恶心谁呢，这么喜欢拿别人的不愉快取乐"，诸如此类的言论不少。

总之不管好的坏的，热度是真的很高。

赵霓夏粗略看完，周涟还用语音给她解释。

"综艺刚传出消息那会儿在讨论合适的人选，你和裴却的热度是最高的。"

"后来还有好几个帖子在聊这个可行性，都是热帖。"

"节目组那边看到了网上的舆论，估计也觉得热度会很高，刚好那会儿我在帮你找项目，他们听到风声知道你快回国，就来找了我。"

赵霓夏微微发怔，按了几次语音键，都不知从哪儿答起。

周涟像是猜到她的反应，给她时间消化和考虑，让她不用急着答复。

"我只是先告诉你一声，节目组这两天也联系我了，我现在还在跟他们沟通，你先想想，有什么想法你跟我说。"

他叮嘱了几句让她好好休息，就此打住。

保姆车停在路边隐蔽处。

贴着防护膜的车窗挡住大半光线，车内显得暗暗的，外面傍晚的景色更加朦胧。

裴却坐在靠窗位置，倚着座椅，有一搭没一搭滑着手机。

这周围不少便利店，柯林拎着刚买的咖啡回来，反手关上车门，把咖啡递过去，叫了声："裴哥。"

裴却闻声摁灭屏幕，抬眸接过冰美式。

他的手机贴了防窥膜，柯林也没多看。

团队都知道他私下有个刷微博的小号，不过他从不用小号发东西，他们便不怎么过问。

系好安全带，司机将车子重新驶入车道。

没人说话，车上更安静了。

柯林安分坐了没一会儿，捧着冰拿铁，眼神开始控制不住地瞟向裴却。

他们今天刚从另一个城市飞回来，下午原本没有安排，谁知道裴却刷了会儿微博，突然就问起新广告造型的事，说要去工作室面谈。

新广告下周拍，造型师出了几个方案，正在等他们确定。

这种小事平时都是团队拿主意，但裴却在工作上一向有很高的自主权。

他要去，柯林也没办法。

陪着裴却跑去兴越大厦，坐在造型工作室的沙发上，却也没见他多有兴趣，全程几乎都是造型师在说，他没多久就选定了个方案，前后不到三十分钟就离开。

柯林出门前还挺莫名其妙，但中途搭电梯时经历了那场偶遇，再一回忆团队最近正接洽的综艺，心里便隐隐猜到了些什么，整个人情绪十分复杂。

旁边的裴却表情淡淡没什么情绪，柯林却能明显察觉到他周身的低气压，蠢蠢欲动半天，最后还是老实地低头啜摸了两口咖啡，没敢多嘴问。

没等他把杂乱的念头收起，手机响了起来。

拿起一看，来电的不是别人，正是企映平台那档"重逢"综艺的导演。

一见这个电话，柯林心底的无奈越发浓重。

裴却这些年的票房成绩和奖项摆在那儿，今年的新电影更是提名加莱，虽然未中，已经是很多人拍马难及的程度。

圈里想跟他合作的项目数不胜数。

企映的这档节目找上门，一看就要搞事，他们团队根本不愿意接。然而一切都拗不过裴却本人的意愿，他们只能硬着头皮跟对方谈。

柯林想起今天搭电梯时的那个场景，头更痛了，说了两句就递给裴却："裴哥，郑导电话。"

裴却看他一眼，伸手接过，抵到耳边懒散应了声："郑导。"

车窗外的天黑了，街灯亮起，各色招牌闪烁。

夜色降临。

他靠住椅背，视线落在窗外，沉默地听那边说话，没出声。

柯林捧着咖啡朝他看。

车里过于安静，能听到手机泄出的些微声音。

郑导大概也明白裴却肯合作有多难得，这段时间打了不知多少电话来。

这一次无非是和以前一样，开出各种价码，代言、广告……努力游说他上节目，想把这件事正式定下。

裴却表情始终没变，似乎对这些全无兴趣，只在间隙答了句："具体要求之前已经说过了。"

那边停顿几秒，过了会儿，又噼里啪啦说个不停，开始细数给周涟工作室发出邀约的一桩桩一件件，生怕说慢了，说不完他们在这件事上付出的努力，显不出他们极力促成合作的诚意。

车里越发沉寂，连车轮碾过地面的动静仿佛也能听见。

裴却并未对那边的话做任何点评，许久，仍是那句："我的条件只这一个。"

他在车上也没摘掉帽子，下颌弧度凌厉，耳骨上的锥形耳钉泛着夜色折射的光，路旁明明灭灭的橙黄色光闪烁着落在他高挺的鼻梁上。

裴却拿着手机，侧头重新看向车窗外。

飞逝的街景夹杂破碎光影掠过他眉眼，将那淡漠衬得真切了几分。

柯林听见他说："只要她来，我就来。"

国内演艺圈日新月异，艺人的更新换代速度更是快，赵霓夏回来前就做好了心理建设，演综没谈成，也没太失望。

倒是周涟心里憋着口气，铆足了劲打算帮她好好寻摸，结果还没等他努力，合作自己就找上了门。

联系他们的是一部名叫《烈日之下》的悬疑剧，由几个单元故事组成，邀请赵霓夏出演其中《烛火》单元的女主角。

导演之前有过几部口碑作品，整个制作班底水平不错，除投资不大以外没什么缺点。

按理说以赵霓夏刚复出的现状，角色来得不应该这么容易。但制作方也没办法，剧已经拍摄过半，《烛火》的原定女主角和剧组起了纠纷，临时撂挑子，他们只能四处找人。

能找来的不是不合适就是咖位太低，要么就是没档期，编剧正好和周涟有些交情，最后才找到了赵霓夏这里。

周涟办事仔细，该弄清楚的都没落下："我打听过了，纠纷的原因是原定女主轧戏轧得太厉害，耽误剧组拍摄，又在另外一个剧组弄伤了，要《烈日之下》这边推迟等她，剧组不满，一来二去，女演员那边就说干脆不拍了。"

赵霓夏正在收拾之前留在国内的旧东西，刚整理完两大箱子，突然天降一个工作，人都有点蒙："剧本呢？你看了吗？"

"我看了一点儿，挺不错的，等会儿发你。"周涟道，"只是他们那边有点儿急，如果接的话，一周后就要进组。"

临时救场，时间上自然没那么充裕。

"那我先看过剧本再说吧。"如果是好剧本，赵霓夏是愿意接的。

周涟道"好"，说起第二件正事："还有就是，明天晚上有个私人宴会，你参加一下。"

赵霓夏坐沙发上，往后一靠，朝后捋了下长发："什么宴会？"

"壹天影视新任院线总裁 Ann 彭的生日会，我给你弄了张邀请函。"周涟仔细叮嘱，"圈里很多人都会去，明天助理和司机会去接你，你可别犯懒。"

壹天旗下院线占据了国内总院线三分之一的份额，Ann 彭卸任国外BMC 院线总经理一职后，被壹天聘请回来担任总裁，这次有多少人想借机会跟她套交情，可想而知。

要不是周涟和 Ann 彭新团队的一个负责人关系不错，邀请名额还真不好弄。

赵霓夏调侃："可以呀你，现在人脉挺广。"

"那是当……嘖，别打岔。"周涟差点儿被她带跑，嘟瑟了下很快反应过来，"我明天走不开，我跟那朋友说了，他会帮忙照看你，不用你做什么，只要去露个面就是了。"

他手下还有个亲自带的男艺人，现在是工作室的台柱，那边有工作安排，没办法陪着她。

赵霓夏进演艺圈前没少见这些场面，早就习以为常："知道了，不用担心。"

周涟说："服装妆造都安排好了，今天下午助理会带你去我们合作的设计师工作室量尺寸，选一身明天穿的衣服。"

私人场合虽然不用穿得太隆重，但也不好太随便，让设计师给她选一套，比她的私服稳妥，再者她的身材数据都是几年前的了，多少会有改变，量好新的尺寸之后也能用得上。

他交代完正要挂电话，忽地一拍脑门："哦对！还有还有……企映那档综艺的导演说想跟你聊一聊。"

赵霓夏一顿，听见这档试图邀请她的综艺，有点儿无奈，犹豫几秒，倒也没直接拒绝："要聊那就聊聊吧。"

"行，那我跟导演说，让他空了联系你。"周涟把重要事情全都转达到，精神抖擞地忙去了。

赵霓夏收到《烈日之下》里《烛火》单元的剧本后，在沙发上一看就是一中午，直看到助理来接她去见设计师。

周涟给她安排的助理姓肖，叠名晴晴，不是她在工作室碰见的那几个。

小姑娘大学刚毕业，丝毫不怕生，察觉赵霓夏不难相处后，整个人就放松得不行，加上微信没多久，已然和她十分熟络。

设计师工作室的接待人员领她们上了楼，设计师让人量了赵霓夏的尺寸记录好，随后便安排女助手带她们去会客室。

走红毯或是出席典礼之类的公开活动讲究比较多，赵霓夏明晚去的私人场合没那么多规矩，可以随意一些。

会客室里有单独的试衣间，一排排衣服推过来，她一件件进去试，选完衣服又选小配饰。

来来回回折腾了两个多小时，才把一整套全部选定。

有人给她们续上茶水，有人去打包选好的衣服和配饰，会客室里的人都退了出去，只剩赵霓夏和肖晴晴两个。

试了这么久的衣服，赵霓夏着实有些累，松了松肩膀刚要坐下，转身就见沙发上的肖晴晴低头捧着手机，边看边无声地笑。

她叫了一声，没反应，第二声时肖晴晴才听见，手忙脚乱地把手机往口袋里塞："啊……啊？！"

赵霓夏好奇："你在看什么？"

肖晴晴答得很不自然："没，没什么。"表情分明是一副做了贼怕被发现的样子。

赵霓夏心下无奈，摇摇头没拆穿她，走到沙发边坐下喝水。

肖晴晴瞄她几眼，没几秒，自己主动靠近，小声说："霓夏姐，我刚刚其实是在看……你和裴却老师的同人文[1]。"

后半句她说得有点儿小声，马上又解释："我没别的意思！就是想多了解一些和你有关的事情，免得以后生疏。"

和她有关的事情，裴却确实要占不少分量。

赵霓夏没生气，只问："那你都看出了些什么？"

肖晴晴扭捏几秒，不好意思地开口："这两天我看了好多你们的同人文，还有写你们以前事情的……就说你和裴老师最开始认识的时候，你挑合作对象一眼就挑中了他，他也非常欣赏你，因为你们的意愿才促成了后面的剧……"

至于由此展开的各种创作细节，肯定是不能当着赵霓夏的面讲的。

"不只一些同人文里写过，大家都是这么说的。你们主演的那部剧不是很爆吗，她们说这就是什么……哦对，这就是强强联合！"肖晴晴满脸感慨，"霓夏姐，你们的相识好浪漫哦。"

不提后来，这个开端对于刚毕业的小姑娘来说是有点儿浪漫的。

赵霓夏被她一脸快昏头的表情逗笑，都不知该说她单纯还是该说她够莽，她和裴却这种都敢嗑到本人面前。

见她问得认真，赵霓夏勾唇不答反问："你觉得浪漫？"

肖晴晴被问得发愣："不……不浪漫吗？……"

没等她想出个所以然来，赵霓夏拍了拍她的肩膀，用一种安慰傻孩子的

1　指在现有作品（通常是影视剧、小说、游戏等）的基础上，由粉丝爱好者创作的衍生作品。

语气，语重心长地叹道："少嗑CP多看报。同人文会骗你，学习不会。"

大概是被打击到，肖晴晴回去路上蔫了许多，也不再叽叽喳喳和赵霓夏聊闲天。

赵霓夏转头看向车窗外。

贴了防窥膜的车窗暗沉沉的，窗外的一切都蒙上了一层暗色。她出着神，先前和肖晴晴谈及的话题不期然又闯进脑海。

那番否定回答虽然带点儿调侃，但并不是托词。

她和裴却最开始认识的时候，情况确实和流传的说法不一样。

不只不一样，甚至可以说是相反。

十九岁那一年，赵霓夏签约了览众娱乐。

她好友的发小家里是览众的大股东，给她的合约一应条件都特别优渥，公司也看中了她的潜力，决定力捧她。

时下红了好几对荧幕情侣，公司想从这个路线推她，开过几次会后，从练习生部门里选中了裴却。

赵霓夏对这件事并不乐意，但因为涉及工作的问题，最终还是没怎么反对，只私下约裴却想先见一面。

周涟当时是她的助理，帮她联系了裴却那边，谁知道，裴却让负责人转达的回复跩得不行，说没空，要见面让她等等。

这一等就是三天。

碰面那天，约在一家咖啡馆，他们在二楼要了个包厢。

赵霓夏和周涟先到一步。

又等了一会儿，练习生部门的负责人才敲门推门进来，满脸堆笑地问候寒暄。

裴却跟在负责人身后，穿了一件印蓝焰的白T恤，衣摆松松垮垮束在腰间，戴了顶黑色鸭舌帽，不说话，简单清爽又有几分落拓不羁。

视线对上的第一眼，赵霓夏的第一个想法就是，这人看起来就挺难搞的。

他的清冷里有种劲劲的感觉。

那股平静的表象之下，藏着一股反叛和不服。

两边面对面隔着桌分坐两侧。

赵霓夏眸色不善地打量他。

裴却更是一副冷淡相，往后靠着沙发一言不语，视她如无物。

周涟和那位负责人努力带热气氛，艰难地推进话题。

聊了没一会儿，赵霓夏开口了。

她本来就对和裴却合作的事不爽，一向又不是会委屈自己的性子，冷不丁地突然就戗道："我们公司练习生还挺忙，见一面真不容易。其实如果这么不想来的话，可以不来的。"

旁边的两人还没说话，对面的裴却抬起头，从帽檐下朝她看，语气冷淡中带着火药味："我确实不想来。"

他身旁的负责人闻言冷汗都快下来了，挤不出合适的表情，笑得格外僵硬。

公司上下都知道赵霓夏有背景，又是被力推的，生怕她一个大小姐脾气发作起来，不好收场。

赵霓夏被裴却那么一撑，本该生气，她看了他半晌，说不上为什么，却忽地笑了。

她缓缓靠回沙发椅背，最后什么都没说。

周涟和负责人只能在尴尬的气氛中，各自擦擦冷汗，坚强地把对话继续下去。

一直到散场，两边人站起来。

赵霓夏朝裴却伸出了手。

裴却看着她没动，负责人用手肘杵了他好几下，他才不情不愿和她握上。

本以为是轻轻一握，赵霓夏握住他的手偏没立刻放。

他眉头微皱，她反而带笑开口，话里挑衅不减："人家都说强扭的瓜不甜，但我突然不这么想了。"

裴却这副做派，分明也是抗拒和她捆绑这件事。

事情只差她点头就能定下，他试图激怒她，无非是想让合作不成。

但她这个人偏生逆反心比较强，越不让扭的瓜她越要扭。

她用力握了握他的手，告诉他："我现在开始期待了。"

在他抿唇不悦的表情中，赵霓夏眉梢轻轻一挑，得逞似的，冲他笑得更加明媚："合、作、愉、快。"

肖晴晴送她到公寓楼下就回去了，赵霓夏洗漱完，又看了一遍剧本。

中午看时就觉得这个剧本质量不错，第二遍观感依然没变。

她拿定主意，给周涟发了消息：剧本我看完了，可以接。

周涟回得很快：好，我跟《烈日之下》剧组说一声。

又接上一条：综艺导演那边差不多忙完了，你现在能接电话不？

赵霓夏回说：可以。周涟发来"OK"的表情。

她喝了杯水，不多会儿，电话打来了。

那档重逢综艺的导演姓郑，一开口，态度热情得根本不像是对一个过气很久重新复出的艺人。

赵霓夏以前红的时候也没无缘无故摆过架子，只是她家里有钱有背景的传闻在外，别人总觉得她是不好相处的大小姐，不敢太接近。

这会儿人家礼貌，她自然也礼貌，打过招呼寒暄几句，便耐心地听对面说。

郑导之前就跟周涟沟通过，当下又给她细说了一遍他们的策划和构思。

一项项说完，就开始开条件。

前面还好，越往后听赵霓夏越觉得不对。

她是刚回来不久，周涟却也大概给她说过情况，他开的这些条件分明都是给当红艺人的水平。

她几次想叫停，架不住郑导说得来劲，嗨得跟要起飞似的。

说到后面，他甚至开始打包票："只要你同意上这个综艺，我们平台今年下半年要开的新综艺，你可以任选一档想上的录整季，要是不放心的话，我们可以跟你签意向书，约定违约赔偿！另外——"

"等等，等一下——"

赵霓夏听到这里实在忍不住，打断他："郑导，你们是认真的吗？"

"当然是认真的！"郑导生怕她不信，"我敢答应就决不食言，我们领导已经同意了！你要是怕我们坑你，你可以这样，我们这档节目的合同和其他节目的意向书一起签。

"我们平台下半年的综艺项目已经公示了，你现在就可以选，要是最后没成也一定替换成同档次的节目，你选 S 级项目我们决不会用 A 级糊弄你，好吧？"

他说得笃定，大有一股非要说到她点头为止的气势，赵霓夏却开始怀疑自己今天起床的方式是不是不太对。

稳了稳心态，她喝了口水，重新坐下。

平心而论，他们开出的条件对复出的她真的很有诱惑力。但越是有诱惑力，她就越是明白，这件事不是她一个人说了算的。

"您说的这些我都清楚了。"趁着他歇口气的空当，赵霓夏心平气和地开口，"但是郑导，我真的觉得您的想法不太现实。"

以裴却如今的咖位，这个邀请完全是天方夜谭。而他要是不上的话，她去跟谁"重逢"？她单人的出场价现在根本不至于到这个程度。

她态度诚恳地摆出事实，试图让郑导从那股热情里清醒过来："就算我这边答应，裴却那边也——"

谁知她话还没说完就被抢白："你答应就行！"

赵霓夏被他声音震得一愣。

电话那端，郑导已然激动难耐："裴老师说了——

"只要你来，他就来！"

郑导那通电话的后劲不小，过了一整夜，赵霓夏脑子里还是乱乱的。

直到出门参加 Ann 彭生日宴，一路上，她还在看着窗外出神。

肖晴晴忍了许久，快到宴会大门口才叫她："霓夏姐。"

"嗯？"赵霓夏慢半拍转头，回了个疑惑的眼神。

她今天一直不在状态，肖晴晴半是好奇半是关心："你在想什么啊？"

赵霓夏顿了下，笑笑："没什么。"

现在不是聊这些的时候，她敛了敛神，整理情绪。

车已经开过正门。

这里是一座私密性很强的庄园式酒店，设施齐全，安保方面做得尤其好，酒店外围有一片占地很大的草坪，此刻车窗外两边就是连绵的绿色。

今晚没有娱记，这里入口卡得太严，且停车场不能随意进入，很难蹲点，他们全被挡在了门口。

车开到酒店主楼大门前，赵霓夏和肖晴晴从车上下来。

门外站着两排随时等候接待的侍应生。

赵霓夏没让他们带路，熟门熟路朝里走，经过大厅，瞥见一片布置得很是舒适的休息区域，沙发上坐着个打扮精致的长发女人，似乎也是艺人。

她不认识对方，脚下便没停，径自往接待台相反方向走。

肖晴晴往那边看了两眼，等离得远了些，碎步跑到她身边低声说："霓夏姐，刚才沙发上那个就是任妍。"

"啊？"赵霓夏慢半拍对上号，"哦，是她啊。"

那个原本推了《演员入场中》，后来又扭头同意，在她们签约只差临门一脚时，直接把她们整个"球门"铲翻了的人。

"她好像注意到我们了，刚刚一直在往你身上看。"肖晴晴小声道，"任妍和身边那个像是助理的人不知说了什么，总觉得他们看向霓夏姐的眼神不太友好。"

"是吗？"赵霓夏回忆了一番进门的场景。她刚才只随意扫了一下，多一眼都没在那边停留，现下听到对方对她可能有恶感，也并不怎么放在心上。

说话间走到电梯门口。

赵霓夏摁亮上行键，正等着，旁边忽地传来一阵脚步声。

扭头一看，任妍带着她身边那个男助理往这边来了。

都是来参加宴会的，赵霓夏穿了一条设计师给她挑的浅色系连衣裙，是她往常会穿的一个大牌的经典款，不会过于隆重，长发微卷披散在一侧，精致中透着几分低调的矜贵。

任妍穿的也是裙装，相比之下就要隆重得多，浑身都是闪烁的亮片。

她走到她们身旁两步停下，下巴微抬，抱着手臂面向电梯，过来的一路视线分明几次落在赵霓夏身上，站在旁边时却摆出一副丝毫没有正眼看她们的模样。

任妍来得很是时候，刚站定没几秒，电梯"叮"的一声就到了。

门一开，她和她的男助理立刻抢先一步赶在赵霓夏两人之前进了轿厢。

那男助理一进去就火速伸手朝外挡，示意她们别上电梯，拿腔拿调地开口："不好意思啊，我们不和别人同乘的。"随即就去摁电梯关门键。

肖晴晴气得脸一红："你！……"刚要提步，被赵霓夏轻轻拉回来。

任妍站在轿厢里，视线朝向斜前方。旁边的男助理像个被阉割的太监，阉得尤其干净的那种，满脸阴阳怪气又趾高气扬。

赵霓夏面色淡淡，好整以暇地看着他们，什么都没说。

电梯门就这样关上，肖晴晴气息起伏几回合，还是气不过，刚想说话，没等组织好语言，关了一会儿的电梯就在眼前缓缓打开。

露出里面的"宫妃"与"太监"二人组。

那个太监似的男助理不死心，重新摁关门键，门关上，没一会儿又打开，他伸手连按了几下楼层按钮，电梯毫无反应，门开开关关如此重复，他的脸渐渐涨红。

赵霓夏语气平静地开口："这里是贵宾电梯。开门关门的游戏玩够了没？玩够了的话麻烦让一下，我要上楼了。"

任妍尴尬地站在里面，脸色也是青一阵白一阵。

赵霓夏好心"提醒"道："等会儿还会有人到，你有空在这儿玩，别人可没空。"

今晚来的人多，不定什么时候就有谁到场，在这一楼公共场合闹出笑话没任何好处。

任妍方才的架子早端不住，见助理还在试图按电梯，迁怒地瞪了他一眼，不情不愿走出轿厢。

但他们出来了也没立即走。

赵霓夏知道他们在想什么，懒得管他们，带着肖晴晴步入电梯轿厢。她从包里抽出一张黑色金边的卡，轻轻在按键旁那一格装饰般的花纹处一扫，"嘀"的一声，伸指按下了楼层。

门缓缓关上，门外的任妍和她助理的脸色格外精彩。

轿厢上行，肖晴晴乐出声："哈哈哈哈——她的表情笑死人了！看她还高傲什么！"

笑完肖晴晴扭头问："霓夏姐，你怎么还带着这个卡啊？"

赵霓夏把卡塞回包里，随意道："周涟跟我说宴会地点在这儿，我就顺便带上了。"

这家酒店全球连锁，会员名额有限，审核要求很严格。她的卡还是十六岁的时候，她妈又一次爽约了她的生日，让她自己带朋友去玩给她办的。

她这几天正好在整理几年前留在国内的旧东西，想起有这里的终身会员，就从一堆卡里翻出了这张。

肖晴晴又问："那你刚刚是故意不提醒任妍这里是贵宾电梯吗？"

"提醒她干吗？"赵霓夏挑眉，"我是包子吗？"

她这些年脾气是好了很多，但不代表喜欢受气。

肖晴晴看着她说完又不甚在意的神情，心里明白，她其实根本没把任妍放在心上，但架不住任妍自己要上赶着让人下脸。

说到底，任妍实在太轻狂了。

她现在是有热度，但出道三四年才小爆了一部剧。当初的赵霓夏却能仅凭一部女二剧和一部女主剧就短时间爆红，资质根本不是一个等级。

几天接触下来，肖晴晴对赵霓夏已经戴上了滤镜，加上又有演综的事情在前，对任妍的不喜立刻翻了十倍。

当下心里狠狠赞同：对！就不该包子！气死她！

电梯抵达。

这个时间宴会厅里人不是很多，还有许多人没到，Ann 彭也还没露面。

周涟的朋友是个姓林的中年男人，见赵霓夏来了，寒暄几句，带她四处转了转。

他有事在身，没法一直招待她："你先自己活动一会儿，等会儿 Ann 姐来了，我处理完事情就带你过去打招呼。"

赵霓夏道"好"，谢过对方，找了个角落和小助理一边吃东西一边休息。

她们挑的位子不是特别显眼，视野却还不错，基本可以看到整个大厅。

随着陆续有人到场，厅里渐渐热闹起来。

气氛在 Ann 彭现身以后达到顶峰，许多人都聚了过去。

赵霓夏还没来得及看清，接到周涟的电话。她和肖晴晴说了声，起身出去。

宴会厅外有一个露天空中花园。

天已经黑了，天幕上开始出现颗颗星子。

周涟正陪工作室的台柱子跑通告，趁空在保姆车里给她打来电话，得知她已经到场见过了他的朋友，这才放心许多。

他不厌其烦地叮嘱了一番，都是些老生常谈的事。

赵霓夏一一应了。

他忽地想起什么，说着说着停顿一瞬，道："晚上裴却好像也会去。"

赵霓夏微顿，随后应了句："哦。"

周涟有些不放心："你行吗？"

"有什么不行的？"赵霓夏觉得好笑，"我参加过的宴会多了。"

虽然她们家并不涉足娱乐行业，但这些宴会的性质模式都差不多。

"你知道我说的不是这个。"周涟不跟她打哈哈，上次只是在电梯里和裴却碰上，仓促短暂，谁都来不及说什么，但这次不一样。

"要是有什么情况千万得私下处理，人这么多，可别搞出什么事来。"

赵霓夏听他这颇不放心的语气，无奈："都是成年人了，会体面的。"

周涟殷殷地叮嘱了又叮嘱，知道她没耐性，念了一会儿就不再多说别的。

但他实在是担心她，不是怕她惹麻烦，完全是出于一种朋友的立场和情感，挂电话前，没忍住还是又叹了一句："唉……你说说，你和裴却搞得多尴尬。

"圈里这么多人，多的是荧屏情侣红了以后再不合作的，但人家那都是分手了离婚了老死不相往来。你说你和裴却吧，又没在一起过，偏偏——"

他说到这儿，蓦地停住。

赵霓夏无言以对。

没在一起过，偏偏纠缠不清，牵扯不清，或者说得再直白粗暴些——

她抬头看了眼夜幕。

偏偏亲密过那么多次。

实在不清白。

花园里起了一阵风，或许是因为这里太高，风是夏天的风，却带着点儿凉意。

周涟没有把未尽之言继续下去，只最后叮嘱了一句让她行事千万要稳住。

赵霓夏也从短暂的情绪中抽离，又变回了没事的样子。她恢复了往常欠欠的语气，嘴上连声保证自己知道了，挂了电话转身回去。

沿着侧边小廊进去，回到厅里，小助理还坐在之前角落的沙发上，端着杯布丁吃得开心，见她回来，连忙朝她招了招手。

赵霓夏走过去，刚要坐下，迎面碰见任妍。

任妍见着她，用力瞪了她一眼，随后又加快步伐走开。

赵霓夏一头雾水："她又瞪我干吗？"

电梯那一出不是结束了吗？这么记仇？

肖晴晴笑得贼兮兮的，凑近她身边，说："裴却老师来了。"

赵霓夏冷不丁又听到这个名字，愣了下，肖晴晴未察觉，继续道："裴老师刚刚在那边沙发上坐着，我去拿吃的的时候，看到任妍过去套近乎。

"她端了杯酒去裴老师身边，掐着嗓子问：'裴老师，我方便坐你旁边吗？'结果裴老师看都没看她，直接回了句：'不好意思，不方便。'"

肖晴晴想到任妍灰溜溜铩羽而归的样子，幸灾乐祸地笑出声："她脸色当场就青了，哈哈哈——"

瞥见赵霓夏盯着她的目光，她噎了一下连忙正色："所以，大概是因为在裴老师那里丢了面子，一看到你，想起你跟裴老师关系比较深……她就更生气了吧。"

一起合作过两次，CP曾经大热，并且在圈内人看来明显大有纠葛，赵霓夏和裴却可不是关系比较深？

合着是被牵连的。

赵霓夏无语一秒，不再为任妍浪费心情。

身体往后靠住沙发，她转头看向大厅中心方向，好几处都聚着人。她没有特意在人群中寻找裴却的身影，只静静看着。

旁边肖晴晴靠过来："霓夏姐，我们要起来到处走动一下吗？"

厅里人不少，赵霓夏喝了口酒，婉拒："不了吧，我们在这儿坐一会儿。"

周涟刚刚才在电话里担心过她在宴会现场碰上裴却，会搞出事来，她还是老老实实让他省点儿心。

要交际的时候，林先生自然会来找她。

肖晴晴点点头："好吧……"

这厢刚说完，林先生就来了。

"你在这儿啊！快快，走，跟我过去打个招呼！"林先生雷厉风行地让赵霓夏起身，"Ann姐在那边，过去聊聊，你跟着我。"

赵霓夏都来不及说话，跟着他走了几步，顺着他指的方向一看，微微一愣。

那边远远有一圈人站在一起，中间那位四十多岁的女士应该就是Ann彭，旁边的几个人她都不认识，唯一认识的只有Ann彭左手边的那个，裴却。

"等……"

赵霓夏想说话，林先生压根儿没给她开口的机会，似乎以为她怯场，拉着她的手臂就将她往那边带。

要不怎么说林先生和周涟的关系是真的好呢，他答应了要照看赵霓夏就决不食言，一门心思只想带她去和宴会主要人物碰面。

赵霓夏根本来不及拒绝，就这么碎步被拉到了那群人面前。

一站定，她立刻感觉到有几道目光落在她身上，尤其是来自Ann彭左边的方向。

裴却的黑西装颜色鲜亮，头发向后打理了部分，露出眉毛和额头，一只手插在兜里，另一只手，细长嶙峋的手指托着酒杯随意摩挲。不悦的厌世感被中和了许多，像一件瓷白的艺术品添了几分精致的描摹。

赵霓夏只看了一眼就收回目光，抿出笑，将注意力投向中间。

林先生拉着她给Ann彭介绍："Ann姐，这个是我朋友周涟经纪工作室的艺人，她叫赵霓夏。"

赵霓夏打起精神和Ann彭打招呼："Ann姐。"

Ann彭很给林先生这位得力下属面子，冲她笑了笑："你好。"

她刚刚被拉过来时端着酒杯忘了放下，此刻正好用上，赵霓夏顺势举杯和Ann彭轻轻碰了碰，语气礼貌又带着恰到好处的真诚："祝您生日快乐。"

Ann彭笑着道谢。

林先生也连连和身旁几个人碰杯，诚恳道："以后要是有适合她的项目，大家多给点儿机会。"

这一圈人里几乎都是从事影视行业的，不过都上了年纪，对如今更新换代速度极快的年轻明星了解不多。

听他提了，便有人问："周涟工作室？好像没怎么听说过啊。"

林先生笑说："是我朋友自己的工作室，不是很大，不过做得还是挺好的。"说着想起什么，又加了句，"他在览众做过经纪人，和赵小姐一块儿，赵小姐出道的时候签的就是览众娱乐。"

"览众？"Ann 彭好奇接话，"那不是裴却的经纪公司？你和裴却认识吗？"

赵霓夏一怔，下意识去看裴却。

他也正看向她，视线淡淡，表情辨不出情绪。

飞快收回目光，赵霓夏笑容僵硬了几分，飞速运转大脑，想说点儿什么应付过去。

"我……"

谁知张口才说了一个字，就被裴却抢先："认识。"

她愣住，诧异朝他看。

裴却托着酒杯，微抬眼皮，又一次看向她。他手指摩挲酒杯的动作变成了轻点，一下一下，视线落在她身上更加直接："以前是挺熟的。"

赵霓夏感觉呼吸好像凝滞了一拍，瞬息又敛好神色。

Ann 彭早年在国外留学，后来一路打拼至 BMC 院线总经理的位置，壹天聘请她回来看中的是她的专业能力，但她对国内现在的明星了解得实在不多，更不要提他们彼此之间的恩怨纠葛。

赵霓夏也知道这一点，心里明白她这么问，不是故意要不给谁面子。

果然，Ann 彭听见裴却答话，笑容里只略带点儿意外，不掺其他："真的认识啊？那真是巧了。"

裴却这几年在电影领域发展得很好，最近的《离别之地》入围了加莱主竞赛单元，壹天对他的态度自然和对一般艺人不一样。他在这一圈人里虽年轻，大家也都客客气气的。

Ann 彭看他时也有一种看小辈的亲近，说笑两句，继续问赵霓夏："那怎么现在没在览众娱乐了？"

赵霓夏道："之前有别的规划……"她没有去看裴却，朝 Ann 彭笑了笑，"所以现在重新签了朋友的经纪工作室。"

"这样啊。"Ann 彭点点头，没再多问，和其他人说起别的话题。

裴却全程几乎没怎么开口，先前冷不丁接了那两句，之后再没吭声。

赵霓夏听他们聊着，说不清为什么突然觉得渴，喝了好几口酒，喉咙还是干干的。

在场的人里，好像只有他们两个人，陷入了同一种沉默。

他们聊了许久，赵霓夏听得逐渐走神，Ann彭几人忽然看见熟悉的朋友，远远打了声招呼就要过去。

顺着动静抬眼，Ann彭已经提步，边说边摆手："不用动不用动，你们聊你们的。小裴，你们年轻人自己活动，我们过去叙叙旧。"

她边说边往那边去，虽说让众人不用动，和她同龄的那一圈大佬还是跟着一同动了身。

林先生看了几眼，对赵霓夏道："你们先聊，我也过去看看。"

他的直属领导走开了，他肯定也得跟着。

转眼间，这一小圈人就呼啦啦走了个精光。

只剩她和裴却这两个被点名的"年轻人"站在原地。

赵霓夏瞥他一眼，动了动唇，想说话又不知说什么。

要不也闪人算了？

念头刚浮现，没等她付诸行动，裴却先开口打破沉默："你很怕我？"

"啊？"赵霓夏一愣，抬头看他，眼神闪开，嘴上不承认，"没有啊，我只是……"

只是尴尬，不知道说什么。

毕竟已经六年多了。

周围的人或许也觉得他们面对面站在一起的场景太过惊奇，不少视线朝这边打量。

赵霓夏不想在大庭广众之下让人看笑话，很快压下那股尴尬。

裴却就在她面前，难得有说话的机会，她微吸了口气，趁机问起另一件事："我接到企映的邀请了。"

那天郑导和她说的她都记得，她看向他，语气纠结："郑导打了电话给我，你——"

裴却冷不丁地接上："那个综艺的企划一出，节目组就找了我很多次。"

赵霓夏本想问他为什么会愿意上这个节目，不防被他打断，一愣。

裴却垂眸，看着她说："从传出要做这个综艺开始，网上各个帖子里提名最多的就是我和你。"

他声音没什么情绪，眼睛却看着她一瞬不移。

"从你退圈那年开始，每隔一段时间就会有人开帖复盘聊当初的事。

"我们的名字一直联系在一起,哪怕是现在,过了这么多年,依然有人不停把我们放在一块儿。"

"……"赵霓夏怔怔的,几息后明白了他的意思。

一时间,喉咙堵住了一般,更添了些说不清的情绪。

当初她退圈的时候,让周涟给她发了暂退公告,之后,自己上线取关了裴却。

直接引爆了话题。

现在想来,她的行为确实太莽撞了,才导致如今像他说的这样,几年了,他们依然无法真正解绑,三五不时就被人翻出来当作谈资。

从被认为顶破天只能当个流量的新人,到口碑实绩在手的年轻影帝,裴却努力了这么多年,如今还要这样被人讨论这些不愉快的旧事,不爽也很正常。

赵霓夏抿了抿唇:"抱歉,我——"

"我不想听你说抱歉。"裴却打断她。

她一噎,只能把后面的话咽回去。

不远处有人喊了声"裴却",他抬头朝她身后方向看了眼,视线又移回她身上。

"我今年有很长的空窗期不拍电影,公司希望我多带热度给其他艺人增加品牌效益,参加这一个综艺就能抵所有杂七杂八的通告。"

裴却语气不咸不淡,说到这儿停了停,目光随着这两秒的沉默停驻在她身上。在她抬眼看向他的刹那,他眼睫又半敛下来,不再停留,提步朝招呼他的方向走去。

擦肩而过的瞬间,赵霓夏听见他如往常浅淡的声音,似是微微低下来几分:"如果真觉得抱歉,就接下那个综艺。"

赵霓夏踩了一夜的高跟鞋,参加完宴会回去,累得不行,泡了个澡后,自己也不知道是什么时候睡着的。

在家休息了两天,和《烈日之下》的合同流程很快走完。

临签约前,剧组却突然说时间上可能要提前,希望她签完能立即进组。

赵霓夏考虑了一番,还是决定签下,周涟那边便火速和剧组协商好时间。

剧组这边搞定,企映那档综艺的事又浮上脑海。赵霓夏这两天想了很久,撇开过去的纠葛不谈,裴却现在咖位比她大,身价比她高,粉丝比她多,他都没有嫌弃过去的旧CP跌份,她好像也没什么好矫情的。

只是她马上就要进组，单元剧集数再短，拍起来至少也得二十天，思虑过后，她在微信中跟郑导说明了情况。

郑导一听她愿意接他们的综艺，比什么都高兴，哪儿还管别的，立刻保证：不碍事不碍事！赵老师你安心拍戏，我们这边完全来得及！

下一句又说：我们还在细化节目流程，各方面力争做到更好，其他嘉宾也得一一敲定，有进度我们第一时间联系你们！任何问题我们都可以沟通可以谈！

如此算是半说定，后续接洽的任务便交到周涟手中。

事情都处理好，和《烈日之下》剧组签完合约，赵霓夏收拾好东西，动身飞往拍摄地平市。

赵霓夏签的这个单元名叫《烛火》，故事围绕着几个嫌疑人和被害人的纠缠展开。

她饰演的女主是一个从贫困山村走出来的年轻女孩，靠着努力考入了顶尖学府，进入职场后一边做着被害人的生活助理，一边和他保持着暧昧关系。

原定女主拍了的场次都要重来，好在不多，需要返工的工作量没那么大。

赵霓夏到的第一天，和导演、编剧等人见过面后，就试了一场戏——这样的流程其实是不正常的，无奈他们情况特殊。

这场戏主要看她和角色够不够贴，如果不够，可能就得在妆造方面多下点功夫。

场地不大，导演和编剧等人坐到一边，空出空间给她发挥。

赵霓夏试的是一场助理独居在家的生活戏，她没耽误时间，酝酿了一下找准状态，低头再抬头的一瞬间，就仿佛进入了一个没有其他人的住所。

众人的注视被她屏蔽，好像真的有一个虚幻的、狭窄的小居室存在，她在里面生活了很久，无比熟悉周围的布置，娴熟自如地走到厨房给自己做饭，整理洗手池。

整理完端起水杯的时候，突然又不小心打碎了旁边的东西，是被害人给她添置的一个瓷质小摆件。

她做出被声音和碎片吓到的自然反应，却没有立刻处理，而是捧着水杯，静静盯着摔碎的东西看了许久，接着才放下东西，慢条斯理蹲下，收拾地板。

没有台词没有表情，只有动作，却让人觉得她整个人都十分压抑。

她的眉间有一丝掺杂着疲惫的隐忍和一种被刻意压制着又往上涌的无法形容的情绪，仓促地浮出了海面片刻，之后再度被她深深压下。

很快她就恢复了平静，站起身的那一刻，变回了往常的样子，刚刚在她周身出现的一切深沉气氛仿佛只是一种错觉。

完完全全属于这个角色的状态。

这一段是生活内容，同样也是一场内心戏。

赵霓夏的表演，和她从前的"灵"相比，退去了浮躁，多了沉稳。

戏一试完，在场所有人都放下了心，几乎是同时露出了松快和欢喜的表情。

挑剔如导演杉青也忍不住夸了她一句："你的表现比你几年前在作品里呈现出来的强太多，完全超出了我的预期。"

赵霓夏握住他伸来的手，笑答："您也说是几年前。"

他哈哈一笑，礼貌地和她拥抱了一下，拍拍她的肩："欢迎加入《烈日之下》！"

赵霓夏的微博大号终于被周涟找了回来，拍完定妆照当晚，工作室发了宣布她复出的公告并@她，她登上许多年没登的账号，紧随其后发了一条宣告自己回归的内容。

评论和私信蜂拥而来，数量太多，好的坏的都有，她毕竟做不到人人喜欢，翻了几条就没再看。

肖晴晴密切关注着网上的动静，不时向她汇报："论坛小组开了好多帖子讨论你复出！"

赵霓夏坐在沙发上看剧本，一边"嗯嗯"敷衍两声，一边翻到下一页。

肖晴晴见她不感兴趣，想了想，凑近说起另一件事："霓夏姐，裴老师那部《离别之地》要在国内公映了，他们剧组好像会来渝市路演欸。"

赵霓夏顿了下，扭头看她。

渝市距离平市只有四十分钟车程，挨得可以说是很近了。

自周涟正式和郑导洽谈那档综艺后，肖晴晴对裴却的关注度直线上升："网上说就是这几天。"

赵霓夏挑挑眉表示知道了，顺势拈了个燕麦小面包，在肖晴晴还要闲聊之前塞进她嘴里，堵住了她的嘴。

肖晴晴本来还想再说几句，无奈只能打住。

正式进入拍摄日程后，时间过得就快了。

赵霓夏 NG 的次数很少，她效率高不拖剧组后腿，人也没什么坏脾气，入组几天下来，已经和许多工作人员熟络，相处得挺好。

不过也有例外，有个叫方莹的编剧就不太喜欢她。

赵霓夏一开始碰上还会和她打招呼，发现她不喜欢自己后便不再热脸贴冷屁股。

拍完又一个白天的戏份。

赵霓夏在场务打板声中，一边冲周围鞠躬一边往外走："辛苦了——"

和镜头后的导演等人打过招呼，她便回休息棚等候晚上的场——这边片场不好停车，周涟虽然给她配了房车，但有时候不如休息棚方便。

几个女工作人员正坐在棚里聊天，讨论着裴却电影在渝市路演的事，见赵霓夏撩帘子进来，声音停了一瞬，随后纷纷跟她打招呼。

赵霓夏笑着回了几句，坐到另一个角落。

大概是考虑到她和裴却的纠葛传闻，再接上前面的内容，她们音量比先前低了许多。

赵霓夏没在意，翻出剧本看起来。

棚里立着的风扇嗡嗡地吹，夏天的燥热被驱散几分。

不一会儿，那个不喜欢她的编剧方莹也撩开帘子进来，见她也在，悄悄翻了个白眼。

赵霓夏余光瞥见她的表情，懒得理会，只当她不存在。

方莹走向那边坐着的女工作人员，加入她们："你们在聊什么呀？"

有人低声回了一句，她的音调立刻拉长，变成一种熟稔自得的语气："哦，你们在聊裴却啊？我家里人跟他很熟的。"

方莹的父母都是知名的编剧作家，她在剧组挂名编剧的职位，实际并不参与主要剧本工作，也不署名，多是在现场飞页[1]时帮忙修改文本。

但因为这部剧制片方是她亲戚，大家平时对她都挺客气。

"我以前去过他拍摄现场，他本人比荧幕上还好看……你们没有跟过他拍的组吗？他是不太爱说话，不过还好啦……"

她眉飞色舞地说起家里人和裴却很熟的事，又说要其他人一起去看他的电影，笑声不时响起，整个棚里几乎只能听到她的声音。

音量是真的大。

片场的喇叭要是坏了，可以让她顶上。赵霓夏背对着她们，一边看剧本一边在心里缺德地想。

1　指在电视剧或电影拍摄过程中，剧本没有具体剧情，边拍边写的部分。

聊了十来分钟，她们结束话题陆续散开。方萤也和一个女工作人员手钩手离开，迈着步往外走时还在说电影路演的事。

肖晴晴看她出去了，"喊"了声："裴却裴却裴却，烦不烦啊，念个没完了她。"

赵霓夏闻言奇怪："你平时不是挺爱提裴却的事吗？"

"我只是聊聊，又不像她。"八卦之心人皆有之，肖晴晴自觉自己只是爱在当事人身边吃第一手瓜而已，方萤的语气里却全是高高在上，"我就是烦她整天看见我们鼻子不是鼻子，眼睛不是眼睛的，不知道在高傲什么……现在都什么年代了还有人炫耀跟别人很熟？那霓夏姐你还跟裴却组了 CP 又 BE 了呢，这么轰轰烈烈也没见你把裴却做成名片到处发！"

"……"赵霓夏很难不为肖晴晴这个类比能力感到头痛。

不过她也能理解肖晴晴的不满。之前剧组要找女主角救场时，方萤就非常不赞同找她，一直力荐其他人，只是最后导演和主编剧都没采纳。

平时方萤对她的不喜就已经直接摆在了脸上，对她身边的人态度如何更可想而知了。

赵霓夏也不希望肖晴晴被磋磨，摸了摸她的头，宽慰道："没事，她高傲她的。她要是欺负你你也别怕她，我给你顶着。"

晚上八点多，赵霓夏拍完戏准备收工。

夜间片场的工作人员比白天少了一半，她刚要回去，导演杉青从片场另一端给她打了个电话："你先别走啊，等会儿我老师来探班，你过来见见。"

赵霓夏看了眼天色："这个点？"

"他老人家刚好在周边，临时起意来看我。"杉青没多说，叮嘱她，"你先休息，等会儿我让人过来叫你……别走啊！"

赵霓夏不好推辞，刚好晚饭已经吃过了，回酒店也没什么事，便让肖晴晴把收拾好的东西放下，重新坐回椅子里。

等了一个多小时后，杉青的助理来喊她。

她估摸着应该不会寒暄太长时间，让肖晴晴留下等着，自己过去。

到了片场另一端的休息棚。

赵霓夏还在想着杉青的老师是哪位，撩开帘子一进去，就见之前在电视上见过的大导谭升正举着个手机和人视频，杉青在旁边陪着他同视频那边的人聊天，另两个似乎是谭升的助理，也在一侧凑趣。

赵霓夏一愣，杉青见她进来，连忙招呼："来了，过来坐坐坐。"

他站起身迎了一下，脸上闪过一丝浅浅的尴尬。

"这是我老师谭升谭导演。"杉青给她介绍，"他们电影明天在渝市路演，今天特地过来看我。"

谭升倒是没什么大导架子，来探班带的人只几个，看着也很和蔼的样子。

赵霓夏有点儿疑惑杉青的脸色，但还是先礼貌地打了声招呼："谭导好。"

"你好。"谭升笑呵呵回了句，又问杉青："她就是你现在拍的单元的女主角？"

杉青说是。

她适时自我介绍："我叫赵霓夏。"

赵霓夏边说边坐下，话音刚落，谭升就把举着的手机微微一侧，屏幕里立刻出现一张熟悉的脸："来！打个招呼小裴——"

她和杉青一瞬间全被框进了镜头里，视线正对着那边裴却的脸。

"……"她终于知道刚刚杉青脸上的尴尬是为什么了。

杉青确实挺尴尬，他叫赵霓夏来是真的想给她介绍一下，毕竟在这个圈子里人脉不知道什么时候就派上用场了，只是他也没料到自己老师这么有兴致，裴却没来还要打视频电话。

当下听见谭升的话，他连忙打哈哈，四两拨千斤地岔开："小赵刚拍完晚上的戏份……对了刚刚和裴老师说到哪里来着？"

"说到下一场路演。"谭升道。

"对对对。是说明天渝市的路演裴老师不去了是吧？"

"他临时有别的行程排不开，参加下一场。"

杉青笑呵呵尬聊："那还蛮可惜的。"

他们说话间，赵霓夏朝手机屏幕看了一眼，他也朝她看过来。

裴却打扮得很简单，白T恤外套了件宽松的黑色薄马甲，头发有几分日式的凌乱随意。

气质偏盐系 [1]，五官又是精致大帅哥。

他大概是在下榻的酒店房间里，背后白色的装潢被灯光照得略黄，光线柔柔地落在他身上，中和了几分他的凌厉。

虽然他平时总给人一种"在沉默中不满全世界"的感觉，但赵霓夏发现他其实很有分寸，只是和谭导私下视频会面，仍然如同出席正式场合那般，

1　网络流行词，一种以帅气、酷炫和冷峻感为主的外形风格。

没有戴他喜欢戴的耳钉和那枚陪了他很多年的虎头戒。

又或许从某种角度来说，私人的部分，和在镜头前身为"演员"的那部分，他可能一直分得很清。

视线短暂接触，赵霓夏不动声色移开。

杉青已经说起新话题，裴却慢了一拍似的，这会儿才接上前一句："……是挺可惜的。"

不知是不是因为赵霓夏一直没参与聊天，谭升的注意力投向她，亲和地转头跟她开玩笑："别拘谨啊！是不是怕裴却？你别怕他，虽然他是前辈，不吓人的！"

赵霓夏张了张口，一下不知该怎么答。

杉青尴笑着替她解释："……其实不是前辈，他们一起拍过戏的。裴老师第一次演男主角的剧，女主角就是她。"

谭升知道裴却是第一部男主剧之后真正走红的，闻言很惊讶，看了眼赵霓夏："那我怎么很少听说你？"

赵霓夏答说："我之前有事退圈了，刚复出不久。"

谭升这才露出一个原来如此的表情。

看出当事人没谁想要接茬，杉青便不再往下说，这个话题很快结束。

谭升自然也翻篇。

他对杉青还是挺好的，聊了几句别的，又问起他们这部剧："你们什么时候播啊？我让人帮你们宣传。"

"还没那么快。"杉青道，"不过小赵主演的这个单元过段时间就官宣了，会发她还有其他演员的角色海报。"

"那不是正好。"谭升热情得不像话，"你看小裴刚好在这儿，到时候让他帮你们转个微博什么的，他微博粉丝多！"

"不用不用！"杉青一激灵，连忙婉拒，"不麻烦了！"

谭升说完也才想起裴却一向不喜欢打这些人情交道："也是，差点儿忘了他不喜欢搞这些，我让别人帮你们转——"

赵霓夏提起的气刚松了一半，裴却突然插话："不麻烦。"

他还是那副平静表情，在场几人的视线一下集中到他身上，赵霓夏却觉得他的目光好似在她身上掠过一霎。

隔着屏幕，他在那边一口应下："我可以转。"

被迫在休息棚里扮演了大半天鹌鹑加木头桩子，感觉比拍戏还累，赵霓夏出来的瞬间，长长吐了口气。

她叫上肖晴晴，直奔停车场，一头扎进保姆车里，整个人才缓过神来。

肖晴晴已经从剧组其他人那里听到了消息，系好安全带，满脸好奇地看着她："霓夏姐，你见到谭升导演了吗？"

赵霓夏接过她递来的水喝了两口，点头。

"哇，那你们都聊了什么啊？"

聊了什么？

她似乎只记得谭导全程举着个手机和裴却打视频电话那慈祥和蔼笑意融融的样子了。

看来他之前说想和裴却二次合作的话不是客套，他对裴却的欣赏真的就快写在了脸上。

赵霓夏随便提了个点："聊了明天渝市的路演。谭导说裴却临时有事，不去了。"

肖晴晴一脸难受："啊？！"

她看得好笑："你啊什么？你又去不了。"

"啊？哦。"肖晴晴慢半拍反应过来，"也是哦。"

又问了几句，不一会儿就说起新的话题。

车一路往酒店开。

赵霓夏靠着椅背，有一搭没一搭轻声地应她。眼睛一边看着窗外飞快掠过的残影，一边想起和谭导、杉导聊天的场景。

他们聊的确实都是些琐碎闲事，唯一值得提的只有裴却说要转发微博帮忙宣传的插曲。

只是一提到他，她的情绪难免有点儿复杂，转念立刻又将之按了下去。

因为不在影视城里，她们组里也没有当红的偶像流量，酒店门外没什么人蹲守。

车开到门口，赵霓夏有些累了，下了车闷头往里走，一心只想回房间洗漱休息。

不料一进大厅就遇上一个熟人。

当红组合 W-era 的人气成员井佑，也是当初赵霓夏退圈前爆红的那部剧的男二。

他一身潮牌歪在大厅沙发上打游戏，身边只带了两个助理模样的人，一个在旁边打电话，一个在前台办理手续。

几个行李箱立在脚边，周围竟也没见着粉丝围追堵截。

肖晴晴也看见，眼睛立刻发亮："那不是……"

似是感受到注视，井佑抬眼朝她们看来，视线落到赵霓夏身上时怔了一下。

没等肖晴晴把话说完，他脸就一沉，用力把头转开，手指摁得屏幕啪啪作响，周身明晃晃浮现一股不爽，就差把"不认识""别烦我"几个字写在脸上。

肖晴晴尴尬地转头去看赵霓夏的脸色。

赵霓夏的步子还没迈出去，见状顿了片刻，脚尖重新转向电梯，只说："走吧。"

电梯门一关。

肖晴晴担心她的情绪，宽慰："霓夏姐，你别难过……"

"我看起来很难过吗？"赵霓夏笑着看她一眼，移开视线后，又答了句，"还好啦，只有一点点。"

肖晴晴没接茬，她知道这话只是赵霓夏骗骗自己。

圈里真感情不多，赵霓夏更是不会与人虚与委蛇的性子，当初她和裴却、井佑的关系好到剧粉和三家粉丝都叫他们"铁三角"，这些现在在网上还能搜到痕迹。

井佑如今这个态度，她怎么可能只是"一点点"难过。

只是不了解内情，肖晴晴一时也不知该怎么说，试探着开解："可能……可能你们太久没见面有点儿生疏了？多见见说不定——"

"没事，我自己知道。"赵霓夏打断她的安慰，嘴角带点儿苦笑，"他大概是在生气吧。"

电梯正好到了。

她叹了口气，提步出去，没再多说。

赵霓夏很快就从剧组工作人员那里知道，井佑来平市是为了拍摄一部都市恋爱剧，原本入住的是另一家酒店，房间出了点儿问题，他们剧组便临时给他单独换到了这边。

托他的福，第二天发现楼下多了不少蹲点的人，赵霓夏只能老老实实把口罩和帽子戴好。

井佑入住的第三天早上，赵霓夏又和他碰见。

她刚下楼，他就正好从对面的电梯出来，估计是带着点儿起床气，不仅板着张脸，还狠狠瞪了她一眼。

换作以前，她必然会上去气他一句"大早上干吗给我抛媚眼"，这话现在却不能说，不然还不知道他要恼成什么样。

赵霓夏带着一种无奈又头大的感觉赶赴片场。

友情失意，事业得意。

上午的戏她拍得很好，不仅早早收工，有一条更是让杉青导演特别满意，当场夸了她一通。

在众人的起哄声中，赵霓夏大手一挥，很大方地给全剧组加餐。

因为量太大，订了好几家店才够。

工作人员纷纷感谢她送吃的，其他演员午饭时间也在群里@她，感谢她给大家改善伙食。

赵霓夏挨个回复，吃过饭后，回保姆车上小憩了一会儿。

睡到开拍前，下车却听说井佑来探班了。

她带着点儿清醒后的茫然，蒙了一瞬："谁？"

正在发饮料的工作人员重复道："井佑老师来探于绣兰老师的班，买了喝的给大家。"

于绣兰在剧里和她对手戏不少，是个挺随和的前辈。

赵霓夏愣了愣，很快，被导演派人叫过去。

到拍摄楼前，远远就见隐蔽处围了一圈休息椅和凳子。

井佑坐在于绣兰旁边，正陪剧组其他人聊天。

他性格本就讨喜，尤其得长辈喜欢，这来探班没一会儿，已经和那一圈坐着的演员聊成一片，连导演杉青面上也笑意连连。

只是赵霓夏一走近，他原本笑着的脸立刻就沉了下来。

于绣兰招呼赵霓夏坐自己身边。

她很识趣，没主动跟井佑搭话，含糊地在众人说话声中打了声招呼，应付过去。

坐下没多久，赵霓夏中午订的餐里水果的部分也到了。

于绣兰一看就笑开："今天可真是太丰盛了，先有小赵给大家加餐，小井请喝饮料，现在又有水果。"

她拍拍赵霓夏，道谢道："让我们小赵破费了。"

赵霓夏笑笑说没有。

杉导和其他几个演员便都笑呵呵要了一份切好的水果，端在手里边吃边聊。

只有井佑，工作人员拿了份递到他面前，他没接，绷着脸说："我在减肥，不吃。"

赵霓夏闻言看了他一眼。

井佑对上她的视线，似乎想瞪她。僵持几秒，不知怎的还是他先移开了。

她敛回眼神，没作声。

太阳太大，这一片即使是在隐蔽处仍然燥热。

赵霓夏没怎么开口，几乎都在听他们聊，中间他们说起井佑前两年和于绣兰合作时的趣事，她也跟着笑了笑。

井佑主要是来探班于绣兰的，赵霓夏陪着坐了一会儿，礼貌做到位，看时间差不多，便起身告辞。

回到休息棚里，大风扇不辞辛劳地转着。

她吹了好一会儿风，驱散周身的热意，如往常一般窝在椅子里看剧本，看着看着却有点儿集中不了注意力。

二十分钟后，她把剧本合上。

肖晴晴看见，满脸疑惑地看向她。

赵霓夏叹了口气："你去看下井佑走了没。"

"啊？"肖晴晴一愣，随即点头，"噢，好的。"

出去打听了一圈，她回来告诉她："没走，于老师那边开拍了，他回保姆车上去了。"

赵霓夏没再说什么，让她装了一份水果和吃的，自己拎着出了休息棚。

午后太阳炽热。赵霓夏穿过片场，在停车场找到井佑的保姆车。

她站在车旁敲了敲车窗，没人开。

抬手又敲一遍，还是没反应。

略站几秒，赵霓夏看向黑漆漆的车窗，对里面道："等下被人看到我说不清了。"

车里还是没动静。

"那我走了？"

她问了句，言毕真的转身，没等她脚迈出去，下一秒，车门就"唰"的一下从里被拉开。

井佑冷着一张脸，眼里退去了先前在人前的漠然，怒意里夹杂着说不清的埋怨。

赵霓夏回身和他对视，片刻后试探道："我上来了？"

他没说话。

赵霓夏在心里叹气，坐进车里关上门。

把吃的拿给他，他不接，面色不豫地盯着她，冷笑了声以示不屑。

气氛僵持住。

赵霓夏几次想说话，看了他好几眼，话到嘴边突然又不知如何开口。

对坐着沉默半天。

见他一副实在不想理她的样子，她有些无奈："……那我就放这儿了。我先回去了，还得拍戏。"东西放下，她顿了顿，又轻声跟他道歉，"你有气很正常，我理解，我也很抱歉。"

她伸手去开车门，还没摸到开关，井佑终于忍不住发飙了："赵霓夏——！"

声音震得她一抖，她回头，就见他那张白净帅脸已经气得发红。

"有像你这样道歉的？！

"你有把我当朋友吗？说走就走，发了几条消息就不见了，信息不回电话不接！有你这样的朋友吗？一走几年一个电话也没有！我圣诞节去买个苹果还能得张贺卡，你呢？！

"什么也不说突然就要退圈，你有没有想过别人会担心你啊？！"

他几年的气，这一会儿全忍不住了。

"你有本事走你回来干什么？显摆你没了我们这些人照样过得很好是吗？是了！你大小姐走到哪儿会过不好，当然用不着我操心！

"你根本没把我们放在心上，我、裴却，还有其他人，在你眼里就是傻子，对你来说我们算什么？！"

赵霓夏僵了一下。

他骂了许久，好似要把所有怨气都发泄出来。

"……我上辈子不积德，这辈子才会跟你做朋友！"

赵霓夏理亏，闷声任他骂够，见他激动上脸，递了张纸巾给他，低声劝："你先别气了，眼睛都红了。"

井佑梗着脖子怒道："我气什么！跟你有什么好气的！用不着擦，我这是得的红眼病！"

车里只剩她道歉的声音。

井佑用纸巾抹了把眼睛，扭开头不看她，脸上的表情却渐渐缓和。

气发出来就消了大半，但他嘴上还是不认，一边听她认错一边斜着眼看她："道歉没用！我告诉你，我不会轻易原谅你的，你根本就没把我当朋友！"

赵霓夏满口顺着:"是是是。"

"你还说是?"

她连忙又改口:"不是不是!"

井佑用力把纸巾捏成一团,狠狠瞪了她一眼泄愤,扭头看向窗外生闷气。

车里再度沉默下来。

赵霓夏看他脸色,正犹豫着要不要再说点儿什么,他忽地又扭过头来,愤愤道:"赵霓夏,你没有心!"

一番骂骂咧咧过后,井佑平复好情绪,还是掏出手机和她加了微信。

赵霓夏心里那块大石头总算挪开。

出来已经挺久,她看了眼时间,只能暂且把其他话压后:"我该回去了,等会儿待久了会被误会。"

井佑"呸"了声:"谁会跟你这个狼心狗肺的被误会!"

赵霓夏缩缩脖子,顶着他的骂声下了车,关门前,回身冲他挥了挥手。

井佑一脸不耐烦,翻了个白眼,却还是板着脸,抬手和她挥了挥。

晚上她收工回去时,井佑已经离开她们剧组好久。

几年没见,之前他还能端出一副不想理她的样子,傍晚在车上发了那通脾气破冰以后,他又成了以前的话痨模样。

赵霓夏和他在手机上聊了一晚,两个人明天都还要拍戏,掐着点儿斗了一波表情包,这才打住。

关灯要睡下前,他突然又发来消息:以后不要再搞那种突然跑路的戏码,我只原谅你这一次,下不为例。

赵霓夏正要回复,屏幕上跳出他的第二句:你和裴却的事我不多说,不管怎样,你们都是我朋友。

指尖停住片刻,赵霓夏删掉对话框里的内容,许久回了个"好"字。

放下手机,她翻身看向黑漆漆的天花板,情绪突然有些低落。

不知是因为找回了从前的友谊,还是井佑今天的那些话,她脑海里冒出了很多过去的片段。

翻来覆去,她辗转了很久才睡着,连梦里都是十九岁。

十九岁的赵霓夏和裴却第一次见面以后,没过多久,就听说了裴却被一群讨债的人堵在公司楼下的事。

那时候是傍晚,同个部门一起训练的练习生们都看见了,公司里一时传出了很多关于他的流言蜚语。

有关于他们俩的出道计划那会儿已经提上了日程，赵霓夏很快就被叫去公司开策划会议。

那天到得早，她在休息室里等得无聊，出去透气逛了一圈。

经过练习室时，正好碰见练习生们起冲突。

裴却作为练习生中的佼佼者，本就惹人眼红，突然提前获得了出道机会，更是成了众矢之的。

赶上发生了讨债的事，几个人便借机阴阳怪气嘲讽他，说了很多难听的话，渐渐演变成动手。

一片嘈杂中，赵霓夏推开练习室的门，就见裴却抓着一个男生的衣领把他摁在墙壁上，周围一圈人都在试图拉开他。

她站在门边，出声叫住了他："裴却——"

众人齐刷刷注视，她抬手轻叩两下门框，只看向他说："该去开会了。"

诡异的气氛弥漫几秒，其他练习生都知道她有背景，谁也不敢得罪，又是在这样打架的情况下，纷纷瑟缩。

被揪着的男生悻悻挣开裴却，嘲讽的人也各自散开，一场冲突就这么不了了之。

裴却看着她，站了几秒，最终还是跟她出去。

一前一后行至廊下，他忽然停下脚，问："那些话你都听到了吧？"

她闻声回头，走廊两边是大厦的透明玻璃，光芒炽烈，而他却站在阴影里。

他没有多余的情绪，对她道："你现在换人还来得及。"

赵霓夏沉默几秒，转过身真正面向他。她没有回答他的话，而是问："你知道从我空降进来以后，公司上上下下关于我的流言蜚语有多少吗？"

她说："从小到大，我听过的这些多不胜数。"

她再平静不过地看着他，语气亦然："如果每句话我都要听，要往心里去，累不累啊？"

玻璃折射的太阳光晕像梦幻泡泡落在空气里，周围亮得刺眼。

她和他静静对视片刻，转身继续往前走。

几步后又回了头，这次她很自然地招呼："开会了，还站着干吗？"

玻璃外的光影开始变换角度。

裴却沉默站了片刻，在她走远之前，终是提步跟上了她。

那是他们开的关于出道的第一场会议。

那段时间陆陆续续又讨论了许多次。

之后的每一次，裴却都会提早到。

有时是和暂带他的负责人，有时是他自己。

只要赵霓夏推开会议室的门，总能看见他坐在位子上抬眸朝她看，就像是在等她。

记得后来某个傍晚。

她终于忍不住，散会时悄悄挪到他旁边，一边往外走一边小声问他："你现在怎么每次都来这么早？"

裴却对上她好奇探究的眼神，只一瞬，就侧头转向另一边，沙哑嗓音答非所问："早吗？"

光落在他们两个身上，帽檐隐没了他的神情，她本以为他并不想回答，但或许是天气太好，他那别扭的话音，也变得轻了几分："……你不是最讨厌等人？"

赵霓夏起来的时候头一阵一阵地疼，仿佛她昨晚不是在睡觉，而是在受刑。她平时生物钟很准，常常在闹钟响之前就醒了，这回却一直睡到肖晴晴来叫她。

好在没迟到，最后还是准点赶上了妆造时间。

到片场，进入了每天习惯的拍摄流程，半天过去，她总算恢复了正常状态。

肖晴晴看她气色不好有点儿担心："霓夏姐，你昨天没睡好吗？"

赵霓夏点头："有一点儿。"顿了下，按按眉心，说，"我做了个很长的梦。"

肖晴晴怕她没睡好头疼，弄了点儿冰的东西不时给她敷敷，她紧绷的状态缓解了不少。

拍到下午，井佑突然打电话找她，语气听着不太舒心。

"你最近有没有时间？有时间的话周日晚上一起去看个电影？"

"看电影？"赵霓夏被他这突如其来的提议弄得有些莫名其妙，"你怎么突然想去看电影了？"

"还不是因为我最近戏拍得不顺！"井佑也很无奈，可怜兮兮跟她道明原委，"我和韶雨，就是我这部剧的女主角，我们拍感情戏的时候老是卡，导演总是不满意，不是说氛围不对就是感觉不对……今天又卡了几次，导演直接发飙了，说我们要是再出不来那种暧昧的感觉，就把我俩单独关在一起待几天！我也很无奈好不好！可能我们俩之间就是天生没有氛围感，我们已经很投入了，导演还是觉得不够！"

赵霓夏没想到他遇上了这种苦恼："……"

"然后呢。"她问，"这跟看电影有什么关系？"

井佑叹气："导演让我们多相处多培养感情啊，我也没办法，就想着要不去看点儿电影。去的话又只能凌晨包场，才不会被人围观，但是太晚了又怕被拍到传些乱七八糟的绯闻，所以就叫你一起嘛。"

"你放心。"他补充道，"韶雨人挺好相处的，你见了就知道。"

赵霓夏既替他发愁又觉得好笑："行吧，不过我得看下时间。"

她转身去问肖晴晴，看过拍摄日程表，确认了明天晚上没有她的戏，一口答应下来。

井佑在那头总算开心了，立刻道："我这就买票包场！！"

约好看电影的这天，赵霓夏傍晚收工后就回到酒店。

井佑也已经早早回来，他包场的电影在晚上十一点，两个人虽然不在同一层，但走动还挺方便，他便让助理订好了餐，把赵霓夏叫过去一起吃了个饭。

吃完，赵霓夏回房简单收拾一番，等到时间差不多，和肖晴晴一起坐上他的车出发。

井佑这部剧的女主角韶雨住在另一个酒店，两边约好到电影院会合。

上了车，赵霓夏后知后觉想起来问他："我们今天看什么电影啊？"

井佑玩着手机，头也没抬道："《离别之地》。"

她愣了下。

肖晴晴和他的助理都坐在后排，井佑没在意那么多，瞥她一眼，问得直接："你不至于忌讳这个吧？"

赵霓夏很快敛了情绪，说："不会。"

别人可能会顾忌着她和裴却那些恩怨纠葛 BE 大戏，但井佑跟他们俩都熟，才不管那么多。不过他也是有分寸的，就好比他不会真的去追问他们俩之间究竟怎么了。

赵霓夏知道他没别的意思，也就顺着这个话题说了下去："这部电影之前不是还在路演吗？"

井佑说："是啊，不过他们原本就只定了三四场路演，今天晚上正好首映。"说着又感慨道，"时间排得紧，裴却几个城市连着一起跑完的，实在是够累。不过他估计也习惯了，他平时拍戏工作就很拼，电影宣传这些对他来说都是洒洒水了。"

这些年他们一直有联络，裴却的事他多多少少知道。

赵霓夏闻言动了动唇，到底还是没说什么，只默默笑了笑。

车开了会儿，井佑给韶雨打电话，问她："你出发了没啊？到哪儿了？"

那边应了句，似乎是说出发了。

两个人你找我碴我撑你地互相贫了几句。

挂了电话，井佑收起手机，又想起来一件事，对赵霓夏道："对了，你们剧组里有个那个谁，那个叫方什么的编剧——"

赵霓夏接话："方萤？"

他点了下头："对，她怎么回事啊？跟你有过节吗？"

井佑换了个坐姿，说："我去探班那天她不是也在嘛，好像看到我没接你请的水果觉得我不喜欢你，你回休息棚以后，她突然跑过来跟我搭话，说什么你没事给全剧组加餐，又不是所有人都爱吃，这样搞得别人不好拒绝多尴尬什么什么的……"

"听得我莫名其妙，好像我跟她很熟似的。"他翻了个白眼，"我没忍住回了她句'您哪位'，把她给怼走了。"

赵霓夏不知道有这事儿，当下一听，也很无语。

井佑瞥她一眼，叮嘱："她是不是对你有意见？你小心点儿，和她相处的时候看着些。"

赵霓夏"嗯"了声："我知道。我跟她关系本来就不好，一进组的时候她就看我不太顺眼。我平时不怎么搭理她，会小心的。"

他点点头："那就好。"

到了电影院，他们和韶雨在停车场会合。

韶雨非常元气，打扮很有少女感，性格也很讨喜，热情地和赵霓夏打过招呼，不一会儿，对她就比对井佑还亲近。

赵霓夏和她聊了几句，发现她和井佑还蛮像，瞬间就理解了导演的苦处。

让这两个大咧咧的人凑一起演感情戏，确实有点儿难碰撞出火花。

井佑的助理去取了票，买好吃的喝的，一直到快开场时他们才戴好口罩和帽子进去。

他们三个坐中间，几个助理坐后面。

趁着大银幕还在放广告，井佑掏出手机："快，我拍个照留着之后发营业博。"

"噢。"赵霓夏应了声，凑近他。

韶雨手里拿着一杯喝的和电影票，在井佑的连声催促中，也赶紧凑了过去。

"咔嚓"一声，合照拍好，井佑检查完光线和构图，还十分细心地把韶雨手里的电影票截掉了，确认没问题后，摁下保存。

灯光暗下来，电影开场。

三个人不再说话，认真地看起来。

《离别之地》这部电影，讲述的是一个对生活失去希望的年轻人，来到一个有着"自杀圣地"之称的海边小镇准备自杀的故事。在年轻人付诸行动之前，他遇见了一个慈祥的老人，这场短暂的相识给予了他心灵慰藉，随后，他却目睹了老人在眼前投海自杀，产生了难以磨灭的冲击。

年轻人决定在死前完成老人的遗憾和愿望，开始和这个小镇的居民们来往。

在这个过程中，他发现这里生活的大多是上了年纪的老人，每个人都已经步入了"离别"的阶段。他一点一点走进这个被称为"自杀圣地"的小镇，真正明白了所谓"离别"的含义，也重拾了对生的希望。

这是赵霓夏第一次在大银幕上看裴却演戏。

他们曾经一起演过两部剧，对手戏众多，但几年过去，此刻银幕上的他，给她的感觉已经完全不一样。

这些年在国外，她一直在通过不同的途径接触戏剧和表演充实自己，对演技的鉴赏能力也有所提升。

通过一次次实战的锻炼打磨，裴却的演技已经没有了那种"表演"的感觉，开始返璞归真。

整场电影一个小时三十多分钟，不是特别大众的题材和风格，节奏偏缓，但质量和质感都很好。

看完后，连跳脱的井佑都靠在椅子上愣了几秒，回过神来便忍不住对着大银幕感慨："……他真的是，一点儿不给我们这些男演员活路啊。"

韶雨听见，吐槽："你还想跟人家比，你们根本不是一个赛道的好不好？"

"那你要跟导演讲啊！"井佑更加无奈，"我们导演之前还问我说：'你和裴却不是好朋友吗？能不能跟他学下怎么演戏？'……你听听，要不是我们感情坚固，我这不得恨死裴却？"

赵霓夏被他逗笑，三人一边起身一边往外走。

井佑意犹未尽，接着又道："不过我还是最喜欢他之前的那部《赢家》。"

"你也喜欢？"韶雨看他一眼，见惯不怪，"我发现好多男生都喜欢这部哎，不过确实挺好看的。"

"是吧！"提到心头好，井佑语气激动，"我好多以前的同学，个个大直男，平时连明星名字都不记得，看完这部电影以后全跑来跟我说裴却帅爆了，问我熟不熟能不能要个签名，还一口一个裴哥地叫……"

他"啧啧"两声："裴却在那部电影里真的好男人，我也想演一部那样的作品，简直就是男人的梦想！"

两个人你一句我一句，说得兴起有点儿控制不住，唯独赵霓夏没有看过，在旁沉默。

他们戴好口罩、帽子，从人少的通道离开电影院。这个点，三人都有点儿饿，拐道去吃了顿夜宵。

因为时间太晚，明天还得拍戏，没吃很久就回去了。

分别前，赵霓夏和韶雨加上了微信，约好下次有空再一起出来玩。

回到酒店，赵霓夏洗漱完，躺下没多久，就收到井佑的消息。

她躺在枕上和他闲聊，聊着聊着，不知是不是因为晚上看了裴却电影的关系，加上昨晚又梦到以前，突然涌上一股说不清的情绪。

打字的指尖停顿几秒，她突兀地在话题中间给他发了一句：你把裴却的微信推给我一下。

回过神来，自己都有点儿惊讶。

井佑更是诧异，没给她撤回的余地，立刻就发来三个问号：？？？

紧接着又发：你还没加他？？

问完他似乎又觉得在情理之中，下一秒，不等她多说，很干脆地把她要的微信推了过来。

裴却微信名片出现在对话框里。

他的头像还是那张熟悉的照片，不知是谁拍的，夜色下一片杂乱的荒地，天边的月亮和星星都很远很暗，乍一看整个画面黑漆漆。

这张照片他用了很久，赵霓夏最开始认识他时他就是这个头像，一直没变过。

她看了片刻，点开他的名片，还没添加，视线从他的头像下移，瞥见他的签名时怔了一下。

他的签名是一句英文。

The sun has set.

——太阳已经下山。

很突然地，像被什么关键词刺激到，赵霓夏的手指悬停在了屏幕上，因这一句英文，脑海里缓慢又清晰地浮现出了很久前的某一天。

那是在他们正式担纲男女主之前，出演那部青春剧男二、女二刷脸的时候。

有天他们在一栋楼里拍戏，设备临时出了问题需要调试。

她和裴却妆造齐全地在阳台等，等了许久，百无聊赖地趴在栏杆上看风景。

傍晚时分，太阳橘红炽热，一点一点往地平线落下。

那会儿他们已经熟了很多，赵霓夏看着日落，突然问他——

"你有没有看过《小王子》？"

裴却穿着清爽干净的白衬衫，和她之间只隔了一点点距离，听见她问，淡淡答了句"没有"。

"《小王子》里说，小王子难过的时候会在他的星球上看日落，有一天，他看了44次日落。"赵霓夏下巴枕在自己的手臂上，看着远处对他道，"我小时候不懂，后来长大有一回很难过，在房间里哭的时候，正好看到窗外夕阳在落下，那一瞬间，突然就明白了书里说的是什么感觉。"

她缓慢地说着，伸指虚空地点了点太阳，似乎想要指责这个遥挂在天上的家伙："从那以后，我每次看日落的时候都会觉得有点儿难过。"

那远远的、小小的一个橘红色，像会发烫一样，一点一点朝地平线压近。

在她的话里，风好像也因为远处滚烫的圆日变得灼热。

赵霓夏没管他想不想应，就那样把突然来临的情绪说给了他听。

她絮絮叨叨说了好久，裴却的话总是很简短，却也那样和她从夕阳说到天气再说到别的。

她忘了设备到底调试了多久，只记得她和裴却待在傍晚的阳台上，在日落的尾声不约而同沉默下来，静静看着远处的光没入地平线。

日落是一个伤感、难过的词。

那天她这样对他说。

而她出国之前，看过他的签名，并不是这一句。

不知道他是什么时候改的，又用了多久。

这一刻，赵霓夏突然有一种说不出来的感觉，就像她每次看到日落时，那种无法形容的怅然和伤感，瞬间一齐涌向了她。

The sun has set.

裴却这样写在签名里。

太阳落下了。
再没有升起。

很高兴再次相遇

　　赵霓夏最后还是没有加裴却的微信。

　　她忽然失去了勇气，晚上看完他的电影冲上头的那点儿劲瞬间消散。她不知道这个时候给他发添加申请应该说什么，加上了他又要说些什么。

　　窗外下起雨了。

　　手指无意识点上他的头像图片，又点回去，来回几次后，退出了这个界面。

　　和井佑的对话聊天框里，他推送完名片后好像还给她发了些什么。

　　赵霓夏已经没心情和他再聊，道了句晚安，将手机摁灭往枕头底下一塞。

　　她在枕上紧紧闭上眼。

　　外面的雨声淅淅沥沥仿佛没有止境。

　　这一夜，似乎也变得漫长。

　　看完电影的第二天晚上七点，井佑果然发了微博营业。

　　发之前他特意微信跟赵霓夏说了声：我等下发我们三个看电影的照片哦。

　　赵霓夏收工早，晚上六点就回了酒店，收到消息时在房间刚吃完饭，回了他个"OK"的表情，道：发吧。

　　井佑记得她的剧还没官宣，不忘替她操心：我粉丝都知道我在平市拍戏，发了估计就能猜到你也在这儿，你那边不要紧吧？

　　这段时间和他同住一个酒店，赵霓夏进出的时候没少被拍到，加上剧组换角和她进组的事网上早就传出了消息，本身也捂不住，便道：我们剧组这几天差不多也要正式官宣了，没事，你发吧。

听她这么说，井佑便放心了。

合照一发，韶雨自不必说，他的粉丝都知道是他新剧的女主角。赵霓夏的脸对很多这几年才喜欢上他的新粉来说就比较陌生了，尤其是一些小女孩，纷纷在问她是谁。

老粉倒是不用别人科普，其中还有部分曾经追过他们当年那部剧的，惊讶一番之后，不由得在评论里激动起来，狠狠吃了一口阔别已久的友情糖。

连带着复盘他俩和裴却"铁三角"友情的帖子也冒出来不少。

赵霓夏粗略看了几眼，放下手机，去浴室卸妆洗漱。

肖晴晴跟她进组拍戏这段时间目睹了几次她保养，一直说她护肤步骤太过简单，整天都在她耳边念叨"女明星需要精致一点"。

她难得细致一回，许久，才顶着热气从浴室出来。

刚贴上面膜，肖晴晴忽然打来电话，赵霓夏顺手打开扩音，就听那边声音带着一股不妙的高昂："霓夏姐！"

她手摁着面膜纸，愣住："怎么了？"

"井佑发的微博被扒了！"

她还没反应过来："什么被扒了？"

"合照，你们看电影的合照！"肖晴晴欲哭无泪。

井佑发的那张他和赵霓夏、韶雨的合照，图片很正常，背景是空旷的观影厅，他甚至特意把电影票截掉了，也没有其他不合适的东西被拍到。

但谁能想到，就这还是有人不放过丝毫细节。

韶雨那天随身带了一副眼镜，拍照的时候别在了领口上，神通广大的网友不知道放大了多少倍，又用了什么科技，硬是从镜片反光上找出了被映在上面的电影票。

虽然只扒出了两个字，但四个字的排列，包含着"离"和"地"，是哪一部已经很明显。

开帖的地方是豆瓣小组，不到一个小时，帖里已经实锤他们去看了裴却的电影。

关于赵霓夏和裴却的恩怨纠葛，"又又又"一次被翻出来说。

这回和以前还不一样，赵霓夏已经宣布复出，网友八卦的热情高涨了不止一点点。

知道裴霓组合情况的路人都在惊讶她竟然会去看裴却的电影，喜欢他俩的人则直接激动得语无伦次，自她复出就开始死灰复燃的超话和裴霓豆瓣小组完全高兴疯了，裴却单人粉被气得追着她们打。

其中不乏一些阴谋论，比如质疑赵霓夏是为了提咖炒作什么的。

总之就是乱，整个乱成了一锅粥！

赵霓夏弄清楚来龙去脉，蒙得彻底："……啊？"

网友们有这个钻研精神干什么不好？

一时不知如何言语，她隔着面膜摁了摁眉心，只能道："你去问问周涟，这个情况用不用处理。"

肖晴晴收到指令麻溜地去了。

点开微信，韶雨已经发来好多条道歉的消息，还有长长一排下跪的表情包。

井佑也没落后，人是他邀的，电影也是他选的，他的语气比韶雨更内疚。

我天！

对不住！

这回是我的失误，照片没检查清楚就发了。

后面同样是几排磕头流泪表情包。

他这个锅其实有点儿冤，毕竟他已经特意截掉了电影票，谁知道会被放大那么多。

赵霓夏先回了韶雨让她别在意，又回了井佑一条语音："我刚刚才知道，没事，也不是我们主动秀的电影名。"

这番和裴却牵扯上，只能怪吃瓜网友好奇心太旺盛。

"想骂我的人就算没有这件事也会骂我的。"她道，"你别往心里去。"

井佑还是自责，赵霓夏宽慰了他好半天。

中途肖晴晴和周涟沟通完毕，发来消息告诉她，工作室那边认为问题不大，会把过度的舆论压下去，让她别担心。

井佑被她开解，消停了一会儿，半天没动静。

过后，他忽地道：哎，我刚才跟裴却也说了一声，总归是我惹出来的事情，也得跟他道声歉。

赵霓夏瞥见这句顿了一下。

他下一句又说：他今晚好像有个代言直播活动，现在还没回我消息。

赵霓夏打了几个字，又删掉，编辑了十几秒，没等发出去，那边发来感叹号。

井佑：！

井佑：他回我了！

井佑：OK，他说知道了。

过会儿又是一句：他居然说我的颜文字恶心？

井佑在赵霓夏面前总是会不小心说多关于裴却的事，就像以前他们关系好的时候，自然而然地就提起。

但他也会很快反应过来。

比如眼下，发完这几句他就没再提。

稍微停了停，他适时打住：大晚上折腾了这么久，累了累了，你早点儿休息，我下次一定注意。

赵霓夏手指动了动，最后只回了一句：嗯，你也早点儿休息。

当事人翻篇了，裴霓粉却高兴得根本停不下来。

超话里热闹了一晚上，首页飘着的全是新鲜的帖子。

左一句"夏夏去看小裴电影这不是复婚是什么"，右一句"今年就是裴霓复婚元年民政局我已经搬来了"，还有的更是提到井佑喜欢的那部电影，说什么"可惜了，《离别之地》要是像《赢家》一样荷尔蒙爆棚这还不看得夏夏爱火重燃明天就和小裴爱个昏天黑地"……

搞得裴却影迷火气噌噌上来，有按捺不住的，下场在超话争起来。

一直到裴却的直播开始，才呼啦啦啦撤得精光。

喜气洋洋的氛围被冲淡了些，不过很快，随着裴却的直播进入尾声，稍稍平静下来的超话再度热闹起来。

首页一刷新就是手速快的粉丝们发的帖子。

"小裴的直播！还没看到的人速速去看！这颗糖砸晕我了，小裴绝对知道夏夏去看了他的电影！故意的！他开始秀了！难得一见践哥改口，裴霓粉都给我去嗑！"

"故意的吧绝对是故意的吧？怎么早不改口晚不改口今天突然改口了？！裴却好秀啊暗戳戳的真有一套！恨不得昭告全天下老婆去看他电影了他好得意是不是！"

一堆没来得及看的粉丝纷纷冒头问"哪里哪里""怎么了怎么了"，不多会儿就有人把直播的视频整理了出来，还没看的立刻跟上，点进去品析——

视频剪辑得有点儿匆忙，内容不长，只有一段。

宽大的会客室现场，灯光明亮，主持人拿着手卡坐在一侧，裴却坐在另一侧。

这场直播是裴却的新高奢男表代言活动，他戴了副没有镜片的银边眼镜，西装和衬衣下是一条黑色真丝领带，绣着一只金色小蜜蜂，左腕上是品牌的经典款腕表，被衣袖虚虚遮住。

整个人斯文败类感满满。

被帅哥冲击到的弹幕，满屏都是"裴却"和"啊啊啊"。

视频里是问答环节，前面应该已经问过了不少题，主持人打开卡片看了眼，笑道："最后一个问题——裴却老师拍了这么多电影，最喜欢的是哪一部呢？"

裴却的新电影正在上映，这个问题问得挺应景，然而话音一落，弹幕都刷起了《赢家》，中间还有许多粉丝在吐槽准备这个问题的人一点儿都不专业。

直播的主持人大概是提前做过功课的那一拨，问完自己就先笑着答："裴却老师最喜欢的电影是哪一部？这个问题我们大家都知道吧，这部电影可是裴却老师心里的白月光，每次被问到，答的好像都是这一部。前段时间《离别之地》路演，谭导还说要多多努力，才能让作品在裴老师心里有一席之地。"

在现场的其他工作人员都笑起来。

主持人看了眼弹幕，活跃气氛："《赢家》！对不对——"

裴却仍是那般冷淡平静，脸上的表情却似乎比平时松快了些许，接过话："今天不太对。"

"啊？"主持人不防，一下露出诧异神色。

裴却没有立刻再答。

他坐在米白沙发上，缓缓朝屏幕瞥了眼。

画面里，他依然是那副清冷又有点跩的样子，片刻后，唇角却很轻地扯了下："……现在最喜欢的，是《离别之地》了。"

主持人被裴却的回答弄蒙了几秒，反应过来后很快接话："是因为现在是《离别之地》的宣传期吗？这部电影确实特别好看，我看观众反响很好呢……"

他说了一大堆，还开玩笑说"谭升导演听到了肯定很开心"，裴却只轻扯了下唇，应对过去，随即恢复了之前淡漠的样子，没再回答这个问题。

后面便开始抽粉丝送奖品，视频没有继续截，到这里停住。

超话里的裴霓粉已经开始品析起来。

"怎么可能是因为宣传期！别的电影宣传期你看他改口了吗？别的导演的面子不是面子，只有谭导的面子是面子吗？！当然是因为老婆！"

"复婚！裴霓速速给我复婚！"

"你有本事在这儿秀你有本事给我互动啊！！互关见面和好接吻领证一

步也不许落！立刻马上！"

······

超话里因这一段热闹疯了。

赵霓夏在合照事件的第二天也被推送了这些内容。

发现裴霓粉嗑的是照片连带着裴却当晚的直播后，又被她们各种长篇大论的小作文、微表情分析一通绕，看得直发晕。

随即又刷到忍不住下场的裴却影迷解释：

"《离别之地》宣传期改口说《离别之地》怎么了？以前没改口现在就不能改？需要你们批准？"

"最开始裴却还说喜欢的永远是下一部作品呢，《赢家》拍得好他才改口成《赢家》，现在《离别之地》拍得好再改口不行吗？少自以为是！"

"少自以为是"那几个字不仅甩在裴霓粉面前，更像是打在她脸上，赵霓夏面上一紧，怪不自在的，赶紧退了出去。

微信里，肖晴晴给她发来拍摄通告调整后的安排表。

她的戏份快要拍完了，后面几场重头戏都改在了一起。

赵霓夏看完，粗略记下表格内容，回了句"知道了"，收起手机不再冲浪。

接下来的几天，赵霓夏的戏份逐渐吃重，内容难度也增加。

她没空再去管别的，每晚睡前都在读剧本揣摩角色。剧本的空白处被她的字密密麻麻填满，像是读书时被盘了又盘的课本。

她拍戏拍得认真辛苦，肖晴晴陪着自然也绷紧了神经，力求处处周到妥帖。

在紧张的拍摄进程中，《烛火》单元正式官宣。

美工给每个角色配上了不同的背景和关键词，《烈日之下》剧组官微在午休时间依照主次按序发了博。

赵霓夏虽然更后入组，定妆照也比其他人更晚拍，但她是这单元的女主，排了第一个。

微博一发，原来女主角的粉丝免不了要阴阳怪气，这方面剧组有人负责，周涟工作室也会盯着，她不用操心。

宣发在剧组群里 @演员们让大家配合宣传，她便上微博转发了自己的官宣海报，并配了句剧里的台词。

评论涨得很快，好些旧粉闻讯而来。

在这个市场，女演员一向比男演员吸粉更难，但同样地，花粉[1]也是出了名的长情。赵霓夏这条动态一出，许多还在观望的老粉立刻试探地伸出了半回坑[2]的脚。

肖晴晴按捺不住，一边走一边给她念评论，挑的大多都是旧粉丝的留言。

赵霓夏看她兴头高，没阻止她，听着那些提及以前的内容，心里不免也怅然。

两人走到半道，忽然碰见方萤。

大中午的，还没走近就听见她和她的助理，站在屋檐下的遮阴处说得起劲。

"……她还好意思让裴却给她转发微博，真厚脸皮，现在剧组官宣了，倒是看裴却给不给她转呀？谁不知道人家看见她都要不高兴，估计是跟导演讲讲客套话，还当真……"

话里话外提的都是谭升导演来探班那天的事。

方萤那天不在，也不知道是后来从剧组谁那儿听说的，此刻说得兴起，表情嘲讽又不屑，连议论的主人公来了都没发现："难为裴却，这么多年还要跟她捆绑在一起……"

赵霓夏听得一阵无语，那天是谭导主动提起帮忙宣传，也是谭导和裴却说要让他转发的。她全程根本一句话都没来得及插上，到方萤嘴里却变成她厚脸皮开的口。

她又想到井佑那天在车上的提醒，本来想着方萤没来招惹她就罢，谁知道，不主动搭理，这人也要在背后说她坏话。

她当即停下脚，沉声打断："方编剧好有兴致。"

冷不丁的一声吓了方萤一跳。

回头见是她，方萤脸上有瞬间不自在，很快又笑起来，若无其事地道："赵老师也在这儿？突然打招呼，真是吓人一跳。"

肖晴晴听她还好意思这样说，深觉这人无耻，更用力瞪她。

赵霓夏懒得跟她虚与委蛇，挑眉问："你们刚刚在聊什么这么开心，可以再说一遍给我听吗？"

"我们说什么了？"方萤装傻，"没有啊，我们只是随便聊聊，你可能听错了吧。如果说了什么不好听的，大概也是不小心，你别往心里去。"

---

1 指女演员粉丝。

2 重新喜欢上以前喜欢过的公众人物。

赵霓夏朝她笑笑，提步走向她。

方萤下意识想后退，赵霓夏几步近前，揭开杯盖就将咖啡泼到她身上。

她"啊"了声躲闪不及，衣服湿了一大块。

"你……"

方萤怒目而视，赵霓夏悠悠开口："不好意思啊，我也是不小心的，你别往心里去。"

方萤脸色难看，想发飙，可看着赵霓夏不闪不避又带点嘲弄笑意的眼神，自知理亏，咬咬牙还是作罢，扭头带着助理走了。

肖晴晴瞪着她走远，立刻冲到赵霓夏身边，满眼都是小星星，就差呱唧呱唧鼓掌："霓夏姐，你好帅哦！"

赵霓夏扯了下唇，把咖啡给她："脏了，帮我扔了。"

杯里只剩下浅浅一点儿，大半都泼到了方萤身上。

没泼她脸上已经是手下留情。

肖晴晴"嘻嘻"笑了声："好！"

这个小插曲很快就被她们抛到脑后。

赵霓夏回到休息棚看剧本，又和肖晴晴对了会儿戏。

其他事暂时都没有拍摄重要，方萤说的那些话也影响不到她。

没等开拍，杉青的助理突然给她发来微信。

赵老师！

裴却老师转了我们的微博！

赵霓夏看清，怔了一下。

几乎是同一时间，旁边休息的肖晴晴也知道了。她凭本事刷到，立刻兴冲冲跑过来分享："霓夏姐霓夏姐——"

赵霓夏没应她，低下头，自己点开了微博。

《烈日之下》官博这次一口气官宣了《烛火》单元所有的重要人物，包括男女主角以及几个资深演员在内，每个人一条单人博，最后又发了一条汇总的九宫格。

裴却没有转发赵霓夏的微博，他们俩现在仍然处于互不关注的状态，但他转发了《烈日之下》官博发的赵霓夏单人的角色海报。

评论里所有人都蒙了。

"谁？裴却转发了谁？"

"啊啊啊啊啊赵霓夏！我竟然在裴却微博看到了赵霓夏！快来个人摇醒

我我快不能呼吸了！"

"裴却转了这条，赵霓夏自己也转了这条，两个人在同一条微博的转发列表，我不管四舍五入这就是复婚了！裴霓复婚了！"

唯粉[1]愣过后，反应也很快。

《烈日之下》的导演是谭导徒弟，给谭导面子而已，你们平时都没有朋友、同事吗？人情往来帮忙宣传一下，有什么好大惊小怪的！"

"团队又不是不能登他的微博，说不定只是工作人员登上来转发做个人情而已。"

"顺杆爬的都走开！裴却爱转什么转什么，少来管你却哥营业！"

粉丝迅速点赞占据了前排，把其他言论尤其是提到赵霓夏的都压了下去。

CP粉和吃瓜网友只能转战《烈日之下》官博底下。

有问裴却会不会来客串，保证只要他客串就把剧刷一百遍不落，有感慨这简直就像裴霓热恋那一年的。

其中还有一条特别真情实感，被赞到了顶上。

"转谁不好，发了这么多条，偏偏就转了她单人定妆照的这一条，你真的好在意她啊裴却，要是像粉丝说的只是答应给导演做人情，转男主角的也可以啊，再不济不是还有九宫格全员大合集吗？明知道转她单人照会被议论、会被揣测，你还是转了，过不去吧裴却，真的意难平对吧？哪怕今天她只是复出的小演员，你已经是行业巅峰大明星，你还是没忘记还是放不下！"

官博负责人回也不敢回，删又不好删，主要是这些内容实在太多了，怕一删闹出更大的动静。

没办法，只能可怜巴巴地给杉青的助理发了满满一排流泪表情，由助理转达给当事人之一。

赵霓夏有点儿抱歉，但也无能为力：……

肖晴晴却十分快乐："哈哈！那个方萤知道了要气死了，刚刚还在那儿说我们坏话，好意思说我们厚脸皮，她自己吹牛和裴却很熟不觉得尴尬，这下她脸都要肿了！"

赵霓夏没接话，视线在那些评论上停了几秒，又沉默着退到首页。

以前她也发过很多和裴却相关的东西，那时候他们经常互动。

那样的场景，好像已经很久远了。

1　网络流行语，是指在某一真人偶像团体中只喜欢某一个成员。

指尖虚虚滑了几下，她犹豫着，还是搜索点开了裴却的微博。

第一条是电影，第二条是电影，第三条是代言，第四条是杂志……往下翻了翻，他发的几乎都是营业内容，和工作相关，没怎么分享过生活。

跟几年前大不一样。

赵霓夏滑了一会儿，叹气，退了出来。

她放下手机，靠住椅子发呆。天越来越热，外面似乎开始有蝉鸣声，一时觉得沉静，一时又觉得有种说不上来的燥意。

果然是夏天了。

放空半晌，旁边的肖晴晴突然惊讶出声："霓夏姐！"

赵霓夏转头："怎么了？"

"你点赞了裴老师的微博？"

她一愣。

肖晴晴把手机给她看，就在刚刚，她点赞了裴却转发她单人海报的那条。

赵霓夏看向自己的手机，忍不住头疼："刚刚可能不小心点到了……"

裴却的热度实在太高，转发她单人海报就已经动静不小。

赵霓夏这时候一举一动都很显眼，肖晴晴担心会有人趁机带节奏，连忙去各个论坛小组看了一下，果不其然，公共组已经有不少相关帖子语气不对，话里话外开始往炒作上扯。

裴却的粉丝可以解释他转发只是给谭升面子，友情宣传，毕竟他也没有直接和赵霓夏互动。

而赵霓夏却直接点到他微博去了，还是在这样热闹的时候，以她现在的粉丝基础，很容易被人带歪故意曲解。

她的复出对曾经同期的女演员来说并不是一件好事，她又和裴却有这样的渊源，各家公司哪会看着她坐收热度。

舆论明显有人引导，肖晴晴急了。

"现在取消赞好像有点儿刻意。"取消就更加坐实了作妖，赵霓夏为自己的失误自责片刻，只能自我开解，"不过我点到的是他转发的那条，处理起来应该不难，周涟估计马上就会给我打电话了。"

肖晴晴用力点头，和她一起等周涟联系她们。

等了一会儿，周涟的电话迟迟没来，赵霓夏想想，干脆自己主动打给他。

刚拿起手机，就听见肖晴晴又叫她："霓夏姐！"

"又怎么了？"赵霓夏生怕又出现什么情况，连忙转头。

"我们可能不用处理舆论了。"肖晴晴呆呆眨了下眼，把手机给她看，"裴老师也点赞你了。"

她微愣。

互相点赞，两个人来有往，带赵霓夏捆绑倒贴这些恶意节奏的便不攻自破。

赵霓夏看向屏幕。

裴却最新点赞的微博，是她之前宣布复出的那条。

当时周涟工作室先发了公告，她不知道该对许久没见的粉丝和大众说什么，没有写太长。

那条回归博只有简单两句。

此刻，出现在了裴却主页的内容之间。

"很高兴再次相遇——

你好，我是赵霓夏。"

如预料那般，赵霓夏接到了周涟的电话。

因为被别的事情绊住脚，周涟的电话来得迟了那么一点点，激动的情绪却半分不减，一张口，隔着两个城市的距离都能感觉到他的无助："我的大小姐！你到底在搞什么？我就一段时间没跟着你，你和裴却怎么突然就公开互动了？！"

"冷静冷静，你先冷静一下——"

赵霓夏连忙劝他把情绪压一压，半响，听他气息缓和没那么急了才解释："事情不是你想的那样……不是什么公开互动，裴却转发是因为前段时间谭升导演来了我们剧组探班，谭导让他帮忙宣传的。"

接着就把谭导是怎么和裴却打视频电话，又是怎么提起这茬，统统说给他听。

周涟半信半疑："只是这样？"

"就这样。"赵霓夏让他别多想，老实地认错，"后面的赞是我不小心点到的，纯属意外。"

周涟勉强被她说服，但还是指责她不让人省心："你少给我整事儿，一天天的！企映的那个综艺虽然在谈，但是没正式确定下来之前不要太高调知道吧？你也看到了，今天这一出冒出来多少牛鬼蛇神……"

裴却的热度实在太高。

以往他每接一部新电影，各方就你争我抢地拼命想往里塞人，想跟着蹭点儿票房，沾沾光。

别人合作一次都难，偏偏她赵霓夏的名字总和他黏在一块儿，这谁看了不眼红？

"反正咱们现在不急，你先安安稳稳拍戏，把戏拍完了再说。"周涟叮嘱着，又道，"对了，我还没问你，你跟井佑怎么回事？"

他最近太忙，上次她跟井佑看电影合照的那事没来得及细说，这会儿终于顾得上。

赵霓夏没瞒他："也没什么，他来这边拍戏，跟我们住一个酒店，后来他来我们组里探班了一位前辈，碰上了几次。"

"然后呢，你们这友情这么快就恢复了？"

"他探班那天我去他保姆车找他聊了一会儿，你也知道他的脾气，说开了就没事了。"

"这倒是。"她之前的熟人，周涟自然也了解，这个话题算是过去。

网络上的事情可以翻篇。

他又提醒她要注意安全，晚上出门一定要让肖晴晴陪着，又说："过两天你杀青我会过去，到时候陪你拍完接你回来。"

赵霓夏也好一阵没见他了，闻言笑了声："好。"

周涟是在赵霓夏杀青前两天到的平市，进了组，不仅业务熟练地陪着她拍完后期的重场戏，把她照顾得妥妥帖帖，其间更是和剧组上下打成一片，人情往来处理得滴水不漏。

最后一场戏在晚上。

飞蛾在灯下盘旋，赵霓夏说完台词，镜头推近，几秒后杉青导演喊道："OK，这条过！"

现场便响起响亮的声音："祝玉，杀青——！"

祝玉是她在剧里的角色名。

伴随着祝贺声，剧组早就准备好的花被捧了上来，赵霓夏和最后一场戏的对手演员抱了抱，又和导演、编剧等人挨个拥抱。

相熟的化妆师、工作人员也纷纷祝贺："赵霓夏老师杀青快乐！"

赵霓夏和在场的剧组众人拍了一张大合照，又和杉青导演、编剧以及其他演员们拍了好多单独的合影。

拍摄的这段日子虽然有时也会觉得累，但更多的是开心。像这样每天拍着不同的戏，去挑战自己宣泄自己，一点一点将一个角色立体地塑造起来，是她久违了也期盼了很久的事情。

她捧着花一一谢过众人的照顾。

或许是感受到她的走心和真诚，气氛伤感起来，一时间格外温情。

杉青导演在旁安慰："不用难过，以后还有合作机会。下次再有好的剧本好的角色，我第一个找你！"

合作过这一次，他对赵霓夏的欣赏已经溢于言表。戏好、能吃苦，配合度又高，平时见多了那些稍微一红尾巴就翘上天的艺人，对这种省心又敬业的好演员再满意不过。

赵霓夏笑笑："那我先谢谢导演。"

晚上没有别的拍摄安排，她的杀青戏就是重点，杉青便让人张罗着去吃夜宵，庆祝她杀青。

赵霓夏带上周涟和肖晴晴一起去了。

地方选在巷子里，是一家私人馆子，他们人太多，坐了好几桌才够，正好把不大的地方全给包圆了。

剧组的人大部分都挺好相处的，那些个别的人和不愉快的事，赵霓夏这时候也不去想了。她不爱喝酒，以饮料代替，连连和人碰杯，喝了又喝。

气氛热闹。

过几天《烛火》单元就要正式杀青，剧组还得接着拍下个单元。

杉青导演平时不显，心理压力其实不小，演员们惦着明天还有戏，怕水肿不敢喝酒，他倒是难得敞开了一次，直喝得有点儿上头。

他的助理过来劝，他半醉不醉，拍着赵霓夏的肩膀，跟她说了很多鼓励的话。

于绣兰前辈也温柔地和她说了很多过来人的经验，包括一些演戏心得，赵霓夏感激地听着，认真点头。

众人吃吃喝喝，说说笑笑。

作为这场夜宵宴的主角，赵霓夏在场周旋了许久，到后来有些疲惫，趁其他人没注意，悄悄离席出去透气。

没多久，周涟也出来了，走近问她："干吗呢？"

赵霓夏站在屋檐下，拿着一瓶水喝了一口，说："没干吗，看会儿夜景。"

四周静谧，正适合喘息片刻。

周涟在她身边站定，和她并排看了会儿天。

夜空乌漆麻黑，星星都看不见几颗。

他叹了口气，怅然地笑："你第一次杀青想起来总觉得还在昨天呢……一转眼就过去这么久了。"

"是啊。"

被他勾起记忆，赵霓夏也笑。

她拍第一部戏那时候，和裴却对手戏最多。

他们演的角色很符合当时的他们，一对青春期少男少女，十九岁的两个人连妆都不用怎么费心。

第一次杀青，剧组给他们订的蛋糕没吃就摔坏了。

那晚杀青宴吃到尾声，她想去便利店买东西，让裴却陪她。

他皱着眉似乎嫌麻烦，她拽住他的手腕往外走："走啦走啦。"

在便利店里，她看见麦芬顺手买了两个，当作他们的杀青蛋糕。

她吃完，裴却才吃下半个，被她眼灼灼盯着，他半天只皱眉说了一句："太甜了。"

离得不远的河边有人卖唱，歌声隐隐飘来。

她又兴起，拉着他过去听人唱歌。

并排坐在长长的石凳上，突然唱到她很喜欢的一首，她就轻晃起身体跟着一起唱，惹得裴却朝她看。

歌里写得那样美。

那时的他们没有人认识。

夜色下偶尔经过几个行人，至多回头看一眼。

路灯映照，在歌的尾声，她转过头笑着对他也对自己说："杀青快乐。"

赵霓夏看着夜空，想到这里，低下了头。

周涟问："怎么了？"

她敛好神色，笑笑："没事，可能没吃饱吧。"停了下，"突然想吃麦芬了。"

"啊？"周涟一愣。

赵霓夏没想为难他，敛神，换了个话题："我还没问呢，你不在里面待着，出来干吗？"

"我这不是看你一个人不放心嘛，过来看看。"周涟白她一眼，又道，"不过也有正事要跟你说。"

"什么正事？"

"企映那档综艺没什么问题了，回去以后就能签约。"

赵霓夏沉默两秒，"哦"了声："挺好。"

"他们把流程和策划书都给我们过了一遍，你到时候也看看，有需要协商的再改。"

"行。"

周涟看着她，犹豫："你……"

他似乎想说什么，最后还是没说。

"算了。"半晌，他叹了口气，重新看向天，"你一直都有主意，我也不多说，你想做什么心里有数就好。"

杀青后的第二天，他们一行人就回了京市。

赵霓夏收到了企映综艺的策划书，和他们内部提交的不一样，这份是特意做给她们这些被邀请的嘉宾看的。

节目主题、形式、流程、可能涉及的拍摄内容，大致情况都列在其中，一目了然。

赵霓夏翻了翻，看得出节目组是真的很想做好这个项目，几乎每一期都有变化。

寻常综艺的任务和步骤，她自然没问题，但这种主题免不了会多些采访，尤其是以两人关系为主的问题和设计，少不得要提及过去。

提是能提，得看提多少、怎么提。

她思索了一下自己能接受的程度，在微信里直接和郑导说了：以前的有些事情，如果采访或是拍摄过程中问到，我可能不方便全部回答。

郑导表示理解：你不想在节目里透露的，我们可以过，不用担心，一定会尊重你的意愿！

他们综艺本身自由度就很大，重点主要是在嘉宾之间的化学反应上，没有那么一板一眼。

如此赵霓夏便放下了心。

合同已经交到她和裴却手里，现下他们讨论的这些内容并不会正式加进其中。

但节目拿捏的尺度，两人可以配合的内容，一些细节还是得提前说好。

郑导征询过她的意见，自然也得告知裴却那边。

他夹在他们中间两头跑，谈到一个什么问题，和她说完，再去和裴却说说，不时给他们转达，扮演传话角色。

这般跑来跑去花了不少的时间，郑导也颇觉费事，主动提议：这样有点太耽误事儿了，我拉个小群吧，我们先在群里商量，一件事情也不用问两遍。

录综艺时为了沟通方便，嘉宾、工作人员都会拉群，有时一个节目甚至可能有大大小小十几个群。

赵霓夏没意见：行。

等了半天，却迟迟没收到郑导拉群组的通知。

猜测郑导可能有事在忙，她便先去做了点儿别的，然而十几分钟后回来，手机上依然没有动静。

刚想问，郑导突然给她打来语音电话。

她点下接听，带点疑惑："郑导？"

"是我是我……"那边连连应了两声，开口却道，"赵老师，不好意思我问一下你啊，你和裴老师还没加微信是吗？"

赵霓夏微微一诧，不知道他为什么突然问这个，但还是回答："是的，没加。"

"那你们能不能加个微信先？我刚刚和裴老师说拉个小群，他拒绝了。"郑导咳了声，语气汗颜又无奈，"……他说他不和没加好友的进一个群。"

"……"

赵霓夏属实听出了郑导的不容易。

上一次她跟井佑要过裴却的微信，但当时她不知道要说什么，怕自己的举止太过贸然，所以没加。眼下既然是工作，那就没什么好担心计较的了。

她应下："没问题，能加的。"

郑导"哎"了两声谢她配合，语气松快多了："我刚刚已经把你的微信名片推给裴老师了，他过会儿应该就会加你。"

赵霓夏刚想说"那我加他"，一听这话，便只道："那行。"

裴却这人做事一向利落，挂了郑导的电话，赵霓夏本以为很快会收到他的申请。

但一直到午饭后，她的手机才振了振。

还是那个头像，还是那个签名，一样都不曾改。

他的申请理由是空的，这点倒是极其像他的风格。

赵霓夏看了几秒，点下同意。

好友加上，他的微信出现在她列表，他半天没有发一个字，似乎没打算要说话。

她一时也不知道怎么开口。

不一会儿，郑导慢悠悠拉了个群组。

不是正式的综艺工作群，没有其他人，暂时只有他们三个。

郑导一次性把先前没聊完的内容都提了，赵霓夏只能又捧起手机，根据自己的情况回复。

有时问到裴却，他便言简意赅地回几个字。

最后说到拍摄时间，赵霓夏想了想：我这边暂时没有别的安排，后续有工作会跟你们说。

她稍停，礼貌答复：看裴却老师的时间吧。

郑导：行。

裴却没说话。

赵霓夏等了会儿，猜他大概是没什么意见，郑导也没有别的要聊，之后都是些细碎的闲话，她"嗯嗯"捧场了几个字，退出群聊。

回到对话列表，却见裴却的头像出现在顶上。

赵霓夏一愣。

旁边一个红红的数字提示他给她发了消息。

只一句话。

隐隐带着点儿说不上来的火药味。

裴却：你以前怎么不这样叫我?

裴却的这句话弄得赵霓夏蒙了片刻。

不知道是不是光看文字容易过度解读，她怎么看怎么觉得语气不善。

脑子里滞顿地想，她叫了什么?

后知后觉才意识到，哦，他指的是她刚才在小群里说的那句"裴却老师"。

以前最早认识的时候他们谁都不乐意叫谁，后来熟悉关系变好了，互相之间就直接叫名字。有时候在镜头前或是公开场合，为表示礼貌，也会互相称呼"裴老师""赵老师"。

但叫得最多的，还是彼此的名字。

只是把名字和老师组合起来叫了一声，他反应突然就变得这么大。

赵霓夏不知道该怎么接，犹豫半分钟，只好回了一句：如果你不喜欢这个称呼，我就不叫了。

消息发出去，宛如石沉大海，那边再没有半点儿动静。

赵霓夏看了又看，实在不知道怎么跟一个明显不想再回她的人交流，纠结片刻，也放弃了继续对话。

两天后，和企映的合同走完流程，正式签署完毕。

这档综艺的名字也定下来，叫作"很久以后的这天"。

节目组动作很快，其他几组嘉宾相继签约，立刻就把拍摄提上了日程。

别的嘉宾那边如何赵霓夏不知道，负责和她接洽的人倒是很快就和她沟通了一次。

说是为了保留重逢的氛围，免得之后拍摄海报或是有记者问答会之类的流程，让她和裴却碰面多了，冲淡这种多年不见的感觉，节目组决定先把他们重逢后第一次正式见面给拍了，当作先导片。

赵霓夏心里其实很想说，这根本算不上是她回来后他们第一次见，电梯里、Ann 彭生日宴，还有谭升导演的视频电话……林林总总她和裴却早就见了不少次。

但转念想到前两天和裴却在微信上的那番简短对话，又觉得现在说不定还真能拍出节目组想要的那种尴尬感。

她便也就顺着安排走，没多加置喙。

第一次拍摄日就这样如期而至。

肖晴晴和化妆师上午九点多就到了，赵霓夏起来后立刻开始换衣服、上妆、做造型。

工作人员在她们之后也来布置采访的地方。

见面前有个单独采访环节，安排在她的公寓里，不需要太大的地方，赵霓夏给他们准备了一间房间。

里面清出一块，铺上地毯挂上背景帘，再摆放一张凳子，摄影机和打光就位，就算准备妥当。

她录综艺的第一天，周涟先前没陪她进组，这次特意腾出时间跟着，买了些方便进食的午饭和咖啡过来。

赵霓夏坐在镜子前，闻见香味忍不住"嗯"了声，见他拎来一堆东西，眼睛都发亮："正好，我快饿死了，还是你好。"

"还是少吃点儿吧你，等会儿上镜了。"周涟斜她一眼，嘴上这样损着，手上却很实诚地帮她拆包装。

咖啡是黑咖，不加一点糖，味道很难喝，但对有消水肿需求的艺人来说是好东西。

赵霓夏虽然不喜欢，还是喝了好几口。

化妆师等她吃完又给她补了次唇妆。

镜子里映出她做完妆造的脸。

整个妆面色调非常适合她，她的眼睛特别漂亮，长发微卷，鼻尖小巧挺翘，衬得她格外明亮，像骄阳下的富贵花，耀眼而甜美。

肖晴晴在旁忍不住叹道："好漂亮哦，好适合去约会……"

周涟瞥她一眼，她连忙抬手捂住嘴，停止危险发言。

化妆师笑道："在自然光下看更好看呢。"

妆造做好，时间也差不多。

工作人员过来给赵霓夏别好麦，请她去录单人采访。

进了布置好的"采访"间，赵霓夏在帘子前的凳子上坐下。

镜头对着她。

一声打板，画面外的编导道："先打声招呼吧。"

她淡淡笑了下，开口："大家好，我是赵霓夏。"

单人采访这一环节不长，很多内容，像是她的出道时间、以前的作品、和裴却的关系，这些节目后期都会剪辑视频资料补充进去，向观众介绍。

当下只挑个别重点问题让她作答。

"从你退圈到复出，中间多长时间了？"

赵霓夏："六年多。"

"这期间和他有过联系吗？"

编导问的自然是裴却，赵霓夏顿了下，抿抿唇，说："没有。"

"你有想过再见面会是什么样的吗？"

她想起搭电梯那次遇见，笑了笑："就是尴尬吧。"

编导又问："从你们相识到现在，这么多年，你觉得最遗憾的一件事，是什么？"

赵霓夏嘴角的笑慢慢敛了回去，看了眼镜头，没有作答，而是问编导："这个问题我可以不回答吗？"

"可以的。"编导早就收到了郑导的最高指示，立刻点头，丝毫没有纠缠就进入下一题，"那请你再说说，初见时对对方的第一印象。"

赵霓夏回忆了一下："长得很帅，有点践，感觉……"她说到这里停住，把到嘴边的"一看就很难搞"几个字吞了回去，"就这两个，两个应该够吧？"

"够够够。"

编导继续下一个问题。

赵霓夏能回答的问题都配合着回答了。

采访环节很快结束，她一边起身，一边和工作人员互道"辛苦了"。

节目组收拾器材准备从她公寓里撤退，周涟另外带了人来，留下陪他们善后，自己则和赵霓夏、肖晴晴一道出发去下一个录制地点。

跟拍导演跟赵霓夏坐一辆车，周涟和肖晴晴坐另一辆跟在后面。

开了一个多小时，开到一家咖啡店外。

店里已经清场，周围停了好多节目组的车。

赵霓夏从车上下来，接过戴口罩的编导递来的手卡，按照引导入内。

这家咖啡馆是四四方方的环形，中间有一个庭院。

空气里飘着一股咖啡的香气，略略带点儿苦味。

导演组不知道藏在了店里哪个角落，赵霓夏进门后也没有店员上来搭话，只能自己照着路线穿过院子，来到后面的一排包厢外。

找到对应的号码，她抬手轻轻敲门，没听见应答，推开后却见里面有一个人。

裴却坐在桌旁，抬眸朝她看来。

一瞬间，赵霓夏突然有点儿恍惚，就好像回到了出道前，每一次开会她推开门的时候。

他也像这样，总是坐在那儿迎上她的目光。

愣怔瞬息，她立刻收起那些复杂情绪提步入内，走到他对面坐下。

裴却今天的风格很清爽，头发做了造型，但脸上没上什么妆，他眉骨天生优越，鼻梁又挺，有种碧蓝天空下微风扑面而来的清新感。

两个人都没有开口寒暄，也没打招呼。

包厢门适时被敲响，店员端着一杯咖啡进来，放到赵霓夏面前，又放下一张菜单给他们，退了出去。

气氛不尴不尬。

考虑到郑导和摄制组，赵霓夏很配合地决定主动开口。

她拿过菜单，翻了一页，找了个话题："嗯……要不要点点儿什么？你想吃什么？"

一边问，一边抬眸看裴却。

对面的裴却没理会，微低眸搅着面前的咖啡，一秒、两秒、三秒……之后他才抬眼看向她，挑眉问："你在问我？"

"……"不然呢？这里除了他们俩没别人，难不成她是在隔空问监控室的导演组？

赵霓夏觉得他问的不要太多余。

她张了张嘴，没等她说话，裴却往椅背靠了点儿，眼皮轻抬，用那张跩上天的脸对着她，淡淡的语气里藏了点儿不爽："不好意思啊，你突然不连名带姓地叫我老师了，我一下没反应过来你是在跟我说话。"

赵霓夏："……"

她突然觉得出门前单采问的那个问题，她没说出口的答案真是再贴切不过。

这人不仅以前，现在也还是特别难搞。

不想在节目上聊这个，赵霓夏跳过他的话，耐着性子又问了一遍："你要点什么？"

裴却瞥她一眼，这次回应了："随便点一个。"

见他肯好好说话了，赵霓夏松了口气。

"哪个？"她把菜单给他，"你看吧。"

他没接，伸手在她翻开的菜单上随意指了指："这个。"

赵霓夏看了看，顺口道："你不是不爱吃那么甜的——"

话说到一半，抬眼见裴却直直看过来，她蓦地打住。

气氛突然一下又变得尴尬。

熟悉的人了解对方的喜恶很正常，她和他有过相熟的时候，知道他的口味再正常不过。

但这样的正常，这样的熟悉和了解，放在这时候的他们身上好像就变得不那么合适了。

片刻僵滞，赵霓夏在心里暗怪自己不过脑，嘴巴太快。

裴却已经收回视线，声音听不出情绪："不知道甜不甜，随便点个试试。"

她低低"哦"了声，这次没多接话。

摁铃叫来店员，赵霓夏点了一个他指的，一个她自己想吃的。

不一会儿东西就端上来。

两个人都不吭声，赵霓夏一时不知道该怎么推进下去。

敲门声又一次挽救了他们这场岌岌可危的见面，她立刻起身开门。

门外空无一人。

侧头看见墙上有个小置物筐，里面多了张卡片。

导演组估计也没想到他们见面竟然不问候、不寒暄、不叙旧，大概是实在看不下去了，只能赶紧发布任务卡推动流程。

赵霓夏拿着任务卡回到包厢。

卡片上有两个任务。

任务一：聊一聊自己这几年的事。

任务二：问一个和重逢有关的问题。

两行字都是手写的，果然是导演组临时加的环节。

赵霓夏把卡片推过去，裴却瞥了眼，不置可否。

卡片上的两个任务都没有指定谁做，也没说每人都要做一遍，他们便很省事地一人一个。

赵霓夏正纠结谁先，裴却这会儿倒是很有风度地开口："我先吧。"

她顿了下："好。"

卡片摊开在桌上，两杯咖啡冒着热气，甜点在一旁。

——聊一聊自己这几年的事。

因为这个话题，"过去""现在""重逢"这些他们闭口不谈的东西，一瞬间清晰地推到了彼此眼前。

屋里静下来，气氛也跟着沉了下来。

"这几年我一直在拍戏。"

沉默一会儿，裴却淡淡开口："拍了很多戏，接过不同的剧本，演了很多不一样的角色。有电影，也有电视剧，合作了一些前辈，有关照我的，也有不太喜欢我的。"

他靠着椅背声音轻浅地说着，眼皮微敛没有看她，视线不知落到了桌上哪处。

"被提名过一些奖项，去了很多地方，每天都过得不一样。"

他停了一下，说："又好像每天都一样。"

赵霓夏看着他，眼睫一颤。

他仍旧没抬眼，细长的手指执着银匙轻轻搅动咖啡，说起这些语气很平静，只是叙述而已。

第一个任务在他简短的话语里结束了。

又迎来一阵沉默。

裴却没有催促她进行下一部分。搅了许久咖啡，他才很轻地把银匙一放，"叮"地发出清脆响声。

大概来上这个节目前，他就已经预料到会有很多这样的时候，这样被沉默裹挟的时刻。

赵霓夏被这清脆声唤回神，敛眸微吸一口气，伸指将任务卡扯近了些。

"下一个任务到我了。"

——问一个和重逢有关的问题。

来之前，赵霓夏看到这个任务可能会想到很多其他的，但这一刻，脑海里突然跳出了一个问题。

不知道是因为他那番没什么情绪的叙述，还是因为被气氛带进去，她很突兀地，有了一句想问的话。

"我想问……"

她动了动唇，片刻后，才发出声音。

"……这几年，你过得好吗？"

老套，俗气，没有丝毫新意。

却是她这时候，想到的第一个。

裴却抬起眼眸，看向她，很快反问："哪样算好？"

他语气认真，不是故意找碴或如何，像是并不清楚这个字包含的定义，真的在问。

赵霓夏一下被问住，脑海里闪过好多关于"好"的解释，又觉得哪一个好像都不够准确。

短暂沉默中，裴却的视线静静扫过她后又收回，他没有等她释义，已然回答："就当我过得不好吧。"

包厢里的会面内容拍完以后，编导过来敲门，请他们去拍结束前的单人采访。

两个小房间都已经布置好，就在咖啡店里。

先前不见人影的摄制组众人"哗啦"一下全现身了，周涟和肖晴晴也下车进了店，一见她，迎了上来。

被他们围着，赵霓夏感觉自己需要一捧冷水醒醒神："洗手间在哪儿？我想洗个脸。"

"啊？"肖晴晴看着她脸上的妆，犹豫，"洗脸的话容易弄花，还有个采访，我给你拿湿纸巾擦一下吧。"

她马上去找工作人员要了包湿纸巾，抽了两张递过来。

赵霓夏用湿纸巾摁了摁脸，舒服了一点儿。

随行的化妆师站在一旁，等她擦完，立刻又上前给她补了点儿妆。

不一会儿，挂着工作牌的编导过来叫她："赵老师，单采准备好了，麻烦您过来这边。"

她应了声"好"，把湿纸巾递给肖晴晴扔掉，跟着进了采访的包厢。

这部分流程和她出发前在家里的那一部分差不多，问题甚至还要更少些。

她在镜头前坐好，工作人员便打板。

"开始——!

"时隔这么久再见面,看到裴却有什么样的感觉?"

"感觉……"赵霓夏调整好状态,想了想,话说得偏官方,"感觉他成熟了很多。"

"推开门看到他的那瞬间你在想什么?"

"……嗯,因为已经做好准备上这个节目了嘛,今天也是来见面的,知道他在,只是推开门的时候没想到他已经在里面,所以稍微愣了一下。"灯光打在她身上,她缓缓道,"就有一点点惊讶。"

"刚才在包厢里的时候裴却提到一个点,你以前是经常连名带姓地叫他老师,这样称呼他吗?"

"啊……"不防被他们误会又拿出来问,赵霓夏愣了下,"不是的,没有这样叫。"

她有点儿磕绊,但还是解释清楚:"是因为这个节目……之前叫了一次。"

编导点点头,多的她没详细说,他们也点到即止。

随后又提了几个其他问题,打板收工。

采访完出去,在外等她的周涟和肖晴晴迎上来。

周涟:"单采完了?"

赵霓夏"嗯"了声。

收拾拍摄器材的工作人员来来往往,庭院里站了不少人。

裴却那边也结束了,正和郑导站在院中说话。

"你去跟导演打个招呼吧,打完招呼我们就走了。"周涟拍拍她。

有些人情交际,经纪人可以替代,有些得艺人自己来。

赵霓夏道"好",朝庭院走去。

远远看郑导说得那么起劲,她还以为他们在聊什么要紧事,走近了才听见都是些关于天气和摄制组的闲话。

她嘴角微抽,轻轻出声:"郑导。"

"哎,赵老师!"郑导冲她一笑,马上停止话题,换了句,"今天辛苦了。"

她笑笑说"没有"。

裴却站在一旁,没什么表情也没什么情绪,恢复了正常的状态。

刚才在那间屋子里的一切,似乎只短暂地存在于那个时间、那个空间。

"初次见面"顺利录完,郑导心情十分好,整个人都美得不行:"今天到这里就可以收工了,下一次拍摄准备好以后,我们马上通知你们。"

赵霓夏看过粗略的策划,除去先导片以外,这个综艺一共会剪出十二期左右，大概要录制六次。

下一次的正式录制，她和裴却就要带上行李住进节目组准备的房子，一起度过三天两夜。

虽然知道节目组不可能会为了制造看点而莽到让他们俩住一间房，但经过今天这场会面，她已经开始担心中途会不会发生比今天还尴尬的事。

然而退堂鼓也没的打了，只能硬着头皮上。

朝郑导挤出一个笑，赵霓夏看了看天色，回去还得一个多小时车程，站了一会儿就告辞："那我先回去了。"

郑导一听连忙点头："行行行。"

她没看身侧的裴却，转头朝周涟和肖晴晴示意，他们立刻提步跟上她，经过郑导面前不忘笑着寒暄了几句。

目送着赵霓夏几人出去后，郑导又继续先前的话题，说起今天的拍摄："……这个打光啊，还是有点儿跟不上，我们之前有个打光师去韩国进修过，最近请假了，我这两天就叫他回来，他那个打光的技术，能把画面拍得……"

说着说着发现面前的人有点儿心不在焉。

"裴老师？"郑导稍停，"……裴老师？"

连续两声，裴却才似听见，抬眸："怎么了？"

郑导笑了笑，没再继续说那些杂事，问："天挺热的，要不要进里面坐一坐？"

他现在对裴却的印象极好，都这个咖位了，不摆半点儿架子，也不故意为难他们摄制组。单人采访早早结束还站在这儿听他废话这么久，没半点儿不耐烦。

他热情地邀请："进去再喝点咖啡？或者来点儿别的什么？"

裴却让他不必麻烦，从柯林手里接过帽子戴上："我这边也该走了。"

"那行那行。"郑导没多挽留，送他走了几步，又道，"啊对了，关于下次拍摄的这个时间，赵老师那边比较宽松，我们主要问一下你们这边，你最近要是行程紧我们可以晚点儿拍，稍微往后推一推……你看？"

"不用推。"裴却淡声婉拒了他的好意，只说，"早点儿拍没关系。"

一天拍摄下来，真正在镜头前的只有几个小时，但前后准备工作耗费了不少时间。

明明没有进行什么剧烈的劳作，赵霓夏却觉得一身的力气都用光了。

这条路距离周涟和肖晴晴的目的地更近，她本来想让司机先送他们，但周涟看她精神不济，坚持先把她送到家。

回到公寓，摄制组的东西都撤走了，赵霓夏卸干净妆，换上舒服的衣服，顾不上吃晚饭，直接窝进了被窝里。

仰躺对着天花板看，发了十几分钟的呆，又想起今天拍摄的内容。

心烦意乱地在床上滚了几圈，她拿起手机给井佑发了个表情包。

井佑很快回复：干吗？

他在平市拍戏，还没回来，但能回消息就说明有空。

赵霓夏：我问你个问题。

井佑：什么问题？

赵霓夏：在平市那几天，你刚见到我的时候，是不是很生气？

井佑：？

怕他被不愉快的情绪勾得毛又乍起来，赵霓夏赶紧在他发作之前加了句：我没别的意思，就是问一下。

他发了个翻白眼的表情。

井佑：废话，你说呢？能不生气？

井佑：你的朋友突然出国，几年连一个电话也没有，然后又突然跑回来，换你试试？

井佑：我现在想起来还火大！我就不该那么快原谅你！至少得再晾你几个月才行！

赵霓夏被说得心虚，连忙发了几个认错表情包。

他是好哄，毛很快又被顺好，但看着他诚实的回答，赵霓夏的情绪更差了。

犹豫一会儿，她又问：我在国外这几年，裴却经常因为我被说吗？

井佑没料到她会提起这茬：你怎么突然想到问这个？

不等她回答，他便又说了：经常啊，你以为，他流量那么大，多的是人想搞他。

赵霓夏：经常？

井佑：是啊，他电影路走得那么顺……不是，也不是说顺，就是他拍第一部电影票房就挺好的，用我经纪人的话说就是回报率很高嘛，后来电影资源就打开了，那些有竞争关系的肯定不会干看着啊。那几年他没少被针对，你和他的事经常被拿出来说，他越红说得越多，就整天嘲讽他被你打脸什么的。

井佑：你也知道我们这些年轻男艺人整天被骂娘娘腔，粉丝动不动就被说没脑子，他虽然不是偶像但也是演偶像剧出道的，喜欢他的人又多，本来就有很多人跟风黑，他那人性格又不爱交际，不是在拍戏，就是在拍戏的路上，黑点本身不多，能拿来说的就那么几件事，那些人还不可劲地提。

井佑：他一上新剧或者新电影，就有人开始扯什么他想傍你这个千金大小姐，结果你没看上他把他丢开之类的，反正怎么难听怎么说。后来还是他一部部作品慢慢站住了脚，票房又高又拿奖越来越红，这几年才没人说了。他粉丝也是后面才脱敏的，所以她们之后一直特别讨厌女艺人捆绑他。

他发了好几条，一长段一长段的，回得很认真。

赵霓夏说不出心里是什么感觉，指尖停在那儿半天没动。

井佑这些话就像是把她不敢正视的那些东西，揭开了一角给她看。

许久，她才打下一句：他是不是因为这些舆论，一直过得不太好？

井佑：？？

井佑：你这个问题可把我给难倒了。

他语气转变得快，先前稍显严肃的气氛一下被他打破。

赵霓夏也觉得好像问得有点儿奇怪：……没事，我就问问。

井佑：好不好的，我想想再回答你吧。

本就是一时情绪上头问出口的问题，看他挺为难的样子，赵霓夏没指望他真的回答出什么。

这样的事问谁，谁能回答呢？

她不再继续这个话题。

行。

你是不是还在片场？今天收工了吗？

井佑：快了，晚上还有戏。

井佑：唉，感情戏，好累啊。

赵霓夏发了个摸摸头的表情。

闲聊几句，他没再回，大概是去忙了。

赵霓夏收起手机。

夏天天黑得慢，已经到了饭点，窗外还是暗蓝色。

略觉得饿，她起来弄了点儿东西吃。

吃完把碗筷放进洗碗机，去浴室洗漱一遍出来，天就黑得透彻了。

赵霓夏躺回床上，正想着要不找点儿东西看看，井佑的消息突然跳了出来，发了几个感叹号看得她莫名其妙。

"怎……"摁下语音正要问他干吗，他一口气发来好几条。

井佑：他为什么会知道是你？

井佑：虽然他没指名道姓，但他说的是你吧，他肯定猜到了吧？怎么猜到的？

后一条图片加载得慢，最后才出来。

赵霓夏心里咯噔一下，有种不妙的预感，指尖松开语音，点开图片一看，图里是井佑和裴却的对话。

井佑先是问了声"在不"，裴却回了个问号。

他接着便是两句。

兄弟，一直都没有好好关心过你。

跟你聊点儿走心的。

裴却言简意赅：聊。

井佑真就在这样的天才铺垫之下跟人聊了：平时还好吧？没什么烦恼吧？这几年各方面都还行，应该没有过得不好吧？

他这一条发出去，不知是给人问倒了还是给人问无语了。

时间显示隔了好久，他又发了几句"哈喽"和问号，那边才有新消息。

赵霓夏看到这里已经头痛，裴却有没有无语她不知道，她是真的无语凝噎了。

难为井佑还先铺垫了两句……他不如干脆直接问算了！

抱着一股破罐子破摔的心情，她硬着头皮看向图片底下的内容——

裴却：她如果这么好奇，你可以让她自己来问我。

井佑还在那边纠结裴却是怎么知道的，竟然一猜就猜准，整个人疑惑又惊讶，还带着点儿土拨鼠式的抓狂。

裴却当然会知道。

今天录节目的时候她才当面问过这个问题，录完回来几个小时不到，他转头就找上裴却问了差不多的内容，这要是猜不到才怪了。

然而企映录制这档综艺暂时还没正式对外公开，录制时咖啡店清了场，在店里的店员们也都签了保密协议，外界还不知道这个项目已经落地了。

赵霓夏的话卡在喉咙里，又只能咽回去。

至于裴却说的亲自去问他……

那就更不可能了。

她现在只想把这段对话从井佑和裴却的手机里抠掉，再把他们的记忆也一并清除！

这是一种和今天会面时完全不同的尴尬，亏她还在想下一次正式录制会不会发生什么突发情况，谁知道现在情况就来了。

赵霓夏闭了闭眼，回他：……

井佑后知后觉也开始为自己搞砸而抱歉。

井佑：对不起！我真不是故意的！

井佑：我只是想帮忙问问再回答你那个问题，谁知道会……

好一个热心肠的人。

赵霓夏怕了他了，不放心地叮嘱：我们前面聊的那些事你别告诉他！不然我真的跟你没完！

井佑：不会！绝对不会！我跟你保证！

赵霓夏不知道还能不能信他，郁闷地把图片内容又看了一遍，拉起被子，生无可恋地把脸盖住。

被井佑这么一弄，赵霓夏更不知道该怎么面对裴却，本就尴尬的情况在他的帮助下越发雪上加霜。

但工作并不会因为她的心情而推迟，该来的综艺拍摄还是来了。

节目组准备妥当，确定好时间，通知了他们两边。

出发的前一天晚上，赵霓夏在家收拾行李，肖晴晴过来给她帮忙。

她拿了个 24 英寸的行李箱，把这几天要用的东西一一装进去。

基本的一些生活用品节目组会准备好，居住周围如果方便的话，他们也可以到时再买，但有些东西赵霓夏用习惯了，像是沐浴乳、睡衣、小皮筋和夹子之类的，她还是带上了自己的。

肖晴晴帮她检查了一遍："还有东西漏了吗？"

"好像没有了。"赵霓夏看过，问，"你的东西收拾好了吗？"

肖晴晴说收拾好了："我东西不多，就一点点。"

这次三天两夜的拍摄，节目组给赵霓夏和裴却安排的是独栋别墅，随行人员包括摄制组在内，则都住在录制地点后面的房子里。

既方便，又不会干扰到嘉宾。

早早收拾好，第二天下午，节目组来了。

赵霓夏化好妆，别上麦克风，在他们的安排下动身。

路上接到周涟的电话，他关心她这边的进展："出发了没？"

"出发了。"

他叹了口气，突然一副老父亲的口吻："不知道为什么有种嫁女儿的感觉。"

赵霓夏无语。

拍先导片那天他还用眼神制止肖晴晴乱说，这会儿自己却大放厥词了起来。

"你可别乱讲。"

就凭她和裴却每次见面这氛围，跟结婚没有一毛钱关系。

周涟玩笑几句，叮嘱："你有什么事随时联系我们。"

她道："好。"

这回的录制地点比上次还远，一路上并没有跟拍导演跟车，赵霓夏挂了电话就开始闭目养神。

开了许久，到的时候已经接近傍晚。

赵霓夏在一栋别墅外被放下。

推开院门进去，一路上看到许多安装好的摄像头。

大门没有关，她在一楼转了一圈没找到卧室，拎着行李箱往楼上去。

出发前明明没装太多东西，这会儿拎起来不知道为什么格外地重。

……大概是她的沐浴乳、吹风机、美容仪、身体乳太过扎实了吧。

赵霓夏吃力地用两只手拎行李箱，一阶一阶往上挪，轮子在楼梯上一下下撞出声响，在略显空旷的别墅里格外明显。

上了没几阶，楼上出现一个人影。

抬眸一看，裴却站在楼梯口。

她诧异一瞬："你……"反应过来，问，"你到很久了吗？"

他说："还好。"

赵霓夏"哦"了声，还以为别墅里现在就她一个人。

正要继续往上，裴却站在楼梯口打量她两眼，朝她走下来。

她顿了下，不知道该不该让出点儿位置，才刚挪动，走到她旁边的人就停住了脚。

裴却伸手去拎她的行李箱，她微愣，没松手，他皱眉瞥她："轮子的声音很吵。"

她脸上尴尬起来，不好意思地松开了手。

她拎得那么费劲的东西，到他手里变得轻轻松松。

赵霓夏跟在他身后上楼，裴却把她的行李箱拎到一间贴着粉色标志的房间外放下，她朝对面看了眼，他的那间房门上贴着类似的蓝色标志。

节目组给他们分好了房……果然没有失心疯到把他们关一间房里。

赵霓夏还要整理东西，裴却没多说，径自回了自己的卧室。

这栋别墅不大，一层是公共活动空间，二楼有三个房间，两间带独立卫浴的，分别安排给了他们俩做卧室，剩下那一间用不上，被节目组封了起来。

除了一楼卫生间和二楼两个卧室里的卫浴没有安装摄像头，就只有一楼单独辟出来的一间休息室不在拍摄范围内。

赵霓夏收拾好东西下楼，走到开放式厨房，见裴却在料理台倒水喝，脚步顿了一下。

井佑闹出的那个乌龙多少令她有点儿不自在，不过从一照面到现在，看他似乎没有要提的意思，渐渐也就放松下来。

她来得晚，现下已经快到晚饭时间，有些饿了。节目组准备好了水果，她打开冰箱看了看，征询他的意见："吃点儿水果吗？"

他看着没什么兴趣，但还是点了点头。

两人端出草莓和甜瓜，她负责洗草莓，他把甜瓜冲洗干净拿到旁边切好。面对面坐着吃完，门铃响起。

裴却去开门，不一会儿，拿着一张卡片回来。

赵霓夏看了眼那熟悉的样式，问："任务卡？"

他"嗯"了声，把卡片递给她看——

请完成两个人的第一次晚餐。

厨房里的东西一应俱全，食材也准备好了。

裴却把任务卡递给她，转身就打开冰箱，从中挑出了几样。

要下锅的东西被他一一摆在料理台上，他穿上围裙，自然而然道："大概半个小时，你坐着等一会儿。"

赵霓夏没有离开厨房，也拿了件围裙穿上，边穿边道："我也做一道吧，我做那个杭椒牛柳。"

裴却闻言，侧眸看向她。

她被看得有点儿莫名其妙，以为自己说错什么，指了下料理台上的东西："这几个，不是预备做杭椒牛柳吗？"

那放着的几样食材，杭椒、牛柳，还有其他调味料，确实是为做这道菜准备的。

裴却盯着她看了两秒："你不是不会做菜？"

"啊？"赵霓夏不防他突然提到这个，下意识答，"是啊，不过在国外这几年自己下厨，学了一点儿慢慢就会……"

　　她说着，察觉到气氛好像又变得奇怪，话音渐低，一霎停住。

　　吊顶的灯照下来，略显冷清，他缓缓转回头去，脸上没什么表情，许久才淡淡说了声："哦。"

　　赵霓夏动动唇，想说话，没发出声音。

　　厨房里一时只剩下他们清洗食材、处理食材的动静。

　　不是第一次了。

　　之前提到他不爱吃甜的，现在提起她在国外学会做菜，无论是过去还是现在，没变的、变了的，好像都会让他不太愉快。

　　赵霓夏突然有一种无能为力的感觉。

　　因为她清楚地意识到，让他不愉快的这件事，这六年多，已经是无法改变的既定事实。

　　在别墅的第一晚，他们俩就吃了一顿格外安静的晚餐。

　　餐后，按照导演组的任务要求，在客厅面对面坐下聊了一会儿。

　　赵霓夏试着提了几件以前的事，裴却的反应还算正常，但她总觉得，他的情绪被饭前的对话影响了。

　　导演组没有硬性规定他们必须聊到几点钟，差不多晚上九点半，他们就结束这一环节，各自回房。

　　往床头一靠，赵霓夏坐着歇了会儿，在楼下录制时一直没怎么看手机，微信里积攒了不少来自周涟和肖晴晴的消息。

　　前者问她录得怎么样，后者告诉她自己就在别墅后的那一栋房子里，有什么需要随时叫她。

　　分别回过他们，她起身去浴室洗漱。

　　站到镜子前，赵霓夏将额前碎发用小发夹夹起，伸手打开水龙头。

　　忽地，水流了没几秒，突然开始断断续续，她一愣，眼睁睁看着水龙头最后直接没水了。

　　她站了会儿，去试了下淋浴头，发现也一样。

　　赵霓夏又下楼去看了看一层的卫生间，不知道是水管出了问题还是怎么回事，连楼下这间也和她卧室一个情况。

　　上楼回房，她试着弄了一会儿还是不见好，没办法，拿起手机一边给编导打电话，一边往楼下走。

　　走到楼梯口，电话通了，她站定，告诉那边卧室卫浴没水的事。

　　那边立刻道："我们马上问问！"

随即，她听见编导组沟通的声音，很快就答复她："……好像是管道出问题了，我们已经打电话找人来修，等会儿就过来。"

"大概要多久？"

那边又去问了，问过后，有点儿不好意思地跟她说："现在马上过来，也要两三个小时。要不这样，赵老师，你到我们这栋来？如果怕不方便的话，你可以去你助理房间用水。"

赵霓夏想了下觉得也可以："那——"

话刚开口，身后响起脚步声。

裴却的声音传来："怎么了？"

她拿着手机回头，顿了下，说："浴室的水出问题了，我在跟编导说，叫人来修管道好像要两三个小时，他们那栋的水可以用，你要不要也……"

他道："我房间的没问题。"

"啊？"赵霓夏听得一愣，她先入为主地认为他房间的应该也坏了，想说可以去摄制组那栋洗澡，听到他这话一下不知道怎么接。

"我刚打算洗澡。"裴却说，"水没问题。"

她愣怔间，手机那边的编导听见，接过话："啊，是这样的赵老师，裴老师那个卧室，卫浴的管道是单独一条，赵老师你卧室那个浴室的管道跟楼下卫生间是一起的。"

所以就是说，只坏了她那边那条。

"……啊，原来是这样。"赵霓夏没办法了，只能说她运气不好，"那我现在过去……"

裴却忽地又打断她："用我的浴室吧。"

她更愣了，诧异地看向他，拒绝的话下意识就要脱口而出，他先开口："这段和后面的让他们别剪进去，掐掉别播就好，我来跟他们说。"

他朝她伸手，拿过她手机对那边的编导道："太晚了，天黑走过去不方便，她用我的浴室，后面这段你们别剪进去。"

那头编导大概是应了，他把手机还给她，只说："我下楼待一会儿，四十分钟够不够？"

赵霓夏有点儿反应不过来，滞顿地点了下头。

"那你去吧。"他说着，径直朝楼下走。

裴却的语气很淡，也没有多少情绪，但她仍是察觉出了几分体贴。原本还觉得他因为饭前的对话正在不愉快，现在突然又变得这么好说话，她的感受更加复杂了。

回房拿上洗澡要用的东西，赵霓夏僵硬地进了他的卧室。

快步走进卫生间，一到洗脸台前，就见旁边衣帽架上挂着一件灰色浴袍，明显是裴却自己带来的，她没敢多看，把东西放下。

哪怕肖晴晴念叨过她许多次"不够精致"，这会儿赵霓夏也精致不起来了。

地板湿滑，站都站不稳，升腾的热气一下下撞向冰凉的墙面。

赵霓夏在升腾的白雾中吐了口气，加快速度，速战速决洗完出去。

回到房间，她给裴却发消息。

看着编辑好的"我洗好了"几个字，总感觉怪怪的，连忙把"洗"字删掉。

赵霓夏：我好了。

半分钟后，他回了句：嗯。

放下手机，赵霓夏坐在镜子前用干发帽擦头发，她听到裴却上楼的声音，而后是他回房关门的动静。

擦了一会儿头发，不知不觉又想起井佑说过的那些话。

她停下动作，对着镜子呆了两秒，犹豫片刻，放下干发帽，拿起手机给他发消息：

之前《烈日之下》官宣的事还没谢谢你。

停了停，她又道：

谢谢你帮忙宣传。

但你其实不用那样，虽然答应了导演，转其他人也可以少被舆论波及一次。

我真的不想牵连你。

她想打抱歉，想起他说不想听这两个字，又把这一句删掉。赵霓夏在对话框里编辑"以后我尽量少给你添麻烦"，这一句还没打完，他回了。

裴却：我已经答应上这个综艺，被波及多一次少一次有什么区别。

有区别的。

赵霓夏想跟他说，这不一样。

她同意和他一来这个节目，是因为那时候在 Ann 彭生日宴上，他说过这些年他总是被人翻当初的旧事，总是和她一块儿被提起。

人都有一种窥私欲，越是遮掩的就越是好奇。

尤其是对他们这种站在聚光灯下的艺人。

所以她想，上这个节目，把大众好奇的、想要窥探的都娱乐给他们看，往后再提起她和他，或许就会说"都一起上综艺了，以前应该也没什么大事"，像这样，将他们当成一段普通八卦。

他不再是被突然退圈的赵霓夏取关过的、被她"打脸"了的裴却。

摆脱那种隐秘刺激的感觉，在大众的目光中，他说不定就能从这段捆绑中解放出来。

赵霓夏轻触屏幕，打下几个字，删删减减，没等发出去，那边又跳出他的回复。

裴却：而且。

裴却：我答应的是给你宣传，没答应别人。

关着门的浴室里，氤氲热气还未散去。

裴却发完消息，将手机收起。

他背靠着洗手台边缘，伸手从一旁挂着的浴袍兜里拿出烟，抽出一根点着，将烟盒和打火机随意地放到一旁。

蒙了雾的镜子照出他的背影，火光在他指间明灭闪烁，他抽着烟，另一手捏着一枚被她落在洗手台上的浅色发卡，指腹轻轻摩挲。

空气中，是她洗完澡后留下的沐浴乳的香味，也是她身上的味道。

温热，湿润，闷滞。

严丝合缝地紧紧将他包围。

他吐了口烟气。

在这个飘满蒙白水雾的狭窄空间里，在这阵潮湿香甜的热气中。

他静静地感受着，那股压抑的、汹涌的欲望——

临近半夜十二点，修水管的夜工被工作人员带来，在楼下修了一个多小时。

赵霓夏在隐约的当啷声中睡着，第二天早上起来，浴室的水已经恢复正常。

洗漱完，拿掉挡镜头的衣服下楼，不期然又在厨房碰到了裴却。

裴却起得挺早，她没听见他出房间的动静，和昨天相比，睡了一夜之后的他看起来居家气息浓厚了几分。

赵霓夏轻声和他打了声招呼："早。"

他端着水杯看她一眼，嗓音微哑："早。"

赵霓夏走近料理台，拿起托盘上的杯子给自己倒水，倒完，刚一转身，却见裴却忽然朝她走过来。

　　她睡醒后没化妆，只涂了点儿保湿的面霜就下来了，素面朝天的脸上带着起床后的蒙，被他突然靠近的举动弄得一怔，发觉他是要给她东西才站住了脚没往后退。

　　裴却离得有点儿近，手放得很低，大概是为了避开镜头，有意让料理台挡住。

　　指间拿着一枚浅色的发卡，他低声道："落了。"

　　赵霓夏脸上闪过瞬间赧意："……谢谢。"

　　伸手拿回来时也没敢让镜头看到，她不好意思地轻声说："不小心漏了。"

　　昨天洗完澡离开他浴室的时候，她把衣服、沐浴乳之类的东西卷成一团抱着，走得太匆忙，没注意到这枚发卡留在了他房间。

　　她尴尬地低头喝了口水。

　　这一天的拍摄相对比较轻松，整个上午都在一种舒缓的氛围里度过，午餐是节目组准备好的，到点准时送上了门，免了他们下厨的麻烦。

　　下午，收到的任务卡只说让他们进行自由活动。

　　别墅面积不大，在这里自由活动似乎没什么能做的，赵霓夏拿起手机给编导发微信语音询问："我们可以出去吗？"

　　录制还在未公开阶段，她不知道他们需不需要尽量减少曝光的可能。

　　节目组却很大方地应了，那边编导回复说："可以的，这周围附近都可以去，不过两位老师先稍等一下，我们马上派一个摄像过来。"

　　要出门，自然就得有人跟着拍摄。

　　他们似是已经做好了近期正式官宣的打算，赵霓夏不再替他们操心，得了首肯后转头问裴却："那我们出去逛逛？"

　　他无可无不可地点头。

　　外面太阳正烈，她看了眼，决定先上楼换衣服。

　　裴却喝了半杯水后，也步伐随意地跟在后面回房。

　　等再下来，赵霓夏穿上了能遮光的薄外披，还涂好了防晒霜，戴上了遮阳帽。

　　而裴却仍旧是那身，只多戴了顶帽子。

　　她诧异："你没换吗？"

　　"没事。"他说，"我不怕晒。"

　　摄像师很快到达，他们一行三人这便出门。

　　沿着别墅外的小径一路向前走，路边错落开着一丛一丛野花。

赵霓夏不时说两句，裴却偶尔也轻声回一句。

他们走得不快，步子闲适，有时看见建筑物照下来的影子面积大，赵霓夏就会特意走到那处荫蔽下。

裴却没有言语，只跟在她身后慢慢朝她靠拢，而后步调一致了就默契地一起在各个荫蔽下移动。

摄像师扛着机器走在他们后面，边看边暗暗咂舌。

这两个人怎么说呢，有的时候气氛僵硬到旁观者看着都尴尬难受，但有的时候，在这样一些细微的地方，他们又有着说不上来的协调，自然得仿佛本来就该这样。

赵霓夏想得倒是没那么多，她一边躲太阳，一边只觉得这时候是他们难得的平和状态。

这一整片是一个度假园区。

她记得来的时候看到附近有一片湖，和裴却说了声，就朝湖边走。

路旁一棵又一棵树投下成片的绿荫，一直延伸到湖的两岸。

湖边有个上了年纪头发微白的老爷爷，正姿态悠闲地坐在树荫下垂钓。

他们走到绿荫下不远不近地看。

老人家钓鱼技术不错，不一会儿就有鱼上钩。

赵霓夏瞧着鱼那肥美的个头，眼睛都睁得更大了些。

或许是太过激动，当老人家又一次甩竿吊起时，见那鱼比前一条还大，她不禁轻呼出声，抓住裴却的手臂："你看那渔竿都……"

几秒后意识到自己的动作，她连忙收回手，对他道："……不好意思。"

裴却瞥她一眼，没说话。

炽热的阳光似乎穿透树叶散碎地落下来。

风里带来了一丝丝燥热。

赵霓夏把手往身后背，又不自在地，把手揣进了薄外套的口袋。

看完钓鱼，他们顺着湖边走了一圈，沿路返回。

这一个下午没有发生什么不愉快的事情。

节目组依然给他们准备好了晚饭，饭后，等他们各自回房洗漱过，终于发布了一个看起来比较正式的"破冰十分钟"的任务。

客厅里那一面巨大的玻璃墙前，多了一张摆放好的双人沙发，正对着墙外，可以看到外面的夜景。

任务卡上写着，他们俩要坐在沙发上共赏夜色，并在这十分钟里互相夸赞对方，说一些对方的优点，之后再进行抽选问答环节。

沙发前就是一个装着问题字条的小箱子，旁边的矮桌上还放着计时的钟。

各项道具都准备得一应俱全。

两个人换上了洗漱后的舒适居家装，赵霓夏看看那张不是很长的沙发，选了右边坐下，裴却便在左边落座。

彼此之间隔着三个拳头的距离，靠得不算太近，但也说不上远。

不知道是不是心理因素在作祟，她总觉得似乎能闻到他身上沐浴后的清爽气息，还有皮肤隐隐传来的热意。

稍稍整理好情绪，为避免一开始就气氛僵硬，赵霓夏主动提议："放点儿歌听吧。"

裴却"嗯"了声，拿起旁边的音响遥控设置了一下，厅里响起舒缓的音乐。

她伸手摁下时钟上的按钮，钟面开始十分钟倒计时。

这个时间说长不长说短不短，他们谁也没急着开口，就像任务卡上说的那样，真的欣赏起了夜景，试着放松身体。

夜幕很黑，星星比她在 Ann 彭生日宴那天看到的要多，一颗颗闪烁不停。

这里空气应该很好。

赵霓夏走神地想，然而身边的他的存在感，不管她怎么想其他的事情都忽略不了。

过了一分多钟，她开口了："我先说吧。"

"优点的话……你的优点，"她客观地道，"其实挺多的。"

赵霓夏一边说着，一边想到了很多以前的事。

他是个很认真的人，决定了要做的事情就一定会尽力做到最好，不怕吃苦，不管是拍戏还是别的，从来不抱怨辛苦。

而且他这个人，其实没有看起来那么冷漠。

就好比他们第一次见面那回，他很践地让她一等就是几天，后来她才知道，那是因为他们练习生月度考核，他在给几个吊车尾加训。

被不熟悉的人求着拜托，花费时间陪着训练了一个星期。

看起来根本不像他会做的事，但他真的做了。

赵霓夏从回忆里挑了一些能说的内容，比如认真、努力、不怕辛苦，举了几个拍戏时的例子，说到后面，还是忍不住稍微多提了几句。

"……还有就是，其实真的没有看起来那么冷淡。"她说，"外冷内热，没有那么不好接近，也没有那么不好相处。"

她抿了下唇，说到这里很好地打住。

裴却看了她一眼。

时间还有好几分钟，赵霓夏把视线投向夜幕，等他接过话题。

他的回答相比之下就简短多了，沉默片刻，只说了两句："很开朗，很真诚。"

赵霓夏等了一会儿没听见后面的内容，诧异地朝他瞥，考虑到这是在节目上，他们现在又是这个状态，忍住了心里第一瞬冒出来的那句——"我说了这么多你竟然就两句话？"

互相夸完优点以后，进入问答环节。

小箱子里都是节目组准备好的问题，每人轮换着抽，有单独问他的，也有单独问她的，还有两人都要回答的。

这部分不计入十分钟之内，也没说什么时候停，大概是想看他们自由发挥，自己控制。

问题都没有太过抓马[1]，只是在引导他们多聊以前。

赵霓夏察觉出节目组这个意图，便也就配合着提了许多能提的。

七八个问题之后，她感觉时长差不多了，将手伸向纸箱，道："我抽最后一个吧。"

抽出来一看，纸上写的是："还愿意和对方做朋友吗？"

她顿了下，一字一句念出题目。

这个节目给他们定位的关系是旧友，她和裴却、井佑之间，也确实是有友谊的。

赵霓夏想了想，没有把话说得太死，答得有点儿含糊其词："……嗯，如果可以的话。"

说完过了好几秒，她才拿着字条看向裴却，等他回答。

被她注视着，他先扫了眼字条，而后抬眸看她。

对上视线，赵霓夏感觉到他表情不太好看，心里突然咯噔了一下。

裴却的声音比平时冷淡了许多，语气也沉下来，他道："我不想回答这个问题。"

手机在旁边振了又振。

赵霓夏埋头闷在枕头里，好一会儿才摸索着拿起来。

---

1 网络语境里，指"戏剧性的、浮夸的"意思。

住另一栋的肖晴晴在监视器里看到了他们在客厅里的情况，那一环节结束之后，就给她发了好多消息关心她的情绪。

她提不起回复的兴致，简单说了几句让肖晴晴别担心，就把手机又塞到一边。

房间里的镜头已经被她用衣服遮起来了，回房到现在，她还是有点儿说不上来的低落。

赵霓夏觉得烦躁，起身又去冲了个澡，洗完出来继续对着天花板发呆。

不知是不是心情影响了胃，她躺着躺着，突然觉得胃有点儿不太舒服，揉了一会儿不见好，那微微的痛感仍然没有消退下去。

已经晚上十一点多了，她不想给节目组找事儿，感觉也没有到需要吃药的地步，便下楼去倒热水喝。

喝了点儿热水后似乎舒服了一些，赵霓夏没开灯，在黑暗中站了站。

她实在没有困意，不想上楼，又怕自己静静待在这儿被镜头夜视拍下来显得很奇怪，吓到监控室的工作人员，索性将杯子倒满，提步去了没有摄像头的休息室。

休息室里有一面墙，也是整面的玻璃。

她没开灯，站在玻璃墙前看夜景，慢慢喝下小半杯水。

身后忽然传来脚步声，回头一看，裴却不知什么时候下来了。

他掩上门，也没开灯，走到距离她几步的地方停下。

中间隔着沙发和几张椅子，视线相对，赵霓夏眼神闪了下，挤出一点点笑："这么晚还不睡？"

说完又觉得自己太主动，把嘴角的弧度往回收。

裴却道："你不也还没睡。"

她默了默，又尴尬笑笑说："刚刚胃不太舒服，下来喝点儿水。"

裴却的眉头轻蹙了下，道："我带的药包里有胃药……"

"不用了。"她马上拒绝了他的好意，"只是一点点不舒服，现在喝过热水已经好了。"

赵霓夏略站了站，想上楼了，没等她提步，裴却不知是不是看出她的抵触，忽地问："你很介意我之前说的那句话？"

他突如其来的问题把她弄得一愣。

之前的哪句话？

自然是在客厅里，他面对那个问题时说，他不想回答的那一句。

整个环节也因为这句而草草收场。

赵霓夏不知道该承认还是该否认，这里没有镜头，她却好像更加无法面对他。

她想说点儿什么，裴却又开口了："我确实没把你当朋友。"

端着杯子的手微滞，她实在挤不出笑来，吐了口气，微敛眸轻声说："……我知道了。"

没法再待下去，她提步要走，他的话音再次响起："可能我没你厉害吧。"

她一顿，在他的注视中停住了脚。

"我不像你心那么大。"

裴却眼神直直看向她，语气不善："能心无芥蒂，跟差点儿在一起的人继续当朋友。"

第一次的录制为期三天两夜，说是这么说，但时间上卡得并不那么严格。

赵霓夏第一天下午到，第三天午饭之后差不多就要离开。

从两人起床打照面开始，这一天的气氛完全就可以说是处在一种"古怪"之中。

赵霓夏问候的那一声"早"，语气比之前轻了几个度不说，裴却回应的声音也低了许多。

之后，他们便沉默地擦肩而过，各自喝水。

古怪。

十分古怪。

后一栋房子里通过监控显示屏观看两人早上情况的导演组，越看越觉得不对劲。

"他们两个这是怎么了？气氛怎么突然变得这么，这么……"

其中一位编导想了半天也想不出准确的形容词，只能疑惑地去看自己的同事。

"不知道欸。"同事接过话，也瞅了眼，"昨天发生了什么吗？哦对，昨晚破冰十分钟那个问答……不过不至于吧，都过去一晚上了，他们看起来怎么好像更僵了？"

这么说着，一群人团团把监控显示器前正值班的那位围住，让他把昨晚的画面调出来一看——

"天哪，天哪！"这一看，直看得不知是谁先发出感叹，完美表达了几个人此刻的心声，"……进休息室了？！"

画面中显示，下楼喝水的赵霓夏先进了休息室，接着没过多久，裴却也进去了，还掩上了门。

看样子不像是约好的，应该不是特意到休息室去说什么，时间也不长。

问题是里面没有镜头，谁都不知道发生了什么，才导致了今天早上这样的局面。

导演组的几个人看得抓心挠肝。

"早知道给休息室也装上镜头了！你说郑导整这出是干吗啊？"

"傻啊你，要是装了镜头你能看到这个？这几对嘉宾这样的关系，留这么一个地方，为的就是给他们喘口气，拍摄途中谁知道有什么不方便在节目上公开说的话……"

这不，裴霓这对一早起来，这氛围，这奇怪的张力，啧啧，直接拉满。

其他几组嘉宾也在录制中，几个编导开始讨论起来，不知道其他组的情况是不是也很刺激。

"不能吧，也不是所有的关系都这么……要说抓马肯定有，刺激就不一定了。"

"也是……"

讨论到最后，目光又聚焦回眼前这一对，最先发出疑惑的那位编导看向监视器，忍不住感叹："这两人……这几天可真是给我看傻了，每次看到他们之间的氛围，总觉得他们下一秒上演限制级画面也不奇怪，这哪是只炒过CP那么简单啊！"

希望粉丝们不要太激动，天地可鉴，他们是真的没进行什么艺术加工。

这一次的最后一天没有什么好拍摄的内容。

吃过午饭后，赵霓夏就回房收拾行李。

行李箱摊开，肖晴晴发来消息告诉她：车子已经在路上了，一会儿就到。

导演组这回没有像上次录先导片一样在结束后现身，大概也是想剪一点儿他们第一次录制后的告别镜头。

赵霓夏蹲在行李前，不由得长叹了口气。

不到二十分钟，车来了。

她拎着行李箱下楼，裴却正好在客厅里。

没见他的行李箱，她放慢脚步："你的车还没到？"

他说："还在路上。"

她默了默，道："那我先走了。"

他"嗯"了声。

在镜头前，两个人都有分寸地保持着体面，像昨晚在休息室里说的那些话，他们都心照不宣地压了下去，绝不会在这样的白天宣之于口，展现于人前。

赵霓夏拉着行李箱出去，走到车前，肖晴晴从里打开门，司机也下来帮她摆放行李箱。

她坐进后座，关上门，车发动的那一瞬间，透过贴了防护膜的车窗望向别墅里，玻璃墙前，裴却静静地坐在那儿，像是在目送她离开。

录制结束后，赵霓夏在家休息了两天。

因为之前在《烈日之下》剧组时她在微博上闹出的热度，这段时间周涟手里陆续收到了一些剧本，但质量都不是很好。

他从中筛选出了几个勉强能入眼的给她看，她正看得脑袋疼，井佑的电话就来了。

赵霓夏开了扩音，把手机放在腿上："怎么这时候有空给我打电话，今天没有夜戏吗？"

他道："有啊，现在在片场休息。"

"找我有事？"

"没事不能找你？"井佑撑了一句，才道，"我过几天要回京市拍杂志，不知道时间来不来得及，如果时间够的话，我请你吃饭！"

她笑起来："怎么好好的突然想请我吃饭？"

"还不是你杀青后回去得那么快，杀青宴我都没赶上，这次正好有时间，给你庆祝一下嘛。"

"那我多不好意思。"

"屁咧。"井佑吐槽得不留情面，"不好意思，你就等我杀青再请我吃一顿。"

赵霓夏本就是跟他开玩笑，以前他们也经常请来请去，当场应下："行啊，等你杀青我请你。"

井佑和她说好，询问起她的动向："你最近在干吗？"

"看剧本。"

"有新剧本了？"

"嗯，有不少呢。"她边说边翻了一页，"就是质量实在不怎么样。"

井佑明白她的处境，叹气："是这样，重新起步嘛。"

关心了她几句，他又吐槽了一会儿拍戏遇到的事情，想起什么，忽地道：

"对了。"

"嗯？"

他问："你和裴却怎么样了？"

井佑这段时间一直惦记着这事儿，上次她来问他裴却这几年的事情，他本来想去裴却那儿试探一下，结果不小心暴露，也不知道有没有影响到他们俩。

综艺的事还没官宣，不过也快了，赵霓夏想了想，暂时不好多说，只道："就那样吧，过段时间你就知道了。"

……希望他反应不会太大。

见没有给他们造成什么影响，井佑放心地挂了电话。

通话结束，赵霓夏继续看了一会儿剧本，实在看不下去，给周涟发了条消息：这几个本子都不行，接不了。

周涟很快回复：了解。

这几个本子在他看来已经很勉强，被她拒绝完全在意料之中。

他道：有新的我再通知你，也不急，看看再说吧。

赵霓夏回了个"嗯"字，起身去浴室洗漱。

热气朦胧，她涂完身体乳，手机突然振动。

来电是没有备注的号码。

她随意地接起，却听那边道：

"赵小姐，打扰了，我是林诚。"

听见这道不算陌生的声音，赵霓夏握着手机顿了一下，几秒后，语气微淡："什么事？"

"很抱歉这么晚打扰您，只是您回来有一段时间了，我今天才拿到您的新联系方式。"林诚先致歉，随后道，"是这样的，望江澜城那边定期有人打扫，清理卫生的人说家里没有人居住，您回来以后，是一直都没有回去过吗？"

赵霓夏把头发捋到耳后，答得直接："没回去。以前那两年我也住在自己的公寓里，很奇怪吗？"

"可是您公寓打扫卫生的人说，您也没有回去过那边，要是之后赵总问起来……"林诚语气颇显为难。

"她怎么问你，你实话实说就是了。"赵霓夏抿了下唇。

听出她不想回去住的意思，林诚似是十分为难，但也只能道："好的，我知道了。"

赵霓夏对他并没有恶意，他作为她妈的助理，她和林诚他们打交道的次数可能比真正见她妈的次数还多。

只是她们争执了太多次。

从最初出道到这次回国，她提到真的觉得累，难免有点儿控制不住情绪。

明白他也只是履行工作职责，她缓和语气："我住在我朋友帮我找的公寓里。反正她在国外忙得很，等她问起来你再说吧。望江那边和我公寓你让人定期打扫就行，我有空会回去看看。"

几天后，节目组通知他们去拍宣传海报。

拍摄时间在下午，肖晴晴来公寓接上赵霓夏，出发没多久，就在网上刷到了关于这档综艺的爆料。

有人开帖说企映请到了裴却和赵霓夏，并且节目已经在录制中。

因为是爆料，帖子里有信的也有不信的，有些粉非官宣不认，有些粉疯狂贺"复婚"，吃瓜网友看热闹，帖子翻了几百页，到后面都在让瓜主上自证。

也不知道是收到消息的圈里人，还是拍摄过程中哪个环节对接的工作人员。

赵霓夏听肖晴晴第一时间分享，并没觉得惊讶，从开始录制，她就知道这个消息瞒不了多久，现在才爆出来，已经很意外了。

见她并不为这些烦心，肖晴晴也就放心地将之抛到脑后。

反正节目组会关注舆论，官宣以后的问题也有工作室团队配合处理。

车开到拍摄地点。

摄影棚在一栋大楼里，节目组租了其中一层。

赵霓夏到了后就被工作人员领去化妆，轻柔的刷子在脸上扫着粉，她想到另一位主角，问了句："裴老师来了吗？"

工作人员说："来了的，裴老师也在做妆发。"

她便"噢"了声没多说。

今天要拍摄的衣服有几套，都是根据节目组给他们的关系定位和摄影师想要的感觉来安排的。

妆发做了两个多小时，赵霓夏换好第一套衣服，被领着去棚里。

　　棚里靠墙处布置了一块白布，从墙上一直延伸到地上铺展开，旁边架着几盏巨大的照明灯，摄影师等人已经准备就位。

　　赵霓夏一进去就看到站在旁边等候的裴却。

　　做完妆发造型的他，又高又出挑，是闪闪发光扔进人群一眼就能看见的大明星。

　　走到他旁边，两人还没说话，摄影师见他们到了，立刻招呼："两位老师，麻烦站到中间，我们先拍第一组。"

　　他们便一起按照指示移动。

　　除纯白色布置以外没有别的道具，站桩拍了几张后，大风扇也开起来，吹起他们的头发和衣摆，摄影师不时提醒他们变换姿势。

　　"对对对，就这个角度。

　　"裴老师麻烦侧一点儿，看着赵老师，OK！

　　"两位靠近一点点，赵老师姿态放松一些，有点儿紧绷了，对，就这样——"

　　这一组拍了几十近百张，摄影师才叫停。

　　其中应该有很多废片，不是说拍得不好，而是不足以用在宣传上。

　　赵霓夏穿着高跟鞋，因为摄影师的指示离裴却越来越近，中间几次差点儿没站稳撞到他身上。

　　听见这组可以了，她松了口气，去更衣室换下一套衣服。

　　几套衣服的风格都不相同，其中有两套是比较居家休闲的日常装扮，拍摄时他们的姿态就比较放松。

　　摄影师还给他们加进了道具，她渐渐适应，找到感觉，越拍越顺。

　　拍到最后一套，赵霓夏有点儿累了。

　　这套衣服和第一套一样，偏正式，但更精致，多了些设计感。

　　纯白色的公主裙，肩膀和锁骨露在外，胸口也漏了一点点，微蓬起的短裙裙摆像层叠的花瓣，只遮到大腿，温柔的白色中夹杂着闪烁的碎银光和一些蓝色点缀，造型师在赵霓夏的脖子上系了一条蓝白渐变的蕾丝 choker（项圈）。

　　裙摆下笔直修长的腿踩着高跟鞋，往那儿一站，俨然是一位优雅矜贵又娇甜艳丽的公主。

　　肖晴晴又发出了之前看她化妆时的感叹："好好看哦，这套好闪！霓夏姐，你超漂亮！"

明丽，甜美，耀眼。

赵霓夏早被她三不五时夸麻木了，听见这话，伸出手指虚虚朝她比了一下，意思大概是"你小子又在这儿给我夸张"，随后便继续去棚里拍摄。

裴却还是站在之前的那个位置，穿的也是和第一套有点儿像的黑西装，但不知是不是为了和她这套搭配，多了几处银色和蓝色的点缀。

他旁边一个女工作人员先看见她，笑着夸了声："赵老师好漂亮！"

赵霓夏笑了笑说："谢谢。"

一抬眸，对上裴却看过来的视线。

看见她这一身打扮，他的目光似是顿了一下。

没等她反应，下一秒摄影师的声音就传了过来："两位老师，准备拍摄。"

她立刻敛眸提步过去。

场中多了一张双人桌，左右两边各放了一把椅子，桌上摆了些西式餐具。她和裴却各自在两边落座，他左她右。

拍了一会儿，摄影师忽然道："两位老师，你们的腿可以再往前一点儿吗？"

"啊？"赵霓夏愣了愣，这张桌不大，再往前势必会碰到对方。

"像这样。"摄影师走过来讲解，"不用碰到，赵老师你左脚放在裴老师两只脚之间，对……这样裴老师的左脚也在你两只脚中间……腿都再往前一点点，从我这边镜头角度看营造出一种交互的感觉……"

他说了半天，达到要的效果以后，连忙退出去摁快门。

这组拍完，摄影师检查成片时十分满意，连连道："就是这个效果！哎这几张直接都可以出片，这个拍得也好……"

赵霓夏凑过去看半成品，电脑屏幕上，她和裴却的上半身在桌两边没有丝毫接触，镜头里谁的眼神都没看谁，各自表现出一种慵懒傲慢的矜贵感，然而没有遮掩的桌下，他被西装裤包裹的长腿和她裙下光裸的腿却隐秘地交互着。

泾渭分明，暗通款曲。

赵霓夏突然就想到这两个词。

可能是因为真的暗通款曲过，她有点儿心虚："这样可以吗？这个符合主题吗？"

他们这个节目好像真的不是恋爱综艺……

摄影师肯定道："可以的，没问题，其他组的嘉宾也有类似设计。"

他详细解说了一堆，大意是要同时表达出"亲近"和"陌生"两种矛盾的感觉。

赵霓夏转头看了眼身旁并未发表评价的裴却，最后决定还是不去干涉别人的专业。这也是一种艺术创作，她和他吻戏都拍过，这个应该也不算什么。

拍了一下午，拍完也没有那么快能走。

工作人员见他们和摄影师聊完，立刻过来跟他们说："裴老师、赵老师，等会儿还要录一个幕后小花絮，麻烦你们再等一下好吗？"

两人很配合地应下。

工作人员把他们领到休息室："等会儿就在这里录，你们先坐一下，稍等。"

休息室不大，赵霓夏在白色小圆桌旁的椅子上坐下，裴却坐在了她对面。

他们俩的助理随后也过来了，各自忙前忙后给他们倒水、拿东西。

不一会儿，裴却那个叫柯林的助理手机响起，似乎是工作，和他说了声，出去打电话。

肖晴晴倒没故意给他们腾空间，陪着待了片刻，见赵霓夏靠着镂空的椅背不舒服，想起带来的靠垫忘了拿，拍了下自己的脑袋："靠垫落在化妆间了，我去给你拿过来，霓夏姐，你等一下！"

她也提步出去，休息室里一时只剩他们两人。

穿着黑西装的他和穿着白色公主裙的她。

成套的搭配。

赵霓夏抿抿唇，不知道要不要说点儿什么打破沉默，还在纠结，门猛地一下被推开。

她吓了一跳，和裴却一道朝门口看去。

就见推开门的井佑，满脸都是惊讶和不可置信："你们真的复婚了？！"

看多了网络上粉丝们的言论，一时没控制住脱口而出，井佑说完自己也反应过来，连忙道："……不是！"

他反手关上门，免得外面的人听见，箭步冲到了他们俩面前。

"你们真的在那个什么，那什么……"

"在录企映的那档综艺。"赵霓夏听不下去，主动接过他的话回答。

他"那什么那什么"地说，听着好像她和裴却在干什么见不得人的事似的。

井佑仍然无法控制脸上的震惊，用力吸了口气："你们真的在拍那档综艺？！"

裴却轻拧眉，瞥他一眼，似乎嫌他问得多余："你不是已经听见了？"

"不是！"井佑左右转头，看看他再看看她，一把扯过一张椅子坐下，"你们这……"

赵霓夏先反过来问他："你怎么会突然出现在这儿？"

"你还说！我当然是工作啊！我刚刚在楼上棚里拍杂志，抽空看了下手机就刷到网上爆料说你们接了这个综艺，本来想打电话给你问问，结果听到工作人员说看到你们就在楼下，这我不得赶紧下来捉……呃，看看！"

井佑把舌头拧直了，没好气道："我上次电话里跟你说，我有工作安排要回京市一趟，你忘了？"

"啊……"赵霓夏当然记得，尴尬，"你说的过几天就是今天啊。"

他反问："不然呢？"

在电话里他们也没聊具体是哪天。

还真是巧了，两边拍摄撞上同一天，还在一栋楼里。

不过这里本就有很多摄影棚外租，遇见圈里人也正常。

"我还没说你们俩呢，看看，看看！"井佑拉着椅子凑近了点儿，对着他们一副要讨个说法的样子，"你们说说吧，多久的事了？"

"……"什么叫多久的事，好好的话被他说出来突然就变了味，赵霓夏尴尬地看了裴却一眼。

井佑盯着她问："是不是从你回来开始的？"

她咳了下："节目组那个时候确实和我团队接洽了，不过是后来才说定的。"

"录多久了？录几期了？！"

"没多久，刚录完先导片和第一期……"

"那之前，之前你给我发消息那次，我发给裴却问——"

他估计是想问他在裴却面前露馅的那个时候他们是不是就在录节目了，赵霓夏不想他再提这茬，连忙用眼神瞪他。

井佑反应过来，及时住嘴打住。

他没把话说完，但看这情形哪会不明白，还用问？

难怪！难怪他说他怎么一问就被裴却猜出来了，肯定跟他们的录制有关！亏他还担心自己会不会搞得他们更尴尬，结果这两个人早就暗度陈仓了！

他悲怆地质问："你们为什么不告诉我？"

赵霓夏也无奈："不是故意不告诉你，只是还没官宣，你也知道录综艺得配合节目组……"

"那……"

他还要继续问，裴却接过话打断："你怎么那么多问题，有完没完？"

"你们瞒了我这么久，一点儿风声都没给我透露，还不让我问？！"井佑愤愤怒视他。

虽然知道他们要配合节目，但这不妨碍他使小性子，他咸鱼一样往后一靠，整个人瘫在椅子上，一脸委屈地念念有词："我被排挤了……好朋友的消息我竟然从网上看到才知道，你们背着我搞七搞八……"

裴却踢他一脚："差不多得了。"

井佑不动，一边瘫着耍赖，一边气愤地和他互撑，满脸写着"三个人的电影我却不能有姓名"，中间穿插着哀怨，念叨他们排挤他瞒得他好苦。

赵霓夏看着不禁失笑。

自从回来后，她和裴却相处的时候已经很久没有这么轻松过了。这样的氛围让她感觉像是回到了以前，不由得产生了几分怀念。

或许是她笑得太明显，裴却的视线似乎扫了她一眼，她连忙坐直，微微收敛唇边弧度。

"你杂志拍完了吗你就下来？"她出声提醒井佑。

"还没，不过他们要搞什么东西，还得等一会儿，好了会来叫我。"井佑稍微正经了几分，勉强放过这茬，说起之前要请她吃饭的事，"……你今晚和明天什么时候有空啊？"

她道："我都行。"

"行，那时间我定咯……估计我今天这杂志得拍到挺晚了，就明天吧，我等会儿让人先订位子。"井佑说着，马上扭头看向裴却："你有行程安排没？没的话一起吃个饭。"

赵霓夏没想到他会问裴却，还是当面，顿了一下，但最后还是没有说什么。

以前，如果是在以前，他们谁约谁叫上第三个人都是很正常的事。

井佑补了句："赵霓夏她新戏杀青，帮她庆祝一下，就当是杀青宴了。你要是有空就一起呗，我们也挺久没一起聚聚了。"

赵霓夏闻言，思忖着接上："要是有行程安排的话也没关系，我和井佑……"

刚刚拍摄间隙她听到他助理不停地接电话,提到什么导演什么合作方,看着像是很忙,他要是抽不出时间也没什么,不必看在井佑的面子上勉强。

裴却瞥她一眼,没等她说完,直接道:"这两天没有行程安排。"

"……"她默了默,不说话了。

井佑倒是高高兴兴,立刻拍板:"那行,我等下确认一下地点告诉你们!"

这会儿说话的工夫,门口响起敲门声,三人侧身,赵霓夏应了句:"请进。"

门一开,工作人员和扛着机器的摄像师走进来:"三位老师,我们这边好了,可以拍花絮了。"

门外,打完电话的柯林和拿着靠枕回来的肖晴晴都站在一旁,估计回来有一会儿了,不好打扰他们说话所以一直在外等着。

"要拍摄了吗?需要我回避吗?"井佑睁着大眼睛问。

工作人员道:"……哦,井老师愿意出镜的话也可以的。"

井佑还真不跟他们见外:"那行,那我打个招呼。"

他挥挥手,真就跟镜头前未来的观众打起了招呼,顺带还解释了一下自己在楼上拍摄碰巧得知他们俩在楼下,所以下来见面的这个情况。

打完招呼,他没有多留就上楼继续工作去了。

因为有他这个插曲,整个花絮拍摄的氛围都轻松了许多。

京市的温度一天比一天高,市民在燥热中盼了又盼,也没盼来一场雨,每天只有傍晚之后,气温降下去,偶尔能刮起几阵舒爽的风。

赵霓夏收拾好,在傍晚的微风中出门。

井佑已经订好了包厢,他挑的是一家蛮多艺人经常会去的店,因为贵,私密性挺好。

包厢不大,四人座的餐桌,旁边还有沙发卡座用以休息闲聊。

赵霓夏到得并不晚,比约好的时间还要早上一些,但做东的井佑和裴却来得比她更早,已经坐在沙发上聊起了天。

见她推门进来,井佑立刻招呼:"来了啊,过来坐。"

赵霓夏走到他旁边坐下,他把茶几上的菜单朝她一推:"你的杀青宴,想吃什么,自己点。"

"你们呢,点过菜了吗?"她问。

"我点了几道。"他道,"裴却说随便。"

"……"赵霓夏朝裴却看了眼。在这方面他好像确实一贯比较随意,只有不太喜欢吃的，没有特别喜欢的。

她简单选了两道，井佑摁铃叫来服务员，点好菜后三个人便在桌边坐下。

井佑一边倒着水一边和她闲聊："你们那个综艺要拍几次啊？"

她道："大概六次。"

"有没有什么嘉宾客串环节？"

"这个得看节目组安排。"具体的流程得拍了才知道。

"要是有的话我来找你们玩！"

她笑了下："好啊。"

有他在的话，她和裴却的气氛也能好点儿。

裴却闷声喝着水，没吭声，静静听他们说。

闲话一会儿，菜很快上桌。

井佑吃着，又嫌不够过瘾，跟服务员说了声，让他们拿了酒来。

"你要喝酒？"赵霓夏惊讶，"不怕水肿啊？"

"没事，消得快。明天回去拍戏就消了。"他问裴却："你来点儿不？"

裴却淡声拒绝："你自己喝。"

他满不在意，自己给自己倒上。

他们俩不喝，井佑一个人喝得起劲，本就话多，打开的话匣子更是停不下来。

一会儿问赵霓夏拍完综艺打算拍什么？之后怎么规划？问完她再问裴却，下一部戏要接什么？是不是真的要和哪个哪个导演合作？

关切完他们，又说起自己工作上的不顺和积攒在心里的压力。

他边喝边说，吃的东西反倒不多，赵霓夏不由得劝："少喝点儿，伤胃。"

井佑摆摆手示意没事，倒酒的动作一直没停。

不知是不是心里积攒的压力真的太大了，酒意上头，随着脸变红，他的情绪也开始波动。

许久，他端着杯子，叹了口气，声音低下来。

"……我们好久都没有这样三个人一起聚一聚了，你不知道，你不在，裴却总叫不出来，整天不是拍戏就是拍戏……"

赵霓夏闻言看向裴却。

裴却表情淡淡，没有直视她，只斜了井佑一眼："不拍戏干吗？像你一样整天出去鬼混吗？"

井佑没有接他的话，酡红着脸，自顾自地说："这几年我身边朋友多了，乱七八糟的人也多了，一个一个笑里藏刀，都不是什么好人……每当那种时候我都会想起你们，我们那时候多好啊……"

赵霓夏被他说得心里微软，见他已经显露出醉意，端起杯子还要喝，试图拦住他："好了，别喝了你。"

他挡住她的手，仰头一口气喝完，重重放下杯子，忽地道："综艺的事你们要保密，你们的事情我也一直没过问……今天我们坐在这里一起吃饭，我就问问你们，你们到底怎么想的？以后还能不能做朋友了？"

他用一双不甚清明的眼睛左右看看他们，伸手搋她："赵霓夏……你，你说……"

赵霓夏被他这突如其来的话题弄得脸上微僵。

没等她说话，裴却放下筷子，淡淡道："他喝醉了，我扶他去沙发上冷静一下。"

裴却起身拿掉井佑手里的酒杯，另一手去搀扶他。

井佑全身都在抗拒："不用扶我，我没事，我没醉……"

挣扎间，他面前的杯子、碗筷丁零当啷碰倒，赵霓夏也赶忙起身帮忙。井佑挣开裴却，摇摇晃晃儿下一屁股重新坐回椅子上，压着胳膊趴在歪倒的碗筷上。

看他趴着老实下来了，赵霓夏问："怎么办？"

裴却抽了张纸擦手："我扶他去沙发上休息一会儿，等会儿叫车来接，送他回去。"

这顿饭吃得也差不多了，赵霓夏在心里叹了口气："好。"

裴却把井佑扶到沙发上，赵霓夏帮着搭了把手。井佑脸已经全红了，她看了眼桌边，才发现他已经喝了不少。

车过来还要一会儿，她捋了捋头发，让裴却看着他，自己去了趟洗手间洗脸。

再回到包厢，就见井佑一个人昂着脑袋靠坐在沙发上。阳台上传来说话声，裴却似乎在打电话。

赵霓夏没有过去打扰，自己走近照看井佑。

她在井佑左边坐下，刚想从包里翻翻湿巾帮他擦脸，他突然睁开眼，坐起身摇摇晃晃就要站起来。

她连忙拉住他："你要去哪儿？！"

他念念叨叨："回家，我回家——"

明明约的不是酒局，他却撒起酒疯来了，赵霓夏半拉半搋，有点儿控制不住他。

好在裴却打完电话从阳台进来，见状，过来帮忙将人拦住。

井佑摔坐回沙发，赵霓夏对裴却道："给他倒杯水吧。"

他"嗯"了声，去餐桌那边倒水。

赵霓夏一边摁着井佑，一边抽出湿巾给他擦脸。

他忽地又哭了起来，一下拽住她的手腕，边哭边问她："赵霓夏，你知道我心里有多苦吗？！"

这种哭不是真哭，是喝醉了的哭号，她顿感头疼又无可奈何。

井佑把她的手往怀里拽，抱着她的手臂哭诉："……一走就是六年，你对得起我吗？对得起我吗？！"

"井佑，你冷静点……"赵霓夏连声哄都哄不住，被他拉得直往前倾。

裴却反身回来见他的举动，眉头一皱，顺手把杯子放在茶几上，从赵霓夏这侧走近，倾身要拉开他。

手刚伸过去，也忽地一下被井佑抓住，拽了过去："……还有裴却，你对得起裴却吗？我们对你多好，你舍得把我们丢下……"

他拽着裴却的手往怀里抱，呜呜哭起来，裴却不防，被他扯得蹲下。

手臂和裴却的碰在一起，他们俩被迫在井佑面前挨近，赵霓夏尴尬地往外抽手，试图挣脱："井佑……"

裴却也微皱眉开口："井佑，放手。"

然而喝醉了的井佑力气特别大，死死抱着他俩的胳膊不肯放。

三人拉扯间，他一个不稳往旁边栽去，"哐当"一声肩膀撞上茶几边缘，连带着把赵霓夏也拽得往下栽，一头朝裴却摔去。

茶几上的东西都被撞倒。

赵霓夏摔进了裴却怀里，他的背似乎也撞上了茶几边缘，她没听到他的闷哼声响，只是下一秒，感觉到他伸手搂上了她的腰。

鼻尖似乎撞到了裴却的脸颊和脖子，赵霓夏下意识想起身，慌乱间不知道压到哪里，他呼吸沉了一瞬。

她脸霎时变热，手忙脚乱地爬起来问他："没事吧？"

裴却的手已经收回去，撑着地起身："没事。"

一旁的井佑歪坐在地上，他们俩连忙又把这个罪魁祸首搀扶起来。

这回摁住了他，不让他再乱来。

不多时，裴却安排的车到了。

他挂了电话，一边搀扶井佑一边对她道："坐一辆车走吧，先送你，我再送他回去。"

赵霓夏脸上浮现犹豫。

因为是私人聚会，他们都没带工作人员，刚刚被井佑折腾了好一通，她还没来得及叫车。

"天也晚了，路上容易堵车，再叫司机还要等很久。"他说得自然，语气不夹杂丝毫别的，仿佛只是为当下情况考虑，如此更方便而已。

他说得也有道理，赵霓夏稍作犹豫，同意下来："行。"顿了一下，加上一句，"麻烦你了。"

裴却看她一眼，没接这句。

他们戴好帽子，不忘帮井佑也戴上，两个人扶他出去。井佑大半的力都压在了裴却身上，赵霓夏只搭了个手。

到店外，黑色保姆车已经等在门口。

他们先把意识不清醒的井佑塞进座位，赵霓夏接着上车。

裴却最后进来，反手拉上车门。

稍微调整了一下位置，他坐靠窗，井佑坐中间，赵霓夏挨着井佑另一边。这样把喝醉的人夹在中间，以免他再撒酒疯不好控制。

车一时没动，见裴却看过来，赵霓夏目露疑惑，就听他道："地址。"

她反应过来，报出现在公寓的位置。

前座的司机将车开入车流。

车里冷空调一吹，周身渐渐放松下来。

没多久，晕乎着的井佑又睁开眼。

赵霓夏怕他闹，连忙提起神紧盯着，他这会儿倒没有再乱动，只不太清醒地呢喃："去哪儿啊……"

她道："送你回家。"

"不回去……吃杀青宴……"

她耐心地答："杀青宴已经吃完了。"

井佑根本听不进去，嘴里一个劲地念着"杀青宴""杀青宴"几个字，直听得赵霓夏好奇他对杀青宴哪来这么大执着。

没两句，他又开始嘟囔抱怨："你们吃好吃的……偷偷出去……不带我……"

赵霓夏听得怔了一下。

他话里说的这些，是以前他们三个一起拍戏的时候。

　　她和裴却演男女主的那部剧，杀青宴后半段，他们嫌闷，又一次偷溜，出去散步。

　　那天散步到一半，裴却突然提起第一次杀青时吃的麦芬。

　　她明明记得他之前嫌太甜，诧异地看过去，他却别扭地别开脸，只说："想吃了。"

　　于是，他们最后还是绕到便利店去买了。

　　一人一个，她没吃完，拎着带了回去。

　　在门口不巧碰上井佑，他发现被扔下，气得吱哇乱叫。

　　没想到井佑竟然一直记着。

　　那时候是杀青宴，今晚也是杀青宴，此刻坐在裴却的车上，情景却大不相同了。

　　赵霓夏恍神了片刻，嘴上含糊地应付这个醉鬼。

　　见他脸又红起来，她抽出张湿巾打算再帮他擦一擦。

　　没等碰到他，裴却伸手接了过去："我来吧。"

　　指尖与指尖相碰，温度隔着湿巾一触而过，她顿了一下，收回手说"好"。

　　下一秒，就见裴却拿着湿巾在井佑脸上随意地擦了两下，很快收手。

　　动作粗糙得堪比抹桌子。

　　赵霓夏："？"

　　他表情淡淡地对上她疑惑的眼神，一本正经解释："开了空调，擦多了容易着凉。"

　　行吧，咱也不知道这到底是有道理还是没道理。

　　车一路驰行。

　　井佑老实地睡着不动了，再没闹腾过。

　　二十几分钟后，开到赵霓夏住的公寓楼下。

　　她戴好帽子，拉开车门。

　　下车前，停顿两秒，她飞快对裴却说了声："谢谢。"

　　回到公寓，赵霓夏直奔浴室，洗了把脸，随后立刻把自己收拾了一番。

　　洗漱过，她坐到桌前，拿起手机想问问井佑到家没，想起他那副醉样，估摸他晚上很难酒醒，指尖犹豫着点开了裴却的微信。

　　赵霓夏：井佑到家了吗？

　　屏幕亮着，她等了一会儿，收到他的回复。

　　裴却：到了。

裴却：送到楼下，他助理等着，扶他上去了。

赵霓夏在对话框里打下一句"那你到了吗"。

打完没有发出去，她盯着看了好几秒，最后还是一个字一个字删掉。

赵霓夏：好。

停了停又加上一句：今天谢谢你。

本以为那边不会再回，不想他却回了一句：说一遍就够了。

赵霓夏拿不准他的语气，但似乎并不温和。

犹豫片刻，最后还是没有再回。

洗完澡后头发还带着湿意，赵霓夏去浴室吹干，重新坐回桌前。

月朗星稀，时间已经不早，她却还是没有睡意，索性打开了电脑。

她一直有定期查看邮箱的习惯，只是回来之后事情太多，许久没有登录。一上线，发现有一封几天前收到的邮件，一看发件人是叶莱，连忙坐直了几分。

不看也知道邮件里会说什么，点开内容，果然，叶莱直接训了她一通。

Hello？？怎么回国以后一点儿动静都没了？！新的联系方式也不发，你让我们跟你脑电波交流是不是！还是打算给我寄漂流瓶？我看国内网上说你已经开始工作了，就有那么爱工作吗？？连跟朋友聊天的时间都没有了？！

收到邮件速回！赶紧的，别逼我打飞的回去亲自捉你！！

叶莱和赵霓夏初中开始就玩在一起，那会儿她们有一帮经常一块儿活动的朋友，高中后，陆陆续续都出国留学了，只剩下她，为了当演员扎根国内。

她退圈去了国外那几年偶尔也会和他们聚一聚，不过大家都不在一个地方，飞来飞去，见面的频率不是很高，只和叶莱见得最勤。

她出国前的联系方式早就不用了，回来以后换了新联系方式，因为太久没上邮箱，忘了跟他们说。

赵霓夏忙不迭回了封邮件，迅速滑跪，诚恳认错，并把新号码、新微信附上。

邮件回过去，估计没那么快有动静，现在是即时通信时代，不是职场认识，很少人会经常检查邮件。再加上叶莱喜欢整天这里飞那里玩，生活丰富，社交活动多多，忙得很。

她回完检查了一遍邮箱，确认没有别的重要信息，便关上电脑。

井佑请的这顿饭属实耗费心神，第二天，赵霓夏起得比平时晚了许多。

整个白天井佑一直没动静，给他发了消息，到傍晚也没收到回复。

担心他是不是出了什么事，赵霓夏正想打电话给他，突然发现他拉了个微信群。

三个人的小群组，成员只有他和她以及裴却。

"……"看样子应该是没事。

还没等她说什么，井佑已经开始在群里刷屏。

井佑：啊啊啊啊啊啊啊啊啊啊啊！

井佑：我昨天晚上干了什么？我昨天晚上都干了些什么？！

井佑：我是不是发酒疯？是不是哭了？是不是抱着你们的手说了很多乱七八糟的胡话？

井佑：！！！

赵霓夏：你想起来了？

井佑：……

井佑：你们为什么不拦着我少喝点儿！！！

看他这副清醒后社死[1]的模样，估计今天白天缓了很久，赵霓夏无奈：我们拦了，没拦住。

她是真的劝了他好多次，架不住他喝酒如喝水。

井佑：我不信！你们有两个人！真的要拦我怎么会拦不住！你们就想看我丢脸！

不得不说，他这种遇事指责他人绝不内耗的心态真的很值得人学习。

井佑抓狂地撒起泼来，赵霓夏还没回他，一直没说话的裴却现身了：你现在就在丢脸！

井佑：……

不知是不是撑到了他心坎上，他发了几个委屈的表情包，终于闭嘴。

群里安静下来，但井佑还是不放心，又给赵霓夏发私聊。

井佑：我还有没有说什么做什么很丢脸的？

她想了想，后来除了念叨他们以前杀青宴偷溜出去散步吃麦芬不带他就没有别的了，这个也算不上。

她宽慰地回了两个字：没有。

井佑这才真的消停下来。

闹完这通情绪，过了十来分钟，他大概是平复好了，又在群里发了几条。

---

1 社会性死亡，形容极度丢脸。

井佑：我现在去机场回平市拍戏了，昨天本来想给你庆祝杀青，没想到……

井佑：@赵霓夏　杀青快乐！

最后一句弄得还挺温情，赵霓夏笑笑，回了个摸摸头的表情包。

群里的另一个头像没有再说话。

她看了几秒屏幕，退出界面。

窗外天已经黑了。

赵霓夏简单弄了份晚餐吃过，端着水杯在茶几前坐下。拿起手机，小群组的消息还停留在半个小时之前。

视线扫过她和井佑结尾的对话，她看了片刻退出去，点进朋友圈。

百无聊赖地往下刷着，忽地，指尖一顿。

裴却在十几分钟前分享了一首歌。

——《拥抱》。

拥抱。

第一次杀青宴的那天晚上，他们在街边听人唱的就是这首。

后来第二次杀青宴，他们又吃了麦芬，她玩笑着，也再一次哼了这首歌。

赵霓夏看着这条动态，握着手机一时怔住了。

此刻窗外的天只是浅浅的黑，还带着点儿蓝，那两个夜晚的天却都黑得透彻。

风从没闭紧的缝隙吹进来，仿佛吹来了熟悉的味道。

视线停滞在这条动态上，她眼睫轻轻颤了下，许久，靠住椅背，把手机放在桌面上，点开了这首歌。

门"啪嗒"关上。

柯林进门换鞋，握着手机，一边应着电话一边把买的东西放到桌上："哎哎，好的好的……"

几句结束通话后，他冲屋里的裴却道："裴哥，昨天推掉的见面，我们已经跟成导说好了，等过几天再定个另外的时间。"

裴却坐在沙发旁的地毯上，看着落地玻璃外没有回头，淡淡"嗯"了声。

音响里的音乐尾声渐渐隐没，不一会儿，重新响起前奏。

柯林整理着东西，听着听着蓦地抬头："这首歌——"

这首歌，以前他也见裴却听过，有时是在拍戏杀青晚上的酒店房间，有时是在深夜的车上。

只是每一次，他听这首歌的时候不管是闭目养神还是看着车窗外，表情似乎都不是很愉快，常常听着听着自己关了，或者让人切掉换一首。

偏偏这首歌，又总能在他的歌单里找到。

听见这不陌生的前奏，柯林下意识提步："我换一……"

"不用。"

裴却淡淡制止，轻声道："我想再听一遍。"

见他执意，柯林站了站，只能退回桌边。

音响里的声音渐渐变大，抒情的曲调从前奏开始，一点一点，将宽大的平层充盈。

女声版的这首歌嗓音温柔而有力，一如旧日的那两个夜。

裴却靠着沙发边缘，夜色渐浓，他像是也被裹挟其中。

玻璃映照出的他的脸神情太过模糊，他静静地看着窗外，静静地听。

车水马龙，街灯霓虹。

整个世界静下来。

只剩缱绻歌声在唱——

"……

南瓜马车的午夜，换上童话的玻璃鞋。

……

我需要爱的慰藉，

就算那爱，已如潮水。"

节目组的缘故，第二次正式录制的时间往后推迟了一周。

这段时间递给赵霓夏的剧本又多了些，其中还真有几个看起来不错的，周涟和团队商量过，觉得是时候让她出去试试镜，主动出击。

这事儿还没说定，另一桩麻烦突然找上周涟。

工作室旗下有个叫文恬的女歌手要拍新歌MV（音乐短片），因为主题主打"华丽昂贵"的风格，其中设计了八九套大牌高定礼服的造型，原本让合作的设计师帮忙借了，但临了，品牌公关那边出了变故，突然反悔。

周涟没办法，只能找上赵霓夏。

"这事吧，本来我也不愿意麻烦你，只是她新歌MV的概念已经宣发了，如果临时改内容，到时候成品出来不知道又要被不喜欢她的人嘲讽成什么样。而且拍摄各方面都安排好了，拖一天烧一天的钱……你那里要是有合适的能顶上就行。"

他叹气道："也怪我三年前签她的时候，团队不够成熟，她那会儿十六岁，年纪小势头又猛，挡了别人的道，一窝蜂把她以前玩过地下乐队的事扒出来，弄了一堆旧图大做文章，搞得现在好评差评纠缠不清，时尚资源打那起就没好过。

"本来这次想借着新歌 MV 看看能不能撕一撕标签，帮她改善一下时尚这一块，以后走红毯借衣服也容易一点儿，谁知道反而弄巧成拙。"

虽然倒是可以联系一些个人设计师的品牌顶上，但还是差了点儿感觉。

赵霓夏回来至今和工作室的其他艺人还没有过交集，几乎连人都没认全，不过她跟周涟的交情摆在这儿，自然没有二话："礼服我以前的公寓里是有挺多的，这几年我在国外没怎么买过这些，也没带什么回来，你看看合不合适，不行我找我朋友借也可以。"

包的话她有一些比较值钱的，但如果要当季高定礼服，那她可能就得主动联系叶莱。

"不用那么麻烦。"周涟要求不高，"能把 MV 拍完就好，早知道这么一波三折，当初新歌的策划就让他们换个主题。"

赵霓夏道："那你安排个时间去我公寓里拿吧，我跟那边说一下。"

"行。"

解决完这桩麻烦，周涟松了口气，趁着机会问起她拍摄的事："你和裴却怎么样？我听晴晴说录制的时候情况很尴尬？"

她缓慢"嗯"了声。

他宽慰："第二次录制不用住在一起了，应该能好拍一点儿。"

但愿吧，这话赵霓夏没说出口。

时值午后，太阳被窗帘格挡在外，空调一吹，人变得懒洋洋的。她边听电话边躺回了床上。

周涟又和她说了些工作上的事："那几个剧本还不错，我看了下真的可以考虑，不过主要还是看班底，如果班底没问题我就接洽看看……最近有几个新的项目在做，感觉你挺适合去试镜，我问问争取一下……"

说着说着察觉出她似有困意，那边说话声打住，道了句："那行吧，下次再说，你先休息。"

她含糊地应了一声，电话挂断，顺势把手机放下，翻了个身安静睡着。

一觉睡到傍晚，赵霓夏睁开眼，有种突然不知今夕何年的茫然感。

好一会儿缓过劲来，拿起手机，发现微信上有一堆消息，还有未接电话。

没事不会有这么多消息。

她立刻清醒了几分。

打开一看，果然。

肖晴晴：霓夏姐！你们吃饭那天被拍到了！

入目的第一句就是这个，赵霓夏心里咯噔一下。

但转念又觉得，他们那天是三个人吃饭，就算被拍到也不至于有什么大问题才对。

然而除了肖晴晴，周涟也发了不少消息。

她连忙粗略看了一遍，才发现不仅和那天他们三个人吃饭有关，还牵扯到裴却的粉丝。她立刻给周涟回电话，没打通，转而打给肖晴晴。

那边一接，她便言简意赅地问："什么情况，现在怎么样了？"

肖晴晴让她宽心："已经没事了！周哥和裴老师、井老师那边一起发了澄清，裴老师粉丝那边的事情也平息了。"

赵霓夏刚睡醒的脑袋被这些事弄得发涨，捋了下头发，道："具体怎么回事，你完整跟我说一遍。"

下午三点，网上突然有人爆出了几张裴却和赵霓夏的照片。

照片里是天黑的街边，她和裴却站在一辆车门旁，随后她上车，裴却接着也坐进车里。

图挑得实在刻意，明明是三个人，还有喝醉的井佑在场，但从头到尾却只放了他们俩。尤其是那张他们站在车边的图，两个人看似在交谈，实则前一刻他们才刚把井佑塞进座位。

爆料的人文字发得也很煽动，先说他们深夜私会，随后一大堆内容字里行间都在暗戳戳说他们举止亲密。

先前就传他们一起上了企映的综艺，这几张图一出来，更是一石激起千层浪。

裴却的影迷们反应激烈，一些浑水摸鱼的人则开始看图造谣赵霓夏，要么说她和裴却在车上搂搂抱抱，要么说她回国后一系列操作其实都是重新傍上了裴却，两个人在炒作。

周涟一收到消息就试图联系她，打不通她的电话，猜她睡着还没醒，他人不在京市市区，本想让肖晴晴上门找她问清楚事情，裴却团队却先一步联系上了他。

得知是三人一起聚会，他们直接就拿定了澄清方案，找上井佑那边一起发了个澄清公告。

裴却粉丝的战斗力可以说是当代男演员粉丝里最强的，并佑的粉丝虽然不想掺和，但自家官博发了澄清，也就顺水推舟帮着刷了刷话题。

一时间"三人聚会""铁三角重聚"这样的话题把之前黑子的造谣都给刷了下去。

直到一个多小时后，一则《很失望，脱粉了》的帖子，重新把逐渐平息的事态顶了起来。

发帖的楼主自称是裴却六年老粉，对裴却选择要上企映综艺的决定以及私下和赵霓夏有来往的事情十分失望，在帖里痛斥：

"你到底知不知道自己是什么身份？电影人！上综艺自降身价就算了，你看看你上的是什么节目？重逢？拜托，谁不知道这个综艺要搞什么！看到有些粉丝还在嘴硬就好笑，'他不一定接了节目爆料是假的'，都到这个地步了还不承认？非要自己骗自己吗？以前丢过的脸被嘲过的话你都忘了是吧？让裴霓粉撒野，让喜欢自己的人为难，你真的够可以，我很失望。"

帖子一经发出，回帖数涨得飞快。看热闹的、吃瓜的，原本一开始看帖的觉得说得还挺对，但随着热度渐高，不少比较有理智的人开始下场质疑。

"说男偶像谈恋爱破坏粉丝幻想就该被骂的有没有考虑过裴却他不是偶像啊？我虽然不是他粉丝，但是一直对他有好感很多年了，他的今天全是他自己一部一部作品拼出来的，别说什么粉丝撑起了票房，他的票房真的有人以为是光靠粉丝可以做到的？实绩奖项在手，他对得起任何人。

"别扯什么粉丝花了钱他就该骂，电影票确实是钱，不能说粉丝没花过，但你这个口吻？好像谁还不是个老粉似的，他都二十七岁了，他要是做了什么违法乱纪的事我第一个跟你一起骂，现在？

"脱粉可以，谁都有喜欢不喜欢的自由，你是喜欢他，他也产出了好作品，回馈了情绪价值，满足了你的情感需求，不必摆出一副他对不起你的样子。"

……

见反驳的言论渐多，楼主开始在帖子里回复，一一掐了过去。

本来到这里只是一场粉丝之间的争论，但吵到后面，楼主大概是上头了，气急败坏发了张图，翻出了一件旧事。

她提到了六年前赵霓夏离开的那一天，裴却在机场被拍到的事情，用以回击那些反驳她的粉丝：

"既然楼里这些人这么爱他那就分享一张我收藏的神图吧！人家退圈出国，他巴巴地从拍摄地往回赶被拍下，这么多年到现在解释了没？还是编不出一个合理的说法对吧？丧得跟落水狗一样，也不知道你们扎心不扎心，我看他可怜得很呢。"

图里是夜晚的机场，人不多的候机大厅里，裴却戴着帽子坐在长椅上，微低头看着手机。因为是偷拍，看不清他的表情，只远远拍到一个模糊侧脸和微佝的背，看起来孤寂又落寞。

角色以外，裴却很少在人前显露过多的情绪，更何况是这种黯然的模样。

这一下可算是捅了马蜂窝。

这场闹剧，最后以裴却后援会一位比较成熟的粉丝用私人账号发的一条微博作为结尾：

"他的这些年，没有一部电影是听粉丝的话接了才成功的，没有一个角色是粉丝指导他演了才出色的，我们给了他支持，他给了我们好的作品和角色，一路走来我们是在陪伴和欣赏。他手握奖杯说感谢，并不意味着亏欠。

"粉丝希望他的真诚能被人善待，希望他能拥有自由快乐的人生。

"他是有能力决定自己未来的成年人，请相信他对自己的规划。

"也请不要进行任何以爱为名的绑架。"

"周哥说除了那个被扒出来的，应该还有几个眼红裴老师资源的团队下场了，想挑拨但是没想到被反噬，具体情况不太清楚，他澄清完前面的内容就没有跟那边接洽了，不过他说以裴老师团队的水平，他们应该心里有数，会处理好的。"肖晴晴一五一十告诉她，"节目组那边也跟进了一下午，看这个情况估计会提前官宣，大概就在这几天。"

赵霓夏听肖晴晴说完，也把网上的内容看完。

她低声道了句："……知道了。"

挂了电话，回复过周涟，又看到井佑发来问她看到网上那些事没的消息。

而他们三人的那个小群静悄悄的，裴却从头至尾没有吭过一声。

往后躺倒在床上，她闭上眼睛，满脑子都是那张照片。

深夜的机场，长椅上的背影。

她是在要出国那天宣布的退圈，取关裴却后，给关系好的圈内朋友发了消息，最后给裴却打的电话。

他当时正在偏远的地方拍戏，信号不好，手机也时常没电，那几个电话都没通。

她不知道他多久以后才看到她给他微信留的言，也不知道他在机场等了多久。

他坐在候机大厅的样子，仿佛已经不在意被拍到，只是执拗地等待。

那个时候她已经在飞机上，他却仍然在等着回京市的航班。

赵霓夏转过身，深深地将脸埋进了枕中。

这张没有实质的照片，一下把那个场景带到了眼前，压得她胸口发闷。

这个晚上。

在距离赵霓夏宣布退圈飞去国外已经过去六年多的这天，豆瓣娱乐组和相关超话的网友，都在首页刷到了同一个话题——

赵霓夏重新关注裴却

网络上的舆论彻底平息，裴却团队大概是和后援会联系过，缓和了后续事态。

不过据周涟说，事情一结束，第二天开始就陆续有几个男艺人的资源出了问题，不是被卡就是遇到别的麻烦。

倒霉的人要怪只能怪自己眼红过头，一时发昏，踢到了铁板。

节目组也趁机正式官宣，《很久以后的这天》官微没有直接公布嘉宾，只发了几张黑色人影海报，让大家继续关注。

但明眼人都知道裴却和赵霓夏这对已经确定，粉丝们看破不说破。

有了那场"脱粉"的铺垫在前，裴却粉丝反而相对平静地接受了这件事，让盼着他们闹出事情的人再度失望。

只不过接受上节目归接受，她们在评论和转发里还是只字不提 CP，不提另一方，只提裴却的大名。

赵霓夏那天的关注举动也引起了话题，但除此之外她没有其他动作，裴却也没有回关，网友们开了些帖子讨论后就结束了。

因为这些事情，周涟特地来公寓找她，陪她聊天缓解情绪。

说了不一会儿话就见她走神，他伸手在她眼前挥了挥："……嘿！想什么呢？"

赵霓夏猛地回神："啊？没什么。"

她神思不属，周涟看得无奈。

时值中午，他一边把点好的餐在桌上摆开，一边对她道："今天晚上工作室聚餐，几个正好没通告在京市的艺人都会去，你也一起来。"

"聚餐？"赵霓夏没心情去人多的地方，"不了吧，你们聚就好了……"

周涟却不肯让她一个人窝着："你后天就要录综艺了，整天这样闷在家里，状态不好。去跟大家见个面，认识一下人，活动活动，好好一个年轻姑娘……"他絮絮叨叨念起来，"不想去吃饭没关系，饭后我们会去唱歌，你来唱歌嘛。文恬，你还记得不？你借礼服给她那个，她也会去，她这几天都在跟我说想谢谢你呢。"

赵霓夏看他是真的想拉她出门，拗不过他，只能同意："那……好吧。"

听他说起文恬，她问："她MV拍完了吗？"

"拍完了。"周涟道，"紧赶着把礼服的部分先拍了，可算是完事儿！你那些礼服我让人收好了，等确定一下后面不用补镜头就送回你公寓。"

她不怎么在意，说"行"。

两人边说边吃饭。

饭后，周涟还有事，得回工作室一趟。

临道别前，他叮嘱："别想那么多，你愿意一起聚餐就晚饭过来，不聚餐就晚点我们出发去唱歌的时候我再叫你。"

赵霓夏无奈，笑笑道"好"。

晚风习习。

占地一整座楼的唱柜KTV气氛热闹。

算上工作人员和艺人，工作室人不少，周涟要了个大包，聚餐结束就给赵霓夏发了包厢信息。

赵霓夏一到，下车先给他打了个电话，找到一半在走廊遇到他，被他带进去。

包厢里已经热闹起来，唱歌的，喝酒聊天的，全都放开了玩。

周涟私下脾气挺好，没那么多规矩，大家都不怕他，拿着话筒唱嗨了的人还伸到他面前让他接，被他摆手斥了两句"去去"。

肖晴晴也到了，和认识的人坐在一块儿聊天，看见他们招了招手。

赵霓夏冲她点点头。

团队的核心成员都在，周涟带她过去认识。

虽然今天才第一次正式见，但这些都是顶在工作第一线给他们解决麻烦的人，奉献了不少精力，赵霓夏挨个礼貌打招呼。

在场人不少，不过工作室最受人瞩目的现任台柱却不在。

"褚卫今天有通告，来不了。"周涟给她解释。

正说着，门被推开，进来两个艺人，他连忙招呼过来，赵霓夏又和他们一一认识。

寒暄一通，周涟坐下喝了杯水，察觉还少了人，想起来："哦对，我问下文恬到哪儿了！这丫头一不留神就上蹿下跳，早跟我说出门了，半个小时前就该见到人影，现在都没来。"

他嘟囔着，拿出手机给她发消息。

还没打几个字，门忽地一下被推开，蹿进来一个清瘦的身影，直冲他们这边来："周哥——！"

赵霓夏抬眸一看，一个看起来年纪真的很轻的小姑娘朝他们奔来，大咧咧笑着挺有亲和力。

其他工作人员见状纷纷打招呼。

"哎，文姐！"

"文姐来了！"

"……"

——就是看着实在太小了，那些喊"姐"的工作人员都比她年长得多，可见平时关系挺好。

文恬一一应着，风一样卷到他们面前。

周涟收了手机，皱眉："你才来啊，跑哪儿去了？"

"去那边串了一下门！"她笑嘻嘻坐下。

周涟给她介绍："喏，这就是赵霓夏，你嚷嚷着要谢谢她，谢吧。"

赵霓夏才扬起笑，那边文恬眼噌地就亮了："夏姐！"

嫌周涟碍事，她立刻起身和他换位子，把他挤开，自己坐到了赵霓夏旁边。

文恬确实是真心实意想要感谢赵霓夏，且这姑娘着实有点儿莽，说起感谢和夸奖的话丝毫不害臊，直把赵霓夏夸得不好意思，几乎都快有种自己拯救了地球的错觉。

她挺能聊，赵霓夏不想唱歌，也没有多少相熟的人在场，不愿意动弹，便一直留在位子上和她说话。

文恬本就喜欢她，很有几分一见如故的感觉，和她聊得兴起，一路从音乐说到舞台又说到表演，再说到出道，滔滔不绝。

"……然后我就很生气嘛，她那样说我，我就很想发微博回击她，或者澄清一下，但是周哥他们不让，就说让公关处理，然后把我微博缴了。"话题不知不觉来到和她时尚资源有关的那件事，文恬叹了口气，"工作室的人就一直跟我说不要看，到现在他们都管着我不怎么让我上网，我没事就只能在家写写歌、打打游戏。"

周涟已经跟赵霓夏提过这个，这个行业就是这样，她安慰道："周涟说得对，有些东西少看就好了，有那个时间打打游戏挺好的。"

文恬一下又兴高采烈和她说起游戏的事。

聊了许久，气氛越发热烈，不少人喝醉去厕所吐。

赵霓夏和文恬加上微信，见她又坐了会儿就拿出手机看时间，以为她想回去了："困了要回去休息吗？"

文恬道："噢，不是，我还挺精神，就是打算过去我哥那边再串个门。"

"你哥？"

"嗯。"她解释，"不是亲哥，是以前一起玩音乐的朋友，也是圈内人……就今朝乐队的秦奚你听过吗？"

她顺口一问，赵霓夏却怔了一下："秦奚？"

文恬看她神色："你认识啊？"

"……算认识吧。"她和裴却拍那部古偶剧的时候，秦奚来探过裴却的班。

她知道裴却有一帮玩音乐的朋友，也见过，只是次数不多。

"哦对！"文恬忽地一拍脑门，想起来，"我哥跟裴却前辈关系挺好，夏姐，你好像也认识裴前辈？你们在录那个综艺是不是？我记得听工作室的人说过……"

按年龄算，赵霓夏跟裴却 BE 那会儿文恬还是个小孩儿，入行以后又被周涟工作室的人管得严，接触得不多看得也不多，对他们那些八卦不太了解。

再者对大多数人来说，如今他们俩参加综艺的事已经摆在明面上，能录节目，就代表没有到不能提的地步。

赵霓夏也自然地接过话题，"嗯"了声："是在录综艺。"

"难怪……"文恬恍然大悟点点头，又解释，"我很少跟我哥他们一块儿出去玩的。以前他总说和裴前辈关系好我都以为是吹牛，后来才知道他们真的认识……哦对！刚刚我在那边也看到了裴前辈！"

赵霓夏闻言一顿，两秒后才缓缓放松。

她又吐槽了几句秦奚，赵霓夏没多说，待她说完才拐开话题："你不是要串门？去吧，我去下洗手间。"

"噢？好。"文恬拈起一颗青梅，点点头。

赵霓夏起身朝包厢里的洗手间走，没几步，忽地被人撞上来。

对方手里端着酒，手一抖全泼在她衣服上。

"对不起对不起！"闯祸的男生连忙道歉，"抱歉夏姐……"

赵霓夏闪避不及，还好是淋在了衣摆上，但也湿了一片。

人家不是故意的，她也没真的计较，只说："没事，走路小心点儿，很滑，容易摔跤。"

男生不好意思地连连道歉。

走到包厢卫生间门口，门紧关着，里面传来呕吐的声音。

赵霓夏敲了敲，又等了片刻，没人应声。

听里面动静，感觉一时半会儿是不会开了，她站了会儿，只能回到座位。

文恬还在位子上没走，见她衣摆湿着回来，眼微眯："这个要不要烘一下？湿的黏在身上很难受的。"

"厕所有人在吐。"赵霓夏抽了几张纸，一边擦一边说，"我去外面的KTV卫生间烘干。"

"啊？外面厕所很远哎，在KTV那一头，而且人更多。"文恬嘴里含着一枚青梅，搅动两下，一拍手立刻道，"我带你去那边串门，我哥他们人不多，借用一下他们的卫生间。"

赵霓夏动作微停一瞬，拒绝："太麻烦了……"

"不麻烦！"文恬一脸认真，"真的，我拉着你直接进去就是，他们随意惯了都不在意这些。衣服黏着多难受，夏姐，你别不好意思！"

她拉着赵霓夏的手腕，二话不说带着她往那边去。

秦奚的包厢离得不远，就在同一条走廊上，一段路就到了。

文恬推开门就带她进去，包厢里灯光朦胧，不知是乐队的哪个人正唱着一首抒情歌。秦奚站得离门不远，扭头一照面，见着她们俩，一愣。

文恬直接打了个招呼："哥，我洗个手！"

秦奚眼神够好，就着朦胧灯光一下就看清了她拉着的人："……赵霓夏？"

赵霓夏朝他尴尬笑笑，多的话一句没来得及说，立刻被文恬拉进了厕所。

掩上门。

赵霓夏用水浸了浸被酒泼到的地方，再到烘干机下烘。

烘了半天，总算没那么湿了。

文恬一直在旁边陪着，在嗡嗡的热风声和外面的音乐声中，陪她聊天说话。

待她吹干衣摆后，两人一道从厕所走出来。

秦奚还站在原地，见她们出来，问文恬："你跑来跑去不累啊？"随即看向赵霓夏，招呼："挺多年没见，坐会儿？"

　　赵霓夏随着文恬停下步子，视线越过他，瞥见了最里那一侧坐着的熟悉身影。

　　裴却倚着沙发，手里夹着根点燃的烟，似乎抽了一半。一身的黑，涂鸦很有摇滚风格，大屏前一帮人蹦蹦跳跳唱得闹腾，光线变幻，照得他的神情晦暗不明，耳骨耳钉泛起冷光。

　　他淡漠地抽着烟，视线从她们这边扫过，却仿佛没有看到她，歪头听别人凑近跟他讲话，一眼也没有停留。

　　他们这个包厢不乱，不像很多搞地下乐队出身的，没分寸。

　　赵霓夏却还是拒绝了："不了。"空气里的烟味好似有些呛人，她敛眸扯了下嘴角，"我们同事还在另一个包厢，我先回去了。"

　　回到包厢里，周涟返回座位，见她，问了句："去哪儿了？"

　　赵霓夏说："卫生间。"

　　"哦……欸？文恬呢？"

　　"串门去了。"

　　周涟又"哦"了声，像是早就习惯她上蹿下跳，没多问。

　　赵霓夏往后靠住椅背，听其他人唱歌。

　　不知道谁拿了话筒，唱得还不错，满包厢的人都开起玩笑，一个接一个说着"要不签了你当歌手吧""我给你做经纪人""周哥看看他"之类的话。

　　大家笑得开心，她也跟着笑。

　　不知听了几首歌，头有点发涨，赵霓夏正想出去透透气，手机振动。

　　拿起一看，是杉青导演的电话。

　　许久没联系，包厢里太吵，她一边接一边朝外走去。

　　杉青打来没有什么要紧事，只是告诉她《烈日之下》剧组全剧要杀青了，特地问问她有没有时间参加全剧杀青宴。

　　赵霓夏和他说着话，沿着走廊往前，拐到一处拐角，抬眸看清窗边的人影，步子一顿。

　　裴却倚在墙边抽着烟，听见动静，侧头从帽檐下扫来一眼。

　　停了一秒，她微低头，答复着电话那边的杉青，走到窗的另一边。

　　她不确定有没有时间，要看录制的安排会不会冲突，只能说："我问问经纪人再告诉你吧。"

　　杉青道"好"，闲说了几句就挂了电话。

　　赵霓夏收起手机，转过身，对上裴却。他指间那根烟已经掐了，摁在垃坂桶顶上的烟灰石里。

她动了动唇想说话，他先从帽檐下微微抬起了眸，道："为什么突然关注我？"

她一怔，不期然他问这个，半晌，反问："……我不能关注吗？"

节目组并没有说过他们不能在正式官宣前互关，只是之前他们谁都没主动提。

安静了片刻。

"是因为那些舆论吗？"他眼睫颤了下，再看她，眸色暗了几分，"……还是因为你觉得抱歉，或者是同情。"

赵霓夏呼吸微滞，唇瓣张了张，对他语气里的尖锐一时不知道如何应答。

看到那个帖子那些言论，还有那张照片的时候，她心里确实很闷。她不知道该怎么形容，又该怎么用一种他喜欢的方式去表达。

好半晌，她挤出声音："我……"

却说不出完整的话。

在这短暂等待中，裴却看她几秒，不知是不想还是不愿听，敛回眼神不再停留："当我没问。"

转身，和她擦肩而过。

工作室的人陆续上车。

周涟透过窗缝和外面的同事道了声"注意安全"，叮嘱他们好好把喝醉的人送回家，升起车窗，让司机开车。

转头去看身边的赵霓夏，他沉默一会儿，道："怎么了，心情又不好？"

"没事。"

"还没事？没事，你怎么突然喝了几杯？"

赵霓夏摸了摸自己有点儿发热的脸，摇摇头。

她只喝了几杯，没有喝醉，只是有点儿郁闷。

周涟自觉担任起助理的工作，翻找一通拿出湿巾递给她。

赵霓夏接过却没动，拿在手里叠着。

没等周涟催，她忽地道："我……感觉很内疚。"

周涟闻言看向她。

"我很抱歉，但裴却好像并不喜欢我抱歉。"她说，"也总是很不愉快的样子，我不知道怎么样才能让他开心一点儿。"

没有问她为什么突然提这个，周涟听她说完，过了会儿才道："他本来也不是天天都有多快乐的人，你别想那么多。"

赵霓夏没有再说话。

见她靠着椅背闭眼皱眉的模样，周涟心里不是滋味，默默叹了口气。

该怎么说呢。

当初她决定退圈的时候，他也吓了一跳。

那时她结束了一个外地的行程回来，还没到半个月，突然就在家里把自己关了几天。

他以为她情绪不好想去找她聊聊，网上突然开始冒出一些她的负面舆论。他刚要跟公司联系处理，就接到她的电话说，她要退圈。

刚刚爆红，事业处在上升期，眼看前途大好，她又喜欢演戏，周涟真的万分不解。然而那几天反复确认了很多很多次，她就是没有一丝松口，固执，坚持要退圈。

最后，他也只能不再劝，让她做了这件事。

时隔多年，他仍然不知道该怎么说这些。

又怎么去评价她和裴却。

半晌，周涟拍拍她，叹道："……别去想了。"

因为头晚在包厢里喝了几杯酒，第二天起来头就有点儿不舒服。

赵霓夏睡得不好，揉着太阳穴一边看节目组发来的消息，一边给自己冲了点儿喝的。

和第一次录制不同，第二次录制地点改在了裴却家——她得去裴却家做客，不用留宿，但得去三天。

回复过节目组，赵霓夏吃了个午饭。

午后，微信上收到一条新的添加申请。

点开只一句：你叶大小姐来也！

翻了个白眼通过，赵霓夏把"叶莱"两个字备注好，不一会儿，就接到她弹过来的语音电话。

叶莱劲头十足，不仅把之前邮件里的文字变成声音念叨了一遍，还二次发挥，大训特训了她一通。

赵霓夏一句反抗都没有，该认错认错，"嗯嗯嗯"地应。

叶莱吧啦吧啦说了半天，听她语气不对，停住，很有良心地关心起姐妹："你怎么了？怎么听起来半死不活的？"

"……"赵霓夏深吸一口气，躺倒在床上，说，"在想一些事情。"

昨天的烦心并没有在今天结束。

"想什么？"

她犹豫一会儿，最后还是开口："就是……我问你啊。如果，有人不告而别……不对，也不算是不告，就是有个跟你关系还不错的人突然离开，只跟你说了一声然后就很久不联系你，并且还给你留了点儿麻烦，再见到这个人，你会是什么想法？"

叶莱答得很快："哦，你说你和裴却是吧？"

"……"

赵霓夏默了默。

她出道那两年和叶莱没少联系，很多事情都通过电话吐槽分享过，叶莱知道得不少。

她道："我问你你说就是了。"

"成年男女哪有那么多弯弯绕绕？"叶莱"嗨呀"了一声，"以我看，他肯定是馋你身子！"

赵霓夏："……"

她的头又发涨了："你能不能说点儿像样的话？"

"这怎么不像样？我说的是实话。"叶莱不服，但还是勉强顺着她的话答下去，"……你要问我吧，就说你们之前那个情况，暧昧到那个程度，谁敢说你要是没出国你们不会在一起？这就等于只差最后一步了突然被甩！反正换成是我，有个男人跟我感情也谈了，差不多要在一起，结果他跑没影了几年没有音信，回头还回来出现在我面前，我不揍他算我行善积德好吧？恨也恨死了！"

……恨啊。

赵霓夏抿了抿唇。

沉默片刻，她想了想又道："但是……"

就这段时间而言，她并没有感受到太多来自裴却的恶意，他并不像是要报复她之类的。

她"但是"了两声，简短地把回来之后的一些事情说了一遍。

那边沉思下来。

许久，叶莱重新开口："这么一说事情就更明白了。"

"什么？"

叶莱经过一番深思熟虑，语气低沉地给出结论。

"——他还是馋你身子！"

赵霓夏："……"

"我说真的，以我丰富的经验来看，不说百分之百吧，至少也是八九不离十了！"

叶莱信誓旦旦："你跟他那些事儿要是实在掰扯不过来，我看你也别烦了，干脆就直接点儿，肉偿。"

赵霓夏："……"

赵霓夏："我谢谢你。"

"嗨，朋友嘛客气什么。"叶莱兀自说得开心，还在那边美滋滋夸上了，"说起来还是你牛哈，我也就找找模特，你一找就找顶尖男演员，虽然当时咱们也没想到他今天能有这地位是吧，但这说明了什么？这就说明——"

说明什么赵霓夏不知道也不想知道，她只知道再不挂电话她头就要炸了，实在听不下去叶莱的胡言乱语，直截了当打断："今天就说到这儿，有事联系，再见！"

随即利索地把电话一挂。

叶莱被迫中止发挥，还嫌不过瘾，在微信上追着她"善解人意"地给她出主意、提建议。

赵霓夏看了两眼，立刻就丢到一边。

建议得很好，下次别建议了。

第二次正式录制，主题从"三天两夜同居一栋别墅"变更成了"做客三次"。

节目组通知她在下午两点多抵达就行，一直录到晚上十点。

除她以外，节目组还让裴却邀请了一些朋友上门，不知是为了丰富内容还是为了活跃嘉宾之间的氛围，总之用心良苦。

录制这天，赵霓夏早早起来，亲自做了个蛋糕准备带去。

上门做客总得带点儿礼物，正好还能当作下午茶。

节目组接上她，在偌大的京市开了一个多小时才抵达。

一开进"江湾"，车上陪着的工作人员忍不住"啧啧"赞叹了两声。

裴却住的这个楼盘安全性和隐私性非常高，从他们进入车库时严格的访客手续就可见一斑。

据说，住在这里的明星从未在小区内被拍到，这里至今仍是狗仔尚未攻克的一片"净土"。

车开到地下车库里，节目组并不跟着上去。

赵霓夏和工作人员道别，拎着蛋糕按照事先告诉她的路线走。

她方向感不算差，然而这里的构造莫名弄得她有点儿晕，找了半天，不仅没有找到正确的电梯口，反而好像越走越远。

下车的时候，节目组的车特意停在了裴却那栋附近，按理说很好找到才是。

兜了两圈，她头一次对自己的认路能力产生了怀疑，一边看标志一边给工作人员发微信："……我好像找错了，跟你们给的地址不一样，下车的地方也不知道在哪儿，绕得有点儿分不清了。"

工作人员回得很快："赵老师，您稍等一下啊，先站着别走，我联系一下同事！"

赵霓夏道了声"好"，停下脚，站在原地等他们回消息。

等了一会儿，忽然看见不远处有一个指示标，上面写的就是她要去的区域。她立刻给工作人员发语音："我找到 A 区了，大概知道怎么走了，没事。"

工作人员还没回，她提步往那边走了几步，裴却的语音电话突然弹了过来。

她吓了一跳，接起："喂？"

那边嗓音淡淡，直接道："在哪儿？"

不料他这么快接到消息，她放慢步伐，停了停，看了眼标志说："在 A 区这个门口。"

"一直向前，过了门左拐，走一段再往右。"他给出了路线。

她"噢"了声："……好。"

那边没有下文了。

赵霓夏走了几步，没听到他挂电话，想说"那先这样"，想想又忍住了没开口。

就这么在沉默的语音电话中，按照他说的路线走了一路。

到电梯口，一抬眼，就见一身居家打扮的裴却站在那儿。

看见她，他收了手机，等她到了面前，便转身朝电梯走，没说一句话。

这里一梯一户，全是大平层。

进了电梯，他刷了楼层，门关上后，抿了下唇："找不到路为什么不直接问？"

什么叫直接问？当然是问住在这儿的人最直接，她明明有他的微信，第一时间联系的却是节目组。赵霓夏一瞬理解了他的意思，顿了下，解释："因为是跟节目组的工作人员一起来的，想着刚下车没多久，都在车库里离得近，他们过来接我更方便……"

他表情淡淡，对她的回答不置言辞。

好吧。

赵霓夏在心里承认，"脱粉"的事之后，那天在 KTV 他看起来情绪特别不好，她不确定他现在是不是仍然还那么不愉快，所以也不知道该不该给他发消息。

沉默着到了他的公寓。

感觉这样拍摄真的不行，进门的时候，赵霓夏主动打破僵局，把手里的蛋糕递给他。

他看了眼："什么？"

"礼物。"她说，"我做的蛋糕。"

知道他不爱吃甜的，又加上一句："特意没有做很甜，巧克力巴旦木味的。"

裴却看她几秒，没说话，接过蛋糕。

虽然那张脸还是没表情，但赵霓夏在心里松了口气。

肯接就好。

她是知道他的，他这个人要是真的不爽起来，哪怕你做出什么能吃的金子跪在他面前喂到他嘴边，他也只会不耐烦地嫌弃一句："挪远点儿，碍到我了。"

蛋糕被他放进了冰箱。

赵霓夏走到客厅坐下，他倒了杯水出来，放到她面前。

她没有提出让他带她四处看一看，只坐着挑了些安全不踩雷的话题和他聊。

十几分钟后，门铃响起。

裴却去玄关开门，吵吵闹闹的声音一窝蜂拥进来。

"兄弟！几十个小时不见，想死哥们儿了——"

"裴哥，你给做吃的不，我有点儿饿！"

"这么香，裴却，你喷了多少香水？"

裴却似是被吵到，不耐烦："闭嘴，再吵就出去。"

"拜托！你请我们来做客的欸？"秦奚换好鞋，不客气地说着，直接往里进，见着沙发上的赵霓夏，抬手打了个招呼："嗨，又见面了！"

来之前没问节目组，这会儿照面，赵霓夏才知道裴却邀请的朋友是今朝乐队。不过他们认识年头不浅，倒也正常。

她笑了笑抬手，回应秦奚。

今朝乐队的其他人陆续进来，挨个跟她打招呼。

有个头上编了三根辫子的似乎是真的饿，进门就在嚷嚷，催促裴却点吃的。

他们一来，气氛顿时好多了，至少话不会落在地上，你一言我一语，听着就热闹。

赵霓夏借着倒水的工夫，进了厨房。

裴却正在和柯林通话，听见他说让柯林点些吃的以及甜点、蛋糕之类，她转身插了一句："甜点就不用了吧？冰箱里我带的那个蛋糕，拿出来让他们吃就好了。"

裴却握着手机瞥她，顿了下，说："他们几个胃口大，再点一些。"

想到三根小辫子那喊饿的劲，她觉得有点儿道理，点头"哦"了声："也是。"

一群人在客厅坐下。

因为是在录制中，大家都很有职业道德地按照综艺流程走。

秦奚让乐队的人挨个向她做自我介绍。

一个接一个说完，三根小辫子最后开口："我叫汤宁，平时大家伙都叫我宁子。"

他介绍了一下自己在乐队里的位置，又接了句："咱们不是几年前就认识了吗？怎么还来自我介绍？"

秦奚一巴掌拍在他头上："会不会录综艺？不会就听我的。"

汤宁摸摸脑袋，"行行行"地点着头，一副"哥你说什么就是什么"的模样，丝毫没有不高兴。

赵霓夏知道他们的名字，只是除了秦奚其他人的记不太清楚了，被这么一闹，想起以前和他们见面的场景，弯唇笑了笑。

人还是那些人，闹还是那么闹。

大家围坐在茶几边，先从聊天开始。

甭管聊了什么，说说笑笑，反正效果是挺到位的。

订的吃的很快也送上门，汤宁顿时精神起来，吃得认真连话都少了。

边吃边聊，吃得差不多后，把茶几桌面简单收拾干净，秦奚提议玩游戏。

这哥们儿果然有综艺经验，知道节目要什么，观众爱看什么。

大家都没有异议，玩的也不是什么很难的东西，纯粹就是比运气好，赢的人可以向输的人提问。

赵霓夏运气不好不坏，前面差不多都躲过了，只被抽中两次。今朝乐队的男生似乎不太好意思，问她的时候比较留情，多数是和裴却有关，提点彼此都知道的过去。

不像他们自己互相问起来，什么丢脸提什么。

玩到最后一把，赵霓夏第三次踩雷，不幸败在汤宁手上。

"问什么都可以吗？"汤宁似是不知道问什么，有些犹豫。

"可以。"

"那我真的问了啊。"他挠挠脑袋，道，"也不是什么，就是我们乐队最近要拍MV，导演说给我安排了吻戏，正好请教一下——"

赵霓夏本是怕他不好意思才点的头，这话一出，忽然觉得不妙，果其然下一秒就听他问："姐，你第一次拍吻戏的时候尴尬吗？"

他眨巴着一对中等大的眼睛，眼神十分诚恳。

茶几边静了一下。

赵霓夏第一次拍吻戏的对象，自然是裴却。

"你问人家一个女生干吗？"秦奚一个巴掌用力拍上他的背，"你要请教你不会来请教我啊？！"

汤宁满脸委屈："可是哥你又没拍过吻戏！"

秦奚气得伸手去勒他脖子。

他们吵吵闹闹，赵霓夏默然，眼神瞥向裴却。

裴却就坐在她旁边，不知道是不是感受到她的视线，微微侧眸。

视线对上，她尴尬得耳朵都热了，飞快收回眼神。

扯开一个营业式的笑，赵霓夏勉强一本正经地答："……还好吧。你别太紧张，没经验的话就跟导演说说，其实没有你想的那么复杂。"

在秦奚的打打闹闹和其他人的插科打诨中，话题很快揭过。

这个游戏就此结束。

赵霓夏在他们新起的话头中找了个空当，借口倒水起身去了厨房。

杯子放在料理台上，她长长出了口气，捏了捏被头发遮住的耳根，那股热意才完全消失。

她刚刚说第一次拍吻戏并不特别尴尬，当然是糊弄人的！

时隔这么多年，再提起当时，她依然觉得……

永、生、难、忘！

她和裴却演的第一部青春剧，为数不多的几个吻戏都是借位。

第一次拍真正的吻戏是在第二部古偶剧里。

不知道是不是前一部欠的注定要补上，他们在那部古偶剧里的吻戏不仅不少，而且还都不是轻轻碰一下就完事。

执导他们那部剧的导演最早是拍都市剧出身的，什么你逃我追、熟男熟女、成年人的爱恨纠葛、吻戏镜头那都是实打实的。

赵霓夏和裴却的第一场吻戏，没有按照故事时间顺序来，直接拍的是剧里男女主大婚之夜。

圈里的艺人们遇上吻戏，如果有不方便拍或是不愿意拍的，其实不会太过强求，借位或者切镜头都行。

因为知道导演的风格，接到通告单的时候她也很犹豫。

结果没等她想好要不要跟导演提一提改成借位，先遇上了看热闹不嫌事大的井佑。

知道她和裴却要拍吻戏后，井佑就跑来刺激她，一会儿问她"真亲还是假亲啊"，一会儿问她"该不会是你的初吻吧，要不还是跟导演说不拍了"，再不然就是"我赌你不敢亲"。

年轻气盛，赵霓夏还真被激得有点儿上头，不想承认自己戻了，只能瞎掰："不是我不敢……是裴却！他吻技不行，怕拍出来画面效果不好才打算跟导演说不拍了！"

好巧不巧，被过来的裴却听见。

她心里暗骂一声，没等拦，井佑当场就把她的话复述了一遍。

裴却眼神落到她脸上，眸色微低，反问："我吻技不行？"

她给井佑一拳的心都有了，臊得无地自容，嘴上还是硬："……不然呢！"

她希望裴却能接收到她的暗示，顺坡下驴，干脆就这么把事情推了，要是真拍，他俩这一关都难过。

然而他却没有接她的茬，也不知是男人的好胜心作祟，还是真就听不得这个，挑了下眉，幽幽道："行，那你明天试试。"

太年轻不懂低头，在井佑的见证下，她死活憋出一句："试试就试试！"

拍摄的那天，大婚的场景在晚上。

赵霓夏和裴却换上了古装喜服，整个片场房间火红一片。

这场吻戏是在床上，就位的时候她躺下，裴却整个人覆在她身上，虽然他里侧的那条胳膊在撑着床借力，但这样的距离已经让气氛变得很尴尬。

烛火摇晃，打光营造出了一种红中透着暖黄的氛围。

127 📺

略低暗，暧昧得刚刚好。

赵霓夏头皮发麻，完全不敢直视他的眼睛，被迫在他脸上找焦点。

近得能感受到彼此的呼吸。

导演喊了开始后，裴却低头亲上她。

画面最后播出时其实剪了一些，中途拉开了远景，但也能看得出这场戏不是唇碰唇的接吻，而是深吻。

拍摄的当下，她耳朵热得要爆炸，然而到底真的生涩，他们一连亲了好几条，始终达不到导演的要求，接连被喊卡。

导演看他们放不开，当场清场，把本就不多的工作人员清得只剩几个，有点儿小暴躁地对他们道："不要想着在拍戏！等下我这条不喊卡，你们也不要想别的，亲就是了……没喊停就一直亲下去，什么时候感觉对了什么时候算完！记住，就是亲，实在不行拍一条长的，我从镜头里面剪……"

最后这条，一开始赵霓夏还是有点儿僵硬，慢慢地沉浸了进去。

他们交换鼻息，吮咬着对方，用力深吻。

导演真的说到做到，一直没有喊停。

屋子里工作人员都被清场。

没有多余的嘈杂，她只能听到他近在咫尺的呼吸，和唇舌间的吞咽声。

不远处烛台亮着，火光摇曳。

那个环境那个氛围，终于达到了要的效果。

她舌根都被吮得发麻。

那天他们亲了很久很久，在那张并不柔软的榻上，完全抛开了演戏的状态，就只是忘情地接吻。

耳根的热意重新升腾起来了。

赵霓夏连忙打住思绪，往杯子里倒了点儿冰水，不敢再往下想。

但那些画面，就是执着地在脑海里挥之不去。

她连喝了几口水平复。

恍神间，事件的另一位主人公走了进来。

裴却端着杯子走到她旁边的料理台，往杯子里加了点柠檬片，冷不丁问："在想什么？"

"我在想你——"赵霓夏被问得突然，下意识地回答。

脱口而出的瞬间突然意识到现在正在录制，四周还有镜头对着他们，她喉头艰难咽了下，将话拐了个弯勉强变得不那么私人，"——拍戏的时候吻技差。"

裴却转身侧向她，没说话，很慢地挑了下眉。

她忽然就想起当时被井佑激将的时候，她口不择言甩锅给他，那时他也是这副模样，反问了她一句——"我吻技差？"

我，吻，技，差？

此刻，他的脸上明晃晃地就写着这几个字。

"如果差的话那是谁亲到后来都忘了停下"——这一句是赵霓夏从他的表情里自我解读出的另一层意思。不确定他有没有真的这么想，反正她是觉得多少有点儿。

那天的吻戏，可能是太过生涩的两个人第一次找到感觉，导致后面导演叫停他们都没听见。

这一点，赵霓夏认为他们两个都有责任。

然而不说过去这么多年，现在当着这么多镜头，怎么也不可能跟他讨论这个。

她很识时务地直接当作自己什么都没说，眼神微闪岔开话题："……哦对，我忘了加柠檬片！"

赵霓夏走到他另一边，快速往自己杯里加了几片柠檬，鸵鸟一样地避开敏感点，匆匆回到客厅。

裴却很快也回来，重新在她身旁落座。

赵霓夏怕他还要讨论那个问题，略觉悬心，好一会儿，见他没有要提起的意思，这才安心。

刚刚她在厨房提的那句，不算太出格。

如果节目组没剪掉放进了正片里……应该也不至于怎么样。

毕竟他们拍过吻戏这件事是实打实的，没道理提一句也要挨骂。

当然了，想骂她的人怎么都会骂的。

赵霓夏不再去计较，注意力回到面前，投入他们的话题。

今朝乐队这帮人实在是太能聊，天南海北天上地下，就没有不能扯的。

聊了一会儿，快到晚饭时间。

从待遇上来说，他们才是纯客人，赵霓夏只能算是半个。因为是节目的两个嘉宾之一，也算是主体，她不得不起身和裴却一起招待他们。

两个人又一道进了厨房。

自己的厨房自己最了解，裴却拿了几样东西出来，不用她上手，道："我随便做点儿。"

主要的晚饭他已经订了外卖，根据节目组的要求，他们只需要做一两样东西，看着像那么回事就行。

外头汤宁又开始喊饿了，吃完下午茶这还没过多久，他的胃就像个黑洞。

赵霓夏站在裴却旁边给他搭把手，听见动静，道："他好像还没吃饱，要不我给他切蛋糕吧？"

裴却切彩椒的刀停了一瞬，随即头也没抬地接上："不用给他们吃那么多，马上就吃晚饭了，吃太撑对胃不好。"

赵霓夏："？"

下午不还说他们胃口大要多点一些？

行吧。他这人总是一时一个想法。

赵霓夏说不过他，腹诽了两句薛定谔的胃口，最后还是没有多嘴。

反正他是主人，那帮人也是他的多年好友，总不至于饿着他们。

屏蔽了汤宁的号叫声，赵霓夏和裴却一人将一盘成品端到餐桌上。

外卖不多时也送到，一群人依次在桌边落座。

今朝乐队几个人挨在一块儿，很"贴心"地给他们两个主嘉宾留出了位子。

赵霓夏和裴却坐在了一起。

吃饭间隙，他们也时不时地说上两句。

她早就聊累了，没作声，安静地当个听众。

裴却点的这家店人均四位数，这么一桌满满当当，汤宁吃得格外认真，尤其喜欢那道做工复杂、味道鲜美的珍珠羹。

吃到后来，他眼睛都有点儿湿润，忍不住感慨："……真的好好吃，好幸福哦！裴哥、夏姐，我真想每天都来你们家做客！"

赵霓夏正好在喝水，闻言差点儿呛到。

秦奚"啧"了声训道："能不能别这么丢人？别人看了会觉得我们搞乐队的都很穷！"

汤宁解释："我就是觉得好吃嘛……"

赵霓夏看了眼裴却，微微轻咳，扯开笑容说："你想多来裴却家做客，跟他说就行了。"

毕竟他才是主人。

汤宁"哦哦"了两声，好像也意识到前面顺嘴说得太快，说法不对。

他摸了摸后脑勺想再说点儿什么。

裴却似乎懒得听他们闲扯，已经执起公勺往他碗里舀了勺珍珠羹："不是饿了吗，吃吧。"

　　"……噢好，谢谢裴哥！"

　　汤宁顿时什么都忘了，只专心吃起来。

　　今朝乐队的人吃完晚饭，稍坐了一会儿，八点多的时候就先走了。

　　公寓里只剩下赵霓夏和裴却两个人。

　　一直录到晚上十点钟，她才坐上节目组安排的车回去。

　　这次录制算是比较顺利，没有什么矛盾，也没出什么问题。

　　除了汤宁比较跳脱，有时让人招架不住，总的可以说是……渐入佳境吧！

　　第二天的录制，节目组又给他们增加了一些自由度。

　　不拘非得待在家里，把"做客"这个主题拓展延伸，只要是相关的内容都可以。

　　经过一番简短的讨论之后，最终决定让他们外出。

　　地点定在了生活气息比较浓厚的花鸟市场。

　　节目组联系了安保，在市场周围随时候命，还有一些跟着摄像师一起，以免录制中途引起人群聚集，方便及时疏散。

　　赵霓夏先坐节目组的车到裴却公寓，再和他一起出发。

　　晴阳大好。

　　车没有开到地下车库，停在了他家楼下。

　　她在车上等着，远远见他高挑的身影朝这边走来，怔了一小下，被工作人员提醒才想起拉开车门。

　　裴却个子高，在车门前弯腰坐进来，淡漠散漫地往后一靠，身上带着在阳光下沾染不久的薄薄燥意。

　　她一瞬间也觉得皮肤燥热了几分。

　　摄像师肩负起了编导的职责，在副驾驶扛着镜头对着他们。

　　"两位老师知道今天要去哪里吗？"

　　裴却道："知道。"

　　赵霓夏打起精神，接了一句给出答案："花鸟市场。"

　　"赵老师打算给裴老师公寓添点什么？"

　　赵霓夏自己也没想好，笑说："看看再说吧。"

　　车开到花鸟市场。

赵霓夏和裴却同摄像师一行人一同下车，从入口进去。

这个市场的名字虽然只有"花鸟"二字，但卖的东西种类其实很多。

鱼店里的鱼缸大小不一，灯光一打，一个个游弋着鱼群的水缸像是缩小了的水族馆。圆滚的红色、凌厉的银色、斑斓的热带鱼……颜色体态各异。

仙人掌摆在路边，开花的和没开花的各有特色，黄金龟在塑料盆里缓慢地游，各色雀鸟被关在笼子里，叽叽喳喳十分地吵。

无论植物动物，一应养殖工具都有。

各家店摆出来的花就更多了，白色的满天星，颜色艳丽的月季，开得嫣然的粉紫色绣球。

赵霓夏很喜欢这种有生活气息的感觉，时不时停下和店家说话，问问这个怎么养，那个怎么卖。

其中一只十分别致的黄金龟和一只话多又密让她想起井佑的鹦鹉，让她驻足最久。

裴却陪着停下，问："要买吗？"

今天的主题是给他的公寓添东西，赵霓夏犹豫片刻，想到他出门工作不一定有时间照顾，摇摇头，打消了给他添麻烦的念头。

一直到一家花店，赵霓夏再次停下脚步。

店里陈列的各种花前面也遇到了，但只有一样不同。

白玫瑰。

其他店铺大概是为了让花期保持久一点儿，花朵都束起来了。只有这家，老板十分豪气，没有对花苞做丁点儿束缚，任它自由地开。

饱满的花苞开得热烈，微微卷着边，十分好看。

赵霓夏看着它们，忽然想起和白玫瑰有关的一件事情。

她和裴却拍那部古偶剧到后期的时候，之前演的那部青春剧播了。

观众的眼光确实好，从那么多练习生里挑出了裴却和她搭档，公司还没怎么发力，剧一播出他们就火速拥有了第一批 CP 粉，各种各样的同人作品也跟着诞生。

那阵子他们的同人文里特别流行写一个叫作"花吐症"的梗。

这个梗大概是说，其中一方暗恋另一方，暗恋的那个若是得不到对方的爱，就会一天比一天吐出或咳出更多的花瓣，直至死亡。

不知道为什么，裴却在同人文里总是得花吐症的那个。

一开始什么花瓣都有，后来就渐渐形成了统一的设定，只要写到他咳花瓣，必定就是"冷香木玫瑰"。

这个"冷香木玫瑰"的出处是一篇星际背景的花吐症文，因为热度太高，赵霓夏有幸看过。当时她的第一反应其实不是很理解——都星际背景了还治不好花吐症，这医疗水平得多不行啊？

那个同人文大概讲的是贫民出身的年轻少将爱上帝国公主后得了花吐症，经过一番曲折过程，最后有点儿悲剧，又隐约藏了点儿希望，给了个偏HE[1]结尾。

在文里，作者设定身为少将的裴却，在每个爱得深沉的痛苦时刻，都会咳出"冷香木玫瑰"的花瓣。

花当然是虚构的，作者还给它设定了花语，因为写得太好戳中了很多粉丝，最后成了粉圈里的通用设定。

古偶剧进入后期拍摄的时候，CP粉们在剧组的尾声进行了一次应援探班。

当时她们就给她和裴却一人送了一大束现实中最接近"冷香木玫瑰"的白玫瑰。

思绪很快回到眼前，赵霓夏也不知道裴却还记不记得，主要是这家店的白玫瑰真的很漂亮，然而她想买的念头刚一浮现，见摄像机靠近，立刻意识到不合适。

她只好飞快将视线转向其他花卉，假装自己刚才看的不是白玫瑰。

裴却走到她身边："买花？"

她点点头，花摆那儿不需要他太费心打理，也不会占用他太多时间："你公寓方便放吗？"

"可以。"

她便避开白玫瑰，选了几种别的。

"你还有其他喜欢的没？"一边问，赵霓夏想了下他公寓的色调，又给老板指了一种，"感觉这个也会好看。"

她总共选了五种不同的花，姹紫嫣红。

转头看裴却，见他的视线投向了店中，一一扫过那些花卉，脸上没多少情绪，好似什么都没看上。

想说他要是不喜欢可以不必再选，没等张口，他敛回目光，却道："既然买了就多买几种吧。"

她一愣，随即点头："行。"

---

1 Happy Ending 的缩写，指一个幸福、圆满的结局。

裴却随意朝墙边一指，淡淡说："那几种每样再包两束。"

赵霓夏正看着其他没选的几种花，听见他的话眉头跳了下。这家店的花包得不大，两束才有正常一束的大小，但这么一来数量还是挺多的。

"会不会太多了"几个字刚到嘴边，他正好来了电话，往旁边走了点儿去接。

她只能咽了回去，又顺着墙边看过去，看到最后一样时，不由得顿了下。

水仙、绣球、白玫瑰。

老板已经和店里人手脚麻利地忙活起来。

很快一束束包好的花就递到面前。

裴却简短接完电话回来。

赵霓夏侧眸去看他，他面上没有丝毫异色，单手接过那几束不大的花抱着，说："走吧。"

并没有对最外围的那束白玫瑰多看一眼。

……估计是不记得了。

毕竟那么久，又是这么小的事，赵霓夏想想觉得也好，只要他俩表现得正常，粉丝应该就不会多想。

她用节目组给的资金结了账，和他一起朝出口走去。

因为出了外景，他们一行人晚饭干脆在外面吃了。

录了些吃饭过程，饭后，坐着节目组的车原路返回。

也不算原路。

来时她先去了裴却的公寓，返程时，车刚开出去，他便道："我不赶时间，先送她。"

赵霓夏朝他看，他说完就合上了眼，靠着椅背闭目养神。

节目组的其他人都撤了，今天已经收工，只剩他们这一辆车，负责把他们送回去。

司机和工作人员都没意见，车一拐，往她的住处开。

车里好安静，她渐渐也觉得有些食困，朝车窗微微歪头小憩。

在市场买的花放在了后备厢里，一束束装得满满当当。因为有点儿放不下，裴却抱的那几束便没塞进去，都摆在她和他脚边。

这一路隐隐约约，似乎都被花的香气充盈。

开了近一个小时，车在她公寓楼前停下。

赵霓夏醒过神来，对工作人员和司机道了声："辛苦了。"

她又转向裴却，笑了下，随后拉开车门下车。

脚刚踩上地，裴却忽地叫住她："赵霓夏。"

她一愣，回头："怎么了？"

"这些花太多了有点儿堆不下，我等下上楼不好拿。"裴却靠着椅背，还是那副淡漠口吻，眼皮微微抬起，下巴轻仰，朝车上放在最外边的那束白玫瑰示意，"这一束你拿走吧。"

赵霓夏就这么抱着一束白玫瑰回去，进了公寓，还有些没反应过来的愕然。

下车那会儿，裴却压根儿没给她太长反应时间，说完见她没动作，便又不耐地催了一声。

最后晕头转向的，还真的拿了一束。

鲜艳欲滴的白玫瑰被浅蓝色欧雅纸包着，开得正好。清雅淡丽，花瓣微微卷边，层层叠叠，香味好闻却并不浓烈扰人，一如它的颜色。

横竖是拿回来了。

赵霓夏不再回想方才情形，翻找出花瓶，把花束拆开一枝一枝地插进瓶中。瓶口不大，一束花分装了三份，她自己又修剪了一番，这才摆在各处。

餐桌、客厅、电视柜旁。

有这么一抹颜色伴着，打眼看过去，一时也觉得屋里雅致明亮了几分。

第二次录制的第三天，全剧杀青的《烈日之下》官博正式放出了各个单元的预告。

每条预告片花都只有几分钟，但镜头质感不错，加上杉青导演之前的口碑加持，在剧组火力全开的第一波宣传下，热度一时高居不下。

因赵霓夏和裴却录制《很久以后的这天》，《烛火》单元受到了比其他单元更多的关注。

她的粉丝和CP粉无不期待，网友们也兴趣十足地讨论点评起来。

不论是看好还是唱衰，又或者是拿着放大镜挑刺，她俨然成了全阵容里被热议最多的那个。

赵霓夏正要出发前往裴却家，收到剧组宣发和周涟工作室的通知，上线转发了《烛火》单元的主片花，点开看了一遍后，按照宣发给的内容配文。

之前杉青导演特意打来电话问她有没有空去参加全剧杀青宴，因为时间和《很久以后的这天》的节目录制冲突，她最后婉拒了导演的邀请。

这会儿便趁空给导演发了祝贺他完成工作的消息。

闲说几句，聊完，重新把注意力集中到眼前的拍摄工作中。

她轻装简行地出门，坐上节目组的车去到裴却家。

第一天的录制内容是宴请朋友，第二天的录制内容是给他的住所买东西，这第三天，就只有他们两个人了。

别说，今朝乐队在面前的时候觉得吵，可他们这会儿不在，还挺让人想念他们插科打诨的能力。

但赵霓夏也不可能真的说"你再把他们叫来吧"。

她安分地坐下，端着杯子喝了口他给倒的薄荷柠檬冰水，环顾四周，忽然发现他的客厅摆上了一些花，鲜艳的淡的都有。

就是没见着白玫瑰。

犹疑一瞬，她好奇地问："昨天买的花你都摆上了吗？是不是还有一些？"

裴却正好端着杯子近前，闻言顿了一瞬，坐下后平静道："颜色淡的那些大多放在了房间里。"他抿了口冰水，"没那么亮眼，不影响休息。"

难怪。

白玫瑰大概是和其他素淡的花摆进里面房间了。

赵霓夏也没去细数外间花瓶里素淡的花是不是真的少了部分，他这么一说，她也就点点头没多想。

话题扯到别的上，聊了一会儿，节目组通过微信给他们发来任务。

晚上他们需要自己做一顿晚饭，得自己出门购置食材。

"这附近有市场吗？"赵霓夏看完任务，问他。

裴却想了一下："有，要开车去。"

要开车就代表不太近。

也是，住在这里的人谁会亲自采购，都有聘请的阿姨。

阿姨们也多是开着车出门买菜。

赵霓夏今天来得晚，到他公寓已经下午快三点，去市场来回需要时间，她查了下大概距离，就让节目组的摄像师立刻过来。

签约时节目组说好了会给他们这些嘉宾最大程度的自由，除了昨天全程外景不用在室内装镜头，第一天和今天，节目组都严格遵守了录制时间，下午拍摄前才来装上镜头，晚上等她离开，就会有人上来把它们拆下。

因为是在嘉宾家拍摄不是在他们准备的房子里，这两天也没有派太多的工作人员随行，只两辆车跟着。访客不好在地下车库久停，他们就停在了小区周边，随时等候联系。

收到赵霓夏的消息后，节目组很快就派了一辆车和摄像师到楼下。

车载着他们一行人开到附近的市场，赵霓夏和裴却戴好帽子和口罩，沿着干净的摊位一个一个看过去。

菜都是裴却挑的，虽然她会做饭了，但本着客随主便的原则，还是把决定权交给了他。

四十分钟后，满载而归。

摄像师和司机功成身退。

一来一回时间已经不早，赵霓夏和裴却回到公寓就开始准备晚饭。

没有别的客人在，只他们两个，本可以不需要做得那么花哨丰富，但裴却做起事情来格外认真，清理食材、下锅处理，每个步骤都一丝不苟。

她便也不好多说什么，在他旁边给他打下手。

可能是因为明火太旺，他炒的菜明明不辣，厨房也有烟雾处理系统，她一不留神，起锅的时候还是被呛了两下。

裴却瞥她一眼，把菜盛出来，忽地就把火熄了，停下动作。

她伸出的手停在那儿，见他端着盘子一直不给她，抬眸："？"

"你站在这儿有点碍事。"裴却皱了皱眉。

赵霓夏莫名其妙，他公寓的厨房不知多宽敞，她一下都没碰着他，怎么就碍事了？

"那……"她往后挪了两步和他拉开距离，"我等你炒完下一道，最后一道菜我来做。"

"不用。"裴却一脸信不过，"我对你的厨艺比较怀疑。"

赵霓夏："……"

不等她多说，他已经把炒好的那盘菜放到一旁，转回身去继续忙碌："出去吧，菜我等下端。"

她还想说什么。

他加上一句："我饿了，别耽误时间。"

赵霓夏没办法，灰溜溜地被赶出厨房，只能去客厅坐着，留给他一个人慢慢发挥。

不到二十分钟，菜全部上桌。

这餐饭味道很好。

只是跟第一道有双色彩椒做配料的鱿鱼相比，后两道菜就显得素了些。

赵霓夏吃着，想起拿出来的那些食材："切的那些配菜的辣椒呢？"

"下锅前不小心碰倒了，"裴却停了一会儿才答，"……只接住了盘子，配菜弄脏了。"

她"噢"了声，见他似乎不欲多提这个"坎坷插曲"，认真吃饭没再问。

饭后，两人端着水杯在茶几旁坐下。

节目组没有给他们发布任务，非要他们玩什么游戏或是进行什么问答，这一天的主题大概就是日常生活。

赵霓夏当然不会没事找事，休息了片刻，让裴却把壁挂电视打开以作消遣。

正想着要找点儿什么看，坐在沙发上的裴却忽地问："你们剧组今天是不是放预告了？"

她回头看了他一眼："啊，是。"

她又问："你怎么知道？"

裴却倚着沙发扶手，好似她问的是什么蠢问题，睨她一眼："我有手机。"

好像确实是个蠢问题。

他拿着遥控器，开始进行网络搜索。

赵霓夏犹豫两秒："在节目里看我的新剧预告会不会不太好？"

裴却丝毫不觉得哪里有问题："有什么不太好？"

不是她不好意思，而是有的综艺在这方面确实分得很清楚，她动动唇想说话，就听他又道："节目组不乐意就自己剪。"

赵霓夏今天一天都没在录制中提起过新剧预告，其实也是怕主动提了被人觉得吃相不好看。毕竟，今天剧组宣传，网上热议的那些内容里没少提及她和他录这档综艺的事，更有不少发酸的人阴阳怪气说她沾了裴却的光。

然而见他一副"节目组不乐意就别播的我想看什么看什么"的态度，她顿时感觉好像也没必要再说什么。

看就看吧。

"烈日之下"的搜索结果一出来，大概是因为热度最高，《烛火》单元的三条预告排在了最前。

裴却操纵遥控器移动到第一条预告上，画面一下被放大了一些，连带着视频下方网络运营商写的标语也瞬间变得清晰。

赵霓夏正喝着水，抬眸一瞥，差点呛到。

那标语写得十分博人眼球——

《赵霓夏高源拼尽全力热烈纠缠，痛苦祭爱》。

高源是《烛火》里饰演被害人的男演员，因为剧情时间线是打乱的，他在回忆里戏份也不算太少。

他们俩确实是剧里的"暧昧"关系。

但怎么说呢，这句话完全是在误导。

他们的感情戏本身就不是主线，只是人物关系的一条支线，拍得很含蓄，可以说从头到尾都没有任何肢体接触，导演把对"暧昧"的要求全放在眼神和细微的神态上了。

更何况她在剧里还是杀害高源饰演的角色的犯罪嫌疑人之一。

……啊，最后一点可能就是所谓的"痛苦祭爱"。

赵霓夏抽了张纸擦嘴，一时间不是很想这么理解运营商的思路。

屏幕上遥控器的选择在第一条预告上停着半天没动，她擦干净嘴角，回头疑惑地看向沙发上的裴却。

他对上她的视线，挑了下眉："你们的剧是这个风格？"

"……"

杉青导演的名声全在她一念之间……赵霓夏咳了声，连忙解释："不是的，其实是悬疑追凶，标语不太对，剧里也不是这样。看了预告就知道。"

这条主预告她看过一遍，都是很正常的内容，并不都是狗血，更没有什么"痛苦祭爱"。

听见她的回答，裴却"哦"了声，好似并不在意，摁下了播放。

整个预告时长三分半，很多画面和台词都是匆匆闪过。

就像她说的，内容和标语完全不搭边。

全程只出现了一个她和高源同框的镜头：高源躺倒在血泊里，她头发微乱跪在他身边，仍然握着刀用力捅了他好几下，手上和脸上都沾上了鲜血，表情深沉地转过头凝视着镜头。

赵霓夏记得这一场，在剧本里这场戏并非真实发生，而是剧中角色的猜测想象。

画面很快跳到下一个场景。

屏幕却忽地暂停，然后进度条被拖回去，倒退了一些。

赵霓夏："？"

她不解地回头去看沙发上的人。

裴却表情如常，一脸认真品鉴的模样，淡淡道："刚刚有几个场景没看清。"

于是放过的那一小段预告内容重来了一遍。

她又看了一遍自己捅高源的内容。

说实话，要不是自己演的，实在是有点儿瘆人。

就那个画面里的高源的"死状"，看起来真的挺凄惨，咽气了还被她捅了几刀。

如果这就是运营商们要的"祭爱"……

赵霓夏赶紧端起杯子喝了口冰水压惊，在心里对这种扭曲的情感敬谢不敏。

还好预告看完，裴却没有再放一遍。

赵霓夏其实有那么一丁点儿尴尬，见状松了口气，却忽然听到他说："进步了很多。"

她顿了下，扭过头看他。

他没有接她的视线，目光盯着屏幕，好似刚才那句话不是他说的，只继续进行下一步观影搜索。

但赵霓夏听得很清楚。

那个语气，并非找碴儿。

而是一种很中肯的、认真的赞赏。

不论是作为身边曾经亲密的人又或者是现在国内的年轻影帝、加莱提名者，这句发自内心的称赞，怎么都不算轻飘飘、无意义。

赵霓夏转回身抿着冰水，没有就着这一句继续。

但忽然间，杯里柠檬片的酸涩味道却似乎变得轻了几分。

窗外天渐渐黑了，开始刮起风。

节目组迟迟没有发消息找他们，说明对他们看电视的行为没有意见。

赵霓夏刚想让他再找点儿别的看，裴却忽然又搜索出了一部剧。

——《问仙诀》。

演员表的男女主演名字，赫然写着他和她。

她顿了下，大为意外："怎么突然想看这……"

"前段时间有人跟我提到。"他道，"所以想看一下。"

"……"总感觉他是在内涵那天她在厨房提起的事。

裴却瞥她一眼，不知是不是猜到她的想法，淡淡加了一句："有朋友提到。"

他说着，点开了集数，一集一集往下移。

翻了半天，见他就快要翻完，赵霓夏想提醒一句，他好似也不太耐烦，在临近结尾选定了一集播放："就这个吧。"

随后伸手关了灯，不等赵霓夏开口，他便道："太亮了，影响观感。"

她默了默，想想没多说。

镜头可以夜视，他俩坐得也不近，他在沙发一角靠着扶手，她在靠近另一侧的地毯上，这个距离完全没问题。

片头跳过，剧情开始，一上来就出现了井佑的脸，赵霓夏吓了一跳，往后挪了点儿。

裴却似乎也不乐意看他，直接拉动进度条，跳过了一大段关于他的剧情。

慢慢放松下来以后，看自己演的剧也没那么尴尬。

赵霓夏靠住沙发边缘，品析起自己当年的演技。

可看着看着，她开始觉得不太对劲。画面里张灯结彩、喜气洋洋、红彤彤一片……当穿着喜服的她和裴却登场以后，她彻底坐不住了。

这分明是大婚情节！

"……换一集吧！"她强忍着尴尬道，"这里都快结尾了没什么剧情。"

裴却睨她一眼，没动。

她如坐针毡，看着那场大婚吻戏越来越近，坐不住想去争夺他手里的遥控权。

没等她起身，裴却才"哦"了声，仿佛刚听到她说话似的，退出这集，换了一集播放。

赵霓夏松了口气。

然而新的一集放着放着，她看着剧情，又想起了后面的内容——

男女主初定情的第一个吻好像就是在这集。

……导演当时怎么拍了这么多吻戏？？

赵霓夏也不知道他是不是故意的，还是说随便选一集就能选得这么准。

她想开口让他换，又觉得提两次显得很刻意，纠结之下，干脆起身："我去洗手间！"

只能眼不见为净。

预估了一下那段的时长，她在洗手间磨蹭了一会儿才出来。

画面上，已经回到了主界面。

她还没问，裴却扫她一眼，已经道："剧太长了，想看电影。"

她重新坐回地毯上，轻轻舒气，任他自己选，没发表意见。

现在才晚上九点，离录制结束的十点钟还有一个小时，看一部电影也够了。

赵霓夏等着他选好，不知不觉间，窗外突然下起大雨。

雨势汹汹，雨幕不一会儿就遮挡住了视线，其他的楼像被雾挡上，完全看不清。

赵霓夏朝玻璃墙外看了看，微微蹙眉。

裴却已经选好电影，不是他自己演的，而是一部口碑不错的外国片子。

室内静下来。

距离拍摄结束还有一段时间，她收回视线，暂时不去多想，靠着椅背静静地看。

可随着电影播放，窗外的雨越来越大，甚至有点儿吓人。

直到他们看完，雨也没有变小。

节目组编导给她发来语音："赵老师！雨太大了，视野看不清没法开车，天气预报刚刚发布了预警，我们台里派不了车过来，路上因为打滑出了好几起车祸，我们的这两辆车现在也不敢开！我们同事前面从车上避到旁边的酒店暂等了，只能先等雨势小一点儿！"

这几天肖晴晴都是跟着节目组的，收工回去的时候，赵霓夏都会让她跟节目组的车先走，不必非得送她到家。

眼下肖晴晴也和节目组暂避进了酒店，同样给她发来消息，说雨势太大的事情。

看这个情况一时半会儿是回不去了。

赵霓夏坐在地毯上，有些头疼。

裴却那边也收到了节目组的告知。

看完消息，他没开灯，起身去拿了几条干净的白毛巾出来，把屋子里的镜头一一遮上。

对上她的视线，他道："今天录制结束了。"

"……哦。"

录制结束了，但她还走不了。

"等雨小点儿吧。"裴却看出她所想，坐回沙发，"能开车了节目组会打电话过来。"

她"嗯"了声。

不知道要在他这儿等多久，遮上镜头总归让人更自在些。

"录了这么久，你要吃点儿什么？"他的待客之道突然温和了许多。

"啊？"赵霓夏顿了下，说，"不用，我不饿。"

他便没再说话。

裴却点了部新的电影播放。

室内昏暗，只有屏幕的光在闪烁，整个夜在隐约能听见的雨声中，变得更加安静。

赵霓夏的注意力却完全无法集中在屏幕上。

见雨一直不见小，她有点儿坐不住。

看一会儿电影，她就忍不住拿出手机，想看看节目组有没有给她发消息。

许久，当画面里的情节播放到一半。

赵霓夏瞥了眼玻璃墙外，又拿起手机。

节目组还是没有发来消息。

她刚要放下，屏幕上的画面一下暂停。

她微顿，扭头看向沙发一侧。

视线触及裴却的瞬间，他把遥控器在身侧放下，也抬眸瞥向了她。

"赵霓夏。"

"啊？"

裴却的表情被屏幕光照得晦暗不清，淡漠的眼眸微沉，语气十分不妙："待在我家，就这么让你坐立难安？"

窗外暴雨倾盆。

没开灯的客厅里，昏暗一片，只有屏幕光幽微。

"不是……"

赵霓夏微怔一瞬反应过来，从他的质问里听出了久违的火药味，不管是不是她的错觉，他这副表情、这个语气，怎么也不能说他很愉快。

"我就是看雨太大了有点儿担心。"她解释。

"担心什么？"

裴却倚着沙发扶手，不留情面地反问："担心回不去要留在我这儿？"

这当然也是一方面。

赵霓夏不能说自己完全没有担心这个问题，毕竟大半夜的，外面下着大暴雨，以他们两个现在这样的关系，她留宿他家怎么想都是一件很奇怪的事。

哪怕是因为录制节目，中途临时遇上了这样的变故，但之后万一要是传出去，粉丝们不知道会有多大反应。

"雨太大了路况不好。"赵霓夏没接他的话，只说，"节目组的人还在周边的酒店里，如果雨一直不小的话，他们行动和工作也很不方便，今天估计就得耽误没法回家了。"

怕他再继续这个话题纠缠，她说完这几句，马上又岔开话题："我有点儿饿了，有没有吃的？"

裴却没拆穿她的意图，只睨她一眼，好似在说"刚刚问你又说不饿"。

赵霓夏觍着脸，还提了点儿要求："……不用太饱，垫垫肚子就行。"

他没说话，起身去了厨房。

那边亮起灯，他在里面开火煮了一会儿，端着一碗汤圆出来。

"吃吧。"

不大的瓷碗放在她面前，汤匙被圆润的汤圆压着，靠在一旁。

他没煮太多，只几个。

赵霓夏看他："你不吃吗？"

"我不饿。"他重新坐回沙发。

她"哦"了声，低头安静吃起来。

他总算不再纠结前面的话题，拿起遥控器一摁，屏幕上的电影继续播放。

不多时她吃完那一小碗汤圆，裴却道："先放在那儿，等会儿收。"

她便说了声好，没去动。

在地毯上坐了一晚上，腿有些僵，她擦干净手，喝了点儿水，余光瞄他一眼，见他一手托着脸颊，神情浅淡，正专注地看着电影，悄悄起身坐到身后的沙发上。

往旁边一靠，她和他一人占据了沙发一边。

已经晚上十一点多，四下昏暗，窗外下着雨，赵霓夏又刚吃过东西，歪在舒服的沙发上看着电影，看着看着，渐渐涌上一股睡意。

因先前才被裴却怼了一句，她不好再拿出手机看节目组能不能来接她，只能窝在沙发上顽强地对抗睡意。

一开始她还能竭力撑开眼皮尽量往屏幕看，到后来慢慢撑不住。

终究还是睡了过去。

赵霓夏睡得并不安稳，感觉有些冷，不由自主缩起了身体。

昏昏沉沉间，只觉得周围好似变得静了下来，那股冷意也随之消减。

然而心里到底是记挂着这场雨，无法全然放松，察觉到身上似乎覆上了一层薄薄的暖意时，茫然又带点儿浑噩地睁开了眼。

裴却正拿着张薄毯盖在她身上，似是没料到她突然醒来，四目相对，两个人都有些怔。

屏幕上的电影画面还在放，但已经没有声音。

室内空调似乎也调高了些。

窗外雨声汹汹,被玻璃墙隔绝,声响只余几分。

不得不说,这样的环境真的很好睡。

赵霓夏看着面前微弯着腰给她盖毯子的裴却,却是满眼蒙。

光影微暗,他的脸离得有点儿近,呼吸间全是他身上凛冽的清淡香气。

他的手还掖在她肩膀处的毯子角落,她带着刚从睡梦中醒来的滞顿,一睁眼就撞进了他眼里。

这样的场景,这样的氛围。

和很久以前的某天,莫名地相像。

一刹那,两人都回过了神。

裴却眼睫轻颤,下一秒收回手站直了身,仿若无事一般,表情沉静地回到沙发那一端坐好。

赵霓夏坐起来了些,但没有完全从薄毯里出来,在调高了几格的电影声音中,也抿着唇一言未发。

谁都没有多说什么。

但这股沉默却让气氛更加古怪。

屏幕光变幻投映在沙发两端的两个人身上。

这种细密渗入空气每一寸的微妙感,很难不让人想起一些旧事。

当初那部古偶剧杀青以后,赵霓夏和裴却因为青春剧的热播一起跑了一段时间通告,再之后,览众给他们规划了各自的路线,他们见面的机会就减少了很多。

不过他们和古偶剧剧组几个年轻演员一直没有断了联系,有空的时候大家会一起出来吃饭,因此隔段时间还是会见见面。

那次,记得是井佑组了一个旅游局,说要飞去苏门岛短期度个假。

把有不同工作安排的人凑齐其实不太容易,但他人缘好,大家都喜欢他也乐意给这个面子,他牵线起头后便纷纷响应参与,很配合地商量协调时间。

赵霓夏和裴却也去了。

因为是短期旅程,他们只打算待三天。

赵霓夏本来是奔着放松去的,结果在苏门岛上,不期然遇见了她爸那边的人。

不记得是哪个叔叔伯伯的儿子,反正对她来说都一样。

明明看出了她不欲交谈连眼神都不想给,那人还非要上来找不痛快,对着她又是阴阳怪气又是指桑骂槐,说她现在开始红了是大明星,说她不愧是她妈妈的女儿女承母业确实有天分，还提起她爸想给她介绍对象的事。

赵霓夏当然没给他好脸，不留情面地冷嘲热讽回去，说得比他更难听，把他的脸直接气成了猪肝色。

只是回去后，心情不免还是不好。

在她去苏门岛之前，她爸确实跟她提过要介绍对象的事。说是介绍，不外乎就是什么"门当户对"的利益交换。

可能有些人真的天生脸皮厚。

就像她爸，自她妈弃影从商发迹，十几二十年来早就挣下了偌大家业，她爸那一大家子的"没落豪门"，却只知道靠着那点儿剩下的家底坐吃山空、苟延残喘，连给她妈提鞋都不配。

再者他从没养过她、照顾过她，从他抛下她们母女开始他们就已经没关系，也不知道抽哪门子风倒是痴人说梦起来，妄想拿捏她结婚的事。

被那些污糟烂事影响，赵霓夏那天情绪很差。

那顿晚饭是在裴却房间吃的，饭后他们各自回房洗漱完，又聚到他房里打了一会儿牌，聊闲天。

井佑和其他几个剧组成员吵吵着要去看苏门岛上的烟火表演。

裴却喜好整洁，收拾着被井佑弄乱的茶几，让他们先行去看。

赵霓夏兴致不高，也不愿动弹，只说待会儿再去找他们，闷闷地窝在了沙发上。

裴却房间的窗户还是能看到烟火的。

井佑他们出去后，他把客厅收拾了一大半，大概是见她闭眼窝在沙发角落半天没动，以为她睡着，过来给她盖上了毯子。

那一瞬间，窗外忽然绽开了接连不断的烟花。

她下意识睁眼，和他四目相对。

对视的刹那好像变得很漫长。

她自己都没控制住，鬼使神差地突然对他说了一句："……我晚上可以在你这里过夜吗？"

话一出口她就愣了，裴却也愣了。

她的语气和神情，明明白白地昭示着这句话不只是字面上的含义。

不是借住，不是找个伴打发时间。

而是成年人都明白的那个意思。

裴却猝不及防，一时没有说话。

怔忡的片刻其实很短，赵霓夏反应过来意识到自己说了什么，慌张又尴尬地给自己找台阶下，顺口接了一句："你不愿意就算了，我找别人。"

她掀开毯子从沙发上起身，想赶紧走人。

才两步就被裴却拽住。

他抓着她的手腕，一把将她拽回了面前。

赵霓夏那时是蒙的，他的表情比听见她那句话时更难形容、更不愉快，眉头拧着，一字一顿问她："你打算找谁？"

空气静了许久。

天幕上的烟花一朵接一朵，图案各异，璀璨艳丽。

他们对视着，也不知是哪一瞬间开始，她仰头和他接起了吻。

她被他箍在怀里，他的手臂有点儿用力。

他们不是第一次亲吻，在戏里已经拍过好几次吻戏，但感觉完全不一样。

不是角色，是作为自己的她和他。

从客厅到套间卧室，从沙发到他那张床上，她也不知一切是怎么点燃的。

真的发生的时候，她有些恍然，但很快就发现自己低估了他的热忱。

"我想和你过夜"这样的话似乎真的不能对男人讲，永远一副冷漠淡然仿佛对什么都没兴趣的裴却，那一晚却有着无尽的热情。

窗外的烟花停停放放，热闹了很长时间，他也一次又一次地在长夜中全身心地投入。

她没法说自己是难受还是愉悦，只觉得冷淡少言的这个人突然变得好凶猛。

中途井佑发来了微信消息催促，问他们怎么还不见人影。

裴却在让她呜咽的间隙，沉着气息抽空回了他一句语音："……不过来了，你自己看。"

她咬着唇不敢发出一点儿声响，怕被那边听见，全身皮肤都热成了粉红色，在摇晃的视野中，只看见烟花一朵比一朵开得更热烈。

安静客厅里突然振动的手机就像救命稻草，赵霓夏猛地拿着起身，背对裴却，面向了玻璃墙外倾盆的大雨。

"……喂？"她嗓音有点儿哑，低低清了清声，竭力压下那股纷乱的情绪。

电话再不来，她就要被脑海里翻滚不停的旧事灼烫得无法呼吸了。

那边是节目组，编导道："赵老师，外面雨小一点儿了，我们关注了路况，再等一会儿应该就可以开车。您看今天是干脆我们整个节目组和您一起在这边酒店开几个房间歇一晚，还是等雨再小点儿送您回家？"

赵霓夏看了眼雨势，不知不觉确实比先前小了一半，安全第一，她没催促："那再等一会儿看吧，雨小一点儿我就回去。如果你们节目组觉得麻烦也可以在酒店歇，我让我经纪人安排车过来接。"

编导说没事："我们节目组也有同事要回家，那就再等半个小时，如果雨还是大的话就以安全第一。"

她道好，暗暗松了口气。

玻璃墙上映照出沙发上裴却略显慵懒的修长身影。

或许是刚才不受控地想起了他们第一次那晚，赵霓夏有种说不上来的心虚，只瞥了一眼，连他有没有朝这边看也不敢分辨，就立刻飞快收回了视线。

"所以呢？"叶莱在电话那端着急地问。

"什么所以？"

"然后你就回家了？"她似是不可置信。

赵霓夏端着水杯走在自己的公寓里，对她的疑问很是不解："不然呢，雨小了我不回家干什么？"

"都十二点了哎！反正也下雨，你在他家住多好，这么好的机会！"叶莱一副恨铁不成钢的语气，"夜黑风高，风雨交加，干柴烈火……大好气氛怎么就遇上你这么个铁石心肠的女人！"

赵霓夏听得无语："你是不是疯了，我们在录节目欸？"

"那又怎么样！把镜头挡了把麦关了，谁知道你们在做什么？我就不信他卧室还有镜头！这多刺激——"

听她越说越不像话，赵霓夏脸上忍不住黑线："……你要不要听听自己到底在说什么。"

这人怎么脑子里总有那么多乱七八糟的？

叶莱满腔不满，"啧"了声："我看我们这几年还是见得少了，我平时没太盯着你，你是不是趁我不注意修了什么无情道还是废掉了情根？？这种水平的顶级男明星摆在面前都能不为所动，我真是服了你！"

赵霓夏喝了口水，吐槽回去："你少看点乱七八糟的小说。"

不论叶莱怎么说，那样的情况，她都不会在裴却家留宿。

耽搁在他家的那段时间，他遮上了镜头，但麦还开着，事后她都没忘跟节目组说，让他们把画面之后的收音剪掉，免得惹出什么问题。

和叶莱废话了几句，不想听她对自己"油盐不进"的失望点评，赵霓夏果断挂了电话。

第二次录制结束，她可以短暂休息几天。

然而没一会儿，周涟的电话打来了。

赵霓夏以为他要说的是试镜的事，但他一开口："你现在空着吧？不忙的话给褚卫录个祝福视频呗。"

褚卫就是工作室现今的台柱，当红程度在现役年轻男歌手里，可以说是数一数二。

上次 KTV 聚会赵霓夏没见到他，但后来抽空补了一下"同事"们的资料，看过他的照片。

他长得确实挺帅，看起来有点儿风流，是挺招女生喜欢的类型。

当下一听要给他录祝福视频，她有点诧异："什么祝福视频？过生日吗？"

"不是。"周涟说，"他现在在录一档音乐综艺，流量挺大的，下期刚好有这个环节，都是一个工作室的，露脸的机会不蹭白不蹭，我让文恬也给他录！其他嘉宾应该也是找两三个同公司的艺人或者圈内朋友录视频，文恬再加上你，这个数差不多。"

他都这么说了，赵霓夏自然没有拒绝的理由。

应下后，收到他发来的节目消息和祝福语，她找了个光线好的角落支起手机，也没化妆、换衣服特意打扮，就简单的一身居家造型，素净着脸，录了一个简短的祝福视频。

录完发给周涟。

他很快发来一个"OK"手势。

见没别的事了，赵霓夏把手机收起，踏着拖鞋进书房看书。

"你看半天书了，还没看够？"秦奚跷着脚坐在书房的小沙发上，忍不住出声干扰。

对面沙发上的裴却抬眸睨了他一眼，随后，又当作没听到，低下头继续阅读。

"得。"秦奚见他油盐不进，认怂，"你继续看，我去厨房找找吃的。"

裴却当然不动，仍是一个眼神都没给。

秦奚嘴上念叨着他毫无待客之道，但其实这样的相处方式他们双方都已经习惯了。

认识这么多年，从裴却出道红了，再到他们今朝乐队被唱片公司签下，没有工作安排得空的时候，他总会来裴却家坐坐——这叫什么，用他们乐队成员的话来说，大概就是"全自动式串门"，自己来，饿了自己下厨，吃完自己打扫。

作为保持了这么多年友谊的朋友，秦奚也一点点亲眼见证了裴却的住所从小居室变成明亮公寓，再到如今的豪华大平层。

属实是非常励志的一个过程。

但因为太过励志，并刺激到了他们这种搞乐队的不富裕选手，秦奚每次来都会毫不客气地将他家厨房大肆扫荡一番。

打开冰箱翻找了一通，秦奚拿了一样吃的。

不一会儿，裴却从书房出来倒水喝。

秦奚正要关上冰箱门，瞥见其中空了的那层，忽地想起什么："我记得赵霓夏那天来的时候是不是带了蛋糕？那天我看见冰箱里有个蛋糕——"

裴却拿着杯子，回头淡淡睨了他一眼。

"……你一个人都吃了？"秦奚停顿了一下，还是问出了口。那天被招待的时候，他们吃的可全是外卖。

裴却没答，只看傻子一样看他："蛋糕放到现在早就坏了。"

他不依不饶："那你是放到坏了然后丢了？"

秦奚露出一个"我就知道"的眼神，上下打量他一番，真诚提醒："咱可是艺人啊却，高热量的东西吃太多耽误上镜。"

"我每周都去健身房。"裴却回了他一个眼神，视线缓慢在他身上一扫，伤害性不大侮辱性极强，"这句话你还是对自己说吧。"

秦奚："……"

裴却没跟他废话，喝过水，又装满一杯，转身回书房。

秦奚吃着东西跟上去，还在那嘟嘟囔囔念叨。

裴却没理会，把杯子放到一边，将摊开的书合上，打开玻璃门走到书房阳台上。

秦奚大咧咧在沙发上坐下，看他背对着自己自顾自地修剪起那一瓶白玫瑰，无语地啧声："你怎么又改花匠了？好端端的，书房、卧室突然又摆这么多白玫瑰。"

他跷起脚，直接道："……赵霓夏给你买的是吧？"

裴却手里的剪子停了一瞬，随即又继续修剪枯萎的枝叶。

"不用猜也知道。"秦奚嘀咕了一声。

之前来录综艺的时候还没有呢，这回一来就见他客厅里多了些花，五颜六色鲜艳得很。最常待的书房和卧室更是好，别的不要，就只摆上了白玫瑰。

白玫瑰，嘁。

当谁不知道他们那点儿小情趣……啊不对，秦奚在心里"呸"了声，不能说是情趣，但确实有那么点儿不一样的意义在。

当年他们俩拍那部古偶剧，秦奚去探班了一次。

去之前，赵霓夏和裴却的 CP 粉刚去应援过，一人送了他们一大束白玫瑰。

那会子他们的同人文里好像很流行写些什么乱七八糟的，反正秦奚也不太懂，就记得那天去慰问他拍戏辛苦，陪裴却下了戏，去他房间坐了没一会儿，他就开始在那儿摆弄插在瓶里的白玫瑰。

就像现在这样。

蹲在阳台上——那个剧组住的酒店阳台比他现在这个小多了。

他大概都没怎么听自己说话，就一门心思地给那些开了不知多久，又不知多久后会凋谢的白玫瑰喷水。

秦奚当时坐在那儿忍不住也吐槽了好一通，念念叨叨间，捡起了从桌上掉落的一张卡片。

那张卡片是 CP 粉插在花里的，只写了一句英文。

"Love is fatal?"他念出了声。

问裴却，裴却只说："是花语。"

"白玫瑰的花语是这句？你骗我没文化吧？"

裴却给花喷着水没理他。

后来，秦奚才知道，那句话是出自他和赵霓夏一篇很有名的同人文，那个叫什么"冷香木玫瑰"的虚构的花，他们的粉丝给它设定的花语就是"Love is fatal"。

爱是致命的。

过去多少年了，秦奚还是记得很清楚，尤其是现下看着裴却如当初一样侍弄白玫瑰的沉默背影，他觉得他永远都会想说这几句，也真的说了。

"裴却。"

阳台上的身影微微回过头，秦奚跷着脚，勾起一丝笑，语气不无感慨，也不无那么一丝为兄弟怅然的心酸："你还记得当初我探班，看你蹲阳台浇花的时候说的什么吗？"

裴却没答，眉眼依旧淡淡，仿佛对他的调侃并不在意。

"那句花语翻得不够准确，形容兄弟你可真的是差远了。"

秦奚似笑非笑，摇摇头。

"它不应该翻作爱是致命的。"

Love is fatal.

这分明是——

爱入膏肓。

第三期

我们之间没什么

自从《很久以后的这天》官博放出了人影图半官宣以后，评论里时不时就有粉丝催促节目组快点儿播出，一闲得没事就会来留个言，希望他们官博能像青蛙似的一戳一蹦跶，即使真的没法早早上，也先发点儿花絮之类的东西给大家尝尝鲜。

节目组在连番的催促下还是撑住了没有先行剧透，但郑导带领的编导们，不由得都上紧了发条，加快了拍摄的节奏。

第二次录制结束过去没多久，有关第三次录制的通知内容就发到了各个嘉宾团队的手中。

这一次的模式较之先前又有改变，四对嘉宾将进行一次合宿，一起住在一栋大别墅里，进行三天两夜的录制。

人多了，内容就多，说不定能碰撞出更多的火花。

赵霓夏收到通知，除模式变更的讲解外，节目组还给他们发布了一个任务。

每一组嘉宾都要互相给对方准备一份礼物。

这个任务不需要隐瞒，甚至嘉宾之间可以互相通气，只是单纯作为一个缓和气氛的环节。

赵霓夏看过消息后就开始思索要准备什么。

如果是以前，她给裴却买东西，大概不会太过烦恼。他这人没什么特别喜欢的，就是对不喜欢的态度比较坚决，只要避开他讨厌的东西，他一向都不挑。

但她现在有点儿拿不准，不知道他这几年有没有新增什么喜恶。

很不好意思地说，赵霓夏脑海里第一时间冒出的想法，竟然是想要问问井佑。

这个念头刚一浮现，随即就想起他之前令人无语的操作，几乎是帮着她实名制问到了裴却面前。

她想了想，考虑到井佑的不靠谱程度，觉得还不如干脆自己去问裴却。

反正节目组也说了嘉宾之间可以互相沟通。

拿定主意，赵霓夏就给裴却发了条消息：你现在有空吗？

他过了好一会儿才回：什么事？

赵霓夏：节目组的通知你收到了没？关于礼物你有没有什么想法？

裴却答得很简略，只两个字：都行。

赵霓夏：或者你有什么讨厌的东西吗？我避开一下。

裴却：没有什么不喜欢的。

他大概在忙工作，回复的内容中间隔开了间隙。

赵霓夏该问的都问到了，他在这方面还挺好伺候，看他的态度心里大概有了数，她发了个"OK"的表情就没再打扰他。

对于要给裴却准备什么"礼物"，赵霓夏一开始没有太好的想法。

但思索了一番之后，她突然想到一样东西。

趁着下午的时间，她特意出了一趟门到商场，选了几家店，给他挑了一顶帽子。

不是他平时喜欢戴的那些春夏款式，而是一顶适合冬天的毛线帽。

很久之前有一次，她就想买了送他，只是后来没能实现。

裴却也并不知道这件事。

赵霓夏想到这点，摸着做工精致的毛线帽，越发坚定了主意。

她挑的这顶是黑色的，不太厚，款式说实话挺挑人，不过以裴却那张脸，就算是戴破布也撑得住，赵霓夏选得没有丝毫心理负担。

作为送礼物的人，她帮他试戴了一下，对着镜子一照，长发披散在两肩侧，甜酷甜酷的。

他戴上估计就只剩跩了。

买好帽子，赵霓夏又挑了装礼物的盒子，回到公寓后仔仔细细地把它包了起来。

蓝色的包装纸，四面束上白色缎带，简洁又雅致。

她把第三次录制要带的这份礼物放到了一个不容易忘记的地方，解决完任务心里正松快，突然收到林诚的消息：赵小姐，您之前借给朋友的礼服都已经送回来了，我让人整理过了，放回了您的公寓。公寓也让人打扫好了。

之前周涟帮文恬向她借的礼服已经完璧归赵，林诚发这条消息，除告诉她向她报备以外，估计又是在委婉地提醒她该回去看看。

赵霓夏知道林诚在担心什么。

林诚担心她回国迟迟不往家里去，被她妈赵定音知道了会生气。

毕竟她妈的控制欲摆在那儿，且她们一向没少因为这些小事，因为她"叛逆"的问题引发争吵，前车之鉴历历在目，林诚有这个担心很正常，也着实是在为她考虑。

其实在她自己来看，她因为决定回国的事和她妈大吵一架，已经冷战了这么久，现在做这些面子上的事根本没必要。

但她还是回了句：知道了，抽空我会回去。

赵霓夏这么说不是应付林诚，是她确实有这个打算。

她以前的很多东西都留在了公寓里，出国那几年没带出去，有些东西她用习惯了，正好想去整理带过来。

接到林诚消息的第二天，天气正好。

赵霓夏便回了一趟自己以前住的公寓。

公寓的位置在一片不便宜的小区，是她十八岁成年礼的时候，她妈送她的。

——虽然她妈整个生日前后都没有出现，只在她生日当天最后的几分钟卡着点接了她一通短暂的电话。

这里刚开盘的时候风头无两，价格一度突破新高，周边一应配置都是很好的。

赵霓夏签了览众出道后，就搬来了这里居住。

进了公寓，屋内没什么改变，大到家具陈设，小到各处的摆件，都和她当时住在这里时没有任何区别。

因为林诚安排了人经常来打扫，到处都干净得一尘不染。

时间好像没有流动，过去的六年都在静止的空间内停滞了，这里仍然是当初的样子。

赵霓夏拍了张公寓沙发的照片发给林诚，配文只有一个符号：。

什么都没说，但意思很明显。

她妈问起来他可以交差了。

赵霓夏在客厅里坐下，熟悉的一切，让她只觉得眼前都是过去的片段。

好的坏的，开心的难过的，全是她出道那两年在这里生活的记忆。

每次她跑完通告忙完工作回来，遇上不开心，就会坐在落地窗前和叶莱打电话，吐槽了不知道多少离谱的事情。

那时候也是她和裴却、并佑关系最好的时候，没有行程时，并佑一个人就能在群里聊上一天，闹得她手机振个不停。

还有她离开那天，也是从这里，收拾好了东西匆忙地登上飞机。

那时候她就在这儿躺着，一直到真的要走前，才让周涟发了退圈公告，才——告诉朋友，才有勇气道别。

赵霓夏深吸一口气，闭了闭眼不再去想那些。

她起身收拾了一些要带到如今住处的东西，让林诚安排快递来取。

这一忙活花了不少时间。

公寓里没有任何能吃的东西，差不多到晚饭的点，她有些饿了，出了小区，就近找了家餐厅吃东西。

餐厅装修得挺别致，按桌一间间用镂空围栏隔开，灯光略昏暗，有植物和装饰做遮挡，私密性还挺强。

赵霓夏吃着吃着，有人从她桌外经过，忽然停下，回过头犹疑地叫了声："赵霓夏？"

她闻声抬起头，一个一看就着意打扮了的男人正盯着她。

"不认得我了？"见她抬起脸，对方倒回来两步，"我，袁睿。"

听到他自报家门，赵霓夏隐约有了点儿印象，迟钝几拍后想起来，眉微微一皱。

她爸当初想给她介绍的对象，就是这个袁睿。

她当然没有见，也没有理，但他不知道从哪里知道了她爸的意思，后来有一次和她碰上，过来套近乎。

"赵大小姐怎么一个人吃饭？"见她不吭声，袁睿近前一手撑上她的桌角，自顾自地道，"哦不对，现在你复出了是吧？听说了，是不是还是叫赵大明星更合适？"

赵霓夏抬眸，冷冷睐了他一眼。

袁睿唇边笑意一僵，讪讪把手收回去，表情敛了几分。

随后，他很快又故作轻松地调笑："在这儿碰上也是缘分，你回国挺久了吧，怎么不跟大家联系？今儿一块儿吃个饭？"

"我跟你很熟吗？"赵霓夏面无表情地反问，语气丝毫不留情面。

袁睿笑意更僵了，最后还是没说什么，只道："……行。您吃。"

他自觉讨了个没趣，站了会儿就走开了。

被这么一搅和，赵霓夏又吃了几筷子，没了胃口，买单后起身回家。

回去的一路，她把车窗打开小半，晚风吹拂在脸上，驱散了燥意却驱不散她心头的烦闷。

袁睿的出现让她又想起了很多不愉快的事情。

他们那些人都是这样，从小到大她见得多了。表面上看着好似客客气气，其实都是为了利益想沾点儿好处才凑上来。

发觉从她们母女身上讨不着什么便宜，一扭脸，私底下就换了副面孔，一边惧怕，一边又总是说着当年那点儿事，试图通过贬低她妈来平衡心理上的落差。

早年时候，她妈影星出道演了几部电视剧刚小有名气，就遇上谢家排行老三的公子哥，昏了头为爱息影，谢家老三也为了她被赶出家门。

谁知道两人生下一个女儿后，谢家老三受不了苦日子，没多久就抛下她们重新回到谢家。

她妈顿时成了所有知情人眼里的笑话，无不嘲讽她试图嫁入豪门失败。

若不是她妈后来毅然决然从商，自己挣下家业，十几年下来，和谢家的地位天上地下调换过来，那就真的是妥妥的一出悲剧。

当初她妈把名字从赵音改成赵定音，为的就是记住这一段，决意从此要做有资格一锤定音的那个人，可想而知有多要强。

那些人不敢在她妈面前嚼舌根，赵霓夏从小却没少听。

她早已习惯了，也从不会给他们好脸，谁欠得慌她就对谁不客气。

但就像烦人的苍蝇和鬣狗。

多少还是会影响心情。

突然被这些很多年以前的事情扰乱，赵霓夏回到公寓，情绪还是不太好。

她洗漱完躺在床上给自己放了部电影，看了半天还是集中不了精神。

直至电影放到一半，光线暗下来。

有那么一瞬间，她忽然很想拿起手机，给赵定音发个消息。

但只是一瞬，这个念头很快又消退。

就像一种条件反射，因为有过太多次失望，不用真的付诸实践就已经预料到会是什么结果，她的身体直接就做出了选择。

从她会走路开始，就很少能见到赵定音了。

头几年的生日赵定音还会回来陪她庆祝，后来就只准备礼物，到再后来，连礼物也都交给了助理安排，自己只过个眼点个头。

小时候她总是在房间的窗边等，在电话旁等，等了一天又一天。

也一次又一次希望落空。

给赵定音发的消息，都是很难有回应的。

赵霓夏再清楚不过这一点。

她把薄被扯上来了一些，盯着变幻的画面，强迫自己把注意力集中到电影上不去想其他。

没一会儿，却忽然来了电话。

拿起一看，是文恬。

她的神经紧绷了一瞬，看清后松弛下来，又有点儿说不出的复杂感觉。

之前加微信时她们就交换了电话号码。

赵霓夏调整好情绪，接通，问："喂，怎么了？"

"夏姐！"那边的文恬活力十足，伴随着背景的音乐声，道，"你在哪儿？忙不忙？出来玩啊！"

"现在？"

"对！我们这边现在好热闹，来唱歌吃东西！都是你认识的人，我和我哥他们，还有……"

"对不起啊文恬。"赵霓夏没等文恬把话说完就先拒绝，她实在提不起兴致，"我就不过来了，你们自己玩吧。"

"啊？"文恬顿了下，"你怎么了，听声音好像不太开心？"

赵霓夏没否认，用指节揉了下眼皮："嗯，今天心情有点儿不好。"

"你心情不好？那要不……"那边嗓门突然大了点儿，很关心她的情绪，闻言还想提点儿别的建议。

赵霓夏再次打断了她的好意，只说："我心情不好的时候不想见太多人，也打不起精神，你们玩吧，下次有机会再一起。"

听她这么说了，文恬也不好再说别的："那好吧，那你好好休息！"

"嗯"了声，赵霓夏挂了电话，放下手机，靠着床头躺得更低了点儿。

安静的卧室里，只有电影的声音。

她躺着看了二十多分钟，把剩下的内容看完，正要起身去倒杯水，手机突然轻振。

有微信新消息。

点开一看，是裴却。

她愣了下。

158

这么晚，裴却突然给她发消息？

垂眸去看内容，他问得还挺直接。

裴却：现在方便吗？

就是有点儿没头没脑的，赵霓夏回了句：怎么了？

他回得很快：关于第三次录制礼物的事情，想聊一下。

不防他突然提起这个，之前她问他的时候，他明明说得很随意，并没有太多意见。

赵霓夏一时也拿不准他的想法，在床边坐下，回道：可以，你说吧。

那边停顿一会儿，他道：打字说不清楚。

打字说不清楚？赵霓夏更搞不懂他这么突然是要说什么，犹豫片刻，编辑回复：那打电话？

等了十几秒，那边没动静。

她捧着手机正想着要不干脆她弹个语音电话过去和他说。

屏幕上跳出新回复。

裴却：我正好路过你家这边。

紧随其后又是一条，他道：见面谈吧。

二十五分钟后，赵霓夏换好衣服戴好鸭舌帽下了楼，远远就见一辆车停在不远处。

她提步近前，微伸着头想要看清车内的人，没等她抬手敲车窗，窗户就先降了下来。

裴却坐在驾驶座，也戴了顶帽子，侧头看她："上车。"

赵霓夏顿了一下。

见他一脸认真，又想到四下虽然没有人，但站在这儿确实不好说话，她犹豫两秒便依言拉开车门坐了进去。

车窗缓缓升上，车内开了空调，她刚一坐好，下一秒就听他提醒："系安全带。"

"啊？"她愣了下，有点儿意外，"不是要聊……"礼物的事情吗。

车里没开灯，只有小区的路灯幽幽照映过来。

被他的帽檐遮挡去大半，裴却的皮肤在这样的光线下显得更白皙，侧脸线条精致，淡薄的眼皮俊秀，朝她看过来，没答反问："你现在很忙吗？"

"也没有……"赵霓夏怔怔回道。

下来之前刚看完一部电影，一边看一边走神，基本没看进去什么内容。

中途还接到文恬电话邀她出去玩，心情太烦躁不想动拒绝了。

可又睡不着。

想到文恬，她忽然想起他说"正好经过楼下"，刚想问他先前从哪儿过来，裴却转回头去："那就是了。"他不再多话，"我饿了，找个地方坐下说。"

裴却懒散地单手打着方向盘，发动车子。

车朝大门开去，赵霓夏怔了会儿，只能把安全带系上。

"我没什么胃口。"开出小区，车窗外风景慢慢后退，她想了想转头对他道。

可能没有办法做一个合格的陪吃人，希望不要反而影响他食欲才好。

"没事。"裴却微抬下巴，视线看着挡风玻璃外，"我饿就行。"

他都这样说了，赵霓夏也没什么好说的。

反正在家里闷着也是闷着。

往后靠住椅背，她看向车窗外。

谁都没说话。

她神游许久，在过分的安静中，意识到一直没听到导航的声音，忽然反应过来："我们去哪儿？"

要吃东西好歹有个目的地，但他好像一出了小区就只是开。

她眨眨眼，问："你要去吃什么？"

裴却朝她瞥了眼，没答，被她直直盯了几秒，才淡淡说："你关心那么多干吗，反正是我吃，总不会饿死我自己。"

车又开出去一段路，他才重新接话："那边现在有点儿堵车，我绕别的路走，有点儿远。"

听他的语气似乎有要去的地方。

可他走远路也没给导航设定目的地，就这么自信不会走错？

他说得胸有成竹，赵霓夏已经上车，懒得多问，"哦"了声，脑袋往旁边一靠，干脆继续神游。

她不多问后，他也没再说话，只专注开车。

夜色下的马路，似乎能听到车轮驰行的声音。

除了前方，所有东西都是仓促而飞快地在视线里一闪就过去。

到处都是高楼，白日里鳞次栉比的大厦，此刻亮着一个个还在加班的窗户。

街边亮着招牌的商铺一间间紧挨着，各色车辆从旁边开过。

路灯一柱一柱的，光芒如纱般披散下来，松散地笼罩成一个圈。

不知是夜太朦胧，还是这样的环境就是让人容易放松，赵霓夏脑袋靠着车窗，看了一会儿，渐渐产生了一种松弛感。

无止境奔驰在路上，他们就像正在进行一场没有目的地的兜风。

开了不知多久，大概有四十分钟。

赵霓夏松泛得整个人都疏懒了几分，裴却终于开到了吃东西的地方。

招牌亮黄，门店像是古时候的旧宅，他们没有在门口停下，直接从车道开进了院子里。

赵霓夏下车跟着裴却进去，被店里员工迎到一处很隐蔽的卡座内，周围都被绿植挡住。

坐下后，她问："你经常来这里？"

裴却道："偶尔。"他加了句，"我朋友开的。"

听他这么说，赵霓夏心下了然。

一是认识的人的地盘，二是车直接开进店后院，就不容易在门口被拍到。再者店里客人看起来不多，估计消费有门槛。

隐私性大有保障。

裴却翻开菜单，没几页，抬起眼问她："你要哪个？"

赵霓夏顿了下，他没等她拒绝就直接接上，淡漠的口吻但话说得着实霸道："虽然你不想吃但也麻烦你随便吃点儿，我一个人吃，被人看着很影响食欲。"

"……"

她来之前确实没什么胃口，但他绕路开了这么久才开到这里，不知是因为路上情绪放松下来了，还是因为开车时间真的有点儿久，此刻闻着店里隐约的香味，莫名也有些意动。

赵霓夏便没拒绝，顺坡下驴地"哦"了声，翻开菜单。

这家店装潢像旧时达官贵人的宅院，主打的菜品偏中式，从菜单就能看出是专做养生餐饮的，这个时间点售卖的各类炖汤全都主打益补安神。

不多时，服务生走了过来。

赵霓夏还是不想吃太多，就只点了一碟水晶饺。

裴却也选好，把菜单递过去，要了几份港式点心，而后又道："两份炖汤。"

赵霓夏闻言抬眸朝他看，他懒散靠着沙发，看回来："这里的汤是招牌。"

意思仿佛在说：来都来了，尝尝。

她在心里自动翻译完，没拂他的意，把菜单还给服务生。

点的东西很快上桌。

赵霓夏尝了几口汤，发现味道确实不错。

一边吃着，她想起他们出门的原因，终于问："对了，你说想聊礼物的事。"她看向他，"礼物怎么了？"

裴却执着汤匙轻轻舀了两下，脸上没什么表情，眼睫微垂着："没什么，就想问问你，你想要什么。"

他停了下，抿了抿唇："既然节目组说要互相准备，不想搞得太尴尬。"

赵霓夏愣了片刻，有点儿没料到。

他竟然还会在意尴不尴尬？

裴却没有看她，但仿佛知道她在想什么，皱了下眉，说："下次录制所有嘉宾都在，场面好看点儿比较好。"

赵霓夏半晌才反应过来。

他明明根本不像是会在意这些的人……

但既然他这么说了，她也就顺着他提出的问题道："我其实也没有什么特别想要的……"

这个任务，说麻烦吧也不麻烦，说容易吧，也有点儿折腾。

上次给他公寓添置东西，他们都逛了一下午的市场才决定。

送东西就是非常费脑筋的！

她这么回答，裴却抬眸看了她一眼，却并没有不悦或是别的情绪，只"哦"了声就垂眸："先喝吧，等会儿再说。"

"？"

话题才进行了这么两句就突然结束，还等他继续往下讨论的赵霓夏有点猝不及防，犹豫片刻，也只能伸手执起汤匙喝汤。

桌上的几份港式点心味道不错，赵霓夏夹起尝了一个。

一边吃着东西，她一边看他，想等他继续聊礼物的事情。

大概是她疑惑的眼神太过无法忽略，裴却吃了一会儿，提了几个礼物选项问她喜欢与否。

她本就不挑，又是用在节目环节里，基本都说"还行"。

问到后面，她本想提一句"实在不知道买什么就随便买点儿简单的吧"，话还没说，裴却似乎有了主意，没再提问，直接结束："行，我知道了。"

两人这一番对话说得慢，咀嚼完食物咽下后才开口，赵霓夏倒是不知不觉吃了不少东西，但细数起来，他的问题其实总共就问了几句。

162

见他这就一副聊完了的模样，倒像是为了礼物的话题应付，赵霓夏有些疑惑，动了动唇，看他低头吃得认真，又只能忍下不说。

把汤喝完，东西吃得差不多。

稍坐了一会儿，他买了单以后，两人便从院中出去，坐上他的车返回。

回去的路上，裴却没有再绕远路开，但开的时间也不短。

赵霓夏靠着车窗，来时就在路上放松了情绪，陪着他吃了一顿，尤其那汤据说还有益补安神的功效，早没了出门前的烦躁情绪和辗转难眠，只觉得昏昏欲睡。

在她眼皮打架几次快要睡过去的时候，车终于开到了她家楼下。

她犯着困和裴却道别，在他的视线里上楼。

回去后发了个消息给他表示自己到了，强撑着洗漱了一番，钻进被窝里倒头就睡着了。

回到公寓。

裴却摘下帽子，进厨房倒了杯冰水。

室内只开了几处灯，偌大的空间，没被光照到的地方显得有些昏暗。

四下静悄悄，他早习惯了这种安静，端着杯子走进客厅。

进门时扔在客厅沙发上的手机振动起来。

拿起一看，是秦奚的电话。

裴却站着，摁下接听，嗓音淡淡："喂？"

"你人呢？！"秦奚那边背景音极大，说话的嗓门不自觉也跟着大起来，"前面还在那儿坐着，怎么转眼就跑了？他们说你有事先回去，什么事儿啊忙完没？快来啊，继续第二场！"

"我懒得过去了，你们自己玩吧。"裴却走到玻璃墙边，喝了口水。

泛光的玻璃映出他的脸，淡漠平静，如他的口吻一般。

秦奚知道他不爱吵闹，每次叫他出来玩他也不是次次都应，今天难得和文恬那丫头片子一起组了个局，软磨硬泡把他喊出来，谁知道他待到一半又走了。

人可能都有点儿贱，越是不爱玩的越想拉来。

秦奚不死心："那等会儿一块儿去吃夜宵呗？汤宁他们都说饿了，就去以前我们经常去的那家馆子！"

"不吃。"裴却仍是拒绝，"你们吃吧，我不饿。"

"不饿，你也可以来坐坐啊，哎呀来嘛，你这人……"

秦奚还想劝劝，说动他。

裴却懒得废话，道了句"挂了"，直接摁掉电话。

玻璃墙外夜色很美。

可以看到远处高耸的楼和城市闪烁的光影。

裴却端着杯子在玻璃前坐下，静静地欣赏夜景。

云轻移遮住弯弯一角。

静谧安详的夜里。

此刻，月亮正好眠。

第三次录制正式开始。

赵霓夏收拾好东西，赶赴节目组安排的合宿别墅。

自从半官宣后，虽然官博发得遮遮掩掩，但包括她和裴却在内的所有嘉宾，基本都被神通广大的网友们猜了个七七八八。

为了防止被热情的粉丝们围堵拍照，节目组费了好大的力才找到一处合适的地方。

除了赵霓夏和裴却，另外三对，一对是两个男艺人，一对是两个女艺人，还有一对最符合这个综艺主题的，是圈里一对离婚很久的夫妻。

两个男生出道比他们晚，两个女生和他们出道时间差不多，只有离婚的那对，年龄已经上了四十，按照资历，她和裴却都要叫一声前辈。

抵达别墅时，其他嘉宾都到了，一见面，赵霓夏和众人一一寒暄，转头便和熟人打起了招呼。

两个女生中名叫梁优的那个，井佑曾经跟她合作过，有点儿交情，私下偶尔会一起玩。因着井佑，赵霓夏以前和她见过几次，也吃过饭，相处得不错。

一别多年，虽然生疏了很多，梁优对她的态度没有太大变化。

可能是因为当初她们的关系还没来得及往更深的方向发展，赵霓夏就出国了，以至于梁优反而能平静地和她再见，不像井佑，完全是一副遇到万年大渣女的模样又哭又闹。

如今梁优也正当红，却并没摆出一副今非昔比你我不同的样子，主动和赵霓夏握了握手，又抱了一下，语气中满是感慨："真的好久没见了，你还是这么漂亮！"

赵霓夏谢她夸奖，也笑着夸了她。

裴却和赵霓夏是一起进门的，不过他和梁优并无私交，她们坐在一块儿聊天，他便没有过来凑热闹。一寒暄完，就被离婚的那位男前辈拉过去说话了。

梁优和赵霓夏坐在一起聊得兴起，说着说着就说到井佑："……你知道吧，官博半官宣以后，井佑看到我也来录这个气得不行，在那儿念叨什么他的熟人一个个全跑来这个节目，就他被甩开，他也要找个人 BE 一下好来上综艺……"

赵霓夏被逗笑："他说不定真的做得出来。"

就是不知道那个被他选中的幸运鹅会是谁了，按照他的性子，真来这么一出，估计很大可能会就近献祭某个队友。

两个人说说笑笑，聊着聊着，节目组的一位编导进来说了一声："各位老师，这一次录制的主持人等一会儿就到了！"

梁优的笑容立时敛了一些，待编导出去后，撇了撇嘴。

赵霓夏看见，问："怎么了？"

她道："我跟苏竹颜有点儿过节，不是很喜欢她。"

苏竹颜就是这回录制担任主持人的女艺人。

梁优直白地翻了白眼，毫不掩饰对苏竹颜的不喜，随后凑近赵霓夏，小声说："她是节目组赞助商的代言人之一，我经纪人跟我说，本来节目组是想让另一个代言人来做主持人的，她团队硬是借着赞助商插手，非要来上。"

她"嗤"了声："谁还不知道她是为了什么？追到这里，吃相真的太难看。"

见赵霓夏一脸莫名其妙。

梁优顿了一下："你不知道？"

随后她想起来："哦对，她是后来出道的，你可能不清楚。"

瞥了眼那边的裴却，梁优轻咳一声，道："她之前跟裴却合作过一次，一直想捆绑裴却。"

别墅客厅里的这番闲聊并不会剪进节目正片，嘉宾们的麦暂时都还没开。赵霓夏倒挺意外，节目组竟然会放过这么有看点的"初照面"。

不过不录进去也好，不然像她和梁优说的好些话，可能都得跟编导们打招呼让他们删掉。

梁优吐槽完即将到来的苏竹颜，大概是因为提到的裴却本人就坐在对面，当着面说人多少有些心虚，她很快就换了个话题。

赵霓夏并未多做点评，只是一边听着梁优继续聊起别的，眼神不禁投向了裴却。

那位郑霖前辈不知在和他聊什么，隐约听起来像是和演戏有关的事，说得正兴起。

裴却这人一身反骨，冷淡表象下浑身都是刺，但在该有礼貌的时候知道收敛。他表情虽然平平，偶尔点头的弧度很浅，却也在认真听着郑霖说话。

客厅顶部很高，旁边这一整面玻璃墙跟着建得极高，外间的光从斜上方照进来。

正是下午，光影在视线里晕开几道小圈，落在裴却的身上、发丝上，他靠着沙发，因是倾听状态微低着头，整个人半沐浴在光下，英俊的五官清透澄净，恍惚间遮盖住那股淡漠感，平添了几分柔和暖意。

赵霓夏一不留神看得稍久，裴却似有察觉，忽地抬眸朝她看来。

她猝不及防突然被逮了个正着，眼神微闪着移开，暗自低咳一声，重心侧向身边，专注地投入和梁优的对谈。

那边投来的视线停驻了一会儿，又缓缓收回去。

嘉宾们在大厅聊了一刻钟左右，担任主持人的苏竹颜到了。

"各位老师好，大家好——"

一道清瘦身影走进来跟众人问候，在座的纷纷看向来人。

苏竹颜是清纯挂的长相，走气质风。

她穿了条清雅的裙子，近前后挨个打招呼，依次问候了郑霖和他的前妻肖凝，以及梁优的"搭档"和两个就在旁边的男生。

接着便笑着看向裴却，比起前面，话里隐约多了几分微不可察的亲近之意："好久不见，裴前辈。"

裴却被她笑吟吟看着，淡淡抬起眼，语气如常，只和其他人一样回应："你好。"

她唇边顿了很短的一霎，随后笑得更柔和。

赵霓夏和梁优坐得比较靠里，最后才是她们。

苏竹颜的视线投向赵霓夏，在她身上多停了两秒，笑了笑："你好，我是今天的主持人苏竹颜。"

赵霓夏回以颔首和浅笑："你好。"

轮到梁优的时候她们俩就敷衍多了。即使是进门后一直笑容不改的苏竹颜，表情也淡了不少。梁优就更直接，扯了个谁看都觉得假的笑容，走过场地问了句好，一完成任务立刻收了笑意。

好像多一秒钟都要钱似的。

寒暄完，编导让嘉宾们先各自回房休整一下，等会儿再下来开录。

众人应声，上楼分散。

这次的别墅能够同时容纳四对嘉宾，保证每个人的生活空间，比第一次录制的那栋大了不知多少。

赵霓夏的行李已经送进房间，回房后，她稍坐了片刻便开始整理东西。

节目组放起了音乐，整个屋子都能听得到，有了伴奏，这休整的时间也多了些趣味。

整理了一小半东西，门框忽然被敲了敲。

门没有关，赵霓夏闻声回头，见苏竹颜站在门口。

她略感诧异，站起身问："有什么事吗？"

"没什么事情，就是想过来看看。"

因为主持人毕竟不是嘉宾，苏竹颜不在这个别墅里住，这里没有她的房间，行李也没有送到这边。

她站在赵霓夏门外，表情看着挺热情，手里拿着一瓶喝的，问："有需要帮忙的吗？"

自己的行李怎么好让别人帮忙整理，赵霓夏委婉谢过："谢谢，只是收拾一下行李，没有什么需要帮忙的。"

苏竹颜没多说，闻言点了点头："这样啊，那我不打扰啦。"

她笑说："等会儿见。"

随即，她握了握手里的饮料，提步就朝斜对面裴却的房间走去。

脚步没有一瞬犹疑，指向明确，就好像只是路过这里顺便礼貌问候一声。

赵霓夏看着她的侧影停了一秒，而后，转回身继续整理自己的行李。

"砰砰——"

轻敲两下门框，苏竹颜朝屋里的裴却露出一个笑："前辈，有什么需要帮忙的吗？"

都在一条走廊上，他的这间房间和赵霓夏那间一样，只是朝向不同。

光从窗户照映进来，空气里有一股淡淡的草木清香。

裴却正在整理行李，听见动静缓缓侧眸，瞥了她一眼。不知是光线太亮照的，还是他表情本就淡薄，连带着语气也显得没什么温度："不必。"

言毕就转回头去，兀自做着自己的事。

苏竹颜在门边站了站，看他在屋里走动摆放东西，关切道："前辈，你渴吗？我带了喝的上来，你先喝点儿水再收拾吧？"

她说着，自然而然地往里走了两步，想把东西递给他。

才一迈进来，裴却就蓦地看向她，眉不着痕迹轻蹙了下，没应她的话，只说："我房间比较乱，不太习惯别人进来。"

言下制止之意明显。

苏竹颜尴尬地停住脚步，笑容微滞，小声道了句"不好意思"，退回到门边。

"太久没见，我就是想看看能不能帮点儿忙。"她又加了句。

大概是先前已经回答过，裴却没有再应，敛眸直接忽视了她，回过身继续整理。

苏竹颜之前和他在同一个剧组，早就知道他这般性格，见他一副不想交谈的样子，握着饮料在门边站了几秒，感觉这会儿实在没有办法聊下去，只能识趣地告辞："那前辈你继续忙——"她顿了下，补上一句，让自己的行为不那么突兀，"我再去下一个嘉宾那儿看看有没有什么能帮上忙的！"

她的语气恢复得很快，温柔中又带点儿亲昵："前辈等会儿见。"

裴却兀自整理着东西，专注得头也没回。

似是没听到她的话，直接进了卫生间放东西，自然也没应声。

苏竹颜等了几秒也没听到里面传来回应，不再停留。

转身的瞬间，余光瞥见他行李箱里露出来的一角，她脚步顿了一瞬。

那是一个礼品纸袋。

来之前她让团队打听过节目组这期的流程，据说有一个嘉宾互相交换礼物的环节。

和裴却一起上节目的嘉宾是赵霓夏，礼物要送谁自然不言而喻。

苏竹颜唇角的弧度微滞了刹那，抿抿唇，很快敛好表情，重新带着得体笑意继续朝另一边长廊走去。

收拾完行李，赵霓夏趁空思索了一下这次的录制。

整个节目的嘉宾总共四组，她和裴却、同为年轻女演员的梁优和宁岚、演员郑霖和歌手肖凝，两个男生里，一个是歌手谢之遥，另一个是solo偶像方不语。

其实之前刚碰面聊天那会儿，赵霓夏一边在和梁优聊着，一边也有稍微关注其他人。

每个嘉宾看起来都挺好相处，但留心一点儿就会发现，大家说笑聊天的对象都是其他组的人，基本不怎么主动和一同来上节目的同组"搭档"说话。

就好比梁优全程窝在她身边，同组的宁岚也在肖凝旁边陪聊，两个人离得远远的。而谢之遥和方不语坐在一块儿，更是谁都不正眼看对方，也不吭声。

实实在在将这个综艺的主题展现得淋漓尽致。

氛围最好的反而是真正离婚的郑霖和肖凝，两人之间还挺客气，虽然微妙，但到底曾经是夫妻，不经意间总会流露出几分熟稔。

看情形，节目组这期会把大家凑起来，之前的拍摄肯定没少面临挑战。

人一多气氛就热闹，不管是不是节目组想要的热闹，表面看着气氛总归是活跃点儿。

估计这次录制会有很多"任务"和"游戏"了。

赵霓夏搞明白情况，稍作休息，休整时间正好结束。

节目组通知大家下楼集合。

别墅里播放的音乐随之一变，节奏加快了几分。

郑霖最先走到客厅，一边站位一边吐槽："这音乐听得人怪紧张的。"

他看向作为主持人的苏竹颜，玩笑着催促："下一步流程是什么？小苏，你是主持人应该知道吧，快，直接说，别卖关子了！"

苏竹颜笑着应道："郑老师，你再耐心等一下，先等大家到齐嘛。"

郑霖只是玩笑，并不真的催。

他站好后，其他下来的人也陆续聚拢到客厅，谁都没落座，站得也随便，并未按组分。

别在身上的麦已经打开，比起之前，各人言谈之间要收敛不少。

赵霓夏就近走到梁优身边，挪动了几步调整站位，正要跟她说话，身旁突然多出一个身影。

侧眸一看，正是裴却。

他刚从楼上下来，比别人落后了几步，一派自然地走到了她旁边。

赵霓夏和他对视一眼，没说话，敛眸站好。

苏竹颜拿着节目组给的手卡宣布集合后的第一个任务："运气对决——抽选四个嘉宾去后面的菜园采摘一定分量的蔬菜，回来和节目组兑换晚餐。不同品种和重量能兑换的菜品不一样，请嘉宾通过直觉决定。今天晚上能不能吃到好吃的饭菜就靠大家啦，加油啊各位！"

她说完，就有一个幸运抽签道具送上来。

抽签看运气，带回来的东西能换什么，不提前告知嘉宾，也看各自的运气。

各个综艺节目为了追求效果，任务和要求五花八门，这已经是很普通的玩法。

在座的嘉宾对这些套路都熟悉了，不需要多讲解，即刻开始上手。

作为主持人的苏竹颜不参与其中，抽中的四位分别是郑霖、方不语、裴却和宁岚。

三个都是男的，在场剩下的最后一个男生谢之遥便主动请缨："我替宁岚吧，这个任务干脆我们男生做好了。"

肖凝作为前辈，自然不跟他客气，也不等节目组直接拍板："行啊，让小谢替小宁吧，他们男生正好凑一组！"

说笑几句，四个男生便组队出发。

后面的菜园离得不远，过不了多久应该就回来了。

客厅里剩下了五个女生，肖凝道："我们正好清闲一下，都坐下。"

几个人便在茶几边坐下。

肖凝和郑霖一样挺能活跃气氛，她们虽然在客厅里不出去，也不做别的什么，但说话聊天也是综艺内容的一部分。

由她开头，越聊越上道，几人陆续说起了各自有趣的事，什么舞台事故啦，第一次试镜的紧张啦，诸如此类。

主要还是肖凝在说，比起苏竹颜她倒更像是主持人，积极地在带动气氛。

赵霓夏也凑趣提了两件。

而后话题从趣事转到唱歌和演戏的区别，又转到剧组上。

苏竹颜也是演员，肖凝也提了她几次，聊起了在不同剧组的经历。

一开始肖凝问她才说，后面说到印象深刻这个话题，她停了停，主动提起："其实我参演《检察风云》的时候，倒是有很多印象深刻的事呢。"

她捧着杯子，讲了导演要求严苛让她印象深刻的事，最后道："……就真的是一条一条磨，那场我印象最深刻，拍了十几次才过，我当时心里真的挺触动的。"

肖凝闻言问了句："《检察风云》？我记得裴却也参演了那部对吧？"

"对的。"苏竹颜笑意更深，"裴前辈是男主。他演技真的很好，我们导演经常夸他，跟我们要说要向他看齐……当时我刚出道没多久嘛，有几次为了揣摩特地跑去看了裴前辈拍摄现场，触动很深。我们都蛮佩服他的。"

她脸上似是有些不好意思，说起这部剧，有种在场所有人都没有的归属感："裴前辈的拍摄现场真的顺很多，经常一条、两条就过，也难怪导演对我们要求高。"

"能不要求高嘛。"梁优冷不丁地接了句，唇边弧度微讽，"拍一场要拍十几次，你不累导演都累了。"

苏竹颜瞥她一眼，不软不硬顶回去："也不是每场都拍那么多，只是那一场比较重要。我拍戏最在乎的就是质量，再难磨也是要磨的。当演员嘛，当然不能给观众交出粗制滥造的敷衍答卷啦，你说是吧？"

梁优撇撇嘴，皮笑肉不笑。

苏竹颜没理会她，视线慢悠悠扫了眼她旁边的赵霓夏，像是含着某种期待，但后者专注地吃着桌上的干果，并未抬眼。

赵霓夏其实有在听她们说话，只是不想插嘴，而且别人也没问她。梁优已经说了和苏竹颜有过节，她们你来我往，更轮不到她干涉。

但不知怎么，这明明炒得极香的干果，吃在嘴里，却总觉得没尝出多少香味。

那边肖凝主动把话接了过去，免得谁再说几句真的呛起来不好看："演戏当然是要认真，我们唱歌也是啊。"

几句话后，苏竹颜又说起在《检察风云》剧组的趣事，提的还是裴却。

赵霓夏吃着干果听她说。

她说裴却那个角色在设定里有个小习惯，为了拍摄时更自然，他下了戏也随时保持着。有时还会自己增加一些角色的其他癖好，包括吃东西的口味。

她和其他演员又是如何去找裴却请教。

诸如此类，很多很多。

有点儿陌生，好像又能勾勒得出来。

赵霓夏手里抓了一小把干果，不知吃到什么，突然有些腻得慌。

她没了胃口，铺了张纸巾把剩下的放下。

恰好，去后面菜园的男生组回来了，每人都用工具搬了不少蔬果。

郑霖招呼着编导组赶紧给他们称重，看看能兑换什么。

方不语紧随他之后，谢之遥便放下东西走到了茶几这边。

肖凝连忙让他喝水："辛苦了呀！"

裴却也走了过来，赵霓夏看他一眼，别开视线。

他就像先前自然而然站在她身边那样，走到她旁边，而后问："在聊什么？"

其他人还没开口，梁优抢了先："苏竹颜在聊你们在剧组的趣事，说了挺多呢，说裴老师你为了演戏各种揣摩，她和其他演员都很佩服经常找你请教。"

她笑意比先前真切了几分，带着点儿拱火的意味："听得我都好想和你们一个剧组，那样也能像她一样经常请教裴老师了。"

苏竹颜还没说话，裴却漠然瞥了她一眼。

不等她开口，他在沙发上坐下，道："片场的同事很多都会问问演戏的问题，谈不上请教，这些年剧组太多，记不太清了。"

苏竹颜表情微僵，话卡在嘴边，先前明朗的笑容已然转移到梁优脸上。

赵霓夏感受到他在身旁坐下，但没接他们的话茬。

很快，郑霖和谢之遥也过来，大家说起摘回来的蔬果，纷纷问着编导组怎么还不出来兑换晚饭。

一位被召唤来的编导进来传话，让他们分门别类搭配好，不同的搭配也有不同的菜色，节目组一会儿来换。

大家立时便忙活起来。

郑霖最为主动地拿起了主意，方不语给他打下手，其他人基本在旁边凑热闹。

先前的干果吃得有点儿渴，赵霓夏趁大家吵吵嚷嚷，便端着杯子起身去厨房倒水喝。

倒好水，她拿出冰格加了点儿冰块。

没一会儿，裴却也进来。

他看她一眼，走到料理台边，往杯子里倒水，同样拿出冰格加了些冰。

谁都没先说话。

正沉默着，苏竹颜的身影忽然出现。

她手里也端着个杯子，看着他们俩笑了笑，提步走了进来。

厨房是公共区域，没谁能进谁不能进。

苏竹颜倒了水，往杯子里加了冰块后，又倒了点儿蜂蜜。

她看向裴却，斟酌着开口："前辈，真的很不好意思，之前在《检察风云》剧组特别开心，所以一直记着，刚才聊天大家问起我就多说了两句，希望你不要见怪。"

她的语气听着还挺诚恳："我当时确实也是觉得前辈太厉害，到现在……"

开放式的空间里，一字一句格外清晰。

赵霓夏莫名觉得自己今天有些烦躁，压了这许久，刚刚一直没怎么参与其他人的话题，这会儿耳边又聒噪不停，一时待不下去，只想快点儿出去。

加快动作给杯子里加了两片柠檬片，她合上容器盖子，伸手就要放回原位。

裴却忽然叫她："赵霓夏。"

她停住，那边自顾自说话的声音也停了。

赵霓夏抬眸看向裴却，他们两人都站在料理台旁，距离隔得不远。

"柠檬片。"他道，"给我一点儿。"

裴却微垂眸看着她，明明是一件简单的小事，被他轻声说出来，却莫名多了几分说不清的郑重："我想要你手里那个。"

赵霓夏的手还伸在半空，他话落下后，她顿了片刻回过神来，把原本要放下的一整瓶柠檬片递给了他。

气氛隐约有些微妙。

说不清的氛围流淌在他们之中。

那边的苏竹颜说到一半被打断，一时也没有再开口。

客厅里郑霖等人吵嚷的声音传进来，似乎是编导们来了。

赵霓夏见他开了瓶盖取柠檬片，不再久站，敛起思绪道了声："我先出去了。"

说完端着杯子转身。

裴却没在厨房待很久，几乎是紧跟着她的脚步回到了客厅。

他们都出来，苏竹颜自然也回了录制主场。

客厅里摆着的那些蔬果差不多分好了类，嘉宾们回到沙发前坐下。

编导推了塑料板进来，一行一行揭开条目，哪些颜色、品类、重量放在一起，可以兑换什么菜，全都写清楚了，可谓把排列组合玩出了花。

为了晚餐，更多的还是为了节目效果，郑霖带着大家据理力争，两边你来我往，费了好一番功夫才把最后可兑的菜品确定下来。

苏竹颜站在编导旁边配合着推进流程，或许是因为在厨房那番话没能说完，自己也觉得尴尬，之后的环节里，她没再去找裴却说什么。

晚饭后小聊片刻，九点多集体录制就结束。

嘉宾们各自回房间，苏竹颜也和众人告别回了节目组给她安排的住处。

录制结束不代表不能走动，嘉宾们可以自行串门活动。

梁优就耐不住，洗完澡跑来赵霓夏房间里待了好久。

摄像头已经用衣服遮上，身上的麦更是拆了。

喝着赞助商提供的饮品，聊着天，梁优舒适得不由得感叹："……还是这样舒服！开着麦的时候讲话都不方便了。"

她窝在背后的懒人沙发上，又道："苏竹颜不在就是清净，今天一直听她在那儿可劲地说，提到她没提到她话都多得要命，赞助商塞进来蹭热度的就老实蹭热度，到处窜，郑霖前辈和肖凝前辈都比她像主持人！还好她不住这儿，不然走廊上碰到不知道多晦气。"

梁优和苏竹颜关系差有过节，她忍不住吐槽是她的事。赵霓夏和苏竹颜好坏都没交情，不好背后说人，只当个倾听垃圾桶，不接话。

好在很快就换了别的话题。

聊了半个多小时，梁优和她告别回房。

赵霓夏送走她，去浴室洗漱完，躺进了被窝。

录制时很多消息没来得及看，她拿出手机回复了微信上积攒的内容，又看了会儿网络上的资讯，卷着薄被翻了个身。

室内安静，屏幕光照在她脸上。

不知是不是因为梁优刚才提到苏竹颜，她思绪停下来，白天录制时的那些事忽然又浮现在脑海。

厨房里倒水时的那一幕，还有在客厅聊天时苏竹颜说的那些话，以及梁优说她以前想和裴却捆绑失败的事，都变得格外清晰了起来。

赵霓夏也说不清自己在想什么，一片寂静中，她点开了视频网站，想搜一搜和裴却 CP 相关的内容。

然而手指落到搜索框上又开始犹豫，好半晌，最后还是把屏幕熄灭，把手机放在了胸口的薄被上。

闭上眼抓着手机塞到枕头底下，她卷着被子翻身把脸贴向软枕，忍不住在心里叹了口气。

合宿第二天，嘉宾们陆续起床吃过午饭，稍作休息了一会儿又在客厅集合。

和前一天不同，节目组给今天安排了很多游戏环节，且嘉宾都是和各自"搭档"两两分组，看起来像是铁了心要催化各组之间的关系。

游戏和晚饭挂钩，每组按照比分成绩获得兑换晚饭的分值。

众人依次落座，茶几搬走只剩沙发，中间的位子安排给了郑霖、肖凝以及赵霓夏和裴却，两对女生和两对男生分别坐在左右两边。

因为是组组对抗，大家阵营不同，自然也"泾渭分明"了起来。

赵霓夏和肖凝之间隔开了距离，沙发是够长，但这么一来，她们和同组的嘉宾坐得不免就要近些。

裴却在她另一侧，他的白 T 外套了件牛仔马甲。

他身上有一种偏淡偏冷的味道。

离得太近，又被他身上淡淡的香味笼罩，赵霓夏有那么一点不自在，不由得抬眸朝他看了眼，却正好撞上他的视线，他问了声："看什么？"

她连忙坐直："没有……"找了个借口，"就是看你怪热的。"

裴却不知信没信她的话，总之没答。

别墅里有空调，他穿得也不厚，其实热不着。

坐好后工作人员搬着东西进来，每组面前都放着一个桌面高的小台子，上面摆着抢铃器，方便抢答。

赵霓夏不再走神，那边担任主持人的苏竹颜开始走流程，宣布了第一个游戏：听音乐猜歌名。

肖凝眼神一亮："这个好，这个我可以！"

同为歌手的谢之遥精神劲也足了很多。

和他同组的方不语是 solo 偶像，唱跳是本行，当即也挺直了背。

梁优自然是出声抗议："猜歌？我有点儿走音啊怎么办？完了！"

赵霓夏没有跟着说什么，只转头提前给裴却打预防针："如果是这几年的新歌，我可能不太答上来。"

裴却表情平静，也没说他行或不行，瞥了她一眼，道："没事，饿不死。"

"……"

虽然不知道他的意思是他能答还是答不上来饿一饿也没事，但有他这句话，赵霓夏心里总归安定多了。

游戏开始。

第一题的音乐响起，赵霓夏集中精神正听着，肖凝"叮"的一下就抢下了铃："《千千夜》！"

"回答正确！"

肖凝"耶"了声庆祝开门红，郑霖也面露喜色。

第二题音乐播放，几秒的时间里谢之遥就抢下铃，抢答成功。

第三题又是肖凝答对。

随着他们陆续抢答，其他人也纷纷行动起来，好几次同时按铃。

人家芝麻开花节节高，赵霓夏半天一题都没答上。

她有点儿焦急。

好在裴却终于伸手了，他动作幅度不大，辨认出了音乐便"叮"地拍下，看着没怎么动，其他人速度反而不及，像方不语一个没刹住差点儿往前栽。

在火热的争夺下，裴却镇定自若，看起来像是重在参与，结果一算竟也答对了好几题。

赵霓夏不想拖后腿，很努力地听着音乐。

到了第十几题时，她终于听到一个耳熟的，好不容易朝按铃器伸一次手，好巧不巧，裴却也伸出了手。

两下撞在一块儿，指与指相触，反倒是别处先响起了铃声。

她的手拍在他手上，侧眸彼此对视，她赶忙把手收回来。

低低地道了句："不好意思……"她解释，"刚刚那首歌我听着挺熟的。"

但他们的铃响得有点儿晚。

梁优抢了这题，宁岚回答的，并且答对了。

裴却瞥她一眼："没事。"

他淡淡扫过梁优那边，默了几秒，忽然提议："我们也可以像那边一样。先抢再说，你抢我答。"

赵霓夏顺着看过去，有点儿不确定他能不能答上，但见他胸有成竹，点了点头："行。"

后面的题目赵霓夏抢的次数开始变多，有时候连音乐声也没听清就伸出手拍下。

裴却也更积极了些，有时无可避免就会撞在一块儿。

抢十次总有五六次拍在了他手上。

赵霓夏正想着要不要和他商量换个方式，或者分一下工，猜歌游戏就已经宣布结束。

第二个游戏也是听歌，但不用抢答，是按顺序轮流回答的题目。

一听是猜影视剧，郑霖放松多了，笑吟吟说："尽管放马来吧，这儿坐了好几个演员呢！"

一组一组轮流，一人一题，每组答对就是两胜。

第一轮大家都挺顺利，赵霓夏的那题正好是部老片子，她看过，听了一会儿就想起来答对。

第二轮加大了难度，还是勉强都过关。

第三轮时到方不语那儿就先卡了下壳，他眼看着差点儿答不出来，最后踩着秒数猜对了。

郑霖不由得调侃了他一声："这么经典你都听不出来？"

好歹方不语猜对了，轮到赵霓夏，她才真正蒙圈了。

不知道是哪部电影或者电视剧的 BGM[1]，挺好听的，一听就知道是用心

---

1 背景音乐，又称伴乐，配乐。

做的配乐，但她没有听过，一下子就被难住。

在乐声中，旁边其他的嘉宾都朝她看来，她卡得越久，众人的表情似乎逐渐微妙。

苏竹颜目光落到她身上，唇角微扬："霓夏前辈，这一题答不上来吗？"

郑霖忍不住插了一句："小赵，你看看你旁边！看下你旁边那位！"

赵霓夏下意识扭头朝旁边看去，因为不用抢答，裴却这轮姿态随意了不少。此刻他靠着沙发，对上她的视线，脸上无悲无喜，看不出分毫情绪。

她心里突地跳了一下，郑霖的意思肯定不是叫她看裴却的脸色，他这么说只能是因为，这个BGM是裴却作品里的。

赵霓夏抿了下唇。

她可以确定她答不出来，除了《离别之地》，她没有看过他这几年其他的作品。

郑霖的本意虽然不是让她看裴却的表情如何，但她这会儿是真的忽然没勇气去分辨他的神色。

"时间到——"

苏竹颜清脆的声音响起，笑着说："很遗憾，这一题失败了哦。答案是《赢家》。"

她看了眼裴却："裴老师的作品里，这一部电影还挺有名的。"

"我刚刚也没听出来。"可能是看赵霓夏尴尬，梁优朝这边看了眼，打圆场，"突然放出来有点蒙，原来是《赢家》啊，我说呢，换我估计也答不上来。"

赵霓夏感激她解围，但还是坦白地对在座说了："不好意思，我还没看过这一部。"

她自己也不知道是说给他们听，还是说给谁听。

郑霖闻言立刻道："你没看过啊？那可以看看，挺好看的，我当时也去电影院支持了呢。"

他讲话没有那么多机锋，估计就是推荐的意思，赵霓夏朝他笑笑，点头："好的，我下次看。"

裴却没有说话。

后面的几轮，其他人陆续开始答错。

裴却也错了几次，到最后的两道题，节目组出题不晓得是故意安排的还是就有那么巧。

赵霓夏听着BGM，背脊微微一顿。

而他两道都答对了。

"《盛夏无别》。"

……

"《问仙诀》。"

这两部，一部是他们合作的青春剧，一部是他们主演的古偶剧。

赵霓夏也遇到了一题他另外的作品，还是答错。

第二轮就这样结束。

第三轮和第四轮玩了两个不同的游戏，在郑霖的带动下，气氛变得越发热烈。

赵霓夏和裴却这边却安静了下来。

最后一轮游戏是纸牌类的。

需要嘉宾交叉对战。

为了刺激大家的胜负欲，节目组特地在最后一轮开始前，推了一张贴满菜品图片的木板上来。

郑霖最为活跃，方不语对着谢之遥以外的人话也不少，有他们带着，再加上其他人各自说上几句，场面热闹不已。

赵霓夏和裴却落在后面没往前挤，犹豫片刻，她扯了扯他马甲衣摆。

裴却微垂下眸看过来。

她轻抿唇，试探着问："我们晚上吃那个鱼好不好？"

木板上贴了一道样子非常精美的松鼠鳜鱼，看着十分有食欲。

裴却没有立刻说话。

赵霓夏看着他，好几秒时间，忍不住快要移开眼神时，他轻轻"嗯"了声。

最后反而是他先移开了视线。

得了他这一句回应，赵霓夏心里松了口气。

他们的分数并不是特别多，除了那道鱼肯定也得换点儿别的，还得争取再赢一些才保险。

赵霓夏当即打起精神，为了晚餐调整好状态。

她玩牌还算厉害，这个纸牌的规则被节目组改过，编了点儿花样，需要一些脑力。她了解规则后一上手很快就会了，和其他组嘉宾一一对上，一改先前听歌环节的败势，大杀四方。

裴却理解得同样很快，全场交换着对战了几遍下来，他们俩稳坐钓鱼台，赢得不相上下。

这最后一环自然是他们赢了，加起来分数超了其他组一大截。

郑霖和方不语还有梁优都忍不住调侃。

"开挂！肯定开挂！有没有裁判检查一下？我不服！"

"怎么回事，赌神来了？深藏不露啊。"

"就你们俩赢，我都不知道怎么输的，好恐怖的两个人……"

郑霖玩上兴头，当即提议："要不这样，你们俩再比一盘，看看你们谁输谁赢！赢的那个就是我们节目的牌王好吧？"

赵霓夏是奔着丰盛的晚餐来的，赢都赢到手了当然想溜，只是还没开口，梁优就跟着帮腔摁住她："对，比一场！不如再加个惩罚？看他两个赢我好不爽哦！这样，输的答应赢的一个条件！我要看你们互相残杀！"

"……"赵霓夏无奈，"不是，你们这——"

赶鸭子上架啊，非要看热闹。

奈何肖凝和方不语也开始起哄，谢之遥和宁岚虽然没他们激动，同样笑着，嘴上也跟着说了两句。

"比嘛！"

"看看你们谁赢……"

赵霓夏只好看向裴却。

他倒是无所谓，已经顺势让她选位子："你坐哪边？"

见他没什么意见，赵霓夏不想扫其他人的兴，随便挑了一侧坐下。

裴却在她对面落座。

牌洗好，两人有条不紊地开始。

其他嘉宾分两边在他们背后看牌，或者这边看几眼，再走到那边看几眼。

玩牌需要一点儿策略，甚至需要计算。

赵霓夏还挺在行，裴却同样厉害，两个人打得十分胶着。

郑霖在他俩手上都输了，观察了一会儿，啧啧出声："小裴这怎么还玩得更凶了，刚才要是这么跟我来，我三五下就能输。"

你来我往战况激烈。

如郑霖所说，裴却的策略确实有些凶，赵霓夏接了他几次牌后就发现了。

互相胶着了几个来回，到最后，还是他快刀斩乱麻地赢了。

赵霓夏放下没出完的牌，爽快认输。

郑霖玩笑："我们节目的牌王出现了！恭喜小裴！"

其他人跟着玩笑。

梁优道："惩罚！别忘了惩罚！"

赵霓夏在一众嘉宾里跟梁优相处最多，无奈回她："你少起哄！"

她满脸看热闹不嫌事大，躲到肖凝背后，还在嚷嚷："惩罚惩罚！不许耍赖！"

"……知道了知道了！不要赖。"赵霓夏被吵得头都大了，没办法，看向裴却："你说条件吧。"

郑霖十分热心："小裴，你想得到吗？想不出要不要我们帮你想？！"

裴却不用他们帮忙，他把桌上的牌收拢，整理了几下，没怎么思索便开口："用我的图片做屏保七天。"

赵霓夏一愣："什么？"

"哇哦——！！"

其他人发出了搞事的声音。

"屏保不方便，聊天背景也可以。"裴却慢条斯理地洗着牌，语气不急不缓，抬眸直视她，"但得一个月。"

其他嘉宾看热闹看得高兴，都在催她应下。

"说话算话！"

"不能认怂啊小赵，换！现在就换给他看！"

"一个月算什么，用它个一年证明咱的胆量！"

"……"

玩了闹了又有综艺效果，再者也不是自己被起哄，他们可谓一个比一个敢撺掇。

一片起哄声中，裴却老神在在，赵霓夏愣愣看了他好几眼，他丝毫没有要改口的意思，俨然是打定了主意。

"……那好吧。"

已经被架到这份上，这会儿拒绝显得太输不起，况且她都应下了——虽然是半推半就吧，赵霓夏愿赌服输："我选聊天背景。"

手机屏保很有可能被别人看到，尽管这是在节目上玩游戏输了受的"惩罚"，但距离节目真正播出还有一段时间。在此之前要是不小心惹出问题，哪怕只有万分之一的可能，她也不想。

"那就是一个月咯？"梁优笑嘻嘻道，"现在换还是什么时候换？"

赵霓夏嗔怪地瞪了这个起哄主力军一眼，对裴却道："要不然还是先录制吧，等录制空下来我就换。"

裴却没意见。

这个环节结束，游戏部分到此收场。

嘉宾们开始计算积分，经过一番和节目组的斗智斗勇，各组都成功换到了丰盛的晚餐。

虽然靠着积累下来的分值选了好几道菜，但赵霓夏和裴却的这顿晚餐里，最好看最好吃的，却还是那一道鱼。

晚上的录制结束。

赵霓夏回房洗漱完，照例看了一波手机消息。

梁优今天似乎是累了，没有过来串门，在手机上跟她聊起了天。

井佑也发来消息说马上就要杀青，即将回京市和他们"团聚"。

赵霓夏窝在靠墙的懒人沙发里，回复过这些，刷了会儿手机，想起《赢家》那部电影。

之前井佑就说过很喜欢，郑霖今天也提了一嘴。

想到玩游戏时的卡壳，她点开豆瓣搜了搜。

《赢家》的词条一出来，率先入目的是一张港风十足的海报。

裴却作为第一主演，一个人的身影占了一大半。

评分 8.8，金影奖提名，票房 28 亿元，上映当年票房榜首……好几个国产高分片单都囊括了它。

导演和大部分制作班底都是港人，故事简介也满满都是港片风格。

赵霓夏粗略一翻，心里有了个大概的了解。

这部电影似乎确实是裴却的代表作之一，难怪下午她答不上来的时候，客厅里的气氛会那么微妙。

虽说这个节目的主题本身就带点儿搞事的意味，但这种和对方有关的"难度不高"的问题也答不上来的情况，能避免还是得尽量避免。

就像今天这一部分内容，等播出的时候，不知道粉丝和观众又要怎么议论了。

都怪她自己。

赵霓夏深深后悔起节目开始前没有多恶补一下裴却这几年的动向。

不只《赢家》，裴却的其他作品也该加入片单，等录制回家她就看。

拿定主意，她切回微信，又想到先前游戏时说定的惩罚还没兑现。换他的照片做聊天背景这件事确实让人尴尬，但既然答应了，她也懒得拖拖拉拉。

裴却到现在都没发图给她，她干脆主动给他发消息：图片你选好了吗？

等了一会儿，见他暂时没回，她自己先去搜了一下他的图片。

出来的结果不少，赵霓夏翻了两页，目光在其中一张上停住。

图片里是夜间的街头，穿白衬衫的裴却在画面正中央低头点烟，纽扣松开了两颗，袖子卷起，露出的小臂不白皙，甚至隐隐浮起青筋。前面是拿刀的人群乌泱泱冲向他，他身后两边是同样手持器械迎上去的人。

街灯昏黄，路边杂乱，一片混乱打斗中，唯独他镇定地点着烟。

肩宽腰细腿长，背头梳向后，模糊的五官隐约能看出英气，粗粝和精致，杂乱和清爽，矛盾又和谐。

感觉场景有点像刚搜过的《赢家》的风格，赵霓夏到豆瓣再看了眼，发现还真是。

既然要换那当然要换好看点儿的，虽然他的脸还是那张脸，但这张图的氛围和质感跟别的不太一样。

她没犹豫，直接把图片发给裴却，问：我用这张行吗？

裴却似乎没在手机旁边，她等了等，去刷了点儿别的。

好一会儿，那边回了，却是一句：你确定？

赵霓夏：？

她不太理解他的反问：有问题吗？

如果他不满意的话她是可以再换的，赵霓夏这句话刚编辑到一半，又收到他的回复：没有。

"……"

总觉得怪怪的。

她不由得重新检查了下对话，然而并没发现哪里有问题。

赵霓夏想了想：那我就换这张了？

他没回应，她犹豫片刻，还是换上。

页面一变更，有些不习惯，她截了一块角落给他看，示意他自己已经换上。

那边什么都没说，许久后，只回了一个标点：。

事情解决，赵霓夏在屋里躺着刷了会儿手机，杯子见底，起身去外面倒水。

别墅比较大，住的嘉宾也多，走廊各处的灯都亮着。

她端着杯子下楼，到厨房倒好水，一边喝一边回复手机上井佑的消息。

没两分钟，洗完澡的梁优也下来，见她站着，打了声招呼。

赵霓夏正回着井佑，回了她一句。

梁优拿东西经过她身边，不小心瞥见她的手机，脚步一顿，脸上立时闪过惊讶："你用这张图？"

见赵霓夏回头，她道句不好意思："我不是故意看你手机的啊，不小心瞥到。"说着不忘提醒，"你记得贴张防窥膜。"

赵霓夏的重点却在她先前那句话上："这张图怎么了？"

"你不知道？"梁优又一次问出这句话，喝了口水，凑近赵霓夏身边，"这张图挺有名的！以前他影迷弄过一次'最有男友力PK'，投他所有演过的角色和经典场景，最后选出来的第一名就是这张！"

她又道："一开始是影迷内部玩，结果当时很多喜欢《赢家》的路人也凑热闹参与了，然后帖子里超——多虎狼之词，"她瞥了赵霓夏一眼，"蛮多人都知道的。"

"……"

赵霓夏已经蒙了："……啊？"

半晌，声音更多了几分不可置信："啊？！"

"嗯！"梁优用力点头，指指她已经黑下去的手机，"就是这张，最有男友力的裴却TOP1。"

像是还嫌不够，梁优又加上一句："当时他粉丝全都跑到他微博和他团队微博下，一边发这张图一边问'你懂我意思吧'，那时候还玩成了一个梗。"

也就是说，裴却本人多少知道这件事。

哪怕不知道她们投票都选了哪些图，这张TOP1的图肯定是知道的。

所以刚才她发这张给他，他才会忽然问了一句奇奇怪怪的话。

梁优喝了口水，在她的伤口上狂妄地撒盐："谁选的这张啊？裴却？"

"……"

"你？"

赵霓夏僵硬地点了下头。

梁优打量她一眼："……眼光不错。"

说完比了个大拇指，深藏功与名地上楼了。

赵霓夏是真的卡壳了。

直到回了房间，人还有点儿蒙。

拿出手机想给裴却发消息，指尖触到屏幕，却又不知道说什么。

选什么不好偏偏选了这样一张？

赵霓夏尴尬得脚趾抠地，恨不能回到换照片之前狠狠摁住自己的手。

但摁住是不可能了。

她硬着头皮，又去搜了一遍有关《赢家》的评论。

果真找到了许多痕迹。

搜出来的内容有很久以前的也有近期的，虎狼之词不少，很多都提到裴却在两边火并中抽烟的那个场景，其中有一条说："看完《赢家》后狠狠体会到了裴却，两边马仔火并他在中间抽烟的那个场景一下子就击中了我！街灯、白衬衫、香烟、杂乱马路，斯文、混乱、粗糙，糅合出的美感和氛围差点儿给我帅昏过去咯！"

赵霓夏刷了十几分钟，发现后面的内容越来越狂野，更露骨的都有。

"……"

她重重放下了手机，给自己翻了个面，朝下狠狠挺尸了一会儿。

不敢再去看了，只能闭着眼睛让自己冷静。

然而越是冷静，那些内容就越是往脑海里钻。

窗外的蝉鸣一阵一阵。

在开了空调的房间里，她的脸却莫名热了两分。

忍不住想起了一些少儿不宜的回忆。

第一次和裴却一起过夜后，第二天，赵霓夏头脑冷静下来，人就蒙了。

她完全不知道该怎么处理他们之间的关系。

草草结束了之后的行程，整个人陷入了进退维谷的境地。

没等她想好要怎么面对他，不到两周，共同朋友又组了一次饭局。

当时她想，要不然就破罐子破摔干脆把这件事当作一个意外揭过去。

抱着这种逃避的心态，她饭局全程都没有和裴却说话。

裴却察觉出她的闪躲，也没有主动找她。

直到快散场的时候，他们在洗手间外遇上了。

洗完手正要回去的赵霓夏一转身，看见他，愣住了。

他一言不发走到旁边洗手台，沉着的脸看起来比平时还冷。

哗哗的水声唤回她的注意力，她想起来继续擦手。

他却忽然关了龙头，侧身看向她，冷不丁地问："我很差吗？"

赵霓夏被问得当场愣住："什……什么？"

他面色不豫地又道："不然你至于后悔到连话都不想跟我说？"

她被他直白的问法问蒙了，脸上热度升高，而他好像完全不觉得自己在说什么虎狼之词，直勾勾地盯着她。

她有点儿接不上，半天憋出一句："没有……也不是……我忘记了。"

气氛僵持住，又有种说不出的暧昧开始涌动。

发生过的事情是真的，亲密是真的，超出了朋友的界限也是真的。

裴却不说话，打量着她，她也站着没走。

然后他转回身面对镜子，抽了张纸擦手，在低暗的镜前光下，许久，低声说:"……要不要再试一次?"

他声音有些哑,光线幽暗,赵霓夏闻着他和自己身上的酒味,脸颊被带热,就像是被蛊惑得昏了头一般,翻篇的念头就那么被冲淡,最后竟答应了他。

他们若无其事地回到饭桌上,一直到散场后,她收到裴却发来的消息。

于是就这么开始了。

这件事成了他们之间的秘密。

后来的每一次聚会,别人散场回家,唯独他们俩,心照不宣地,一次又一次过夜。

赵霓夏也不记得他们究竟亲密过几回。

热着耳根从旧事里过了一遍,她不得不狠狠地检讨了一下自己稀烂的定力。

走廊上忽然响起脚步声。

动静是从斜对面裴却的房间传来的,大概是他下楼倒水。

她心虚得背后一凛,将这些念头抛开不敢再想,在床上翻了个身背对长廊方向,直接把头蒙进了被子里。

一晚上都在做乱七八糟的梦,真实的、虚构的,各种各样成人画面扰得赵霓夏完全没睡好,一见到裴却心里尴尬得跟火烧似的,根本不敢直视他,平复了小半个中午才正常起来。

录制的最后一天,照例是比较轻松的。

节目组没有额外的安排,不过人聚得这么齐,他们也想多拍点儿,定下的收工时间比之前几期的最后一天要晚些。

午饭后还得录制一下午的闲聊环节,差不多傍晚才可以回去。

至于交换礼物,节目组没有硬性要求,嘉宾们只要在离开前给了就好。

吃过午饭,赵霓夏回房休息了一会儿,没等她去找裴却商量互换礼物的事,先收到肖晴晴的微信——她和褚卫上热搜了。

她愣了下,回了条消息,那边马上打来语音:"霓夏姐!"

她问:"怎么回事?"

"前几天褚卫的那个音综播了,你之前不是给褚卫录了那个祝福嘛。"肖晴晴熟练地开门见山,"当时本来没什么,后来有粉丝剪了个拉郎[1]视频,今

---

1 指粉丝把两个原本没有关系的人物硬拉在一起凑成一对。

天那个视频突然热门被转发开了，就上了热搜。"

"……"这也行？

赵霓夏满脑子问号："送祝福的不是还有文恬吗？"

"是啊，但是……"肖晴晴尴尬地"呃"了声，拉郎这种事谁说得定呢，"周哥已经让工作室那边在查了，看看是不是哪家公司下场，有消息会联系我们。"

周涟让赵霓夏送祝福的本意是工作室内部成员互相蹭个热度，不管蹭不蹭得了吧，但这组合一出还上热搜，意义就不大一样了。

虽然两个艺人都是周涟工作室的人，但赵霓夏现在正在录这档综艺，这关头扯出一个别的组合来，期待她和裴却的观众说不定会受影响。

得防着是不是有人下手搅浑水。

赵霓夏听得无语，目前也只能这样处理，道了声"知道了"，挂了语音。

她去微博看了下，带她和裴卫大名的词条下竟然还真的有人在嗑，连带着看到了那条拉郎视频。

"……"就离谱。

说实话，赵霓夏完全是因为工作室才补了一些同事的资料，刚才收到肖晴晴消息的时候，她知道裴卫是谁，但脑子里还是慢了几拍才对上脸。

说一声"同事"都是客气。

这是他们第一次公开互动，没想到这样也能嗑起来。

实在受不了那些脑补，周涟那边已经有动作，料想应该很快就会有答复，她看了一会儿就把微博关上。

梁优也看到热搜，发来消息问了问这件事。

赵霓夏简单回了两句。

休息时间结束，下楼集合。

嘉宾们都有手机，但上个热搜而已，虽然对象不是和她录节目的裴却吧，也不是什么大事。加之在录节目，像梁优和她处得比较亲近的会着意问候一下，其他人没谁会提，都一派如常。

只裴却，朝她扫了一眼。但那表情看着和往常无异，不带什么情绪。

赵霓夏因为昨晚想到的那些事和后来乱七八糟的梦，哪怕已经不那么尴尬了，也没敢多看他，对了眼视线就移开。

茶几上摆满了零食、水果、点心，一圈人围着坐，姿态闲适说说笑笑。

录完这个聊天部分就可以收工，不需要做别的，大家都当是在消磨时间。

赵霓夏便把热搜的事放下，吃着小果子听他们聊，不时回应几句。

聊到中途，她起身去厨房倒水。

刚加完冰块，一转身，裴却就进来了。

再熟悉不过的场景。

想起礼物还没换，她刚要开口，裴却端着杯子没倒水，反而转身看向她，问："出去聊聊？"

她一诧，然后点头："噢，好。"

裴却提步出去，赵霓夏跟在他身后，本以为他是要换礼物，谁知道被他一路带到别墅侧门外。

这里没有摄像头，属于拍摄死角。

她有些莫名，就听他道："关一下麦，我有话跟你说。"

"……？"

赵霓夏被他这一套组合拳弄得微愣，但还是配合着把身上的麦关了。

四下静谧，只有热天的虫鸣。

裴却睨着她，道："你清楚我们现在在录节目吧？"

赵霓夏当然清楚，倍感莫名地点了下头。

不等她说什么，他又开口："你今天的热搜我看到了，现在网上已经有人把我和对方放在一起比较。"

赵霓夏闻言顿了下，脸上诧异，她没仔细看太多热搜的内容，不知道是不是有这样的言论，但见他这副神色又不好多说。

裴却凝视她几秒，继续接上："你应该也知道我们现在捆绑很深。其他男艺人和你捆绑，就能通过你跟我进行捆绑以及拉踩。类似今天的事情，我不知道你的工作室是怎么打算的，但我不希望有这种麻烦。"

"所以，"他道，"不仅是录制期间，在真正彻底解绑以前，我希望你能避免和其他人捆绑炒作这件事。"

烈日炎炎，已不是正午时分，屋檐外的日光还是过于炽盛。

赵霓夏听完，明白了裴却的意思。

捆绑在演艺圈里是一种司空见惯的手段。两个艺人如果和同一个人有绯闻或者 CP，哪怕这两人八竿子打不着，也很容易被舆论牵连在一起，时不时提一嘴，或者拿来比较。

只能说还好这次和她上热搜的是褚卫，歌手怎么着也拉踩[1]不到演员。

但另一方面，褚卫和她同属一个工作室，她本来就被说在蹭裴却热度，这瓜田李下的，别人这么一看，说不定还以为他们工作室多么人心不足蛇吞象，单她蹭不够，又派来一个。

赵霓夏知道周涟确实是没有这个心思的，不管裴却有没有误会，这一点她还是得解释清楚："今天的热搜不是我们工作室安排的，他们已经在查了，有结果了会告诉我，到时候我再跟你说。"

至于他提的，尽量避免和其他人捆绑的事。

当初刚出道作为新人不好质疑公司的专业，现在在周涟这儿他不会逼她，她也没有这个想法，便应下："你说的这些我都知道了，以后会尽量避免。"

虫鸣唧唧，热风吹得树叶飒飒摇晃。

裴却个子很高，又因为站得不远，赵霓夏和他说话需要微昂着头，她被檐外的光照得微微眯眼，一边撩住被风吹乱的头发一边看向他，问他是否还有意见："还有别的吗？"

他的视线落在了她脸上。

这段录制期间，裴却的装扮一直比较随意，以简单宽松为主，游离在人群之外的时候，除了淡漠更有几分散漫，休息的空当有时会看见他在镜头拍不到的地方，像屋檐下或院子一侧，站着看风景。

让人觉得出声叫他反而是一种惊扰。

但他此刻的散漫姿态却并不一样，那眼神好似微微凝着。

赵霓夏等了一会儿，忍不住提醒："裴却？"

"……没有了。"裴却蓦地转头朝外，像是回过神来，被光线照得又稍垂了点头。

见他没有别的意见了，赵霓夏犹豫两秒："那……"

他面色如常，转身面对檐外院子，只说："我站一会儿，你进去吧。"

大厅里应该还在聊着，但也不是什么要紧事。

赵霓夏闻言不再打扰他，点点头，自己推门回去。

侧门被推开，戴着口罩、帽子的柯林避开镜头出来，见裴却站在院子角落的屋檐下，轻声叫了句："裴哥。"

1　通过贬低其他人物来吹捧自己喜欢的人，对比产生差异。

单手插兜的裴却正看着院里摇动的树叶，闻声侧头。

这次录制就快要收工，柯林本来正跟节目组的人一块儿在旁边的别墅里等着，忽然收到裴却的消息，他拾掇了一下就过来了。

柯林站了几秒，见裴却没有要闲聊的意思，问："那我先回去了？"

裴却淡淡"嗯"了声。

"那等录制结束我再跟车过来接你。"柯林经过别墅里不可能不被拍到，但节目组会自行剪掉工作人员穿行的镜头，没有打扰到里面录制的人，他就这样静悄悄地来，又静悄悄地回去。

侧门关上，动静响了几下，这外间彻底安静下来。

别墅旁的这一块小院子不大，种了几棵树，草绿得青翠，灼热阳光铺在上面，亮得刺眼。

裴却站在屋檐下沉默着。

风从那边吹来，是他先前和赵霓夏站过的地方，带着她留下的香味。

日光炽热。

赵霓夏回客厅坐了一会儿，其他嘉宾已然开始走动，有坐着说话的，有在门口看风景的，还有去厨房弄东西的。

聊天的内容估计录得差不多了。

赵霓夏也上楼回房，进卫生间关上门，给周涟打电话询问消息："热搜的事情怎么样了？"

周涟诧异："你不是还在录节目吗？晴晴说还没收呢？"

"是还在录，不过马上就结束了，我在卫生间里。"赵霓夏靠着洗手台边缘，不多废话，"有结果了吗，怎么说？"

周涟已经查到，只是碍于她还没收工所以没打扰，这会儿接到她电话，当下便直接告诉她："搞清楚了！嗨，这事儿吧……其实是个乌龙。"

"乌龙？"

"对，我们问了，热搜是褚卫那个综艺的节目组买的。"周涟有点无奈，"最开始视频确实是粉丝自发转起来的，节目组看有热度就顺手推了一下。你现在在录《很久以后的这天》嘛，从筹备开始关注度就大，他们就想搞点儿话题。"

"……"搞了半天原来是这，赵霓夏也无语。

"褚卫上的那档综艺是真的蛮有钱的，为了收视率每周都大把大把宣发。"周涟继续道，"节目组本来准备了要推其他的热点，谁知道你们那祝福环节就那么几分钟，水花反而更大，所以他们就把钱用在那上了。"

推的虽然是褚卫和赵霓夏的 CP，看似占不到便宜，但关注度吸来反哺的是节目，他们怎么样都不亏。

"行吧。"赵霓夏叹了口气。

"还有一件事我得跟你说下。"周涟停了停，语气略微抱歉，"就是这个事情其实褚卫也知道。他们节目组推这个热点之前问过了褚卫，褚卫同意了。"

他歉疚道："但他没跟我说，我也是热搜之后询问才知道的。我已经跟他讲了，下次再有这种事让他跟我联系，不要再自作主张随意扯你下水。"

周涟是褚卫的经纪人没错，但褚卫作为工作室的台柱，决定权也很大。

"……"赵霓夏不理解褚卫为什么会同意，但周涟已经处理过，她不好再说什么，只道，"……我知道了。"

她先前答应了裴却，自己也不想再和谁捆绑，又加一句："CP 这方面你们多盯一下，尽可能避免。"

那边周涟道"好"。

挂了电话，她理了理思路，点开裴却的微信头像。

赵霓夏：事情我经纪人已经弄清楚了，是那边节目组推的热点。以后会注意的。

这个话题有了交代，差不多就算翻篇。

她不知道他回了别墅没有，是在大厅还是哪里，想了想，又提起礼物：礼物还没换，你现在方便吗？

几分钟后，裴却回了：方便。

赵霓夏：那现在？

不多时，她没等到消息，但听到外面走廊传来脚步声。

赵霓夏出去开门一看，果然看到裴却的身影。

他走到她门外，一靠近了，身上被太阳晒得暖烘烘的，只是似乎有一股很浅的说不上来的味道。

她顿了一下，想到镜头和重新开了的麦，没多嘴。

裴却道："你等我一下。"

言毕，走向他的房间。

赵霓夏没关门，返回屋内，也把之前准备好的礼物拿出来。

裴却从他房里过来，手里拎着一个蓝色的手提纸袋。

赵霓夏先把礼物递给他，随后从他手里接过东西。

"不是什么很贵重的东西。"她拎着他给的手提纸袋，加了一句。

裴却瞥她一眼，没说什么，似乎并不在意贵重与否。

礼物换完，赵霓夏准备回去收拾东西了："那，就先这样？"

他"嗯"了声。

她点头礼貌笑了下，刚转身，又被他叫住："赵霓夏。"

赵霓夏回头看向他："嗯？"

裴却拿着她送的礼物，另一手插兜，道："回去再拆。"

"……哦，好的。"录制马上结束了，回去拆也是一样的，她本来就不着急，点了点头。

他没再多说，转身回去。

第三次录制正式收工，各位嘉宾互相道别了一番，来接人的车便一辆接一辆陆续抵达。

赵霓夏坐上保姆车，接过前座肖晴晴递来的水，喝了两口，靠着座椅休息。

和褚卫上热搜的事，周涟已经和赵霓夏说清楚了，肖晴晴不用重复，只拣了些她不知道的事告诉她。

赵霓夏听着，不时点头应一声。

见她录制累了，肖晴晴没有说太久，把车内空调调到合适的温度，递了条毯子到后座，让她休息。

回到公寓时天已全黑。

赵霓夏没精力整理东西，吃完洗漱，早早就歇下。

第二天，整理好行李，收到节目组的通知。

他们迄今为止一共录制了三次，一次分为上、下两期，够播六期。再加上先导片，满打满算足够播一个多月。

后期早就加班加点地忙碌了起来，头两次录制的成片已然出炉。

官博即将正式官宣所有嘉宾，他们每个人都要配合转发，这周先导片就会正式上线。

赵霓夏回复了个"好"字，其他事情全交给工作室，让他们负责具体沟通。

忙完这些，想起带回来的礼物还放在桌上，她拿到客厅，坐在茶几前拆了起来。

手提纸袋里是一个扁方形纸盒，外面包着一层礼物纸。

再里面是浅色的首饰盒，盒身上的 LOGO 是一个高级珠宝品牌。

赵霓夏看见 LOGO 的时候就有一点儿怔，打开一看，彻底愣了。

裴却送了她一对红宝石耳环。

耳环的造型精致小巧，周围一圈坦桑石和钻石镶嵌，熠熠生光。

"……？？？"

她不是没见过珠宝，自己就有挺多。

但问题在于这是在节目上交换的礼物，她买的那个帽子几百块，换来一对她衣帽间首饰柜里最贵的东西，怎么想也没法觉得正常。

赵霓夏怔然眨了下眼，关上盒子再打开，确认了两遍，仍然不是她眼花。

裴却是钱多得没地方花了吗？

得亏她是在家里拆的，这要是在节目镜头下……

想起他说的那句"回去再拆"，赵霓夏的脑袋瞬间就大了。

把盒子放到一边，她拿起手机给裴却发消息：礼物我拆了，你是不是送错了？

那边过了很久才回，赵霓夏把包装纸什么的都收拾了一通，才收到他的消息。

裴却：没送错。

赵霓夏斟酌了几遍，在对话框里打了删删了打，最后打出一句：可是，这不合适吧，送这个会不会不太好？？

消息发出去，那边不回了。

她等了好半天，始终不见回复。

天已经黑了，接近晚饭的点，赵霓夏问的那一句就如泥牛入海，直接杳无音信。

裴却一直没回她。

红宝石耳环躺在首饰盒里，首饰盒摆在梳妆台上，她躺在床上朝那边一瞥，瞥见那个首饰盒，一阵头疼。

赵霓夏本来盘算着吃过晚饭裴却还没回她就再问问，正烦恼间，叶莱的电话打了进来。

对于她这次录制，叶大小姐很感兴趣，兴致勃勃问："这次录得怎么样？有没有什么新情况？！"

赵霓夏正愁没人倾诉，叹了口气，整个人在床上躺平，顺势把首饰的事跟她说了。

"我天！还有吗？"

虽然知道她这人天生爱八卦，不乏看热闹的心思，但狗头军师好歹也是个军师，赵霓夏一个人想得心里乱，便把这几天的其他事情也说了。

从换聊天背景到和褚卫上热搜，大概都说了一遍。

"……就是这样。"她叹气，"我现在就是有点儿烦。"

"烦什么？烦不知道怎么处理他送你的礼物？还是烦他什么意思？"

赵霓夏正要回答，叶莱没给她机会，直接加大嗓门："你不是真的吧？！这已经这么明显了你还看不出来？他还喜欢你啊！"

赵霓夏握着手机一愣。

叶莱在那边颇有种孺子不可教的感觉，啧了好几声。

"就说换背景这件事吧，这多暧昧啊？别说什么只是上综艺玩游戏输了惩罚，他提出这个要求就已经很奇怪了好吧？如果你们只是普通同事关系，那录个节目这样玩一玩说得过去，可你们什么关系不用我说了吧？

"还有那个什么捆绑不捆绑，他跟你上节目就不是捆绑咯。所以他跟你捆绑就没事，别人捆绑他拉踩就不行，你也不能跟别人捆绑是这样吧？他说那些绕了一大堆最后诉求是什么，就是你不能和别人捆绑，这还不明显？！

"送珠宝首饰就更是了，一个男人给女人送珠宝首饰，他要是没有别的心思才怪了！作为过来人姐告诉你，男人爱你不一定会给你花钱，但是男人不爱你一定不会给你花钱！"

叶莱一件件跟她细数，越说越笃定："他肯定还喜欢你！不要问，问就是还爱！他不只馋你身子，他还旧情难忘藕断丝连纠缠不休！"

这几个成语好像都不是一个意思，赵霓夏被她陡然加大的声音震得耳朵疼："……你先冷静一点儿。"

"我冷静不了！事关我姐妹的幸福，优质男明星哎，别想了，找他！"

叶莱又开始发疯了。

赵霓夏捏了捏眉心，听她在那边大放厥词。

可不得不说，叶莱的这番话确实让她产生了一些动摇。

……真的是这样吗？

旧情难忘。

他们是有过旧情，但她在暧昧到所有该做不该做的都做了的时候，突然离开，用叶莱的话来说，她几乎就相当于狠狠地甩了他一次。

即使一起上了《很久以后的这天》这个综艺，赵霓夏也一直不敢去想裴裴却如今到底是什么想法。

　　叶莱的话仿佛撕开了那层纱，她忍不住回想起回国后发生的事情，一件一件在脑海里反复来去，心里又多了几分恍惚和动摇。

　　"……我们就不说别的了，就说你们解绑这件事吧。"电话那端叶莱又道，"就你们现在这个情况，你们哪年哪月才能解绑得了啊？！"

　　赵霓夏思绪被拉回来，听见这句，抿了下唇："未必……不能，吧？"

　　"呵呵。"叶莱回以冷笑，"你就自己骗自己吧！"

　　她啧啧几声，像是发现了新重点："你这模样这态度，实在也很像旧情难忘藕断丝连纠缠不休啊，不然你也不会上这个节目……我看你是也没忘了啊。"

　　后半句她还用上了北方口音。

　　"……"

　　赵霓夏动了动唇，不说话了。

　　玩笑归玩笑，叶莱见她突然沉默下来，也想到了别的："你……"

　　刚开口一个字，又没说下去。

　　她停了停，没再继续男人的话题，抛开玩笑之意，口吻随之正经："话说，你回国到现在，你妈打电话给你没？"

　　"没。"

　　"就一直没联系？"

　　赵霓夏"嗯"了声。

　　沉默两秒，叶莱道："她对你当演员这件事反应还是很大？"

　　问完不等赵霓夏回答，她自己就先说："也是，你回来前你们都吵成那样，到现在又一直没联系，我都多余问。"

　　这么多年，赵霓夏她妈基本就没亲力亲为管过她，偏偏控制欲强得不行，对赵霓夏要求又高，什么都要她做到最好。

　　赵霓夏还真就做到了，初中刚开始和她玩在一起的时候，叶莱一度有被震惊到，她一边和她妈冲突不断，一边又按照她妈的高要求，学习、才艺，样样兼优。

　　搞得他们这群一心吃喝玩乐的二世祖在她身边像一堆歪瓜裂枣。

　　她们母女俩的关系很难去形容，读书时候的那些都可以当作是小打小闹，叶莱最没有想到的事情就是赵霓夏真的会去当演员。

　　那会儿她已经出国远在海外，也知道为了这件事她们大吵一架吵得不可开交，可赵霓夏最后还是找了个认识的朋友签约出道了。

　　"……前面那些话你当我没说。"叶莱也不知道说什么好，"你还是先保住你的事业吧。"

她也开始长吁短叹。

赵霓夏被她扯起更多的烦心事，聊不下去了，麻溜挂了电话。

手机扔在旁边，赵霓夏静静躺在床上发呆，半天没动。

眼前是天花板，脑子里乱糟糟一片。

叶莱说的那些，后半段不去想，前半段也已经够让她心乱。

首饰盒还在梳妆台上，她侧头瞥了眼，关于珠宝的那几句就不停地在耳边回荡。

男人给女人送珠宝……

她记得很久以前，她和裴却也逛过一次珠宝柜台。

那次纯属意外。

在拍摄《问仙诀》之前，他们还只是出道了的素人。

有一次她拉着裴却陪她逛街，经过一家珠宝店的时候，进去看了一会儿。

当时店里有别的客人，是一个看着很富贵的男人在陪一个女人挑选。店员过来把他们也当成了一对，嘴很甜地向裴却推销，问他要不要买，用的话术全是那种你要给对象送点儿什么、你身边的女士看着很喜欢之类的。

那家店不是什么大品牌，赵霓夏只是路过随便看几眼，和店员解释了一句她误会了，马上就拉着裴却出去。

她喜欢明艳的东西，也有不少类似的饰品。

但她从来没让裴却和井佑这些朋友送过她贵重的东西，无论是节日还是后来的生日。

尤其那会儿她知道裴却背负着债务，他似乎因为家里，一直在还钱。

怕他尴尬，后来她就再没有拉着他陪自己逛过这种地方。

那家店卖些什么她都忘了。

只记得那天在店里，她看得最多的，好像就是红色的首饰。

"……"

赵霓夏盯着天花板，想到这儿，心里更乱了。

她拿起手机点开裴却的头像，看着至今没有回复的对话框，想写点儿什么，又不知道该写什么。

指尖在屏幕上戳了几下。

一不留神，给他弹了个语音电话。

她立时坐了起来，想挂断，犹豫一瞬，指尖还没摁下去，那边却忽地接了。

"喂。"他淡淡的嗓音带着几分低哑,从那边传来。

赵霓夏连忙在床上坐好,抿了下唇:"……是我。"额前长发垂下来,撩得脸颊有点痒,她轻轻挠了下,问,"消息你看到了吗?"

"看到了。"他道,"刚刚在忙。"

他说了这么一句就没了下文。

接都已经接了,赵霓夏只能把发了的消息复述一遍,顺势问清楚:"你送的那个礼物……就是,会不会不太好?"

"咔嗒"一声,裴却好像在点烟,过了几秒,听到他答:"有什么不好?"

他答得理所当然,反倒让她一下不知该如何接话。

窗外天全都黑下来了。

黑漆漆的夜色,像试图靠近欲望的野兽。

叶莱说的那些话在脑海里翻滚,赵霓夏握紧手机,微吸一口气,把话挑明了一些:"给异性送珠宝首饰很容易让人误会……为什么送这个给我?"

"误会什么?"

裴却沉默片刻,反问。他没有因她突然挑开这层纱解释什么,反而就此挑开了更多:"误会,一个和你有段过去的男人,仍然对你有想法?"

赵霓夏一顿,脸上撩起一阵热意,动了动唇,没能发出声音。

电话那边停顿了一会儿,他接上她的问题,嗓音变得更哑:"我不能送吗?"

装着红宝石耳环的首饰盒,安静躺在她满当却并不杂乱的梳妆台上。

"他喜欢你!他就是喜欢你!不用说了!

"他自己都承认了!这还没心思就有鬼!"

叶莱的语音还在火上浇油,让赵霓夏本就平静不下来的心越发地乱。

她没跟叶莱完全复述他们的对话,只说了裴却反问的那句"不能送吗",叶莱的反应就已经大到恨不能写个一千字小作文给她狠狠分析一番。

赵霓夏回了一串省略号给她,趴在床上,怔怔想着刚才的对话。

和裴却的那通电话,她自己也不知道是什么时候挂断的,后来他并没有再说什么,她动唇几下始终哑然无法回答。他在那边也不挂电话,就陪她耗着。

她率先扛不住,匆匆忙忙说了句"我先休息了",才结束这场僵持。

窗外夜空,星星都露头了。

赵霓夏趴了半天，肚子饿得她回过神，叹了口气，带着一腔乱糟糟的心思爬起来吃饭。

《很久以后的这天》官博正式官宣嘉宾名单，两两为一组进行公开，一共发了四条微博。

赵霓夏和裴却的那一条，放的是他们俩各自的单人照片拼成的海报，他们之前拍的双人海报暂时没有放出来，后续大概有其他的安排。

官博的配文比较简单，只有两句话。

@很久以后的这天 V：

那年的盛夏延续至今。

告别和问候的声音，你听见了吗？ @裴却 V@赵霓夏 V

评论霎时蜂拥而至，自从得知他们要上节目开始，CP 粉就等了又等，这种时刻，无论是唯粉还是谁都已经无法压制他们那颗憋了太久激动难耐的心。

"啊啊啊啊啊啊来了！终于来了！裴却赵霓夏！"

"我宣布今年就是裴霓复婚元年！播！明天就给我播！一秒都不许剪全部给我放出来！"

"速速让开！裴霓复婚花车来了！速速让开！裴霓复婚花车来了！速速让开！裴霓复婚花车来了！"

"把'告别'两个字删掉！会不会写文案？！不会写让我来！我们裴霓是奔着三年抱俩来的，大好的日子别逼我揍你！"

"听见了听见了我两只耳朵都听见了！！裴霓今天复婚啦！"

赵霓夏按照节目组的要求转发了微博，他们没有给文案，让嘉宾自由发挥，她没有写得太长，只打了四个字：好久不见。

裴却没多久也转发了微博，不知道是懒得打还是别的，配文和她的一样：好久不见。

官博底下的粉丝立刻转移阵地，涌进他俩的评论里。

这种时候裴霓粉声势最大，各种无法无天的虎狼之词占据了整个场面。

新消息涨得太快，赵霓夏根本看不完，刷了一会儿，瞥见官博转发里裴却的那一条，视线停顿几秒，滑掉界面，退出登录。

裴却的那通语音电话，至今都让她心里不平静。

那之后他们再没有说话，两个人诡异地保持着这种状态。

挑到一半的纱，就那样被撂在半空。

但有些事情已经心知肚明。

转发完官宣微博，赵霓夏歇了一会儿，接到周涟的电话。

之前说的试镜的事有了眉目，他通知她："试戏剧本已经拿到了，试镜时间也定了，我等下把剧本发你。"

听到工作的事，赵霓夏打起精神："是你说过的那部《嫣华传》吗？"

"对。"

她好奇："弘朗不用自己的人做女主？"

"男一是他们自己的人。"周涟解释，"他们怕做成自家戏撑不起阵容，除此之外，其他角色都打算找外面的演员。"

赵霓夏又问："导演是谁啊？"

"齐青。"

"齐青？"她闻言惊讶，"他们请了齐青导演？"

齐青是老牌电视剧导演了，手里出过不少经典，最活跃的那几年可谓春兰奖常客。

周涟说："弘朗那边很看重这部剧，他们还特意拉了一方投资商进来，投资商财大气粗，指明要齐青和他的团队来导，弘朗也觉得合适，去磨了好久才敲定。"

大女主戏，大投资，还有齐青的招牌摆在这儿，这次试镜的人估计不少。

赵霓夏知道这点，周涟自然也知道："我也不给你那么大压力，女一能争取就争取，不行的话我们再试试女二。主要是这个档期还算合适，你录完综艺就能进组，之后综艺在播，《烈日之下》再跟上，就能避免太长的空窗期，不至于断档。"

这个阶段内，可选择的项目里，《嫣华传》算是上佳。哪怕只是女二，很多够不上一线的小花都会去试。

"具体在哪儿试戏，到时候齐青那边会通知我们。"周涟道，"你先准备着，要是这部不行，就再从手头的本子里挑一个。我筛到几个还不错的，就是制作班底或者投资上有点儿小缺陷，到时候咱再看看。"

赵霓夏知道他已经在做规划了，这段时间主动找上他，递给她的剧本不少，女一、女二都有，他每天都在看个不停，闻言道了声好："我明白，你剧本发我，我好好准备。"

周涟说完这件事，停了下："对了。"

"嗯？"

"上次热搜的事你还记得吧。"

怎么不记得，过去才几天？赵霓夏听他提起，疑惑："怎么了？"

周涟"啧"了声，道："是这样，褚卫说想约你吃个饭，跟你道个歉。"

"吃饭？"赵霓夏顿了下，拒绝，"不用了，事情已经过去……"

"我跟他说了，他就是坚持。这几天他一直跟我提，提得我人都是晕的！"周涟一副头大的语气，"他还让我推你的微信给他，我说我要先问过你才行。"

可能是因为有前几天热搜的"前科"在，周涟没有立刻应下褚卫这个要求。

但毕竟一个是他的台柱，一起白手起家携手了这么多年，另一个是他职业生涯的第一个艺人兼朋友，没有她，他都未必能有现在，两边对他而言都挺重要的。

所以周涟实在为难。

"而且他还说有别的事要跟你谈，我也不知道他要谈什么。你要是不想见他的话，要不然我去他家找他的时候，让他用我的手机跟你说？或者你们都来工作室一趟？实在不行……"

听他在那边叹气，琢磨起其他折中的办法，赵霓夏犹豫了一下，勉强松口："吃个饭见一面也不是不行。"

就当是工作室同事互相认识了。

说起来，迄今为止她都还没见过这位"台柱"本人。

周涟还在绞尽脑汁想满意的法子，听她这么说立时松了口气："那行，我跟他说。他人倒是没什么坏心，他要是说了什么不合时宜的，你尽管告诉我！"

他挂了电话，又去那边传话。

来回说完，这顿饭就这么定下了。

时间约在晚上，地方是周涟帮他们挑的。

赵霓夏收拾好后出门，加上了褚卫的微信，不早不晚正好卡着点到店。

当艺人的比较注重隐私，褚卫特意挑了个角落的位置，且这家店的每个卡座都用屏风隔开。

他本人和照片倒没什么区别，看着有些浪荡，笑起来更是，见她来了半点儿不见外，招呼："坐。"

赵霓夏在他对面落座。

两人点完菜，前菜开始上来，他才切入主题："热搜的事情非常不好意思，给你添麻烦了。周涟说会影响到你在录的综艺，我事后检讨过了，下次不会再这样。抱歉啊。"

赵霓夏接受了他的歉意，直接问："周涟说你还有别的事要跟我聊？"

褚卫笑了笑，微微坐直了些："确实有点儿别的事情想跟你聊一下。"

赵霓夏等着他的下文。

"那个热搜虽然是我们节目组推的，但除此之外效果确实挺好，至少它能自然发酵得起来，说明有看点也有人喜欢。"褚卫那双桃花眼盯着她，笑吟吟说，"其实之前我就想跟你说，一直没有机会。这次正好。"

他顿了下，道明来意："你有没有考虑过，企映的综艺录完以后，换个人捆绑？"

手里的筷子微微一顿，赵霓夏瞥向他，片刻后，轻轻放下："如果你是要跟我聊这个的话，那不用再说了。"她道，"我没这个想法。"

"是因为现在的不好解绑吗？虽然要点儿时间，但其实也没有那么麻烦。还是你不想再炒？那天我有听到周涟说你让他以后尽量规避这方面的事情，但这件事你得换个角度这样想……"

他滔滔不绝地开始说起来。

"你知道出门之前周涟跟我说什么吗？"赵霓夏蓦地打断他，"他说你要是说了什么不合时宜的话让我尽管告诉他，我现在就想把你这些话录下来给他听。"

褚卫一愣，随即失笑，投降："行行行，先吃东西……"

恰好菜上来，赵霓夏重新执起筷子，他也不再一口气说那么多。

但吃饭的中途，他还是不死心，一直断断续续游说她。

她不回答他也能继续说下去。

赵霓夏吃到一半，被他说得实在忍不住，发问："我不是很懂，你为什么这么执着于这件事？"

"周涟没跟你说过吗？"褚卫的笑意里多了几分正经，"我现在虽然红，但事业停滞快两年了，已经到了瓶颈。试过换歌的风格，试过走其他路线，都没有用。这个圈子里能够走得通的路就那么几条，我只能找找别的方法。"

他认真看着她："你真的可以考虑一下，对我们来说或许是双赢。"

不等赵霓夏说话，他又道："你可能会说你摆着个裴却在那儿，好好的为什么要跟我合作。但你有没有想过，你和裴却，你们的组合已经很难再有大的发展。等节目结束，要么解绑要么继续深入，以你们现在的情况你觉得可能吗？"

赵霓夏闻言动作微停，没有看他，过后，吃了口菜没接话。

许久她才道："这是我自己的事。"

语气比先前淡，态度却反而更坚决，不留一丝余地。

褚卫沉默了下，半晌，勾唇："行吧。"

这件事摆明了是谈不拢了，他说动不了她，她也不可能答应。

赵霓夏瞥他一眼，淡淡问："我还能继续吃吗？"

他知道她故意饻他，笑道："当然。"

自己也动筷。

余下时间，他主动换了个话题，气氛还算是融洽。

差不多半个小时，这顿饭终于结束。

"今天的事我不会跟周涟说。"好歹吃了人家一顿，临别前，赵霓夏道，"事业瓶颈的问题你还是好好和他聊聊吧，我觉得你这个想法解决不了你的困扰。"

"我冒昧问一句。"褚卫坐在位子上，忽地道，"你不愿意接受我的提议，是因为裴却吗？"

赵霓夏起身的动作停住。

他还是那副笑模样："你以前可以跟他捆绑，为什么现在换别人不行？有什么不一样吗？"

她被问得沉默了两秒。

短暂的停顿后，她敛了情绪："……这也是我自己的事情，我觉得我没必要跟你说。"

和褚卫的这次碰面，不能说是不愉快，但也确实没有很愉快。

临别前，他们俩本来正说着话，忽然又进来个人打招呼。

是个圈里人，好像是制片人还是什么，和褚卫有交情，也是这家店的常客，从老板那儿知道他来了，特意过来见个面。

本也说得差不多，赵霓夏和褚卫便停止了先前的话题。

那位圈里人见着她，问了声，褚卫解释说："和工作室同事一起吃个饭。"

赵霓夏同对方打了声招呼，没有多待，率先告辞。

回到公寓。

她跟褚卫说了不会告诉周涟今天聊的事情，洗漱完，她没提，周涟反而主动给她打来电话。

"褚卫都跟我说了。"

"……"赵霓夏默了一秒，应声，"啊。"

"我们刚刚聊了很久，他跟你说的事情我都知道了。他以后不会拿这些事来烦你。"周涟道，"他说的那些你和裴却的事情——"

他停了一下。

"你也别往心里去。"

周涟当初从她的助理变成她的经纪人，一直跟在她身边，对他们俩的事情是一路见证过来的。

包括他们从朋友变成更深层次的关系。

毕竟过夜这种事，真的很难瞒住身边团队。

哪怕他们一开始瞒得再紧，也总有聚会的第二天有工作的时候。遇上他一大早打电话过去，结果接电话的人是裴却这种情况，傻子都知道有鬼。

他和裴却的经纪人那段时间不知给他们操了多少心，时不时地从对方艺人房间里接走自家艺人，那心情简直了。

好在聚会不能天天聚，次数和频率也不算是太多。

如今这么多年过去，他们的关系发展到今天，虽然说不伦不类，但真要讲两个人之间完全没有一点儿感情，周涟也是不信的。

褚卫提别的都还好，就怕他扯到裴却，影响她的情绪。

"他嘴巴就是有点儿欠。他提的那些炒作的事你别理，提的其他的就更别理。"周涟宽慰道，"你就当什么都没听过，别被他影响。"

赵霓夏听出他的担忧："我知道，我们今天聊的时候已经说清楚了，都没什么。"

"你心里有数就好。"

周涟微微松气，但还是不放心，又翻来覆去地念，在那边狠狠地骂了褚卫一通。

好半天才挂了电话。

屋里彻底安静下来。

赵霓夏出去这么一趟，聊了些有的没的，有些累了。

她舒了口气，静静把洗完的头发吹干，躺进被窝。

抬手关灯，屋里霎时暗下来。

拉紧的白纱窗帘被空调风吹得微微飘动，泻进几许窗外夜色，浓沉得化不开。

她翻了个身，闭上眼，耳朵贴着枕头，心跳的声音随着脉搏一下一下传来。

周涟的担心其实没有必要，她并没有因为褚卫的话难过，只是因为他最后问的那一句，有一点点恍惚。

裴却和别人有什么不一样？

不一样吗？

有一道声音在回答，不一样，他是不一样的。

哪里不一样？

她听着这句话在心里回响，一遍又一遍，闭着眼睛想，从现在，想到过去，又想到很久以前。

从有记忆开始，她就是和照顾她的人一起生活的。

她没有玩伴，也没有家长。

阿姨会照料她的生活起居，却很少陪她玩，或是打开电视让她自己看，或是给她一堆书和玩具，让她自己消磨时间。

小的时候她其实很孤独。

没有人跟她说话，她在越来越空旷的大房子里长大，只有每次接到妈妈电话的时候最开心。

她每天都会在电话旁边等，想听听妈妈的声音，却只能一次次落空。

上了幼儿园和小学，她就成了最喜欢留在学校玩的那个，经常呼朋引伴，热情地邀请别人回家做客。

可每次人一走，家里空落下来，又还是那样安静得可怕。

她开始做梦，总是梦见自己在半空中，无止境地下坠。

她妈妈生意越做越大，她一个人待在屋子里消解孤独的时间越来越长，也越来越常在这个梦里惊醒。

初中以后她认识了很多朋友，身边人渐渐多了，这种情况才开始改变。

她喜欢和朋友待在一起，喜欢和她们说话，喜欢被倾听。周围变得热闹，不用再一个人，走到哪里都有人陪伴，她好像也终于变得开心起来。

后来出道当了演员，她和裴却拍第一部戏的时候，也是这样。

他们的戏份基本都在一起，总一起拍戏一起候场。等候的时候，她经常会滔滔不绝和他聊天，看见有趣的东西，时不时就发给他分享。

他一直都安静地听着，很少主动说什么，也很少主动和她分享情绪或是其他。

在片场常常都能看到她和他待在一起，和他说话聊天的场景。

其他人都习惯了，她也习惯了。

直到有天，组里一个副导还是编剧，开玩笑调侃她说："你怎么每天都拉着小裴老师说这么多话？当心人家烦！"

她才忽然有种惊醒过来的感觉。

——那种伴随了她很多年的孤独感，原来从来没有消散。

她只是换了另一种方式在宣泄，在坠空过程中下意识地抓住可以抓住的一切。

那个梦并没有结束。

她不想承认，那天之后就开始克制自己，开始减少拉着他说话的频率。

后来有次，裴却跟着 B 组拍戏。

他们被分开。

那天她拍了一场被导演夸奖的戏，回到候场区特别开心，路边的花开得又特别好，她下意识想分享给他，想说很多很多话。

然而在对话框里打到一半，她反应过来，又停住。

她抿着唇，把那几个字一个一个删掉。

没等退出去，那边却突然发来一句，问她：想说什么？

她指尖一下停在那儿。

她握着手机站了好一会儿，才把原本要跟他说的话发过去：刚刚拍了一场戏，导演夸我了，说我表现得很好，进步很大。

发完之后，她停顿一秒，深吸了一口气又说：

其实你不用这样。

我有的时候确实话比较多，比较烦，忍不住会想多说。

我也不知道是什么时候养成的。

可能会打扰到别人，我一直没注意。

这是我自己的一点问题，你不必特意迁就我。

孤独病是要自己治的。

没道理要他来习惯。

她紧抿唇，在对话框里打了一个又一个字。

只是没等她再发出去，就收到他，更明确的回复：

我没觉得烦。

只有五个字。

她所有的言语都停在那儿，所有纠结，所有怕让人不耐的忧虑，所有的自我厌弃，都没有了说的必要。

不远处片场吵吵闹闹，忽然有人轻呼了什么。

风吹来花瓣和尘土的味道，她顺着回头，看见身后傍晚的天空，出现了一道彩虹。

空气静下来。

在周边真空的喧嚣里，手机轻振。

她收到他发来的消息。

一张彩虹的照片。

像她每次同他说起那些琐碎时一样的，他第一次向她分享的言语：

你看。

今天的霓虹很漂亮。

她想过很多次。

后来她经常会想，他们是从什么时候开始真正熟悉的。

他又是什么时候，开始在她心里变得不一样。

无论怎么想，都总是想起这个时刻。

这一天。

在这道霓虹的光影里。

那个孤独的、不断下坠的赵霓夏，就这样，被他接住了。

井佑和韶雨那部都市恋爱甜剧终于拍完杀青，他高兴得都快痛哭流泪，在群里号了半天，让他们做好准备迎接他王者归来。

刷完屏还嫌不够，生怕群里的两个人没法第一时间看到，立刻打了个电话给赵霓夏。

"我晚上的飞机到京市！明天出来嗨！"

赵霓夏刚看到群消息，还没来得及回复他，就被他一通电话震得发蒙。

她到嘴边的恭喜一下就被他过于夸张的反应堵了回去："……又不是第一次杀青了，至于这么激动吗你？"

"你懂什么！"井佑在那边就差喜极而泣，"你怎么会懂我天天被导演骂得狗血淋头是什么感觉？一到重大感情戏份我和韶雨在片场就跟鹌鹑似的大气都不敢出！最后一场拥抱戏我们来来回回拍了半个小时，我凹姿势凹得腰椎间盘都快突出了导演才满意呜呜呜！这部剧就是我职业生涯的最大挑战，是我人生的滑铁卢！"

这番话听起来实在很难不让人为这部剧的收视担心。赵霓夏在心里默默吐槽了一句，又好笑又无奈地放软语气安抚他："知道了知道了……你辛苦了，杀青快乐，明天给你庆祝！"

怕他刚结束工作太累，她又问："你不休息几天吗？"

"不休息！说明天就是明天！"井佑雄赳赳道，半点儿不跟她客气，"这顿说好你请，我再多叫几个人！"

赵霓夏当然没意见，道了声"好"，随他安排。

说是要多叫些人热闹，但井佑心里有分寸，除了裴却，就只喊了同样杀青回到京市的韶雨和梁优。

都是她认识的人，梁优还和她录同一个节目。他大概从梁优那里知道她们录制期间处得不错，不然怕是也不会开这个口。

赵霓夏和井佑定好时间，地方由他选，挂了电话就继续看试戏剧本。

半个小时之后。

井佑给她发来消息，告诉她已经和其他人说好了，都答应了明天会来。

赵霓夏回了个"好"字，退出界面，扫到他们三个人那个小群时，稍作停顿。

群里依然是井佑之前刷屏的那些内容。

裴却没在群里回复井佑的消息，井佑大概是私底下找他说的。

她滑动屏幕，翻到以前的对话，滑到裴却的头像停住，看了一小会儿，又退出去。

赵霓夏把手机搁在茶几上，起身去倒水。

空调风静悄悄地吹，室内门窗紧闭，光线被白纱窗帘遮挡，显得幽暗又凉爽。

她端着一碟果脯，回到茶几边坐下，重新看起试戏剧本的内容。

午后静谧，她看得入神，正揣摩着角色该如何演绎如何表达，脑海里变换着不同的展现方式，突然来了个电话。

是一个来自国外的号码。

看清来电，她一顿，对着那串数字，隐约猜到了是谁。

片刻后点下接听。

没有问候，她连"喂"也没来得及说，那头就传来她熟悉的压迫口吻："你在哪儿？"

赵霓夏抿了下唇，回答："公寓。"

"什么公寓？"赵定音质问，"林诚说你回国这么久，到现在还没有搬回家？"

"住哪里有区别吗？反正都是我一个人。"她反问。

那边传来高跟鞋的声音，赵定音道："什么叫有区别吗？好好的家里不住，你一个人在外面干什么？"

不等赵霓夏说话，她又道："你闹了这么久的脾气还没闹够？到底还要闹到什么时候？你打定主意非要气我是不是？！"

她心里涌上一股疲惫："我说了我没有在闹脾气……"

赵定音没听完就打断："你告诉我，做那些有什么好？让你待在我身边就这么抗拒？一意孤行跑回国，你就这么想当个下三烂的戏子永远被人看不起？！"

"……"

赵霓夏真的觉得很可笑。以前她想待在她身边的时候，赵定音一年难得看她两次，现在她有了自己的意愿和想做的事，赵定音却又要把她拴在旁边，让她按照她的想法行事。

她试着勾起唇角，然而还是没能扯动，闭了闭眼，声音坚定："……我喜欢演戏。"

高跟鞋的声音更重了，赵定音似乎推开了什么门，应该是到了她的办公室里。

就像之前的许多次争吵一样，到了某个关头就会卡住，因为谁都说服不了谁。

她停了几秒，微吸了口气，放软了一点儿语气："你能不能听话一点儿，就非要留在那里？"

"我只是想做我自己想做的事情。"

赵定音沉默片刻，问："你知不知道这样妈妈会生气？"

赵霓夏没答她的话，也跟着静默了两秒，随后语气变轻，也变得讽刺："……所以呢，你这次又想做什么？"

那边没有再说话，好似被她问住了，一时间僵持下来。

很快，电话那头又传来门被推开的声音，有人叫她，似乎是她的下属。

公事在先，赵定音没空再继续这通电话，她敛了语气，恢复了那种冷冰冰的感觉："我下次再跟你说。"

"啪"地挂断。

耳边传来一阵急促的忙音。

赵霓夏把手机搁到茶几上，手掌抚上额头，静静地坐了一会儿。

空调风吹得人背后凉飕飕的。

室内安静无声，她过了好久才重新抬起头来，拿起手机继续看剧本。

接完赵定音电话的晚上。

赵霓夏做了好长的梦，梦到她退圈出国前的那几天。

梦里的周涟发现舆论不太对劲，想做点儿什么，她却察觉到某种信号。后来又收到被牵扯下水的裴却的粉丝发给她的私信。

私信模糊一片，她想要看清具体内容，却怎么也看不清。

她用尽力气，挣扎间，梦就醒了。

浑浑噩噩过了一天。

快到傍晚时，井佑就发来消息雀跃地提醒她，让她准备出门，不要拖拖拉拉。

赵霓夏回复完他，经过梳妆台，视线落到那个装红宝石耳环的首饰盒上，脚步停下。

她站了几秒，伸手把它往里推了些。

吃饭地点是井佑选的，要了个包间，容纳五个人不仅绰绰有余，还十分宽敞。

赵霓夏和梁优、韶雨一碰面，她们就热情地迎上来，几个女生互相抱了抱。

井佑一见韶雨的打扮就开始挑刺："不是让你化妆吗？化浓妆！你怎么又这么素就来了？我在剧组每天都对着你这样的装扮，不行，那种感觉被导演支配的恐惧又上来了——"

他说着作势就要往旁边倒。

韶雨一拳头捶在他身上："少在这儿作，小心我背台词给你听！"

井佑立刻原地复活，拍戏后遗症麻溜地被治好。

裴却坐在沙发上，没有起身，只抬眸朝她看来。

赵霓夏的视线和他对上，立刻就挪开了。

她妈的那通电话还有那个梦，一下又涌上来，她微垂头，敛了敛神色。

井佑见她表情不对，凑过来："你怎么了，看起来脸色好像不太好？"

赵霓夏打起精神，笑笑说没事："可能没睡好。"

撇开那些纷杂思绪，和他们一同落座。

因为和裴却不熟，坐下的时候，韶雨坐在了井佑旁边，梁优在韶雨旁边，裴却旁边的位子便留给了她。

不过圆桌够大，每个座位之间空开了不少，她和裴却靠得并不算近。

菜陆续上来。

井佑和他们说起拍戏时的事情，韶雨作为另一位亲眼见证的主角，不时帮腔。

这一桌子都不算生人，你一句我一句，完全不冷场。

光看气氛是很好的。

赵霓夏也活跃地参与着，一直带笑，他们说什么，她都会接上几句。

然而眼神却始终不往左边去，刻意地避开了那边。

聊着聊着，梁优聊到录节目，分享了很多录制时的趣事，又说了些她和宁岚的互动。

"这么尴尬？"井佑一边尴尬一边听得津津有味，扭头就看向在场的另外两个参与了这档综艺的人，"你俩该不会也是这个情况吧？"

赵霓夏猝不及防被问得噎住，飞快瞥了裴却一眼，含糊道："播了你就知道了。"

裴却兴致不大高，回了他一个眼神，直接没理他。

井佑完全不在意自己讨了嫌，他对这档综艺很感兴趣，又转头回去问了梁优好些问题。

梁优乐得陪他聊，有问必答，聊着聊到最近换礼物的事，吃了根芦笋，忍不住吐槽："……真的是给我出了道难题！以前我们俩的品位就南辕北辙，买东西买不到一块儿去，那天让我准备给她的礼物，真的愁死我了。后来没办法，我记得她还挺喜欢吃我家乡的菜，就带了点土特产过去。"

一听这个话题，赵霓夏就有了一股不妙的预感。

果不其然，梁优说完的下一秒，井佑就把好奇心对准了他俩："哎，你们换了什么礼物啊？"

赵霓夏："……"

她怎么答？我用帽子换了珠宝？

井佑没注意到她的异样表情，只点了下裴却说："嗯！这个人超不会买东西的！"又对她道："你们都互相送了啥啊？怎么不来问我！不知道挑什么我可以帮忙挑啊，肯定不会糊弄你们！"

在正常人的概念里，这种节目，交换的不会是什么多贵重的东西。他说得起劲，语气里也没把这件事当成大事，完全是闲聊口吻。

可赵霓夏根本没法说，怕他继续纠缠深问下去，只能给了一个马马虎虎的答案："没什么，交换的饰品。"

她送他的是冬天的单品，他送她的是首饰。

说饰品也没错了。

井佑本就喜欢潮牌，一听，立刻说起自己买饰品的心得和经验。

话题勉强算是岔开。

赵霓夏心里微松了口气，一边听他说，从面前盘子里夹了个丸子。一不注意没夹稳，丸子掉在碗边。她连忙抽了张纸擦了擦碗边缘。

她把丸子包进纸巾里，勺子在井佑那边，她刚想张口让他递过来。旁边的裴却用公筷夹了个丸子，放到她盘中。

赵霓夏怔了下，侧头看向他。

他眼里微微沉着，仿佛能看出她在想什么。

她低头避开他的视线，拿起筷子，默了会儿低声说："……不用了，谢谢。"

她没有看裴却的表情，没再往那边看一眼。

周身的气氛变沉了，空调的温度好似也变低了些。

赵霓夏没有碰那个丸子，一直到结束，静静地让它搁置在盘子里。

这餐饭结束。

井佑嚷嚷着还想继续下一趴，韶雨刚杀青回来没精力，梁优隔天还有工作安排，没法陪他嗨，最后还是吃完饭就作罢，解散回家。

散场离席时，几个人在侧门等司机来接，赵霓夏接到周涟的电话。

她往旁边走了两步，听那边跟她说试镜的具体时间和地点："去齐青导演的工作室？好的，我知道了……"

周涟听出她在外面，叮嘱了几句让她早点儿回去就挂了电话。

赵霓夏收起手机。

一转身，裴却站在几步远的地方，叫她："赵霓夏。"

夜色朦胧，他道："我送你回去。"

她步子顿住，抿了下唇，出声拒绝："……不用了。"

裴却的眼里，犹如装着夜色一般低暗。

赵霓夏直视他几秒，敛眸，轻轻退了小半步："我自己回去就好。"

回到公寓没多久。

赵霓夏就收到了井佑的电话："你到家没有啊？"

她道："到了。你呢？"

"我也到了。"

赵霓夏应了声，跐着拖鞋往里走，就听他道："你和裴却怎么回事啊，你们是不是又闹矛盾了？"

不防他突然问这么一句，她脚步微停，很快又继续，往房间里走："怎么突然问这个？"

"在饭桌上我就看出来你们两个怪怪的，一直没说。"他道，"你们又怎么了啊？"

知道他是关心她，但赵霓夏实在不想聊这个话题，无声舒了口气，只说："没事，你别管了。"

"我这两天要去试镜，得早点儿休息。"她道，"我去洗漱了，没什么事就不聊了。"

"……行吧。"井佑听出她的逃避，也没追着问，"反正你们以前闹别扭就这样。"

他"啧"了声："算了，早点休息。"

言毕很干脆地挂了电话。

赵霓夏看了会儿回到主界面的手机，随手往桌上一放，去浴室洗漱。

水流哗哗冲刷掌心，她掬起一捧水冲了把脸，冰凉的感觉让她舒服了一些。

关上水，浴室里一刹那静下来。

镜子里照出她淌着水珠的脸，发际绒毛也微微被打湿。

井佑说她和裴却"闹别扭"的事，已经是很久以前了。

现在好像也差不多，那次她接到她妈即将回国的通知，晚上做梦都做不好。

当时她和裴却已经保持了一段时间的亲密关系。

她和她妈在电话里吵完后，整个人就紧绷得不行。

尤其叶莱还提醒她："你要藏的可得藏紧点儿，你当演员她反应都那么大，要是知道你跟同行在一起，不更得大动肝火？"

她更是放松不下来。

于是那段时间，她开始和裴却保持距离。

不仅微信上聊天变少，几次聚会结束后都推了过夜的惯例，在饭局酒局各种局里，跟他说话互动都少了。

正好赶上其中一次，有个女演员朋友吃完饭和她一起在廊上吹风，闲聊问起她和裴却关系："说真的，你和裴却是不是在一起了？我看你们感觉不太对劲啊？"

她和裴却确实有不正当关系，这种圈内人的直觉其实挺准，但她那时候正烦心着，哪里敢听这种话，当场回道："没有的事，你误会了。"

她心虚地否认着，女演员看到她背后，给她使眼色制止她说话，她还在解释："我们没有在一起，我和裴却不是那种关系。"

等人家的眼睛拧得都快抽抽了她才察觉出不对，一回头，发现裴却站在那里。

她一下怔住。

他听见了她说的那些话，静静看了她两秒，什么都没说，提步走开。

他们之间尴尬的氛围雪上加霜，变得更让人难受。

不对劲的程度明显到连粗神经的井佑都发觉，他本想私聊，结果不小心发到了群里，问了句：你是不是和裴却吵架了？

哪怕他手忙脚乱撤回，其他看见的共友也不少，又是尴尬又是无语地出来半吐槽他半打圆场，问他这种话往群里发是不是缺心眼。

井佑一个劲道歉，自己也尴尬到爆。

赵霓夏自然也在群里看到，那句话问的虽然没有主语，没有指名道姓，但谁都知道是要发给谁，又要问谁。

她想缓解一下气氛，就顺势在群里回说：没有啊，我们之间没什么。

她想说他们两个没有吵架。

但好像反而火上浇油。

群里朋友们纷纷打哈哈活跃气氛，这篇揭了过去。

结果几分钟后，话题都已经换了好几个，一直沉默没有发言的裴却，却突然回了一句：是，我们确实没什么。

所有人都感觉得出来他情绪不对劲。

赵霓夏同样感觉到了。

她想私聊他说些什么，却又不知道该说什么。

气氛就那么僵持下来。

他们没再说话，没再聊天。

一直冷战到她生日那天才结束。

——以前吵架就这样。

井佑的话浮现在她脑海。

赵霓夏又想起在侧门时裴却望向她的那个眼神。

胸前忽然像是堵了一口气。

她低下头，又往脸上掬了一捧冷水。

《嫣华传》的试镜地址安排在齐青导演的工作室，他的工作室就在他家里，一栋大别墅分出了一部分，方便他有灵感的时候就近使用。

因为看重这次试镜，周涟推了别的安排，亲自陪她来。

时间约在下午，吃过午饭后他就到了赵霓夏的公寓，陪她对了会儿戏，又休息了一会儿就出发。

"……齐青导演私底下没什么架子，比较随和，人也直来直去，他不喜欢那些花哨的，让你演就演，问你什么直接答就是。"一路上，周涟给赵霓夏讲了不少齐青的为人喜好，又叮嘱，"今天下午他团队好些人都在，都是跟他合作了很多年的，你不要紧张。"

"我是还好。"赵霓夏虽然也在意，但比他还是差多了，笑了笑，"我看你比我紧张多了。"

周涟瞪她一眼："别贫。"

她耸耸肩，转头看窗外。

车开到齐青导演别墅门口，周涟带她进去，齐青的助理出来迎接他们，给他们带路。

还没进大厅就听到里面说话谈笑的声音。

周涟看起来更紧张了，赵霓夏心下失笑，悄悄拍了下他的手臂。他瞪了她一眼，姿态到底放松了些。

客厅沙发上坐着好几个人，有男有女，周涟跟齐青打招呼："齐导您好，我是周涟。"

齐青朝他笑笑，又看向他身后。

赵霓夏在周涟的示意下走近一步，出声问候："齐导好，我是赵霓夏。"

"今天就是你来试镜是吧？"

"是的。"

"行，先坐吧。"齐青正在招呼客人喝茶，让她在旁边坐下，"先坐一会儿，大家聊聊天。"

很多导演都这样，选人之前不仅看演技，也会考查一下演员本身。什么样的演员，是什么气质，适合什么角色，从说话里就能看出很多。

赵霓夏和周涟一起坐下。

聊了没几句，外面院子忽然走进来一个人。

齐青笑吟吟地招手："打完电话了？来，小裴，过来坐，尝尝这个茶！"

赵霓夏端着杯茶还没喝，听见齐青的话一顿，蓦地抬头看清，更是愣住。

裴却背着院子光走进来，在对面的空位坐下。

他感受到她的视线，瞥了她一眼，一脸平静地移开。

在座其他人都说着话。

就赵霓夏一个，诧异于他出现在这儿，盯着他表情有点儿呆。

周涟连忙用胳膊肘撞了她一下，她反应过来，稳住手里的茶杯，敛眸，默默喝茶。

"……你今天来试女一是吧？"齐青给裴却倒了杯茶后，问她。

赵霓夏敛神，点头："对。"

"我的习惯一般是让试三段，等会儿到工作室那边，我剧本上圈三段给你，你看一下就试试。反正一个前期状态，一个后期状态，再加一个和男主的对手戏就是了。"

齐青的意思是未必会让她演试镜剧本里的内容，算突击考。

赵霓夏没犹豫："好的。"

"和男主的对手戏嘛……"齐青看了在场一圈，"算了，就当无实物表演吧，你自己发挥。"

齐青主要还是扫了裴却一眼，他就是演员，但一转过念来，立刻就打消了劳动他的想法。

毕竟以裴却的咖位身份，交情浅的要给他面子不好叫他，他们交情不错，他更是要考虑他的意愿。

不等赵霓夏说话，旁边就有位不知是副导还是谁的人开口："嗐，干吗无实物呀，裴老师和小赵老师不是在录综艺吗？裴老师都坐这儿，方便的话，裴老师搭把手帮忙试个戏呗？"

这位副导也是圈里的老资历了，除了和齐青搭档，自己也单独导过电视剧，还给其他电影大导当过副导，是以说得上话。

"是吗？"齐青一听来了兴趣，手指在赵霓夏和裴却之间比画，问他："你们认识？"

"可不嘛。"那位副导先答了，"以前他们合作过。我记得是挺熟的吧裴老师？"

毕竟不熟也不能上那个综艺不是？

裴却"嗯"了声。

见他没有抗拒神色，齐青立刻笑了："那敢情好，我还怕麻烦你，那一会儿你给小赵搭个戏？"

无实物某些时候能体现演技好，但对手戏，还是得看演员之间的张力和火花。

真人才能出效果。

他们一下就把话题推到了这儿，赵霓夏动了动唇，唇瓣微张，都没能跟上。

裴却拇指摩挲着杯身，抬眸看她一眼，已然道："好。"

齐青的工作室在二楼，除了他个人办公的区域，还有一片特意空出来用作试镜的地方。

屋子挺宽敞，和其他剧组试镜的地方没太大区别。

摆了一张长桌，桌后是几张凳子，桌上散落着一些 A4 纸张和笔。另一侧靠墙则堆着一些给演员用的座椅、凳子，除此之外几乎没有别的东西。

这阵子来试镜的人不少，桌上有的纸上还有字迹，大概是试镜过程中写下的只言片语。

《嫣华传》其实并不复杂，主要讲述的就是作为兰国公主的女主，在兰国大败后被送去燕国和亲，为了生存和野心，周旋在燕国几个皇子之中，最后一步步当上皇后的故事。

齐青从剧本里给赵霓夏挑出了三段。

虽然是"突击考"，但整个剧本的基本人设和大致内容她都已经了解，之前也看过了一部分，不算为难。

前期和后期的那两段都是独角戏，人物状态有所不同，需要展现出角色在时间跨度上的差异。

赵霓夏看了几遍，默念背下台词，酝酿了一会儿，准备就绪后就进入状态。

安静的屋子里，桌后一排人都没有出声。

她无实物演绎完一段，脱离状态，往旁边走了几步，很快又调整好，重新走回来，继续第二段的表演。

表演中途，齐青和他的团队都没有打扰她，直到她两段一同演完才说话。

"不错。"

只两个字，但比起先前在客厅里说话时的客套，齐青的表情明显柔和了许多，看她的眼神也变成另外一种考量。

团队的其他人陆续问了她几个问题，都是对于人物和内容的理解，后面还有一些听起来和演戏无关的问题。

来之前周涟说过，让她别搞那些花里胡哨的，虽然不知道这几位是不是都跟齐青本人一样喜欢直来直去，赵霓夏还是根据自己想法，有什么就说什么。

齐青反而没多问，等他们一个个问完，就直接招呼身旁的裴却："怎么样小裴，搭个戏？"

裴却坐在旁边，先前他们团队成员说话他一直没插嘴，这会儿被问到才"嗯"了声："哪一段？"

齐青把圈给赵霓夏的那段对手戏给他看。

他默读了几遍，很快记下，起身走到场中。

裴却打扮得很简单随意，姿态松散又游刃有余。

赵霓夏忍住了往后退的动作，又看了遍剧本内容。

刚才他们在客厅定下这件事时，她没有跟上他们的话题，后来也没有开口。

毕竟私人情绪和工作是两码事，对手戏有人搭戏当然是好的，若是为了避开裴却而拒绝，实在太过情绪化，不应该，她再怎么样也会分清场合。

剧本里男主和女主的这一段对手戏不长，两人发生摩擦，吵架。女主口不择言说了一段质问和断绝关系的话，转身要走，男主把女主拽回来，女主挣扎开，再次争执，然后离开。

很简单也很普通的一段戏份。

台词基本都是女主在说，只有拽回来那里，男主有一句话。

等他们站好后，齐青口头给他们打了个板："开始——"

赵霓夏从酝酿状态中抽离，原本微垂的眼神也直直迎上裴却。

她记词挺快，这段虽然长，但从头到尾情绪的衔接和转换都很丝滑。

怒斥，失望，决绝。

一层层递进变换。

说完这段的最后一个字，她转身就走。

这里裴却要把她拽回去，她再接下一段。

本来她应该是被拽到他面前的，正面对着他，她再甩开他的手。

然而她一转身，裴却伸出手，拉住她胳膊的力道和角度却都不太对。

赵霓夏没能转过身来，一下就被他拽到了怀里，背猛地撞到他的胸膛，他的手臂紧紧箍住了她的腰，另一只手钳制住她的下巴，从后禁锢住她，逼得她微抬起头。

"你再说一遍？"

他附唇在她耳边，沉着的语气竭力压抑着怒火，一字一顿地开口。手上动作分明钳制着她，却又克制着不肯用力，自己手背反倒浮起了青筋。

赵霓夏短暂愣怔了一瞬，很快反应过来，按照剧情挣脱他。

她转身，气恨加愤怒，脸都红了，语气比先前更重，扔下一番更加难听的话，甩手走开。

走出场中几步，赵霓夏缓和了情绪，微微吸气，转身的瞬间调整好表情和状态，返回到场中。

裴却还是站在那儿，他的表情收敛了，脸上的情绪也变淡了很多，只是仍有点儿沉。

对于他刚才的小改动，齐青不仅没有不满，反而当场笑着夸道："这个张力不错！男主原本这里的表现确实有点儿太平淡了，你刚才那个调整很好，回头我让人把这一段改改！"

其他人对这段也很满意。

试了三段，齐青反而来劲了，刚才他们碰撞出的拉扯张力让他兴致十足，他立刻又道："这样，再试一段，试一段比较温和点儿的。"

导演最大，他说要试，赵霓夏自然没有别的意见。

裴却也没反对，齐青很快就从剧本里又挑出了一段。

确实没有之前那么冲突，裴却只需要坐着，甚至都没有台词，但赵霓夏看完内容，头皮不禁发麻。

这一段是女主伏在男主膝上倾诉情意的场景，比较偏前期。女主这时候对待男主感情还是三分真七分假的状态，因为身份的差异以及在异国皇宫求生的不易，不得不争取他的喜爱和怜惜。

演员需要有信念感。

即使再尴尬也不能逃避。

赵霓夏起先有点儿僵，但真的进入场中后，很快就强迫自己调整到了角色所需的状态。

裴却坐在端来的椅子上，他没有台词，只有一个摸她头发的动作，重点都在她身上。

赵霓夏走到他面前，面对他侧身跪坐在地毯上，枕着自己的手臂，伏到他腿上。

他身上清冽的味道，比刚才从背后被他抱住时更清晰了。

她仿佛都能听到自己的脉搏。

赵霓夏感觉自己好像分裂成了两个。

一个是感受着他清冽气息僵滞的自己，一个是成为角色屏蔽了其他一切的自己。

她伏在他膝头说着台词，笑吟吟抬眸看他，满眼娇憨地直视他的眼睛。

甜美的笑容和清澈的眼神都是故意的勾引。

裴却姿态散漫地靠着椅背，保持着上位者的姿势低睨她。听她说着，缓慢伸出手，拈着她的长发轻轻摩挲。那双浓沉的黑眸微垂着望向她，幽暗深沉，一瞬不移地落在她脸上。

不知道是角色还是他本人的眼神。

角色之下的那个自己快要被他的眼神逼视得战栗了，赵霓夏保持着适中的节奏缓缓推进，心里好像有个地方在发颤，面上却没有半点儿被影响，就像真的对着自己爱着的、想要蛊惑的人，伏在他腿上演绎着渴望被爱怜的状态。

一演完，赵霓夏连忙从裴却膝头起来，站起身。

"这段表现得很好，非常不错！"桌后的齐青导演一脸满意，语气激动起来，"这个张力、这个氛围，都不需要再调什么了。"

在片场直接就可以过。

他对赵霓夏的表现很认可，夸了好几句，挑了几处她动作和神情的细节展开说。说着说着想到裴却不是男主，他们俩也不会真的在他剧里搭戏，脸上不禁流露出几分可惜的神情。

试戏结束，众人起身下楼去继续细聊。

赵霓夏刚才在地毯上坐了一会儿，虽然不脏，但齐青还是给她指了卫生间的位置让她去擦一擦。

她擦干净裤子上的那一丁点儿灰，洗了手，从卫生间一出来，没几步就遇上裴却。

他似乎是特意站在这儿等她。

赵霓夏脚步停了停，还没想好要不要和他打招呼，他先看向她。

裴却看了她两秒，语气微低地问："那个首饰，让你压力这么大吗？"

不是之前在 KTV 那种带着刺的质问，他的声音轻了很多，有种说不上来的沉。

赵霓夏愣怔了下，四周静了一瞬。

没等她说话，齐青的助理忽然过来招呼："哎！裴老师，小赵老师，大家下楼了，都在找你们呢！你们……"

他看了看他们俩，有点儿不明所以。

话题被打断。

裴却没再说什么，转身往那边走。

赵霓夏安抚地朝助理扯了下嘴角，敛眸也下楼。

一圈人重新在客厅坐下，就刚才试镜的事聊了起来。

齐青对赵霓夏态度和蔼了不少，问了她很多和演戏有关的话题。

坐了十几分钟。

聊得差不多，赵霓夏正准备告辞，又进来一个客人。

来人似乎也是齐青的老朋友，和在座的人都挺熟，厅里顿时响起一片招呼声。

齐青问候完顺势给他介绍在座两个生面孔："这是赵霓夏，来试戏的，那是她经纪人周涟。"

其余的就不用他多说。

赵霓夏正要问候，那人打量了她一眼，当即道："哎，是你啊！哦对，你们都是周涟工作室的……"

她微怔，对方又道："不记得了？你和褚卫吃饭那天我过来打招呼，那会儿我们碰了个面呢。"

他跟周涟握了个手："我跟褚卫挺熟的，你是他经纪人对不。"又语气随意地问她："你和褚卫关系挺好？你俩同一个经纪人？"

当着这么多人的面，赵霓夏不好多说，只能含糊回答了句："还行。"

后一个问题周涟代替答了："我们工作室人少，没办法，暂时这样。"

赵霓夏感受到了裴却的视线，抬眸看过去，他和她对视了一眼就移开，低头倒着茶水默不作声。

她抿抿唇，没再说话，安静坐着。

说笑聊了一会儿，周涟见时间差不多，带着赵霓夏告辞。

临走时齐青挽留："要不一起吃个晚饭？"

"不用了不用了！您客气……"

周涟知道他是说客套话，哪里会当真，连忙笑着婉拒，和赵霓夏一道离开。

试镜的人离开，只剩下一群熟人，说话之间就随意多了。

后到的那个问起今天试戏情况怎么样，听齐青导演夸了好几句，便笑："不用说客套话还这么夸，看样子是很满意了！"

一群人又提起别的话题，有说有笑。

是团队伙伴也是朋友，都聚在齐青这儿，看快到饭点，他便叫来助理准备安排晚餐："你们是想出去吃还是在我这儿吃？出去咱们就选常去的几个馆子，订餐的话让他们送过来。"

他说着正要问裴却要吃点什么，没等开口，裴却已经先道："不用了，我还有点儿事，要先回去。"

齐青忙道："回去？难得来一趟，吃个饭嘛，吃完再走！"

其他人也纷纷挽留。

奈何裴却态度坚决，谢过齐青的盛情，还是告辞走了。

别墅外，柯林早就在车上等着。

见裴却出来，柯林拉开门，待他坐进车里，问："现在回去吗？"

他"嗯"了声。

车开出别墅外。

裴却靠着椅背，拇指轻轻摩挲着其他手指，不作声地看向窗外。

柯林打量着他的神色，不知道他为什么来了一趟心情又更不好了，心里一阵无奈，想开口又不知道怎么说，最后还是闭上。

《嫣华传》试镜结束不久，《很久以后的这天》就开始了第四次录制。

这一次的录制采取"邻居"模式，同组嘉宾还是住在一起，只多安排了一对"邻居"。

赵霓夏和裴却分到的邻居正好是梁优和宁岚，两栋别墅挨着，互相隔得不远，既给同组嘉宾保留了充分的空间，又方便大家串门互动。

从井佑杀青宴开始，他们之间的气氛不仅没有好转，反而变得越发僵持起来。

两个人在镜头前话更少了，有点儿像是回到了最开始录制的时候。

但又不只是尴尬，而是一种别人都无法形容的状态。

这种不对劲连梁优都感觉到了，第一天晚上录制结束，睡前来串门找赵霓夏玩的时候，忍不住就问："你和裴却怎么了？那天吃饭的时候我看你们就

220

有点儿不对劲……"她凑近压低声，"吵架了？"

没有戴麦，镜头也关了。

是可以说实话的时候。

但赵霓夏不知道怎么回答这个问题。

井佑问，梁优也问，好像谁都能看得出他们两个不正常。

她说了句"没什么"搪塞过去。

梁优识趣，看出她不想提，便也没再提。

这样的状态一直维持到录制结束。

到第三天下午收工，赵霓夏坐车回去时，裴却直接待在了楼上房间，她甚至没有看到他的人影。

来接她的肖晴晴见她情绪不高，没和她闲聊，一上车就给她递毯子让她休息。

收工这天正好是先导片播出的日子。

为了配合宣传，节目组给各组嘉宾分别安排了一次直播，赵霓夏和裴却的直播时间就定在这次录制结束的第二天。

赵霓夏回到公寓，看了会儿先导片的反馈。

官博已经把他们明天直播的消息放出去了，粉丝们欢欣鼓舞，《很久以后的这天》综艺小组和超话里一片敲锣打鼓的庆祝氛围。

想到她和裴却的状态，赵霓夏对着屏幕沉默了很久。

不知道明天直播，看到他们俩现在这个样子，她们会不会很失望……

她叹了口气，洗漱完，回到床上，还是打起精神把节目组发的直播流程又看了一遍。

看到临睡前，忽然收到节目组的消息。

编导：赵老师，不好意思啊，直播时间可能要改一下。裴老师那边有突发情况，暂时不方便，明天没法直播了。

赵霓夏顿了下，想问什么情况。

指尖犹豫，半晌，最后还是只回了个"好"字。

《很久以后的这天》先导片一上线，立刻冲到了综艺榜第一。

无论是在企映自己的平台上，还是在各大影响力榜单上，都高居首位。

其中话题度最高的，还是当数赵霓夏和裴却。

从单人前采开始，弹幕就乌泱泱一大片。

先是被赵霓夏的妆造美到，接着是他们各自回答问题，后期把他们当初的影视资料穿插着剪辑了进来，立刻引起了满屏的回忆和感叹。

随后，赵霓夏被问到遗憾时说："我可以不回答这个问题吗？"

弹幕就开始被流泪表情侵袭。

再之后是她坐上车去往约定地点，从推开门的愣怔，坐下后的沉默，两人关于称呼的对话，甜品的对话，再到最后的问题环节。

整个场面逐渐失控得越来越厉害。

弹幕密密麻麻多得快要看不清。

四对嘉宾每对一共二十五分钟的长度，"裴霓"这二十五分钟引起了疯狂的讨论，相关超话、各个论坛小组，都被先导片的内容占领：

"来真的企映他真的来真的啊啊啊啊啊啊啊啊啊！他好敢！这是什么这是我能看的吗？我是不是误入离婚夫妻见面现场了！救命裴霓才是那对真离婚的夫妻吧！"

"好痛啊！我的裴霓！我命运般的裴霓！！谁懂啊我们裴霓以前可是号称天字号第一甜的呜呜呜刀死我了我一边哭一边看舍不得快进一秒钟！"

"救命我好像嗑到了！！对这对不了解，一直听说是大名鼎鼎的 BE 传奇，看开播进去瞅了眼，一下给我锤进坑底了！BE 的 CP 的美感有没有人懂？？？就是那种以前越甜现在越虐，现在越虐显得以前越甜，爱过也恨过，我们在别人的叙述里纠缠不清却始终没有结尾，我们不清白不纯粹问心有愧……好好嗑！！！"

"就我一个人在嗑颜吗？赵霓夏好好看啊我天，前采那一段我疯狂截图！单从颜值上来说这对确实挺配的，他们在咖啡店面对面那个场景简直颜控盛宴我眼睛直接高潮！不过我还是更喜欢漂亮妹妹，有没有人给我安利一下赵霓夏我好吃这款颜想入坑，来个粉丝看看我，求求了。"

"小赵打扮得那么漂亮去见小裴这不就是约会吗？我不管在我心里这一段就是约会！复婚！立刻给我复婚！"

"这两人没有问题谁信啊？？赵霓夏说可不可以不回答那里，还有咖啡店问答环节裴却那个回答，他们绝对有点什么好吧！"

"'就当我过得不好吧'……我哭爆！这几年你有想起我吗？现在问这个问题是在意我吗？我说不好你会难过吗？还有小赵脱口而出小裴不喜欢吃太甜那里，我的眼泪不争气地喷射了出来！"

反响太过热烈，除了粉丝，很多路人也被影响得入了坑。

他们两人的直播预告出来后，更是达到了一个高潮。

先导片势头好成这样，本就惹人眼红。

粉丝嗨了一天，不喜欢两人的人原本只敢阴阳怪气说些内涵的话，直播突然通知取消后，终于按捺不住开始嘲讽了：

"'裴却方有突发情况'，什么突发情况，怕直播露馅的情况吗？综艺有后期剪辑，直播可没有，影帝是不想在镜头前配合某人演所以才推了吧？"

"别说什么裴的咖位不想上没人强迫得了，赵有背景的事说了不是一天两天了，早期裴不就是为了捧她拉出来搭轿的吗，私底下协商了什么谁知道啊。裴在综艺里都直接回答过得不好，现在又取消直播，我看八成就是迫于协议上节目但又不想演太多。"

他们嘲着嘲着，还真发现了一个重点。

"没人注意吗？赵现在是单方面关注裴的状态，人家一直没回关欸？当初她取关在先，现在为了复出上节目倒是重新关注上了，结果裴迟迟没有动作，私底下是真的不乐意吧？上这个综艺果然是有原因？"

揪着这一个点，加上直播的事，他们开始在论坛大肆发散。

节目开播的好日子，CP粉本来不想理会，无奈他们非要寻晦气，一时间纷纷下场和对方掐了起来。

节目组关注着舆论，在那些言论发酵起来后，没多久就通知了赵霓夏。

赵霓夏这才想起裴却这么久一直没有关注她的事情。

之前她关注他那会儿忘了，节目组也没催。

现在这个情况……

她沉默两秒钟，回复了一句，表示知道了。

综艺的热度比预期的还好，郑导以及一众工作人员高兴得不得了。

编导怕她被影响，特意开解：网上那些言论都是胡说八道，你别往心里去。裴老师那边是身体不舒服才通知我们取消，我们已经在商量新的时间，很快就会定下！

赵霓夏看着发来的这段话顿了下。

那边接着道：从关注的事发散出的那些负面舆论，我们这边也会处理，正在跟你们工作室跟进沟通，你放心！

编导连忙开始保证。

赵霓夏的目光却依然停在前面的那几句话上。

微吸口气，她打了几个字刚要问，那边忽地换了语气：

欸？

！

赵老师，裴老师关注你了！

黑子的发散言论就是从裴却没回关和直播这两点着手，本来临时取消直播是很常见的情况，他们故意揣测裴却不回关是在表态，一个劲地把节奏往协议、打脸的方向带。

裴却这一回关，动作直接又迅速。

网友没觉着赵霓夏被打脸，倒是听见他们的脸被打得啪啪响。

"前脚刚嘲完小赵，后脚就被小裴打脸，就喜欢看一些人眼红跳脚无能狂怒的样子。"

"看到没！这就是我们的裴霓！轮不到你们指手画脚！我们爱恨纠缠拉拉扯扯是我们的事，闲杂人等少多管闲事！"

那些人虽然还在嘴硬裴却的关注是因为综艺，是因为节目组，使用各种话术找补，但被狠狠锤过一通又被打了脸，顿时灰溜溜地，声音小了下去。

节目组本来要处理舆论，想着找裴却商量一下，提醒他关注赵霓夏。谁知道他们还没联系他，他自己就先动作了。

问题的关键一下子解决，其余的声音料理起来就再简单不过。

负责接洽的编导和她说着事情进展，赵霓夏的注意力却根本没在这里。

她还想着先前的那几句，在编导一片关于舆论的内容中，插话问道：裴却怎么了？

说得正高兴的编导停了一下，回道：是裴老师团队跟我们接洽的，具体的没有说，就说是身体不太舒服，这段时间一直没有休息好。

虽然在各家粉丝眼里，艺人的团队统统都是废物。但平心而论，裴却的团队在圈内口碑还是很好的。

业务能力强，办事利索不拖拉，也不会故意拿乔，上下的行事风格就跟裴却的性子一样，有一是一，不喜欢搞那些麻烦的东西。

这么久了，合作过的都知道，能配合的他们都会配合，无论是艺人本人还是工作人员，都没有出现过任何耍大牌的传闻。

是以，尽管裴却团队没有说明具体原因，节目组还是表示出了十万分的理解。

见编导知道的不多，赵霓夏没再多问。

结束对话后，她在沙发上坐着出神了一会儿。

身体不舒服……

她记得裴却以前就有点儿小问题。

有段时间工作特别多，他连着几天脸色都不好。

她当时问他，他只说没休息好。

后来熟了才知道，他的耳朵受过一点儿伤，有精神性耳鸣的问题。一旦压力过大，就容易出现症状。程度严重的时候，整夜整夜地睡不着。

前几天的录制，他好像脸色就不好。

赵霓夏这会儿才注意到他拍摄时的脸色和状态，心里后知后觉地沉了下来。

重新摁亮暗下去的屏幕，她点开裴却的头像，发了一句，问：节目组说你身体不太舒服，你还好吗？

江湾的公寓里。

裴却盖着毯子靠坐在床头，秦奚倒了杯温水进来给他，自己在一旁坐下，嘴上就开始不住地数落起来。

"你到底怎么回事啊你？才多久不见你就把自己搞成这样，好好的怎么又耳鸣了？"他问，"头还疼吗？医生怎么说？还是老一套？"

裴却脸色微白，端起水浅浅抿了一口，对他的问话，只淡淡"嗯"了声以作回答。

前几年他天天连轴转，工作一件接一件，不是在拍戏就是在拍戏的路上，那样的状态也就只犯了几次耳鸣。

现在行程比以前少多了，最近明明没干什么，结果他老毛病反倒犯了。

秦奚心里门清，除了那档综艺和那位大罗神仙，还有谁能有这个本事把他搞成这样？

刚要说两句，裴却放在毯子上的手机振了振。他拿起点开一看，发恹的脸色终于有了一些变化，但很快又淡下来。

只看他脸色，秦奚就猜到是赵霓夏发的："她发什么了？怎么不回啊？心心念念好不容易等到了，这下可高兴了吧？"

裴却没有搭理他，把手机翻过来放在毯子上，没有回复。

"……看看你这半死不活的样子。"秦奚忍不住啧声，"真的不是兄弟说你，追人不是你这样追的。有的时候，你要适当地往后退一点儿懂不懂？不能逼得太紧，逼得太紧反而会起反效果！以退为进明白吗？"

"你把自己搞成这副鬼样子，开心了？人家心疼你吗？啊？"

裴却连着几天都只睡了几个小时，一到夜里耳边嗡鸣声就停不下来，神经绷着，头被那声音吵得隐隐作痛，状态不好，恹恹闭上眼。

"你很聒噪。"

"你就跟我在这儿装吧。"秦奚看他这副样子又气又无奈，忍不住嘲讽，"你对赵霓夏有这么硬气就好了。"

这么多年兄弟，谁不知道他。

之前微博一直不关注人家，端着架子装高冷，就等着人家主动找他聊一聊多说几句话。现在一看她被嘲了两句，立刻就忍不住了，马上回关。

自己这一边搞得恹恹的，还在记挂担心她被骂。

秦奚越想越气不打一处来，怒其不争道："真是服了你……就你这样，哪天被骂倒贴也是你该的！"

因先导片反响热烈，节目组在原本的拍摄计划上进行了一点儿调整，临时决定在第五次录制前增加一期游戏特辑。

这一点在签合同的时候就协商好了，除先导片和六次正片拍摄以外，还会有特辑或是番外之类的计划，具体根据情况来安排。

嘉宾们都是同意了的，现下特辑落实到位，自然没有意见。

赵霓夏那天给裴却发的消息石沉大海，一直到特辑录制当天，他也没有回复。

她从节目组那儿听说他的身体好一些了，状态恢复如常，到达住的别墅后却没看到他人。直到提示要集合了，才见他从房间出来。

嘉宾们在镜头前集合。

赵霓夏看着裴却最后走出来，打量他的神色，他看起来确实没什么不对，只脸色白一点儿。

裴却一眼都没看她，也没和她说话，径直走到旁边站好。

节目组让大家分组，按照抓阄，分出来的红队有五个人：梁优、宁岚、赵霓夏、裴却和方不语。

蓝队嚷嚷着匀一个，本想叫落单的方不语过去。

没等开口，裴却就先主动走了过去："我来这边。"

在场的人不由得都打量了赵霓夏一眼。

录制很快开始。

两边按照任务出发。

第一个任务要到处跑，根据提示一个地点一个地点去完成任务，换取东西。

这种玩游戏的内容录制起来都差不多，基本就是一直在移动，一直在挑战。

红队历经重重磨难，全程跑了大概三个小时，才到达最后一个任务点。

队员一个一个陆续挑战。

几遍卡壳之后，终于顺利起来。

待最后一个成员挑战完成，成功换取到大量物资，梁优不禁喜笑颜开："这下晚饭能敞开吃了！看节目组还怎么拿捏我们！"

节目组总拿晚饭和任务挂钩，这一点嘉宾们私下里吐槽了好几次。

转头见旁边的赵霓夏有些愣怔，梁优用胳膊碰了碰她："你怎么了，心不在焉的？"

做任务的时候她倒是挺认真的，也出了很多力，但坐车的过程中和完成任务休息的空当，她就有点儿呆，走神了好几次。

赵霓夏摇头说"没什么"。

梁优心下有数，闻言也没拆穿她，拍拍她的胳膊，继续下一个环节。

第二个游戏环节去的地方是闹市，节目组提前做了安排，但等到他们任务完成，周围也聚集了不少人。

安保把闻讯而来的粉丝和路人拦在外，赵霓夏上车时，听到有人喊了一句："夏夏，裴却呢！"

引起一片起哄声。

她被队友拉上车，落座的瞬间朝外看了眼。

外面太拥挤，人太多，那声音不知道是从哪个角落发出的，根本找不到来源。

车很快载着他们离开。

最后一个环节录制地点在他们住的庄园内。

节目组工作人员和嘉宾们回到庄园，赶巧，遇上了另一档真人秀综艺的人也来这里录制。

那档综艺主要在电视上播放，平台播放权卖给了企映，算起来是半个自家人。

两边团队一打招呼，镜头也没特意避开，把嘉宾们互相打招呼互动的画面拍了下来，来了个临时联动。

《很久以后的这天》热度极高，那档真人秀的嘉宾们十分热情。和这边嘉宾有交集的，纷纷半开玩笑询问："你们现在要做什么任务啊？用不用帮忙，我们老油条了！"

赵霓夏和梁优过来得晚些，正准备去庄园的果山上完成采摘任务，到镜头前的时候，那档综艺的常驻女艺人和另一个女嘉宾正围着蓝队说话，笑吟吟地对郑霖道："你们做什么任务啊？去哪一片？一起啊……"

她们一边说，眼神一直瞟着裴却。

很快又凑到他身边，顺势问起话来。

赵霓夏朝那边看了一眼，抿了抿唇，对梁优道："我们走吧。"

梁优同两个认识的艺人打了声招呼，闻声道好，挽住她的胳膊，一人拎着一个桶出发。

庄园里的果山不太高，分区域种了好几种果树。

红队自行做了分配，两两一组摘不同的果子。

赵霓夏和梁优关系好，宁岚便和方不语走一路。

到达果山上，她们俩便径直往橘子树林里走。

橘子橙黄，个头有大有小，闻起来带着浓浓的果香味。

她们带来的桶看着不大，真往里装，却有点儿难填满。

装了大半个小时，把两个人摘的全倒在一起，才装满了一个桶。

梁优试着拎了拎，还挺沉，怕一会儿两个桶都满了不好提下去，便打算先拎一桶回去，顺便去把方不语叫过来帮忙。

"你一个人在这儿没事吧？"

"没事。"赵霓夏说，"不是还有摄像大哥吗，我不走远，就在这边。"

梁优道了声"行"，拎着桶往回走。

不一会儿就看不到她的人影。

赵霓夏围着几棵果树摘了一会儿，怕时间不够，加快了速度。

十几分钟后，她快装满一桶的时候，摄像师扛着的机器突然没电了。

这里不好充电，她又快摘完，现在跑回去再过来没有必要。

赵霓夏便让摄像师先休息："后面这段没拍就算了，你放下机器歇会儿吧。"

摄像师把背着的包放在一旁，机器放在上面，他有点儿不好意思，也过来帮她摘橘子。

赵霓夏忙说不用："你扛了一天，跟我们跑来跑去跑了一路，休息一会儿。"

摄像师还是不好意思，就近在自己面前的树下，帮着动动手摘一两个。

赵霓夏拦不住他，没办法，一边摘着，一边往里走。

摄像师提醒她："赵老师，那边路有点儿偏。"

她道："我就在这一块。"

赵霓夏沿着路往前，从几棵树上挑出个头最圆润的摘下。

走着走着绕到了山坡侧面。

不一会儿，发觉走出了一点儿距离，她正要回去，怀里的橘子掉了一个在地上，下意识跟了几步，却忽地踩到坡道边缘，轻呼一声，摔进了旁边的小坑里。

着地的膝盖传来火辣辣的痛感，赵霓夏动了下，"嗞"地吃痛，有点儿爬不起来，手撑着地起身。

那边摄像师听到动静："赵老师？赵老师——"

"我在这儿！"她大声应了一句，"不小心摔了一下！"

擦破一大块的膝盖流血了，鲜血冒出来，她有点儿不敢看，闷声从小坑里往外爬。

那边传来一阵脚步声和说话声响，好像不止一个人的，赵霓夏听到她的摄像师叫她的声音，又应了句。

几个人影很快近前。

她正撑着想站起来，面前伸来一只手扶住她，沉声道了句："别动。"

抬眸一看，发现是裴却。

她愣了下，下意识问："你怎么在这儿？"

裴却睨她一眼："我不能在这儿？"

"……"她抿了下唇。

她的摄像师和裴却的摄像师都围了过来，关切问道："赵老师，你还好吧？哪里弄伤了……我们马上打电话给组里……"

裴却扶着她把她从小土坑里拉出来，瞥见她的膝盖，眉头皱起："我背你。"

不等她犹豫，他已经蹲下。

赵霓夏默了默，敛眸伏到他背上，被他托着膝弯背起。

摄像师拿着机器，走在前面领路，陪他们一起往别墅赶。

天快暗了，夜幕将黑未黑。

赵霓夏趴在裴却背上，两手环着他的脖子，眼睛朝下，视线随着他的步伐轻晃。

她贴着他的背，呼吸间都是他的气息。

明明前面还有两个摄像师，周围却好像变得很安静。

空落了一天的心，突然就落到了平稳的地方。

　　回到别墅，节目组工作人员已经在等着，立刻拿来了医药箱和需要的物品。

　　裴却把赵霓夏背回她房间，接过东西："我来吧。"

　　他道："你们先出去吧。"

　　赵霓夏坐在沙发上，刚刚在果山上没有纸巾不好碰，膝盖冒的血已经有些干了，但看着还是挺吓人。

　　见她没有出声拒绝，几个工作人员连忙道"好"，识趣地退了出去。

　　裴却帮她把伤口清洗消毒完，给她擦碘伏。

　　他蹲在她面前。

　　赵霓夏看着他，沉默片刻，轻声道："……我以为你不打算再理我了。"

　　裴却动作顿了下，看她："是谁不理谁？"

　　她垂眸不说话了。

　　他拿着棉签，神情专注又认真，动作也放得很轻。

　　伤口有点痛，她忍不住发颤，他轻轻皱眉，动作停一秒，再继续。

　　把她膝盖上的伤口贴上，他起身出去了一会儿，两分钟后拿着喷雾回来，医药箱里没有，大概是他自己带的。

　　"伸手。"他重新在她面前蹲下，赵霓夏才发现自己的手腕处好像扭到了。

　　喷雾喷上去，刺痛感不比膝盖的伤口轻。

　　她下意识想往回缩，手被裴却握住，他皱了下眉："别躲。"

　　赵霓夏看着他低敛的眉眼，心里忽然涌上一股说不清的情绪，胸口堵得慌。

　　好像每次都是他先低头。

　　以前是，现在也是。

　　就像那时候，他明明听见她在别人面前极力否认他们有关系，他们冷战了两个星期，那期间谁都没和谁联系，到她生日那天，却还是他先低了头。

　　她本来以为他不会再找她，结果还是收到了他寄来的礼物，他在她生日的最后几分钟，给她打来了电话。

　　她那时说："我以为你不会打给我了。"

　　他在电话那边沉默了一会儿，嘴硬："生日的人最大。"

　　但她知道的，分明不只是生日。

　　那股发堵的感觉越发翻涌，她有些透不过来气。

　　裴却松开她的手，瞥了她一眼："在想什么？"

　　她摇头没说话。

他看她一会儿，伸手扶她："过去录晚饭的内容，录完再去医院看看。"

她点点头，裴却转过身，让她趴到背上，背着她下楼。

工作人员已经在餐厅那边等，其他嘉宾也过去了，这一路上每一段都安装了镜头，不需要摄像师跟着他们。

天已经完全黑了，木质道路旁的路灯亮起。

赵霓夏趴在裴却背上，感受着他熟悉的气息和体温，心里忽然觉得很难过。

说不上来地难过。

鼻尖有股酸意冲了上来，眼睛微微发涩，她知道四周有镜头，但还是忍不住，小声地说："我们别这样了好不好？"

"……别哪样？"裴却沉默了一下反问，"你讲点儿道理，是你不想和我说话，是你不愿意理我，是你要跟我避嫌。

"现在你让我别这样。你想要我怎么样？不想要这么尴尬，不想这样僵持，想好好地录完节目，然后呢？"

"……"赵霓夏没法回答这个问题。

她说不出话来，脸埋在他颈窝，掉了一滴眼泪。

他似乎是感受到，背脊僵了一下。

"……赵霓夏。"

"嗯。"

"你哭什么？"

她飞快用手擦了一下，忍着泪意，说："膝盖疼。"

拙劣的谎话，再明显不过。

退圈的时候没有哭，出国那天没有哭，在国外这几年，她也没有哭。

只是这一刻，她突然有点儿控制不住了。

裴却似乎想侧头看她，脸转过来些许，又停住。

他背着她走在夜色的小路下，一片静谧之中，只有他的脚步声和她隐藏起来的泪意。

"这些话我会让节目组剪掉。"

裴却沉默了一会儿，轻声说。

"你觉得这样避嫌互不理睬，难受是不是？"

赵霓夏眼皮贴着他的肩颈，低低应了一声："……嗯。"

他又问："你烦我吗？"

"……没有。"

"你讨厌我吗？"

她动唇，低声说："……没有。"

"那我喜欢你，你害怕什么？"

像是知道背上的人会逃避，他没等她回答，只说："我不逼你。我们可以正常相处，我送的东西，我说的话，你不喜欢，我可以往后退。你想怎么样，都可以。你不要想太多，就只是给我一个机会。"

裴却背着她走在路灯下。

他背她背得好稳，他们的影子互相交叠。

这条路，长得仿佛走不完。

他已经从十九岁走到了现在。却仍然是那个，会先她一步低头的人。

幽幽的光围绕在他们周身。

四下寂静。

他放轻了声音，又是那样低头的姿态："这么多年，给我一个追你的机会，不过分吧？"

赵霓夏轻轻收紧环着他脖颈的手臂，她埋头在他肩窝许久没出声，眼睫轻颤的刹那，有泪贴着他的皮肤掉落："……嗯。"

嘉宾们入住的四栋别墅分别在庄园东南西北四个方向，正好四个角，餐厅则位于四条线交叉的正中间。

裴却背着赵霓夏到餐厅外的入口处就把她放了下来。

刚才在路上天色比较黑，她把头埋在他颈窝，路旁的镜头也拍不清，这会儿怕进餐厅被发觉哭过，赵霓夏拿纸擦了好几遍。

她一点儿都不心疼自己，力道十足地搓了又搓。

还是裴却叫住她："再擦更红了。"

她才"哦"了声，把纸巾团好扔进垃圾桶。

裴却伸手搀扶她，从入口到餐厅里面这一段短短的距离，一路扶着她进去。

两队嘉宾都在镜头前等着，早就得知了她摔伤的消息，一见她来，纷纷关心地围了上来。

"没事吧？摔得疼不疼啊？"

"小赵你还好吗？"

"伤得重不重，去医院了没？"

赵霓夏回说没事。

232

梁优满脸自责："我刚才要回山上的时候，他们跟我说你摔了已经回了住的地方……吓死我了！早知道我就不先回去了，两个人摘完一起走……"

她宽慰道："没事，是我自己走偏了，滑了一跤。"

方不语不好靠得太近，在旁接话："下次这种事情还是叫我们男生来！后面的游戏环节你多休息，我们几个出力就好！"

宁岚也跟着附和。

赵霓夏一一谢过他们的好意，被裴却搀扶着到位子上坐下。

白天所做任务的分数全都计算清楚了，只剩最后摘果子的部分。

嘉宾们落座后，这一部分正式开始录制。

两队的总积分清算完，再分配到各人，最后同组的两个人相加，以"拍卖""兑换"的方式和节目组换取晚餐。

老套的规则一说完，立刻又是一番讨价还价。

赵霓夏膝盖弄伤，需要走动的部分全部由裴却代劳了。

积分一算完，代表分值的卡牌道具分到手中，她才惊讶地发现他的分值比她高出几倍："你怎么这么多？"

"不然呢。"裴却瞥她一眼，低声道，"我闷头做了一天的任务，积分还不多，那不是太惨了。"

白天他们俩分别在红、蓝两队里，一整天几乎都没见上面，也没一点儿交集。

他说这话语气放得很轻，赵霓夏眼睫颤了下。

裴却把卡牌收拢，又问："想吃什么，纸板上有没有你想吃的？"

赵霓夏顺着他的话看向纸板那边，粗略浏览了一眼，随意道："鱼吧，或者丸子。都可以。"

他点点头不再多说，过去那边和节目组交涉。

赵霓夏坐着，看着他的身影，旁边的梁优忽然用手肘碰了碰她，她回神侧头。

梁优冲她露出一个意味深长的笑容，"嘿嘿"了两声，旁边吵吵嚷嚷，她用很难被收音录进去的超小声音问："不吵架了？"

"……"赵霓夏被她眼神盯得受不了，默然把她的脸推回那边。

餐厅这边这一块已经清场，晚餐的菜陆续上桌。

她随意提的两个菜，裴却都选了。

一道做工复杂的鱼，一道看起来很隆重的什锦丸子，再加一份青菜和汤。

分量都不是特别大,两个人不至于浪费。

吃饭环节录了没一会儿,下午碰到的那档综艺的人从门口进来了,也是来用餐的。

前面已经碰上过,这会儿再见,两边熟络地打起招呼。

他们就在旁边那一块座位录制,吃饭流程比《很久以后的这天》简略些,并不包括在游戏环节中,各自取了节目组安排好的菜就坐下用餐。

离得这么近,互相之间不免说笑走动起来。

有个和郑霖很熟的艺人过来尝了尝他的菜,两人你一句我一句,便互相换起了菜。

这一行动,立刻带动了其他人,气氛一时间越发热闹。

赵霓夏之前只当了两年演员,还没来得及认识多少人。那档综艺的人,除了个别老资历的她有所耳闻,其他人都不熟。

她便没吭声,安静地吃自己的。

吃了几口,下午围着蓝队说话的女常驻和女嘉宾走过了。

她们和旁边几个嘉宾说了会儿话,随后走到他们这桌,热情地问裴却:"裴老师!要不要跟我们换一道菜尝尝?我们这个也不错!"

裴却淡淡说了声:"不了。"

"换一点尝尝嘛!"

她们笑吟吟还想再劝,他又开口:"你们问问其他人吧,不好意思。这些我搭档喜欢吃。"

两人霎时朝赵霓夏看了眼。

随后敛了点笑意,识趣地不再纠缠,说笑着走开。

赵霓夏微怔地看向裴却。

他侧眸,只平静问:"怎么了?"

"……没事。"她别了下耳边头发,飞快转回头去。

来串门的那档综艺的人回到他们的座位,说笑声小下来。

碗里忽然多了个丸子。

她侧头看向裴却。

他眉眼平静,若无其事地没看她。

丸子静静躺在她碗里。

她抿唇转回头,没说话,用勺子舀起丸子,小口地吃。

这一次没再掉落。

吃完晚饭后,赵霓夏被节目组安排去医院做了个检查,后面集体聊天的部分不参与录制。

医生给她看过，伤口不深，没什么大碍，只是表面擦破，先前血渗得多看起来才吓人，涂个几次药就可以了。

手腕的红肿也没有大问题。

她回到别墅，录完聊天部分的裴却已经回来。

他仍旧接过了擦药的任务，肖晴晴和其他陪同的工作人员只能默默退场。

裴却一边给她上药，一边问医生怎么说，确认没问题后才放下东西回去。

睡前联系了节目组，让他们把晚饭前路上的那一段剪掉。

这次拍摄有很多外景，节目组没有实时监控录制内容。

应下裴却的要求后，第二天一大早就派了工作人员去换了一次路边的镜头，顺便把拍到的内容调出来看了一下。

不看不要紧，这一看吓了一跳。

虽然天黑，镜头没能把两个人所有的表情都拍清楚，但那会儿两个人的麦都没关，音频和镜头画面给出的这些信息量已经足够大。

屏幕前的一众工作人员看完内容，惊呼声一片，直接炸锅。

"这是什么啊？！裴却表白了？？？"

"赵老师哭了？？"

"谁追谁？谁喜欢谁？！！"

"我说上次录制怎么怪怪的！原来他们在避嫌——"

众位编导纷纷倒吸了一口凉气，千言万语在心底统统还是化为一句：妈呀！

这两个人真的有猫腻！

是！真！的！

——我们节目真的要变成恋综啦！

哦不对，是差点儿变成恋综。

这一段是要剪掉的，他们答应了嘉宾，不能也不敢往正片里放。

真放出去了粉丝不得发疯？

他们到时候怕不是也要直接改名《很久以后恋爱的这天》了。

一时间众位编导心里都产生了极其复杂的情绪。

领头的负责人立刻联系了还没过来的郑导，把情况一通交代。

郑导正准备开始一天的工作，听完人也蒙了。但老油条到底还是老油条，思虑一番很快得出结论，该怎么录还得怎么录，同时狠狠嘱咐节目组上下，把口风守紧。

他们内部很难捂住这个消息，大家只能克制着不往外说，尽量少给嘉宾添麻烦，一边又控制不住地在私底下疯狂讨论。

特辑第二天的录制一开始，赵霓夏遇上的所有工作人员看见她的时候，目光和表情都十分微妙。

尤其是当她和裴却站在一起的时候，那种不对劲的反应更明显。

赵霓夏被他们看得心里发毛，然而不待她有什么反应，他们又很快就避开她，假装无事发生。

她只得当作不知道他们在八卦什么。

她的膝盖虽然没有大问题，但一整天的游戏，节目组都没怎么让她参与。

之前她和裴却原定的直播推掉了，节目组干脆把时间改在了这天，上午官博发了通知，下午抽出两个小时让他们直播。

直播地点就在别墅里，工作人员挑了间宽敞光线好的房间，架好镜头，稍微装点布置了一下，还安排了一个有调度经验的来做主持人。

赵霓夏和裴却提前半个小时被拉去化了一下妆，衣服没换，穿的还是他们自己的私服，进了直播的屋子后，并排在沙发上落座。

直播流程无非就是那些，打招呼，聊天，玩游戏。

但裴霓粉大概是真的憋狠了，毕竟一憋就是六年多。

当初都以为他俩再无相见之日，BE 就是最后的结局了，谁知道如今柳暗花明又一村。先导片一播完，几乎是以燎原之势复活。

不仅来势汹汹，嗑得更是比别家更疯狂。

赵霓夏和裴却一坐下，弹幕齐齐就开始刷：

"叠着坐！"

"小赵你找什么位子，那儿有腿！"

赵霓夏转头和裴却说句话，弹幕就起哄：

"在聊什么爱的小秘密？是不是婚期？是不是婚期？给我也听听！"

"求婚要大声说出来！不要偷偷摸摸！"

赵霓夏和裴却被节目组提到"牌王"的梗，开始玩游戏。弹幕更来劲：

"输了就亲嘴！输了就亲嘴！"

"谁输了谁亲对方一口！！！"

"你们两个不要玩不起！亲！"

更不要提其他各种细节。

裴却看赵霓夏一眼，弹幕就会调侃他，有的时候看的时间长一点儿，更是一大片一大片地点他的名。

为了方便他们跟直播观众互动，面前除了镜头还架着几部手机，弹幕刷什么他们都是能看到的。

赵霓夏被弹幕臊得头皮发麻。尤其是玩游戏的时候，尴尬得完全不敢看裴却。

这种尴尬不是他们最开始录这档综艺的尴尬，而是一种被起哄的不好意思。

她头发下被遮盖住的耳朵都微微发起了热。

时隔多年，她有些跟不上这群人了。

旁边的工作人员不得不设置了几次屏蔽词汇，主持人也控场了好几次，场面才稍微缓和下来。

裴却倒是镇定自若，面不改色，仿佛没有看到那些弹幕一样。

嗑的人太多，有些不好的言论完全被上头的那些人盖过去，尤其这还是双人直播，某种程度上来说就是 CP 粉专场，确实没有给别人留空间。

就连他们玩节目组改良创造的纸牌游戏，面对面坐着，裴却等她出牌时视线落在她脸上，都会被弹幕调侃，诸如"让你打牌没让你看老婆""老婆好看吗"之类的言论层出不穷。

工作人员只能眼疾手快把"老婆"两个字也屏蔽了。

赵霓夏直播到后面已经麻了，两个小时的内容逐渐进入尾声，她终于适应了这个氛围。

最后一个环节，主持人说了一通总结的词，让大家多多关注《很久以后的这天》，开始结尾。

赵霓夏心里松了口气。

主持人正要把话题给到他们，旁边递东西过来的工作人员不小心碰翻了桌上的水，水杯就放在她旁边，几个人下意识轻呼。

她还没反应过来，水泼到她膝盖之前，她身旁的裴却已经倾身过来伸手接住了杯子，避开了。

杯子里的水全倒在了他手掌上。

工作人员连忙关切："……裴老师，你没事吧？！"

杯子里的水是热的，几分钟前才添了一次。

赵霓夏也吓了一跳，下意识着急去握他的手臂："没事吧？！"

裴却侧眸朝她看了一眼，她反应过来还在直播，松开他的手臂，但还是忍不住又问了一句："有没有烫到？"

"没事。"他把瓷杯放回原位，淡声说，"不是很烫。"

但他的手掌分明被烫红了。

突然的这个小插曲把人吓了一跳，弹幕齐刷刷都在问有没有事。

主持人怕再出意外，连忙走完了结尾的流程，把直播关闭。

碰倒水的工作人员忙不迭跟裴却道歉。

"我没事。"裴却表情淡淡，只说，"下次注意点儿，她腿上有伤。"

工作人员又和赵霓夏道歉。

直播结束，时间才到傍晚，裴却还得去和其他嘉宾集合录制剩下的游戏环节。

他拒绝了工作人员擦药的提议，只看向赵霓夏，先搀她回房间。

赵霓夏被扶到床边坐下，犹豫地看向他："你的手……"

"没事。"裴却让她好好休息，走到门口，帮她把门关上，停了下，说，"我等会儿就回来。"

直播一结束，片段视频就火速流传开了。

除了那些嗑糖的小细节，最后那个裴却接水杯的视频被传播和讨论得最广。

各个娱乐公共组首页都能看到各种"裴霓嗑死我了"的帖子，不少路过的路人都忍不住下场嗑一口。

但看的人多了，自然也有另一种声音。

几个热门的视频下都有人在说嗑裴霓的根本不在乎裴却死活。

两边人吵作一团。

"就要嗑就要嗑！管天管地管我嗑什么CP？裴霓就是甜就是好嗑！"

"这些人真的没有心，用裴却的痛满足自己的爱好。"

"气急败坏跑来这里砸场子是图什么？看清楚这是裴霓视频！圈地自萌还挡不住你们巡逻？有完没完？！"

被高赞顶到上面的一条内容说："裴却被取关你们嗑，裴却手被烫伤你们还是嗑，不管以前还是现在，只要有的嗑怎么样都行，他在你们眼里只是个工具吧？"

底下吵得不可开交。

只有一层制止："各位裴霓姐妹不必跟她们吵，有些人恨夏夏不是一天两天了，说再多也没用。她们跟一般的还不太一样，大家很难讲得通的。"

有新入坑粉丝在下面问："哪里不一样？为什么？"

那人科普道："别的单方粉丝讨厌 CP 是单纯不喜欢这个 CP，小裴的粉丝讨厌裴霓是恨 BE 这件事。她们比别家单人粉更多了一点是觉得夏夏当初退圈取关一系列操作伤害了小裴，所以就算单论友情的层面，哪怕是提铁三角，她们也恨。"

这一条引起了很多人留言。

前面嘲讽的那位也回复了这个人："你们爱是你们的事，我看到的就是她践踏别人的真诚，不把别人当回事，肆无忌惮伤害别人，裴却是和她上了综艺，他上是他的事，我们尊重他的选择，跟我讨厌这个 CP 有关吗？"

评论区谁都说服不了谁。

赵霓夏一个人待在房间里，静静地刷了会儿手机。不知是大数据的计算方式还是怎么，她也被推了切片视频，同样也看到了评论里的言论。

她刷到这里就停住了，看了许久，一直到屏幕暗下来才回过神。

那些话说得字字戳心，一下子让她胸口堵上了一点儿什么。

可她无从反驳。

那边的游戏环节还没结束。别墅二楼就她一个人，静悄悄的。

她把手机摁灭，望向窗外发了一会儿呆。

看了许久，思维飘远，飘了很远很远，那股情绪还是没有淡下去。

心里空落落的，喉咙好像卡住了，有种形容不出的感觉。她忽然很想找个人倾诉。重新拿起手机，翻了翻列表。指尖停在叶莱的头像上。

她抿了下唇，关了麦，避开镜头进了卫生间，关上门，靠着洗手台边缘给叶莱打了个电话。

叶莱一接电话本还带点儿玩笑之意，听出她情绪不好，顿时收敛了嬉笑语气，认真陪她聊了很久。

聊到后面，不由得也叹气。

"你有没有发现，在遇到和裴却有关的事情时，你整个人都很在意也很不对劲？"

叶莱默了默，轻声说。

"以前你爸那边的人，还有那些乱七八糟的人，在你面前说什么做什么，你从来都是直接撑回对方的脸上，根本不会被影响。"

"但是一遇到和裴却有关的事情你就……很黏糊。"

"我不知道是你心里觉得对他有愧疚还是……"叶莱停了一下，"你也明白，你们关系确实不单纯。

"说真的，你要我给建议，我可能也不知道该怎么去说。我只能讲，有的时候，你真的不要去想那么多。"

赵霓夏没说话。

叶莱沉默了一会儿，又道："你在国外这几年我们见得挺多了，其实我一直觉得你不太开心，整个人的状态都是压着的。我以前真的没见过你心事这么重的样子……你妈真的是精神压迫有一手。"

她难得有这样正经的时刻，但字字句句都是作为朋友的真心话。

"我不知道怎么帮你梳理你和裴却的这些事，但是你别给自己那么大压力。你想做什么就做，你想说什么就说。有的话你没法说，那就说能说的。没有那么复杂。"她放柔了语气，"放轻松一点儿，我希望你能开心。"

游戏环节一直到天擦黑才结束。

这一天的晚饭不用聚在一起吃，节目组会送到嘉宾们各自的住所。

裴却录制完就回来了，赵霓夏正在厨房倒水。

他打了声招呼，上楼稍作休整，几分钟后重新下来。

她还端着杯子站在那儿。

裴却走进来，拿起杯子，站在她身旁也倒了杯水。

料理台前安静无话。

见她半天没反应，他抬手在她眼前晃了下："在想什么？"

赵霓夏回过神，看向他，摇头："没事。"

他凝眸看了看她，没说话。

水倒好，谁都没走。

裴却默了两秒，问："要不要先吃点儿东西？"

她抬眸，慢了半拍，点头："好。"

裴却倒了几碟果干，端到客厅沙发边的小桌上。

赵霓夏和他面对面坐下。

两个人一边喝水，一边吃果干。

裴却坐得比她略高，打量她一会儿，正要说话。

她忽地抬眸，对他道："裴却。"

"……嗯？"

"我刚刚在想一件事。"

"什么事？"

"录先导片单人采访的时候，节目组问了我一个问题。他们问我，我们认识的这些年，最遗憾的是什么。"

裴却不防她突然提起这个，顿了一瞬。

她轻声说："当时我没有答，现在我想回答。"

客厅里的空气静下来。

窗外，傍晚的光幽暗，屋里的暖黄和外间形成对比。

裴却似乎察觉到她想说什么，微蹙了下眉，制止："你……"

"我想回答。"赵霓夏没让他说完，迎上他的目光没有闪躲。

屋子里镜头开着，他们身上的麦也开着。她说的话会被录到，这一段会被拍下。播出后可能会被人恶意解读，被嘲讽。

就像他这些年被人和她一起提起时那样。

他也说过不喜欢听，但她还是想说。

叶莱说得对，有的话说不了，那就说能说的。

他被加诸的这些，由她开始，本就该由她收场。

赵霓夏认真地看着他。

"我最遗憾的是，离开那天没能和你好好告别。"

走得那样匆忙。

结束得那样不体面。

难堪又潦草地给了个结尾。

没能打上一个电话，见上一面。

让你被非议了这么多年。

始终被定格在那张照片里。

那样冲动又鲁莽地，让你被留在了那一天。

"……我真的很抱歉。"

夏天傍晚的最后一刻，至暗时分，天已然一片浅黑。

节目组没有安排，客厅里忽然就发展成了对谈真话的环节。

因为赵霓夏的这两句，裴却默了片刻。

从开口到话音落地，她直视着他的眼睛，明明只是几秒或十几秒时间，一切却像是被拉得很长。

　　直到说完后两三秒，她低下了头，拈起碟子里的果干，安静地吃。

　　她提起这件事，并不是想要做什么。不管他和之后看到节目的人会怎么想，说什么。她只是觉得，这件事应该由她画上句号。

　　"赵霓夏。"裴却沉默了一会儿开口。

　　"嗯？"她应了声，没有抬头看他。

　　"我之前跟你说过，谢谢只要说一遍就可以。"他微垂了眼，听起来很平静，"抱歉也是。"

　　在她回国后第一次正式见面的宴会上，她脱口而出对他说过一声"抱歉"。尽管他那时态度冷淡地堵回了她的话，但她确实是说了。

　　他没有直面，却又用另一种方式回答了她。

　　抱歉和谢谢一样都只要说一次。

　　她已经不必再对他抱歉。

　　心里某个地方好像突然被触了一下，赵霓夏怔怔看向他。

　　裴却这次避开了她的视线。

　　客厅好安静。

　　许久，她重新低下眼，从碟子里拈起一颗最大最甜的果干，点头回应他："……好。我知道了。"

　　又休息了一晚，到游戏特辑的第三天，赵霓夏的膝盖弯曲、伸直都已经完全没有问题，手腕上的红肿也消了。

　　节目组为了保险起见，原本还是想让她继续休息，但她感觉并无大碍，且前一日的录制几乎全都缺席了，第三天便坚持和其他人一样正常工作。

　　这一天的游戏分组不按红蓝分，变成四组互相对抗。

　　几个需要下水的项目，节目组都特意让赵霓夏避开了。

　　裴却一个人孤军奋战，其他组见状，十分鸡贼地在过程中联合起来。

　　到了下半场的重头游戏环节，赵霓夏坐不住了，和节目组协商过后，终于争取到了上场的机会。

　　录制地点在庄园附近，一片宽阔的平地上，节目组弄来了一张巨大的蹦床乐园，款式比小朋友们常玩的简单一些，但也拦不住嘉宾们吐槽。

　　"这是什么呀？"

　　"我侄子的儿童乐园怎么搬来了？！"

　　"成人真的可以蹦吗？我以前去问过人家不让大人上哎——"

　　节目组解释了一番，说是特地为游戏准备的，不待他们再废话，把嘉宾赶去各自去换衣服。

因为有伤，赵霓夏比别人多绑了一个护膝，手上也戴了个护腕。

编导吹口哨，让大家视线集中后，宣布规则。

这个游戏是抢球，嘉宾们上到蹦床乐园之后，节目组会空投两个球，以最后吹哨时为准，球在谁手里就算谁赢。

很简单的玩法，简而言之就是乱斗。

裴却侧头问赵霓夏："可以吗？"

目光扫了眼她的膝盖。

赵霓夏点头："没问题。"

刚刚好长时间她都在旁边坐着，这会儿再不动，人都快无聊死了。

见她兴致勃勃，他没多说，只道："有什么事就叫我。"

她说了声"好"。

全员就位后，赵霓夏立刻进入备战状态。

她本想稍微扳回点儿比分，然而理想很丰满，现实很骨感。

哨声一响，游戏开始，她刚摸到球，瞬间就被梁优和宁岚扑倒。

球转眼就被抢飞，这会儿在这个人手里，那会儿在那个人手里。

几个男嘉宾之间更是互相制衡，你来我往不亦乐乎。

在蹦床上走动本就深一脚浅一脚，不时还会摔倒，连站都站不稳。

赵霓夏好不容易爬起来，很快就被别人的步伐弹飞。

等她加入战局，哨声已经吹响。

她整个人一路摔得歪七扭八，好在蹦床软，怎么摔都不疼。

赵霓夏有时候也略微要强，不仅没有挫败，反而更加来劲，越被蹦倒越要起来，摸到球的次数越来越多。

适应了三局，到第四局的时候，她终于掌握要领，从宁岚手里一把将球抢过来。

几个女生追着她跑，跌成一团，纷纷伸手去抠她怀里的球。

一帮人玩出了疯劲，一点儿形象都不要，一个比一个凶。

梁优一边抢一边尖叫："啊！！！放手啊你——"

赵霓夏咬牙坚持了一会儿，几个人围攻她一个，独木难支，球还是被梁优成功抠走。

哨声正好响起。

她累得不行，躺在原地喘气。

抬手拨弄了一下颈边头发，视线中出现一张熟悉的脸。

裴却缓步走了过来，朝她伸出手。

她怔了下，对自己这个躺着的姿势不大好意思，把手递过去，握着他的手被他拉起来。

站起来后他就松开了。

自然得就仿佛只是镜头前，嘉宾之间再正常不过的一个动作。

他在她身侧站定，问："不是让你有事就叫我，怎么不喊我？"

"嗯？"赵霓夏微愣，"我看你被他们缠着……我们刚刚都是女生……"

而且他在男嘉宾那边也不轻松。

虽然其他几个人和他厮斗的时候总被他掀翻，但那三位一起绊住他，感觉他也很难抽得出身来。

裴却睨她一眼，对她的解释不置言辞，还是那句："抢不过就叫我。你叫我我就会过来。"

赵霓夏眨了眨眼，没她等说话，他忽地抬起食指，指节在她额头轻碰了下。

她一怔。

他很快把手收了回去，动作十分自然，神色也无异："都出汗了。"

她闪躲移开眼神，不自在地"嗯"了声。

刚运动完的脸热意好像更明显了。

稍作休息，第五局开始。

一声哨响后，球抛了进来。

赵霓夏站的位置正巧，球直接奔着她落下。

她连忙扑过去抱住，下一秒就开始慌不择路地逃。

以梁优为首的三个女生冲了上来，又是一阵拉扯厮缠。

节目组这局故意搞事，第二个球迟迟没有扔进来。

郑霖见状立刻过来帮肖凝，方不语和谢之遥本就是同组，没有跟他们同一组的女嘉宾，犹豫了一会儿，干脆扑向郑霖阻拦他。

郑霖被他们扑倒，马上伸手抓住裴却，很快他们三个就又抱团给裴却使绊子，没什么东西可抢，也互相掀来掀去。

赵霓夏这边被梁优几个人压到蹦床一侧的充气墙边。

四局了，她一个球都没抢到，好不容易再次拿到手，抱着球不肯松开。

三个女嘉宾包围压着她，试图从她怀里把球弄出来。

"快快！把球弄出来！"

"就差一点儿，我抓住她——"

赵霓夏抱着球整个人蜷在那儿，被她们七手八脚弄得实在招架不住，心里一急，连忙大喊："裴却！裴却——"

梁优愣了一下："你好赖！"

说着越发用力去抢她怀里的球。

赵霓夏闷头缩着，只能一个劲喊着："裴却！裴却！"

男嘉宾那边也乱战成一团，郑霖大声嘲笑："别叫了！他过不来——"

谁知话音才落下，被他拽住的裴却一下反制住他，把他们三个拦路石摁作一团，快速加入了那边的战局。

赵霓夏被逼得没办法，脸都热红了，被卡在墙边遁逃无门，球就快被抠走的瞬间，背后突然多了道胸膛。

裴却单手揽着她，几个女生被他隔开，他让她抱着球面对充气墙壁，另一只手阻挠后面想要过来碰球的其他人。

男嘉宾见状，也不管不顾一起冲上来。

一群人堆叠在一起，你抓拉我，我拉扯你，甚至连人都不看了，时不时就误伤一下自己的队友。

整个蹦床因为嘉宾们的争斗震颤不停。

赵霓夏被挤在最里面，裴却有力的手臂紧紧揽着她，身体和背挡住了其他人的动作。

她被圈在他怀里，两个人不时随着蹦床的震动而起伏。

又热，心跳也跟着加快。

节目组热闹看够了，终于吹哨。

嘉宾们喘着气往旁边一倒瘫坐，一个个筋疲力尽。

赵霓夏也被裴却拉了起来——准确地说，是半抱半拉，他先用手臂单手搂着她坐起，后面才改为拉。

她脸又热又红，烫得厉害。

梁优一边喘气一边吐槽："赵霓夏，你好赖，竟然叫人！"

赵霓夏微乱的头发下耳朵都红了，假装没听到她的话。

这一局她和裴却获胜，加上只有一个球的缘故，得到的分数翻倍。

后面的几个环节赵霓夏又被换下场，独自在旁看着，没有参与。

本来她还担心分值差距大，但裴却似乎越玩越顺，连续几局都赢了下来。

游戏结束时，已经是傍晚。

节目组很有仪式感地弄了四个奖来发，除了第一名的奖牌，其他都是安慰奖。

嘉宾站成一排。

赵霓夏从编导手中接过奖牌，握着奖牌吊带转身给裴却看："我们赢了！"

对上他的目光，她意识到自己笑得太过欢快，连忙收敛了些。

又转回身去。

裴却淡淡问："这么高兴？"

她有点儿不好意思，还没说话，他忽然又叫她："赵霓夏。"

"嗯？"她下意识转头。

裴却看着她，道："高兴就笑吧。"他很轻地扯了下唇，"笑起来的样子更适合你。"

录完游戏环节后特辑正式收工。

嘉宾们都没赶着回去收拾东西，节目组安排了聚餐，特意在附近订了一栋专门做活动的两层别墅，让大家一起烧烤。

工作人员和嘉宾们的助理都去了，餐桌旁、茶几边，各处能坐的都坐满了。

几天的录制暂告一段落，不在镜头前，不管是节目组还是嘉宾，一时都放松了下来。

烤串的烤串，洗水果的洗水果，准备蔬菜的准备蔬菜，说笑不停，别墅里热闹一片。

嘉宾们在茶几边围坐成一圈，工作人员时不时过来走动，给几串这个，说上几句话，但并不和他们坐在一起。

郑霖几个过去拉郑导，郑导也连连摆手拒绝，只说："你们聊你们聊，我们组里人坐一块儿。"

几个助理也自己凑了一圈，让艺人单独说话。

嘉宾们拗不过他们，只能各坐各的。

各桌边吃边聊，热热闹闹，吃到一半，桌上就开始上酒。

赵霓夏被梁优拉着坐在一块儿聊天。

或许是气氛太好，她很久没有这么开心过了，下午玩得特别来劲，这会儿梁优还在念叨游戏的事，她也只笑不还嘴，被灌了几杯仍笑着说"好嘛好嘛"，喝了个干净。

酒的度数不高，果味比较浓。

246

只是几杯下肚喝到后面，脸多少有点儿红。

赵霓夏的神志还是清醒的，想到那天井佑醉酒的事，小声跟梁优吐槽，把他发酒疯的样子简略形容了一遍，两个人凑在一起笑作一团。

不一会儿，梁优被人叫走。

赵霓夏一个人坐着，正想再喝点儿。

裴却忽然过来，在她旁边坐下："怎么喝了这么多？"

他先前坐在她对面，刚刚一直被人拉着说话。

"没有。"赵霓夏侧头看他，"是果酒，就喝了一点点。"

他伸手拿开她面前的酒瓶："别喝了。"

她没作声，感觉脸颊有点儿烫，反手摸了下脸，又往后靠住沙发边缘。

手放下，随意一动，不小心摁到了他的手指。

赵霓夏顿了一下，侧头看向他。

他们坐在茶几边的地毯上。

胳膊挨着胳膊，离得有点儿近。

本该立刻拿开的，但她微醺的酒意让她突然有点儿迟钝。

安静间，呼吸好像重了一分。

裴却也没动，只是迎上她的目光。

她的手覆在他手上，在其他人视线看不到的地方，这意外的、隐秘的触碰，似乎让他们的距离也变得更近了些。

脑袋好像有点儿滞，赵霓夏视线落在他脸上，微微发怔。

下意识地，想向他靠近，想要朝他凑近一些。

不远处忽地响起笑闹声，猛地把她拉回到周围的场景中。

赵霓夏触电般收回手，坐直了身子，凑到茶几前不敢再看他。

那边郑霖不知和人说到什么，扭头朝这边喊："裴却——"

招手叫他过去。

裴却缓缓收回紧落在她身上的视线，撑在地上的手微动，低低哑声道："我过去一下。"

言毕起身往那边走去。

赵霓夏抿着冰水，待他的身影走开后，才松了口气。

不多时，梁优回来，见她捧着杯冰水不撒手，问她："干吗呢？"

她别了下头发，轻声说："没事。"

她们继续先前的话题聊起来。

梁优边说边要倒酒，赵霓夏对自己的酒量有数，刚刚差点儿就昏头，生怕自己真的喝上头做出点儿什么不恰当的举动，这回连忙捂住了杯子。

梁优见状也没勉强她。

两人说了几句，赵霓夏手机响。

屋子里太吵，她和梁优说了声："我去接电话。"

起身朝清静的地方跑。

酒过三巡，东西吃得差不多，桌上也多出了好几个喝到脸红的人。

裴却从郑霖那边脱身出来，到茶几边一看，只剩梁优在和人聊天，脚步停了一下，问："赵霓夏呢？"

梁优抬头看他一眼："夏夏啊，去接电话了，屋子里太吵，我刚看她上楼了，可能在天台？"

说着梁优后知后觉："哎，她怎么去了这么久？"

她作势想起身，裴却先道："我去就行。"

见他一句话揽过去，转身就走，梁优来不及再说，犹豫了一下只能坐回去。

整栋别墅的灯都亮着。

裴却端了一盘适合酒后吃的水果，上到顶层。

别墅顶上只有一间不大的房间，玻璃拉门外全是天台。

灯亮着，但屋里没有人。

他朝天台走了两步，就在玻璃拉门外瞥见赵霓夏的身影。

——她坐在靠墙的长椅上睡着了。

裴却站了一秒，放下手里的东西，放轻动作走出去，到她身旁坐下。

他侧头打量她。

天台闷热。

她脸上微醺，手里还握着手机，闭着眼睡得正沉。

那白皙的皮肤泛着粉，唯独脸颊红得重一些。

裴却浓沉的眸光落在她脸上，抬指轻轻碰了碰她弯翘的睫毛。

"……这也能睡。"

他低低道了声，很轻，散在微微拂过的风里，明明在吐槽，又像是怕惊扰了她。

天台的灯略幽微。

四下静谧一片。

裴却向后靠住长椅。

许久后，她脑袋一点一点地枕住了他的肩头。

楼下不知谁在放歌。

悠远缥缈的老歌传到楼上，极富感染力的声音飘荡在寂静的天台。

裴却轻轻牵住她的手，很轻很轻地握着她。

他听到了自己的心跳。

闻到了她身上传来的果酒的香味，微甜，带着一点点涩意，纠缠着围绕在他周身。

他轻咽着喉咙。

不敢用力，怕握疼她。

如果她醒着，大概会知道他的体温现在有多烫。

夜色和幽暗光影交织下，他们长长的影子，重叠在了一起。

裴却一点一点和她交握手指，任她靠在肩头，静静地睡着。

赵霓夏原本只是上来接周涟的电话，接完在长椅上歇了口气，打算略坐坐就下去。

然而下午玩游戏耗费了太多的体力，录制的时候不觉得，录制完那股疲惫劲就上来了。再加上聚餐喝了点儿酒，天台的环境又太过安静，她听着夏夜虫鸣和楼下似远似近的吵闹声，靠着墙不知不觉就睡着了。

夜风温和但闷热，她没有睡太久，醒来发现自己枕着个肩膀，坐直后看向裴却，愣了一下。

"醒了？"他坐姿松散，两手在腿上微微交握着，侧眸睨她。

她带着几分刚睡醒的滞顿，脸上还有点儿压出的红印："……你怎么上来了？"

他道："看你打电话出来很久，所以上来看看。"

"哦……我不小心睡着了。"她摸了下脸颊，有点儿不好意思，想到刚才从他肩头起来，又飞快朝他肩膀瞥了眼。

一楼的说笑声从院子里隐约传来，赵霓夏连忙捋了下头发站起来："我们下去吧。"

裴却"嗯"了声，跟在她身后起身。

经过屋里时不忘顺手端上了桌上的那碟水果。

走到楼梯旁，赵霓夏抬起右手，微微张合五指，低头看了一眼。

裴却在她身后，看见她的动作，眼神微黯，问："怎么了？"

"……没事。"她抬眼一瞬，又摇摇头，迈开步伐下楼。

说不上来什么。

就是感觉手热热的，好像被束缚了很久。

烧烤聚餐在晚上九点多的时候就收场了。

嘉宾们还要回庄园收拾行李，之后有行程的赶行程，没行程的各自回家。

来接人的车停在别墅门口，赵霓夏的行李不多，就一个行李箱，司机帮忙搬进了后备厢里。

肖晴晴接过她的包，问："还有别的东西落下吗？"

赵霓夏已经整理清楚，道："没有。"

别墅门口的灯光黄澄澄的，周围都是收拾设备的工作人员。

她们说话，身后忽然响起一声："赵霓夏。"

她闻声回头。

裴却走了出来，他戴上了帽子，是准备回程的打扮，站在廊下看着她："到了跟我说一声。"

他的车还在路上，差不多也快来了。

拎着他行李的柯林就在他身后，正在客厅里打电话。

赵霓夏停在车门边，别墅门前这圈灯影，和那天他背她走过的那条小道旁的灯很像。

光线幽幽落在他周身，他表情浅淡，整个人都朦胧了几分。

这好像是这么多次录制以来，他们第一次正式"告别"。

赵霓夏扶着车门，轻轻点头应了一声："好。"

从郊区到她住的公寓，有将近两个小时的车程，还是走最快的路线且不堵车的情况下。

肖晴晴从剧组到这次录综艺，跟在她身边越发上手，已经很能分辨她什么时候需要休息。

录制了一天，此刻已然晚上十一点，怕她疲惫，一上车就把毯子、水和U形枕准备好，方便她回程路上先睡一觉。

空调调到了赵霓夏一向习惯的温度，先前的酒劲消散得差不多，她闭眼小憩了半程，后半程睡不着，刷了会儿手机，便转头看向了窗外。

车里静悄悄的，路灯掠影飞快闪过。

赵霓夏靠着椅背，正思索着周涟跟她说的剧本的那些事情和之后的拍摄。

手机忽然振了振。

拿起来一看，是林诚发来的信息。

赵霓夏顿了一瞬。

没有动，屏幕光就那样亮着，过了十几秒开始暗下来。

她敛眸，伸指轻触点开。

林诚：赵小姐，赵总明天临时有个国内的行程，明天下午会到达淮市参加一个商业座谈会，明晚会空出一点儿时间，需要帮您安排一下见面吗？

赵霓夏抿了抿唇。上次她和她妈的电话以"下次再说"结尾，那之后，赵定音就没再联系过她。连抽空再找她一次都没有。

但说实话，她其实也不是很想和她聊。

赵霓夏回了句：是我妈让你问的吗？

第二句道：不是的话不必了。

两句回复发出去。

指尖停住，她对着屏幕看了几秒，又飞快打下一句：是的话也不必。

而后，没再看林诚说什么，直接把手机收起。

回到公寓，赵霓夏把行李箱推到了客厅角落就没再管，留着第二天整理。

明明回来的路上一开始也没觉得很累，不知道为什么现下突然有些疲惫。

她走进浴室，用冷水洗了把脸。

那股消散过后还残留着余韵的酒意让人不适，她去餐厅倒了杯水，喝过以后舒服了一些。

公寓里只开了客厅和更里面走廊的灯，赵霓夏在昏暗的料理台前，静静站了一会儿。

拿出手机，搜索了一下淮市和商业座谈会的关键词，跳出来具体的内容。

时间是明天下午，从两点一直到五点半结束。

指尖无意识地滑动屏幕，她看了几秒，吐了口气收起手机，提步去浴室洗漱。

洗漱完，吹干头发，赵霓夏刚躺下，手机就轻振。

是裴却发来的消息，只两个字：到了？

她才想起回来前说要跟他说一声的话，连忙回了句。

正要再说第二句，那边忽然弹了个语音过来。

动作顿了下，赵霓夏翻身躺正了些，接起递到耳边。

"……喂？"

"准备睡了吗？"

他声音淡淡的，在夜里听起来比白天更显低沉。

她"嗯"了声，又解释了一句没发消息的事："我刚刚在浴室，忘了跟你说……"

只是一出口就意识到说得有点儿微妙，她卡壳一瞬，连忙岔开话题："怎么了，打语音，有事吗？"

"就是跟你说一声。"他道，"我也到了。"

不知道是不是夜的原因，让一切都沉寂了下来，他的声线从手机那端传来，略微带着几分磁性。

房间里的空调温度开得可能不够低，赵霓夏轻轻侧身，微吸了口气。

没等说话就听见那边又道："另外，有一件事。"

"嗯？"

他道："过几天秦奚他们乐队新专辑巡演第一场，就在京市。你有空一起去吗？"

"演出？"赵霓夏闻言有些犹豫，"去现场吗？"

万一被拍到……

"可以不去，只参加演出结束后的聚会也行。"裴却说，"结束后去庆祝一下就好。人不多，除了他们乐队成员，只有合作了很多年的制作人和一些搞音乐的朋友，算是个 after party[1]，是私人聚会，他们都很熟了，不用担心别的。"

他停了停，接上："秦奚邀了我，所以我想问问你。"

赵霓夏握着手机，纠结着没有马上回答。

裴却似是感觉出了她的踌躇，道："不想去也没关系。我一个人也可以，就是有点儿无聊。"

他放慢语速，很是理解："我到时候早一点儿走就是了，你不用勉强。"

语气仍是平常那样淡，但听起来多了几分退让的温和。

赵霓夏本来还在犹豫，见他没多提一句干脆地说起了别的话题，不由得心软："……去是可以去。"

她轻声说："我倒是有时间，但是除了秦奚他们，其他人我可能都不认识……"

1　正式演出后的私人聚会。

"没事。"他很快道，"不用认识。"

他这样说了，赵霓夏也不再多纠结："那好，具体时间你跟我说。"

语音结束，把手机放到一边。

安静的浴室里，裴却靠着洗手台边缘。

先前就一直在跳出新消息的手机振了几下，过会儿，似是见他迟迟没回复，转而变成来电的振动。

裴却伸手接起，一接通，电话那边秦奚就喷声道："怎么半天不回消息？回到一半人不见了？问你呢，我们演出你来不？"

"刚在打电话。"裴却没多说，"演出不来，演出结束后的聚会再过来。"

"那也行。"秦奚应下，又可惜道，"嗐，你要是上台做个嘉宾多好，场子一定热。"

裴却没理他，补上一句："我和赵霓夏一起。"

秦奚顿了下，他反应过来，"啊"了声，语气诧异："约到人了？？"

"我说你怎么又活过来了，合着根还是在这……怎么说，你怎么约她的？你们现在进展到什么情况了？"

那边问了几句，马上连珠炮似的又开始抛出一大堆问题。

裴却没答他的话，只淡淡道："你有一句说得确实对。"

"嗯？"

"要以退为进。"

秦奚一听，立刻来劲："那不然我是谁啊，我之前就跟你说……"

裴却懒得听他长篇大论的废话，直接道："就这样，挂了。"

言毕，不管那边叫停喊等的声音，把电话掐断。

浴室里静谧无声。

裴却靠着台面，点开了和赵霓夏的聊天，点进她的朋友圈。

她这个账号没有发什么动态，唯独朋友圈背景是她的一张旧照片。

照片里的她笑着，在有风吹过的夜色下，微扬的发丝也被镜头捕捉到。

他轻扯着页面，看了很久。

笑起来的她。

热红了脸的她。

微醺呆怔看过来的她。

睡在他肩头的她。

还有好多，现在的、从前的，脑海里涌出了各种画面，都是她。

握着她手指交扣的触感仿佛还残留着。她的手柔软得不像话，让人生怕把她弄疼。但他知道她身上还有更柔软的地方。

他长长吐出口气，把手机盖着放到一边。

在天台坐着的那十几分钟里，他静静握着她的手，任她靠着，静静感受着身体产生的反应。

待她即将苏醒前，又若无其事把手收回，压下那些无法见人的念头。

裴却提步进了淋浴间。

炽白的光线笼罩在浴室里，花洒热水哗哗落下拍打地面，不一会儿泛起蒙蒙的湿意。

综艺录制开始已经有段时间了，节目组给嘉宾们的自由度还是很大的，拍摄过程中有些不适合播出去的内容，嘉宾们私下跟他们沟通，他们都会剪掉。

但剪掉不代表没有发生过。

就像赵霓夏和裴却那晚在去餐厅路上的那一段，没几天，周涟就知道了。

工作室负责和节目组之间的主要沟通工作，很多事都是周涟带人在对接，再加上他每次都会询问肖晴晴录制时的情况，他们俩在拍摄那几天的动静，自然没能瞒过他。

赵霓夏结束录制回到家的第二天，周涟就杀到了她的公寓，对着她连珠炮一般发问。

"这又是什么时候的事？你们现在是什么情况？进展到什么程度？怎么突然就扯到这儿了？！"

他压根儿没给赵霓夏回答的机会，问完又唠叨个不停。

"你说说你，一点儿都不给我省心，一会儿不盯着你你就给我搞事！弄得人家节目组那边来问我的时候我都是蒙的……什么以后再有删掉片段那样的情况怎么办，到哪个程度需要删，是艺人亲自说了才删还是都得先过一遍团队……我听得莫名其妙，问了半天才知道！"

这两人竟然在节目里又暧昧上了！

周涟站在客厅里活像个教导主任似的，用一种饱受摧残的眼神看她："……该不会哪天早上我给你打电话，又被裴却接起来吧？！"

赵霓夏被他训了半天都找不到插话机会，连忙道："不会不会，真的不会！"她保证，"绝对不会再那样了！"

周涟一脸狐疑，表情里写满了"我信不过你这家伙"。

"其实真没有你想的那么复杂，现在就是……就你知道的这么个情况。"赵霓夏也不知道该怎么描述她和裴却现在的状态，只能让他宽心，"反正有什么事我一定会跟你说的。"

这次这点儿情况纯属是意外，她没打算瞒他，只是刚录完回来还没来得及联系他，他就已经先从节目组那边知道了。

"真的？"

"真的！"

周涟盯了她一会儿，轻叹道："我也不是说不让你谈恋爱，但是这种事情，你得让我们做好准备，不要搞得太突然！你这样我们团队成员很难应对是不是？"

他苦口婆心，得到她保证一旦有这些情况一定会跟他说之后，才终于放过这个话题。

外卖正好送到。

两个人转移到餐桌边，周涟又道："还有，我这次来也是要跟你说上次试镜的事儿——"

赵霓夏拆着外卖，抬头："嗯？"

"齐导那边和我们联系过了，他对你去试镜的表现挺满意的。"他这样说着，表情却不是那么轻松。

赵霓夏问："是有什么变故吗？"

他点头，皱了下眉："齐导虽然表露出了想合作的意愿，但是弘朗那边有别的意见，他们看好另外的人选，现在两边就在拉扯这个事情。齐导的意思是不管是女一、女二，他们都先争取看看。"

牵扯到多方，这些事情本就没有那么容易谈定，赵霓夏早有准备，闻言"嗯"了声。

"这几天应该就会给答复，我们也等不了那么久。我手头已经挑出了几个本子，那边不行我们就接洽别的项目了。"周涟神色很快又放松下来，"也不用太在意，综艺这一播，最近已经有不少广告和代言找来了，我挑出来的那几个本子也来问了我好几次，都很恳切地想合作。商务那边我再帮你先筛几个合适的出来，之后估计要忙起来了。"

企映这档综艺的热度肉眼可见，甚至比一开始预期的更好，播放量和话题度都高居不下，赵霓夏的微博粉丝这段时间一直在噌噌上涨，各个热度平台的报告里她的名字也都名列前茅。

演艺圈是最现实的地方，从这段时间蜂拥而至的邀约就可见一斑，照这个势头，他们很快就能把主动权掌握到自己手里。

两个人坐下吃饭，周涟聊到这儿，想起另一件事："对了，你还记得那档演综吗？"

赵霓夏反应了一下想起来："我刚回来那阵谈的那个？"

"对！"周涟提到这个一脸厌烦，"你不知道，我前几天碰到他们制作人，他还过来跟我套近乎，问你有没有空，要不要去他们节目收官典礼友情出席一下，我笑呵呵给他挡回去了！"

他翻了个白眼："还真好意思说！之前签约拿我们当猴耍的时候半点儿不客气，现在看你有热度了就舔着个脸开口。那节目播了几期口碑就一路下滑，为了硬捧他们合作的人一通乱来，先网后台点击和收视都烂到没法看，谁吃饱了撑的才去给他们送热度！"

那档演综开播前期还有不少消息，后面就没什么水花了，他不提，赵霓夏都快忘了这档子事。

拜高踩低向来如此。

她没放在心上，淡淡应了两句，让周涟尝尝自己面前的那道菜，继续说起别的。

今朝乐队巡回演出的第一场地点定在京市体育馆，容纳人数近万。

秦奚这个人看着虽然不着调，写歌能力却挺强，他们乐队的歌他基本包办了百分之八十。其他成员也没一个掉链子，就连看起来最不靠谱的架子鼓手汤宁，业务水平在圈里也很能排得上号。

从大众层面上来说，他们的人气和流量偶像之类的肯定没的比，但在音乐圈算是很红了。

票一经开售就抢完，乐迷们早早就做好了宣传预热。

演出前文恬也给赵霓夏打了电话，说秦奚请她看演出，问赵霓夏有没有空要不要一起去。

得知赵霓夏会去演出结束后的 after party，她满是遗憾："啊？这样啊？我后面还有行程，看完他们现场演出就要去赶飞机，估计没办法见到你了，好可惜！"

赵霓夏只能温言了几句，和她约好下次有空再一起玩。

演出当天，从晚上七点开场到十点结束，微博上的粉丝实时更新着现场情况，各种图片和视频都有。

今朝乐队几个人在台上蹦出了一身汗，卖力不已。

现场嗨成一片，气氛十分火热。

差不多演出结束的时候，赵霓夏收拾好动身。

她穿得特别有夏天的感觉，一条高腰牛仔裤配一件露腰紧身短上衣，长发微微烫卷，戴上帽子和口罩就出门。

车子抵达聚会的私人会所时，其他人都已经到了。

裴却收到消息出来接她。

她捧着手机，在廊上和他碰见。

"这里。"

音乐声嘈杂，但她一瞬就听到了他的声音，抬头看过去，快步走到他面前。

她在他面前站定，扯下口罩，问："秦奚他们呢？"

"在那边。"裴却偏了下头，淡声说着，视线盯着她看。

她今天化了点儿妆，妆面很淡，在夜色下看起来带着微闪，整个人清透又璀璨。她的个子是上镜刚好的那种，平时打扮都以舒适为主，这会儿一穿紧身的衣物就显出挺翘异常，尤其短款的重心集中在上半身，纤细腰肢一衬，这个身量不该有的呼之欲出的丰满立刻显露无遗。

赵霓夏一抬眸就撞进了他的眼神里。

廊上灯光幽微，是那种暗蓝色。

他的眸光似乎也被光线照映得更深。

她眼神略微闪躲了一下，假装看路地偏开头："那我们走吧。"

裴却"嗯"了声，提步带路："这边。"

包厢里，灯光乱晃。

一推开门，赵霓夏就差点儿被晃了眼。

笑声吵闹声一片，秦奚几个人正在低矮的台子上发癫，甩头甩脑表演着乐器，底下不知哪个人大声调侃："还没唱够是不是？嗓子没冒烟？这么能唱再回去安可一场！"

"你懂什么！"秦奚对着话筒还嘴，"这叫艺术的余韵！"

赵霓夏跟在裴却身后进屋。

秦奚眼睛尖，一看见他们，立刻把甩头甩得起劲的汤宁丢到一边，朝他们迎上来。

"来了？"

裴却先前就到了，这话自然问的是他身后的赵霓夏。

赵霓夏和他打招呼："演出辛苦了。"

她原本还问要不要带什么礼物，但裴却说不用，所以便空手来了。

秦奚笑道："不辛苦不辛苦，赶紧坐！"

赵霓夏和裴却一道坐下，包厢里人不算太多，除今朝乐队的人以外还有七八个，有男也有女，其中几个人看发型就很艺术。

大家简单打了个招呼，或坐或站，聊天喝酒说笑玩闹。

在场玩音乐的多，拿起话筒唱得都还挺好听，谁都能来几手乐器，一群人一边说笑一边不时起哄让别人上台独奏。

灯光一直都是暗暗的，仿佛黑夜就适合这样的色调。

赵霓夏坐在裴却身边，一开始没怎么开口，后来老被秦奚点到，其他人不时也会突然问她一句，便渐渐参与进了他们的话题。

裴却反倒说话不多，只伸手帮她挡了几次酒。

这种场合，这群人哪能不喝，好几次有人问她喝不喝，要给她倒，都被他拦住了。

其他人见状也没勉强。

倒是他自己，酒喝完又满上，面前的杯子一直没空过。

一群人说着各种话题，聊着聊着从沙发坐到了茶几旁的地垫上。

秦奚喝了些酒下肚，感慨完演出，讲起以前他们没出道时跑各种场子的事，那叫一个忆苦思甜："……真的，我那时候就想有个固定演出的地方多好，那种不到一百人的小场子，哪天人能满我都好高兴！那几年真的，接不到活，我们自己去跟酒吧老板谈，各种各样的情况……想少给钱的，演完迟迟不肯付账的，还说什么免费让我们带人来玩，什么奇葩都见过！"

旁边人跟他碰了一杯，接话："嗐，没起来的时候是这样的。"

他摇摇头，喝了口酒继续说："有次差点儿在酒吧跟人打起来……兄弟伙好好唱着歌，有个人非要我们下去，那么大一杯洋酒加白酒，说什么喝一杯就给我们五十小费，拒绝了演出完还不依不饶，说我们不给面子，一群人在酒吧外面堵我们，我真是——要不是裴却，那天哥几个都走不出那条巷子！"

说到这儿，他拿起杯子冲裴却道："来，兄弟，走一个！"

秦奚拿着杯子清脆地碰了下裴却的酒杯，仰头一口气喝干，裴却表情淡淡的，拿起杯子喝了半杯。

见赵霓夏看过来，他侧眸问："怎么了？"

她道："你以前也在酒吧跑地下？"

不待他说话，秦奚扑哧笑了声，替他说："不是！他那会儿是在酒吧做酒保，好多年前了。我们当时跑了很多场子，经常去他打工的那个酒吧，后来就认识了。"

赵霓夏以前就知道他们认识很久，但不知道具体情况，这些事还是第一次听说。

"他那会儿就不爱说话，天天冷着个脸，每天翘了学校的晚自习过来打工，谁也不理。"秦奚笑着继续道，"一开始我刚认识他的时候挺烦他的，就感觉什么人啊这！太装了吧？后来熟了才好点儿。

"……不管怎么说被堵那天还是多亏裴却。"

扯了几句，他话题又转回来："我们乐队几个那会儿瘦得跟柴干似的，别人一拳头能把我们捶个半死。好在有裴却，不然我们当时可能就悬了。"

秦奚拿着杯子又碰了碰裴却面前的酒杯："多的不说，都在酒里，兄弟我干了。"

说完仰头又喝了一杯。

回忆旧事这段很快结束。

裴却并不是很想理他，一直没接话，淡淡喝了几口酒。

秦奚自说自乐，又提起别的，旁边人不时插科打诨，说笑不绝。

赵霓夏听着他们说新话题，眼神却不自觉瞥向裴却。

他注意到，迎上她的视线："怎么一直看着我？"

"……没有。"她眼神闪了闪，又转开。

他们刚出道那会儿赵霓夏就知道，他家里似乎有些问题，不然当初也不至于被追债的人堵到公司。

她只是没想到，他那么早就在打工了。

赵霓夏端起杯子浅浅抿了一口冰水。

一群人聊了许久，你一杯我一杯地喝了不少，越发嗨起来，便纷纷张罗着开始玩游戏。

聚会上常玩的无非就是那么些。

他们拿来纸牌、骰盅，还有桌面上一些七七八八的东西临时充当道具。

规则和真心话大冒险一类差不多。

游戏玩起来，气氛比先前干聊时就热闹多了。

在场有几个带了伴的，两两坐得近，不免总被捉弄起哄。

赵霓夏也没能逃过。

轮到她输时，他们总试图把话题往裴却身上扯，问一些不冒犯却又有些微妙的问题。

酒过三巡，又是深夜时分，在他们的起哄和调侃中，幽暗灯光下气氛无比暧昧了起来。

其实她也知道，今天和他出席这个场合，就像是被他带来参加兄弟酒局，本身就带着一种暧昧的意味。

但他们人多，她不免还是被调侃得有点儿招架不住，耳根微热。

裴却察觉出她的窘迫，悉数帮她挡下。

不回答问题就要喝酒，他一杯一杯地帮她喝，最开始几个问题都是他们先问完，他才拿起酒替过去。

到后面，不待他们发问，赵霓夏一输，这群人嘴还没张开，问都没问，他直接拿起酒杯就喝，干脆利落地让他们跳过。

次数一多，秦奚几个人急了。

"哪有一直替的，这不行！"

"就是，替个一两次还好，一直替多不公平……我也想有人给我挡！"

赵霓夏半是臊半是担心他喝多，见状也拦："你别喝了，已经喝很多了。"

几圈下来，裴却那张一向淡漠的脸上染上了几分酒意，但他的神志还算清醒，"没事。"他嗓音微哑道，"我有数。"

说着，他拿起酒又替她喝了这局的一杯。

他靠近她的另一只手撑在她身后，两个人挨得近，她往后一靠就能碰到他的手臂，就像是被他半揽在臂间。

赵霓夏拦不住他。

秦奚几个嚷嚷着不让替，但也拿他没办法。

一群人越发上头，非要跟他对着干，后面又有好几次跃跃欲试地冲着赵霓夏为难，还是都被他挡了。

满场吵吵闹闹。

之后几轮赵霓夏没再被抽到，一直到她运气不济又输了一次，好巧不巧，还是输在裴却手里。

这下他们可来劲了，尤其秦奚，都快当场蹦起来。

"不能替！这次不能再替了！再替就是玩赖！！也不能不问！"

"问问问！"

"要么就惩罚！！"

被他们围着起哄，赵霓夏也没打算赖，认输地侧眸看向裴却。

裴却已经喝了不少，身上萦绕着清晰的酒味，他脸上不红，但皮肤温度因喝酒高了很多，他们坐得又近，手臂和身体不时会不小心碰到，她隔着衣服也能感觉到隐隐传来的那股灼热。

昏暗的、充斥着酒精气味的夜晚，对视的瞬间好像也变得迷乱。

他的眸光浓沉发暗。

"问问问！！"

在其他人的催促中，这一次他没有跳过。

酒味和他身上的气息纠缠在一起。

裴却一瞬不移地看着她，一字一句哑声地问："今晚，我能送你回家吗？"

满场静了一下，随后响起一阵"哇哦"的起哄声，他们很快又压了下去。

秦奥仿佛身处求婚现场，助阵般嚷嚷着"答应他答应他"，热意飞速往脸上爬，赵霓夏一下被臊得不知怎么应。

"沉默我就当你同意了。"

裴却没等她开口又道。

她动了动唇，到底还是没说出其他的话。

他轻扯了一下嘴角，两指拈着杯口端起酒，用杯底碰了下桌面，朝其他人示意。

"她不答的这杯，我喝。"

聚会结束后，裴却的车已经等在门口。

赵霓夏坐进车里靠窗的位子，他随后弯身进来，用力关上车门，坐到她右边。

前座和后座的黑色隔帘被他顺手拉下来。

司机不一会儿就发动保姆车。

时间已经快两点，夜很深，秦奥等人喝醉了好几个，搀的搀，扶的扶，各自都坐上了回去的车。

裴却侧头问她："冷不冷？"

赵霓夏摇头："还好。"

他身上的酒意到了最浓的时候，眼神融化了夜色似的，透着些许低暗。

赵霓夏坐在他旁边，感受到隔着衣物源源不断地传来的热意，说话时只抬眸看了他一眼，就飞快移开目光。

车内空间明明够大，他们只是挨着坐，她却好像被他周身带着酒意的灼热气息包围了。

他的视线似乎落在了她身上，她假装不知道，侧眸去看窗外。

裴却并没开口和她说什么，车里一时静下来，但他的眼神总落在她身上，有时一停就停很久。

赵霓夏没有喝酒，却被他看得皮肤都发烫。

他明明什么都没做，她竟然也有些招架不住，不自在了一会儿，只能拿出手机假装刷资讯转移注意力。

一打开，企映 App 正好推送了一条《很久以后的这天》的更新通知。

她顿了下，想起来："综艺第一期已经播了对吧？"

裴却"嗯"了声："昨天。"

微博上的宣传是工作室成员上线转发的，她一时差点儿也忘了。

赵霓夏瞥他一眼："要看吗？"

一直沉默，这气氛太折磨人，他的视线也弄得她心里发颤，她真的很希望能找点儿什么来打发时间。

裴却无可无不可："都行。"

赵霓夏闻言微微坐直了些，将手机托在掌上，移到两个人都能看的中间位置。

他伸手要接过，她摇了摇头说不用，他便作罢。

点开《很久以后的这天》第一期正片，片头画面一开始，弹幕就滚动起来，刷不同嘉宾名字和各对 CP 的内容蜂拥而至，其中最多的还是"裴霓"两个字。

节目组有四对嘉宾，每期分为四段，时长都差不多。

第一对出场的是方不语和谢之遥。

赵霓夏点开节目是为了缓解沉默和尴尬，但大晚上他们俩在车上看人家两个人录的内容有些奇怪，便没多放，直接拉动了进度条。

进度条上有"看点"位置，她点了几次，找到他们那一部分。

画面正好是她进入第一次录制的别墅，在楼梯上，裴却走到她旁边拎行李箱的场景。

赵霓夏懒得再往回拖，收回手。

一靠住椅背，比画面迟了两秒的各种弹幕涌出来，她深夜懈怠下来的大脑顿了两秒，瞬间意识到不妙，一下又坐直。

刚刚点进来直接快进，忘了弹幕这回事！

然而铺天盖地的 CP 粉言论已经飞快出现在屏幕上。

"这是什么新婚夫妻共筑爱巢的剧情！我爱爆！"

"主动帮老婆拎行李箱！小裴活该你有老婆！！！"

"啊啊啊啊啊啊蜜月！这就是蜜月！别分房了！给我住一起！"

其中一条充了钱的高级弹幕更是显眼无比。

"看这主动的，有些人表面不熟，私底下亲都要亲腻了吧！"

这金色加粗的显眼字体明显比普通弹幕大一号。

赵霓夏脸一热，连忙点了几下把弹幕关了。

弹幕全是一片虎狼之词，偏偏她们十分懂得规避敏感词，或是转而用别的用语代替。像刚刚那条高级弹幕后面点赞点踩的都很多，但可能是因为氪了金，到现在都还存在。

她动作虽然算快，但也迟了好几秒，赵霓夏也不知道裴却看到没有，抿了下唇，假装无事发生。

然而，身旁的裴却低低地问："怎么把弹幕关了？"

"……"

她一下无法分辨他是真的没看到，还是故意发问。怎么想后一种的可能性都更高。

赵霓夏默不作声决定不理他。

两秒后，他喉间发出一道轻声，似是很轻地笑了下。

赵霓夏脸颊爆红，有种想把手机拿回去收起来的冲动，又觉得这样自己不自在的原因太明显，她耐着性子坚持了一会儿，才结束搬起石头砸自己脚的这一观影环节。

"有点儿困了。"看了五六分钟，她找了个借口收起手机，"我睡一会儿。"忙不迭地转头朝向车窗。

裴却没多说，从后面拿了条薄毯给她盖。

赵霓夏盖上毯子，闭眼侧着头假寐，裴却给她掖着被角，忽地道了句："有一点我要澄清一下。"

她身子一顿，下意识感觉不是什么很妙的对话，强忍住了没有睁眼。

他的手还没收回去，长臂横在她身前。

安静的车里，明明有些许距离，他灼热的呼吸却好像就在她耳边，撩得她微微战栗。

裴却的嗓音哑得不像话，轻轻摁了摁她薄毯一角，低声说："我没腻。"

车子在夜色下平稳驶向前。

毯子的边角似乎都被他掖得很严实，在空调中，赵霓夏裹在薄毯下竟越发觉得热。她忍住了没有睁开眼，听见他的话音后，更是直接"装死"到底。

连转都不敢往他那边转。

倒是裴却，他没再说什么，只是片刻后，伸出手递到她脸颊边，将她的脑袋托着轻轻转了过来。

　　她先是一僵，下一秒就听见他淡淡的语气里略带无奈："好好靠，等会儿脖子疼。"

　　她闭着眼，睫毛颤了下，到底还是没有转回去。

　　耳根那种发热的感觉真的让人很不自在，她脑袋居中微侧向他，闻到他身上的味道，被他手掌触碰过的那边脸颊仿佛又更热了。

　　好在之后，他似乎也闭上了眼睛小憩，没再继续开口。

　　安静的车子飞驰在路上。

　　赵霓夏眼睛闭着闭着，呼吸逐渐平静下来，慢慢真有了点儿睡意。

　　恍惚间就快要睡着的时候，她忽地又听到裴却声音很轻地叫了她一声。

　　她迷迷蒙蒙没来得及反应，他温热的手掌再次触碰上了她的脸颊，缓缓托着她的脑袋，让她靠到了他的肩上。

　　车开进她公寓的地下车库里，已经是一个小时后的事。

　　时间太晚了，虽然只是几步路的事情，裴却还是戴上了帽子，下车送她上楼。

　　电梯到达楼层，两人一起出了轿厢，走到门口。

　　赵霓夏站定，在门前回身看他："就送到这儿，你回去吧。"

　　裴却单手插兜站着，身形微微松散，身上的酒意还很浓，帽檐下那双眼眸被廊灯照映更显黑沉，略带几分不清明。

　　他嗓音仍有点哑，轻声问："不请我进去喝杯水？"

　　话音落进这一刻的氛围里，就像有什么灼热的东西在心头撩得人发痒。

　　赵霓夏瞥他一眼，飞快避开他的视线："……我困了，你回去喝吧！"

　　转过头在门前输密码。

　　她打开门，关门前面朝向他，看了他一眼。

　　他挑眉："这么绝情？"

　　她想说话，动了动唇又闭上。

　　裴却嘴上调侃了一句，却并没真的执意要进去。那张过分冷淡的脸上表情因酒意松弛了很多，眼里似暗似明看着她，轻扯了下唇角，马上又道："……那你好好休息。"

　　她"嗯"了声，瞥他一眼，把门关上。

　　门轻轻闭合，外间静下来。

　　裴却站了片刻，敛神转身。

　　还没走到电梯前，刚关上的门忽地又"啪嗒"一声开了。

他脚下一顿，回身看。

门推开了不大的空隙，赵霓夏手握着把手，面带纠结地站在门边。

裴却眼里微闪一瞬，轻声说："怎么了？"

她看他一眼，抿抿唇十分犹豫："现在好晚了……"

聚会散场的时候快凌晨两点，车开到她这儿，现在快三点，他回去还要四五十分钟的车程，差不多四点才能到家。

理智告诉她不应该让他留宿，他们本来就有过亲密关系，现在又处在这样的阶段，现下大晚上的，他还喝了酒，怎么想都非常不合适。

她一句话拖拉了半天，他也不着急也不催，只静静等着她的下文。

她终于继续开口："你回去还要很久……我公寓有空的房间，刚你不是说要喝水……"对上他的视线，她不自在了一瞬，心一横最后还是道，"你要在这儿睡一晚吗？"

最后的话她说得很轻，像扔出什么烫手山芋一样，飞快撂下。

"你要是想回去也……"

停了一秒，赵霓夏不自在地想再补上点儿什么。

裴却已然接过话，他抬手轻压了下帽檐，看向她，这次唇边轻扯的弧度更加清晰："好。"

公寓里空出的房间不止一间，赵霓夏挑了间最大的，从柜子里找出干净的枕头和夏凉被给他。

他先前说想喝水，不管是真的想还是假的想，她还是把杯子和水壶、饮用水口的位置都指给了他："你渴了自己倒。"

另外也找出了一套全新的洗漱用品，摆在浴室洗手台上。

至于睡觉的衣服，她这里没有男士睡衣，她的 T 恤什么的他肯定穿不下，只好道："你自己……"

想说"脱了睡"，话到嘴边又停住。

她不知道他平时睡觉是什么习惯，他们以前过夜的那些时候……睡觉时间，他直接都是不穿，或者偶尔会穿穿酒店的浴袍。

把不太恰当的话咽了回去，她重新接上："你自己就这样睡吧。"

怎么舒服怎么来，随他的便，反正门一关她也不知道。

裴却"嗯"了声。

除了房间，公寓里开着餐厅处和走廊过道上的小灯，明暗交会，光线不算太暗，也并不亮。

赵霓夏说完这些看了他一眼，在他看过来时又移开视线，换下一个话题："你要先洗澡吗？"

"你先。"裴却道，"我等酒意再淡一点儿。"

闻言，她道："你要醒酒药吗？不知道备着没有，我找找药箱……"

说着就要提步。

裴却不欲麻烦，出言阻止她："不用了，一会儿就好。"

赵霓夏停住，便也没多勉强，点了下头："那你休息。"

随后转身，脚步略显匆匆地回了房间。

她拿好衣物，洗完澡出来，客房的门已经关上了。

犹豫了一瞬要不要去叫他用浴室，最后还是作罢。

她回到房间吹干头发，躺回床上，休息了一会儿正打算睡觉，忽地听见外面传来动静。

裴却似乎开了房门，脚步声朝着客厅方向去的。

好半晌，一直都没听见他走回来。

赵霓夏翻了一会儿身，感觉睡不着，干脆也起来，披了件外套开门走出去。

各处的灯都没有开，只余餐厅一小盏亮着。

阳台上有暗暗的光传来。

赵霓夏走过去一看，见裴却坐在全玻璃封闭式阳台的小沙发上。

他听见她的脚步声和拉开阳台门的动静，回头："你怎么出来了？"

"我听见你走出来就过来看看……"

"吵到你了？"

她摇头："没有。"

裴却看着站在门边的她，示意："坐一会儿？"

她犹豫了一秒，在他的目光中，点点头，反手关上阳台门，在他右侧坐下。小沙发刚好是两人座，他靠着左边。

两个人挨着，手臂动一动会碰到，这样的距离她已经开始习惯。

沉默了一会儿。

她里面穿的是睡裙，外面披的外套是长袖。她夏天的睡裙不透但是有点儿薄，不加件外披有点儿冷。

原本是一时起意走出来，坐下后才有点儿后知后觉的尴尬，尤其是他的视线落在她身上停驻的时候。

不知是喝了酒还是别的缘故，他的目光和他平时给人那种淡淡的感觉完全不一样，化不开的黑沉中，带着富有攻击性的掠夺感。

赵霓夏拢了拢外披。

似是察觉出她的不自在，他缓缓敛回眸，将视线转移到阳台外的夜空上。

她住的这层很高，对面没有遮挡物，此刻深夜，漆黑的天幕中亮着几许星点。

赵霓夏本还想着要不要找个话题聊打破沉默，没等她开口，他点开手机音乐播放器，放起了歌，随后将手机轻轻搁到一旁的小圆桌上。

音乐声流淌，音量不大，在这个环境下刚刚好。

他姿态散漫地靠着沙发，似是在享受着这一刻的安静。

她顿了一下，也慢慢往后靠住，静静地听。

她不知道他酒醒没有，此刻她仍闻得到他身上混杂着清冽气息的酒味。

他人一直是清醒的，只是眼神里带上了酒意，酒精的味道也让原本清冷的他多了几分攻击性。

被这样的气息包围，在这样的他身边，她不可避免地感到紧张。

就像回来的一路上。

抒情的 R&B 音乐轻轻唱着，裴却忽地低声道："我身上烫吗？"

"嗯？"赵霓夏顿了下，转头瞥他，又飞快看向夜幕，声音低微地说，"……还好。"

他问完这句，又不再说话了。

歌放了好几首，赵霓夏视线保持在前方许久，她有点儿坐不住想回房间了。

"我……"

一转头，就见他微微歪着头，闭眼睡着了。

她顿住，定定地看着他。

几秒后，很轻地叫了一句："裴却？"

他没反应。

夜色下，他的面容看起来还是那般清冷，英俊五官被月色蒙上了一层薄纱，让那股凌厉感淡了许多。

赵霓夏盯着他看，从优越的眉骨到出众的眼睛，再到高挺的鼻梁和薄情的唇线，视线一点一点描摹他的脸。

他的长睫鸦羽一般，安静地停在那儿不动。

看着看着，她忽然有点儿控制不住自己，忍不住伸出了手，轻轻触碰他的脸颊。手在他脸上停了几秒，又向下移，想去触碰他的唇。

在快要碰到之前，她忽然回过了神，猛地收回手。

赵霓夏觉得自己身上又泛起热意了，他脸颊的触感残留在手上，她连忙拢了两下头发，站起身想回去。刚提步又想到他一个人在这儿睡着容易着凉，转身打算叫醒他，没等开口，脚尖先不小心碰到他的脚。

他动了下，缓缓睁眼。

赵霓夏连忙敛好神色。

裴却微微坐直，眼里带着轻微困倦，问她："怎么了，我刚睡着了？"

她眼神没敢看他，"嗯"了声，说："你回房间睡吧。"

"我再坐坐，等会儿洗澡，马上睡。"他轻抬眼睫，看着她道，"你先睡吧。"

"……那你早点儿休息。"她点了下头，不再多留，逃也似的立刻提步。

裴却靠在沙发上，侧头看着她进去，阳台门被她拉上，她的脚步声渐远，直到她的身影不见，他才缓缓转回头。

夜色下，一片朦胧。

他伸手拿起水杯，手机放的歌突然中断，响起一阵振动。

是秦奚打来的视频电话。

裴却顺手接起，音量只开了一小格，在阳台上吵不到里面的赵霓夏。

他懒懒道："什么事？说。"

"没。就问问你到了没？"秦奚道，"我天，我刚头好痛，晕到现在酒才醒了点……"

裴却抿了口已经不冷的冰水，淡淡道："到了。"

"那就行……"秦奚挠挠脑袋，正要说什么，蓦地注意到裴却这边的画面，诧异，"你那边怎么那么暗？"

不仅暗，画质也不是很清楚，但就这模糊的画面，秦奚视线落到他脸上，还是一眼就看出了那和以往不同的细微情绪："……不是，你看起来心情怎么这么好？怪瘆人的大晚上，你在哪儿啊？？"

裴却没有回答他，多的一句话都没有，只道："没事就挂了，就这样。"

说着抬起指头。

秦奚意识到什么，猛地吸气："不是！你该不会和——"

话没说完，这边已经点击下挂断。

裴却把手机盖着放在桌上，音乐声继续。

他靠着沙发，静静地喝完了杯里的水。

赵霓夏躺在被窝里，翻了几次身都感觉不到睡意。

或许是夜太浓了，刚刚对着裴却发怔，让她的思绪有点儿波动。

她不由自主地想起了一些和夜晚有关的事。

很久前，她和裴却冷战的那次，差不多两周没有联系。她生日破冰后，又过了一阵，他们才见面。

那次是她和井佑以及一群得空的圈内朋友短途自驾去露营。

裴却当天正好有工作从剧组回了京市，临时被叫来，隔天晚上就要返程赶飞机回去拍戏。

那是他们冷战之后隔了好久重新见面。

那群朋友里有人投资了露营产业，特地组的这个局，全程熟门熟路，避开了人群，带他们去吃周边地道美食，晚上再开回露营地。

大家都玩得很尽兴。

晚饭时井佑更是喝多了，醉得不行。

回去时赵霓夏和井佑被安排在裴却车上。

他们自驾游的一路几乎都没怎么说话，从碰面开始，到那会儿开车回夜宿地，两个人莫名地缄默。

一直到回程中途，井佑嚷嚷着渴要喝水，他们在露营地附近的小店停下。

店里只有一个上了年纪的老店员昏昏欲睡。

他们俩戴着口罩、帽子进去，她挑了几瓶水，他拿了醒酒药，他们走到收银台边结账，白得发青的灯光下，两个人沉默地对上视线。

收银台旁摆着一柜的计生用品。

谁都没说话。

他们拎着袋子回到车上，一路开回露营地，把喝醉的井佑扶进去休息。

其他人在草地上各自找着乐子，做自己的事。

井佑被安置好。

他们没去找任何人，站在露营地前，裴却低声道："去看星星？"

她低低"嗯"了声。

他们俩脱离朋友群，他开着车，开了好几分钟，开到一片无人的平地。

夜色下，周围空旷寂静。

四面车窗都贴了防护黑膜，挡风玻璃的黑色遮帘也拉下，车里只有淡淡一点儿月光透进来。

她跨坐在他腿上，和他接吻。

头顶是夜幕，周围是旷野。

"砰砰——"

门口突然响起的敲门声打断赵霓夏的思绪，她蓦地回过神。

脑海里那些回忆让她颇有种做贼心虚的感觉，她看向门口，语气不自然地问："怎么了？"

"没什么。"门外传来裴却的声音，"看你房间灯还亮着，跟你说一声，我洗完澡，准备睡了。"

"……"她没作声。

门外的脚步声很快朝着客房而去，外面安静下来。

赵霓夏捂着被子，等彻底听不到动静了，伸出手把床边小灯关掉。

黑暗中，她翻了个身，用力闭上眼。

脑海里再度浮现出刚才的那些画面。

那是她和裴却最出格的一次。

赵霓夏闭着眼，长长地舒出一口热气。

这个晚上，她好像又有了一种和那时一样的感受。

在那辆车里，在时隔很久重新和他亲吻交融的那个瞬间，她突然意识到——

无论是生理还是心理，她都很想他。

借宿这晚，两个人睡得都比较迟，第二天临近中午才醒。

早午餐合并在一起，赵霓夏点了些清淡的菜，吃过饭后裴却就回去了。

客房他睡过的床收拾得很整洁，薄被叠放得整整齐齐。

空气里似乎也残余着点点他的气息，以及和她同样的沐浴乳味。

赵霓夏站了一会儿，拉开窗帘让光透进来，端着杯子走到阳台坐下。

午后光线澄明。

她靠着沙发放松了片刻，昏昏欲睡的安静氛围被电话搅扰。

来电是叶莱。

她稍稍坐起一些接听："喂，怎么了？"

"Surprise！"叶莱兴冲冲在那边道，"告诉你一个惊喜的好消息，我过段时间就要回国啦！！开不开心？"

"嗯？"赵霓夏一听来了精神，"怎么突然要回来了？打算待多久？"

"待个一两周半个月的样子吧！我回来办一些文件，顺便休息休息放松一下，好久没回国了！"叶莱语带欣喜，"我们也很久没见了，这次等我回去就能好好聚一聚了！正好让我看看在线状态的大明星是什么样！"

赵霓夏失笑："行，等你回来聚。"又问，"什么时候回啊，时间定了吗？"

"差不多就这阵子吧，具体时间等确定航班后就告诉你。"

两个人又聊起别的话题，聊赵霓夏的工作，还有她最近在播的综艺。

"综艺录了不少次了吧，你们俩现在什么情况了？"

他们那档综艺现在真的好火，叶莱虽然在国外，周围人也有跟她提过，留学生圈子里好多关注国内资讯的都在看。

那天她也看了一期，那难以形容的氛围简直就快溢出屏幕，她这个多年好友都有被冲击到，更别提那些观众了。

"……"

赵霓夏坐这个小阳台上，昨晚和裴却待在这里的场景她还记得，现在被追问和他有关的事情，感觉十分微妙。

她被那边问得没办法，喝了两口水，只能简略又简略地说了几句。

"什么？他在追你？！"叶莱听得一阵激动，"进展这么快？？上次给你打电话的时候不是还没怎么吗？什么情况什么情况！"

就是上次打电话那会儿……

赵霓夏忍住没往下多说，只含糊了两句。

叶莱揪着她和男人的八卦问了好一通，实在从她嘴里撬不出太多内容，只能作罢。

"那你能兼顾吗？你接下去工作安排多不多啊？还要应付男人，不会我回来你都没时间见我吧？？"

"这倒不至于。"赵霓夏让她放心，"我后面是有一些工作安排，这几天开始就要忙起来了，但你只要提前跟我说，我肯定安排好时间见你，好吧？"

主要是关于新戏的事情可能需要花点功夫。

得到她绝不为男人抛弃姐妹的保证，叶莱这才满意。

两天后，《很久以后的这天》第五次正式录制开始。

这次的录制和第二次的主题一样，只是主宾反过来了，这回裴却来赵霓夏的住处做客，由赵霓夏邀请朋友作陪，负责接待。

赵霓夏圈内友人不多，以前认识的常聚会的那些，自她退圈，已经多年没有来往。

如今各人情况不一，彼此之间也有亲疏远近，当初是她不联络，复出后没有合适的契机，自然也不好意思觍着脸再去联系人家。

她便给井佑、梁优以及文恬发了消息，问他们有没有空，方不方便来录制一天。

井佑早先就说想来他们节目玩，第一时间就给了回复：来！当然来！！

同为嘉宾的梁优也没多考虑，很利落地就应下了。

文恬就更好办了，都是工作室的人，得到她肯定的答复后，赵霓夏直接就跟周涟说了一声，时间协调得很轻松。

录制当天，赵霓夏早早起了床。

节目组的人中午之前来安装好镜头，送走工作人员，她立刻就下单准备了些吃的。

午饭后休息了一会儿，就收到对接的编导的消息：赵老师，裴老师那边马上就到了，他早上有个小行程，没跟我们组里的车，是坐自己的车过去的。你的地址我们发给他了，等下你们联系一下，怕他像你上次一样找不到。

"……"三天前他才来过，肯定找得到。

赵霓夏默了默，给那边回了个"好"字。

不一会儿，外卖小哥送来的吃的放了门口。

她拿进来整理好，门口又响起了门铃声。

透过猫眼一看，是裴却。

他做好了妆发造型，戴着帽子，单手插兜站在门外。

门一开，赵霓夏和他对上视线。

他脸上没什么表情，但唇角弧度微微松弛地向上，帽檐下的眼睫颤了一下，看着她轻声道了句："下午好。"

赵霓夏似应非应地"嗯"了一声，侧身让他进来。

他换上拖鞋入内，她问："要喝什么？"

"水就可以。"

她点头，进厨房给他倒了杯水。

刚放下杯子，她搁在桌上的手机就响了起来。

井佑打来电话说到了："我和梁优一起到楼下了，是直接上来吗？"

"对。"赵霓夏说，"找得到吗，要不要我下来接？"

他说"不用"，挂了电话，几分钟后就到了门口。

井佑进门一见沙发上的裴却，立刻"啧"了声："你这么快就来了？我还以为我们到得很早呢！"

梁优在他身后，和裴却问候了一句，闻言忍不住拍了他一下："这是人家的主场，你怎么一点儿客人的自觉都没有？"

他"嗞"了声："……你手劲怎么这么大？！"

两个人一边坐下一边吵闹斗嘴。

文恬是最后一个到的，进门就先给了赵霓夏一个大大的拥抱，笑盈盈道："谢谢你邀我来玩，好高兴哦！"

随即也加入客厅几个人当中。

熟人多了，赵霓夏的状态就自然很多。只是每当裴却眼眸深深看过来时，她不免有些心虚——可能是因为她和裴却的关系现在正处在这个变化的进程中——她总想踩他一脚，让他收敛一点儿。

录制的流程和上回在他家差不多，几个人坐着吃东西，聊天，玩游戏。

她把提前点的那些吃的搬上茶几，井佑和文恬吃得不亦乐乎。

聊了许久，又玩了游戏，录了两个多小时，赵霓夏起身去拿东西。

井佑忽然跟在她身后，挤了过来。

见他一脸鬼鬼祟祟，赵霓夏有些奇怪，眼里带着不解看他。

他到她身边，小声说："我感觉你跟裴却之间气氛好多了，你们现在是不是已经和好了？"

像是害怕那边几个人听到，他还用手弯在嘴边挡了挡。

赵霓夏不得不提醒他："你是不是忘了你戴着麦，录下来播出去谁都看得到。"

"嗯？！对哦！"井佑蓦地反应过来，尴尬地在周围找镜头的位置，解释，"……我就是关心你们一下。"

他怕给她添麻烦，忙问："这要不要删？要跟节目组说一下吗？"

已经录制的内容里，比他这句能让粉丝在意的地方多了去了，之前她都在镜头前和裴却道过歉，他问一句他们关系是不是缓和实在算不上什么。

赵霓夏说算了："不用。"

井佑挠挠脸，一下也不好意思再继续追着问。各自回到客厅坐下，又聊了一会儿。

他的苏打水喝完，起身去厨房倒。

往杯里添了冰块和蜂蜜，他还想再加点儿薄荷叶，在台面上左看右看没找到放在哪儿，回身正要喊赵霓夏，裴却恰好走了进来，淡淡瞥了他一眼，问："找什么？"

"我找薄荷，她放哪儿了……"

井佑又四处瞅了两眼。

没等他开口问主人，裴却走到料理台一处，打开小柜子，从里面拿出一小瓶薄荷叶给他。

他立马接过："啊，这儿啊，谢了。"

裴却倒了水正要出去，井佑往杯子里加了几片薄荷，忽地反应过来——

"哎不对啊？！你怎么知……"

怎么知道东西放在哪儿，不都是第一次来吗？！

井佑一头雾水加震惊地转身，对上裴却平静的视线，想起周围还有镜头，说到一半的话一下卡在了喉咙里。

短暂的两秒像有半年那么长，他暗暗压下眼里情绪，艰难地把话拐了个弯："……只放冰块和柠檬片不再加点儿别的？"

裴却缓缓看他一眼，似是知道他在想什么，偏又淡定得仿佛本就该如此，喝了口水，定声道："不用了，这个味道就好。"

从厨房倒完水回来，井佑就沉默了很多，看她的眼神也变得古怪了起来。

赵霓夏一头雾水，只能往和他前后脚进去的裴却身上猜。

碍于在录制，没法多说，她也就压了下去并未多问。

邀请来的客人要在她这儿吃晚饭，像上次一样。赵霓夏点了些食材回来，裴却和她一道进厨房，弄出了一桌菜。

吃过晚饭后，井佑几人就回去了。

裴却要待到晚上九点半至十点，他们将碗筷塞进洗碗机里，收拾好餐桌，便在客厅坐下。

赵霓夏特意开了很亮的灯，两个人分别坐在沙发一角，说话聊天气氛都还算平和。

只是中间她打算找点儿东西看的时候，裴却靠着沙发扶手，突然幽幽地来了句："要不然看看我们节目的正片？"

他说话时一脸淡淡，仿佛只是想和观众一起追，但他看着她的眼神，眼底分明潜藏着不为人知的调侃。

赵霓夏悄悄瞪他一眼，压下脸上飞快闪过的热意，直接在行动上否决了他的提议。

随便放了部电影看完。

不久后录制结束，她起身把镜头都遮住，等节目组来拆。

裴却没急着走。

赵霓夏没管他，径自走进卫生间洗手，转头就见他跟了过来。

"你干吗？"

身上的麦关了，镜头也挡住，赵霓夏记着刚才的小仇，直直盯着他。

"我都要走了，你不送我？"他靠在门边，整个人略微散漫，清冷的脸上那一点点似笑非笑的模样，就像是有意在勾引谁。

"走呗。"赵霓夏不接他的茬，拿纸巾擦着手。

一句话驱逐不了他，他不动也不说话，就那么靠着门框眼灼灼地看着她。

赵霓夏被看得耳朵发热，不知道是第几次了，她在他面前好像总是控制不住耳朵和脸颊的热意。

她被盯得没办法，转头："你别这样看着我。"

裴却明知故问："哪样？"

"……"

怕真把她惹急了，他马上又见好就收："好了，那我回去了。"

他站直了身，动身前，却又盯着她看了好几秒。

她刚想说点儿什么。

他忽地伸出手指，指尖轻触了下她没被头发遮全的耳垂。

"赵霓夏。"

她僵了一下。

裴却轻扯了下唇，眸光微暗地看着她，像是发现了很喜欢的东西，哑着声道："你耳朵红了。"

被追的人可以肆无忌惮一点儿

第五次录制结束后，赵霓夏开始忙了起来。

《嫣华传》那边给出了最后答复，齐青在弘朗和大投资方的三方角力之中败下阵来。

弘朗那边和另一位女演员达成了协议，对方的合约正好快要到期，以分约给弘朗作为交换条件，拿下了女主。

齐青退而求其次，但女二的名额被投资方插手，他们推了自己看中的一个女演员上去。

男一、女一、女二，都是他们选定的人。

周涟说那边现在乱得很，齐青发了大脾气。

他作为知名电视剧导演，有作品，有地位，原本他们请他来执导，签约之前说得好好的，结果现在三个主要角色他一个都做不了主，闹成一团。

"不知道最后会怎么样，不过演员反正肯定是定下来了，弘朗那边现在在说什么男二让齐导自己选，把齐导气得够呛。他们和资方这样对齐导，齐导会不会亲手导现在不一定了，说不定就交给团队哪个副手……"

弘朗原本签的就是齐青整个团队，他交给手下其他人主导，弘朗也挑不出他的刺。

但他手下人虽然一直跟在他身边做副手，水平还是比不上他的，他真撂挑子，出来的成品估计要大打折扣。

这一波弘朗和投资方其实根本得不偿失。

"搞不懂，他们这样子去涮人家，把事情搞得这么难看，也不是初出茅庐的新人导演了，还玩这手，我看弘朗这把估计要悬。"

周涟感叹连连。

赵霓夏听完，也只能默默叹了一声气。

这部剧和他们无关了，她也不用再为它做什么准备。

周涟收到答复后立刻就给她挑出了一个剧本，是制片方找过来的，他们还得去深入接触一下主创团队。

除此之外，他还给她谈定了一个新代言。因为已经谈了很久，对方一应都准备好，合同也确定，签完就可以直接拍广告。

事情一件件排上日程。

赵霓夏签完广告，赶去外地和新剧本的主创团队见了一面，他们已经在为新剧置景做前期准备。

双方见过面后，彼此都很满意。

让她和周涟最惊喜的一点是，制片方请来的导演和齐青竟然师出同门，拜的都是圈内同一个老师，只是年纪相差比较大。

新剧的导演只有三十岁，入这行比较晚，履历并不丰富，作品只有两部：一部是小众纪录片，在欧洲影展拿过奖；一部电视剧是正剧风格，被春兰奖提名过，网友评分9.0分。

那部电视剧是前几年上的，在电视上播得很好，只是阵容里没有人气明星，是以导演本人在线上众位演员粉丝眼里，比较透明。

赵霓夏和他们聊了一个下午，吃完晚饭两边还坐在餐桌旁继续沟通了很久，越聊她对这位导演越认可。

回去后特地找出他的作品看了看，期待合作的心情直接到顶。

这部剧除了投资比较少和阵容看起来比较"普通"，没有别的问题。

优点、缺点，周涟和赵霓夏一一分析过，她没有犹豫很久，决定要接。

新剧的事就此谈定，合同的事交给工作室其他人对接。签下的新代言那边也已准备就绪，赵霓夏和周涟又动身飞去拍广告。

拍了几天，回到京市，正好赶上《烈日之下》剧组安排了一次见面发布会。

她没来得及歇，立刻马不停蹄为出席做准备。

发布会在晚上，除了媒体会到场，也会同步在微博上直播。

造型师、化妆师和工作室团队的几个工作人员下午三点多就来了，带来了一堆东西给她挑。

挑完衣服休息的空当，赵霓夏刷了会儿手机，收到叶莱的消息。

叶莱回国的日期定了，特意来说一声。

两人顺势聊起来。

叶莱关心了一通她的工作，又关心起她的感情生活，问她和裴却怎么样，还不忘给她传授经验提醒她：我跟你说，这个阶段的男人最会得寸进尺装可怜了！他肯定会想方设法黏着你，见缝插针找机会跟你提要求，你可千万要警醒！千万别随随便便什么都答应他！也别这么容易就被他追到！

"……"之前动不动就嚷嚷着让她去找裴却的仿佛不是她了。

赵霓夏：是谁一直催我找他。

叶莱：那不一样！谈恋爱是谈恋爱！

怎么说都是她有理，赵霓夏无奈，没多聊这个，只附和着说了几句。

结束和叶莱的对话，她看着微信列表，视线扫过裴却的头像，停了一下。

这段时间太忙，自从第五次录制结束后，他们就没再见过面。

裴却并不像叶莱说的那样，如何如何缠着她。

他有给她发过消息，但她跟他说过这段时间在忙，他知道工作起来连轴转有多累，便没有经常打扰她，只有时会给她发几句琐碎的消息，他们都是零零散散地在对话。

上一条信息还是前天的了。

赵霓夏敛着眸，把他发的内容又看了一遍。

不知道他在干什么，可能也在忙。

指尖触碰对话框，悬停着还没摁下一个字，那边造型师忽然又开始叫她。

休息时间该结束了，造型还没试完，赵霓夏连忙回神，收起手机起身过去。

为了贴合剧的风格，她晚上的衣服颜色比较暗，黑色的裙装，其他搭配的小细节都是红色系。

造型师在带来的首饰盒里不停地翻找着能搭配的项链。

"奇怪，那个颜色来之前确认过了呀……"

赵霓夏看他找了好一会儿，拿着这条在她脖子上比一下，又拿着那条比一下，对这些项链的红色都不是很满意的样子，心念一动，问："红色的耳环可以吗？"

造型师抬眸："耳环？红色的吗？可以啊，可以试一下！"

赵霓夏从梳妆台上找出了搁置很久的那对红宝石耳环。

一打开盒子，造型师倒吸了口气："哇，这个品质看起来不错哎。"

因为不是走红毯之类的场合，他们今天准备的衣服饰品其实都不是很贵。

造型师见得多，对于好坏一眼就能分辨得出来，她手里这对就挺好。

不过现下最重要的还是颜色合不合适，接过耳环后马上在赵霓夏耳朵边比了一下，那颜色正的，刚好就是想要的感觉，二话不说让她戴上试试。

赵霓夏戴上耳环，只一眼，造型师当场拍板："就这个！很合适，不用翻了！"

肖晴晴和其他人闻声也围过来欣赏。

这一身造型就此定下，待她上完妆，头发弄好，换上衣服，整套打扮下来，好看程度更是翻倍。

几个工作人员在肖晴晴夸之前就已经开始夸："好好看，都可以直接走红毯了！超美！"

一切准备完毕，周涟过来接他们。

车在路上开了一个小时，开到见面发布会现场，赵霓夏和很久没见的杉青导演等人一一拥抱。

《烛火》单元就来了她和男主，其他几个单元也都是主要角色到场。

主创们按照顺序依次走上台，台下一片媒体。

闪光灯闪烁不停。

赵霓夏保持着礼貌的笑意，只在镜头明确捕捉对着她拍的时候，微微侧过了头。

她抬手将脸旁遮挡的头发全都别到了耳后，露出耳上的配饰。

没有看镜头，仿若只是一个随意的小动作。

并不是想秀自己佩戴了珠宝，她有各种各样的首饰，从没像这样展示过。

唯独今天，在和裴却很久没见的这个时候，她想让耳朵上的这一对耳环被看到。

想让它能被看到得清楚一点，再清楚一点。

发布会结束，赵霓夏坐上保姆车回程。

回到公寓不久就收到了肖晴晴的消息，说她上热搜了。

赵霓夏一边喝着水，拿出手机点开微博，#赵霓夏好看#的词条挂在热搜中间偏上的位置，里面全是各种各样她在发布会上的截图。

除了粉丝，也有很多看了综艺或是最近了解她的路人在夸她好看，大多都是夸她的脸和衣服或者是妆造的，但也有不少条，关注点放在了她的耳环上。

"她今天发布会上真的好好看！整个妆造都很适合她，尤其是那对耳环，简直就是点睛之笔！"

"耳环好贵气，哪个造型师这么有眼光给她挑的这个！配她的脸，适配度简直百分之百！！"

赵霓夏指尖停了一会儿，又退出去。

微信弹出剧组宣发的消息，他们看到热搜来和她说了一下这件事，还特意提到不是他们买的是自然冲上去的。

她笑笑回了个表情包，正要放下手机去卸妆洗漱换衣服，列表顶上又多了一条新内容。

那个被网友夸有眼光的真正的"造型师"，给她发来了一句。

裴却：很漂亮。

不知是在夸她还是耳环，抑或是都有。

赵霓夏抿了下唇，他的消息在她预料之中，甚至明明从一开始仿佛就在等着这一秒，嘴上却还冠冕堂皇着：今天的造型正好适合红色。

裴却：嗯。

他下一句道：最近有点忙，我刚从飞机上下来，刚刚看到热搜。

她指尖还在打着字，那边又发来一句。

有点儿逾矩，对于他们这个阶段似乎超出。

她怔了一下，瞬间又被灼烫得头埋进了枕间，耳热着心跳加快起来——

裴却：我也很想你。

见面发布会活动结束，综艺的最后一次录制即将提上日程。

节目组发来了流程和大概内容，作为收官，主题自然是"告别"。告别节目，告别"重逢"的这个阶段。

后续如何，就不再是节目里的事情了。

最后的录制安排的几乎都是外景。

工作室和节目组沟通过，确认下来。

赵霓夏开始录制之前，叶莱回国了，飞机经历了一段长途飞行，于深夜抵达。

回国的第三天，她就组织了一场局，和一众朋友见了个面。

那些朋友里有两个是和叶莱一起回来休假的，还有几个是这阵子正好在国内，马上就要各处飞，被她一并都抓了过来。

他们这帮人基本都是初中时就认识了，虽然现在常年散落各国天南海北，联系不如读书时频繁，但偶尔谁忽然在国内或是国外攒局，有空的就会去聚一聚，只要见了面就半点儿不生疏。

到场的六七个人吵吵闹闹问候完，第一时间就集中火力攻击赵霓夏。

"夏姐怎么回事儿啊？回国换了新的联系方式也不联络我们，我还得搁电视上看见你，是弟弟们档次低了配不上我们夏姐了是不？"

"就是！你怎么老跟叶莱一个人联络，也不跟我们联系联系？"

"群你也没在，脱离大部队了哈……"

叶莱连忙帮她挡："我我我！是我忘拉了，忘记拉她了！"

赵霓夏在国外那几年用的全是外国的通信 App，和他们联系也是，回国后搁置了，换了新的微信。

叶莱加上她后忘了把她拉进群里分享给其他人，她自己忙着录制忙着工作，也忘了这一茬。

赵霓夏被追着讨伐，连声"哎哎哎"地认错，被叶莱拉进群里，又挨个加了他们在国内用的微信。

这些人虽然嘴上说得厉害，但其实心里都没真的介意。不提以前念书时的感情，单她在国外那几年他们也是知道的，像叶莱说的，状态很不对。

平时攒局约好一起飞哪里聚一聚，或是组织去度假什么的，十次里她都只会来个一两次。

当下笑闹了一番，加上微信后就收了劲。

太久没见，气氛打开后，几个人弄出了几百只鸭子的动静，吵得不行，你一句我一句，什么都聊。

因是叶莱攒的局，他们闹着要叶莱晚上请客，纷纷开始挑地方。

赵霓夏中途边聊边剥了几个水果吃，趁他们吵闹的工夫，起身去卫生间洗了个手。

叶莱让他们随便挑，随后也跟进卫生间。

赵霓夏见她，让了点洗手台的位置："怎么了？"

叶莱没进去，她是来找赵霓夏说话的，靠着门道："我昨天见了我家里人，听他们闲聊了一会儿，聊到你妈，说是你妈集团那边好像有新动作，之后估计会频繁回国。"

赵霓夏顿了下。

赵定音白手起家，二十几年来经过多方融资几次整合，渐渐做大。

赵霓夏小的时候她全国各地飞，后来赵霓夏大了，她的重心放在了拓展海外市场上，开始常年待在国外。

叶莱看赵霓夏的表情就晓得她不知道这件事："我就是跟你说一声，你自己心里有个数。"

赵霓夏敛眉，低声应："……嗯。"

她又摁了一次洗手液，一点点细致地洗着手。

她表情看起来很正常，但叶莱知道，她心里肯定没有面上这么平静。

她们母女俩的关系僵持到今天，可以说是已经积重难返。

叶莱还记得那一次，印象非常深刻。

赵霓夏十六岁生日的时候，赵定音仍然没空见她，给了她一张卡，又让助理给她办了一家高级庄园酒店的 VIP，让她自己庆生自己花。

那天他们一群人在庄园的酒水吧给赵霓夏庆生，人多热闹排场又大，一应都是贵宾待遇，她大伯家的女儿和其他人一起来玩，正好在吧里遇上，酸了好几句，两边起了冲突。

都是年轻气盛的十几岁小孩，互相激了几句就按捺不住了，约着比画比画。

那后面有一片马场，他们两边赛了一次马，他们狠狠赢了对面一通，赵霓夏更是赢得让她大伯的女儿脸上发臊没话说。

但恶心人的本事可能是会遗传的，她输了骑马，临走前突然走到赵霓夏面前笑着说："你知道我骑马是谁教的吗？是叔叔，我的骑装也都是他给我买的，他还说呢，要送我一匹马。"

她说的叔叔，就是赵霓夏那个抛弃妻女重返"豪门"的父亲。

叶莱一听就要戗回去，赵霓夏脸色淡薄地先开了口："原来是他教的，难怪你骑术这么烂，以你们家现在的情况他也买不起什么好马了吧？"

她大伯的女儿被嘲讽得脸色一变，忍不住冲赵霓夏冷声道："你得意什么啊？你不过是我叔叔犯下的一个错误，是你妈人生的一个污点，庆祝生日？你生下来谁待见你？我要是你都没脸见人，你有什么了不起的？"

他们另一个朋友江朔扬当场就忍不住了，直接开骂："你再说一遍？！也不撒泡尿照照自己是什么破落户，给你脸了是吧？！"

他一下上前去，两边推搡差点儿动起手来。

赵霓夏也冷着脸一把拽过对方的衣领，她大伯的女儿顿时尿了，身边的人嚷嚷着，挣扎了几下拉着她飞快走人。

江朔扬和其他朋友骂骂咧咧，要不是顾及赵霓夏过生日，说不定就要跟那些人干一架。

叶莱问她："你没事吧？"

赵霓夏沉着脸，摇摇头，没说话。

大家都说不要为了那些人坏了心情，继续给她庆祝。

她脸上也恢复了平静，很快就像什么都没发生过。

然而那天她还是喝多了，喝到脸酡红。

叶莱送她回房间，把她放在沙发上，去了趟卫生间出来，就看见她坐了起来，在给她妈打电话。

那个时候赵霓夏和她妈早就是经常争执的状态，在电话里总要吵架，有时是赵霓夏打过去，偶尔她妈也会打过来，说不上几句就开始训斥她，回回到最后都扔下一句还有事下次再说就结束。

叶莱连忙过去扶住了她，她像是醉了又像是没有，脸红扑扑的，电话那边过了很久才接听。

赵霓夏张嘴叫了一声："妈……"

她想说点儿什么，可是还没开口，那边问了句她是不是喝醉了，就开始斥责，连篇都是训斥的话。

到最后，又是熟悉的一句，她说："我现在有事很忙你别烦我，让我省点儿心，下次再说！"

房间里太安静了，听筒里的声音每一句都很清晰地传出来，包括那挂断的忙音。

赵霓夏握着手机抵在耳边，她仿佛醉得不清醒，很久都没动，眼睫沉沉地垂下来。

她没有掉一滴眼泪，可叶莱却觉得，她好像正在哭。

没多说什么，叶莱拍拍赵霓夏的肩，换上了正常神色。

从卫生间出来，两个人回了厅里。

其他人已经决定好要去哪儿吃了，叶莱立刻订位子。

订好后，她看了眼时间，开始念叨："江朔扬怎么还没到啊？"

赵霓夏闻言，问："他回来了？他不是不在国内？"

"啊，我前天给他打电话，他正好在首市，我就让他回来一趟。"叶莱啧声，"他还嫌我烦！"

江朔扬毕业后就进了自家公司，也是常年到处飞，但人家是正儿八经地在忙事业。

一个电话就被催回来了，赵霓夏给叶莱比了个大拇指。

差不多快到饭点的时候，江朔扬终于来了，身边还带了个朋友。

他介绍说是他在国外另外做的一笔小生意的合伙人，难得都回来碰上一次，顺便一起叫过来吃饭了。

寒暄没几句，一群人就转移阵地去吃饭。

江朔扬开了车，赵霓夏和叶莱都坐他的车。

一边往外走，叶莱一边捶他好几下："就你架子大，让你买早点儿的飞机票就不，来得这么晚！人赵霓夏现在是大明星都没你大牌！"

他边躲边骂："你说的是人话？我一个电话被你喊回来，下飞机刚落地没多久又过来给你们当司机！我容易吗我……"

就这样吵吵闹闹坐上了车。

车开着开着，叶莱忽地指着窗外一处对赵霓夏道："你看！你和裴却哎！"

那边是一块大屏幕，正放着《很久以后的这天》综艺的宣传。

赵霓夏还没出声，江朔扬立刻转头瞅了眼："哪儿？哪儿呢？！我也看看！"

"专心开你的车，乱看什么！"叶莱训了句，"你又不懂。"

"谁说我不懂，前几天我还在群里瞅了眼，见他们谁提了一句，不就是赵霓夏上了个什么综艺，然后有个 CP，很多年了是不是，就以前那个……"

他知道的不如叶莱多，对于明星的八卦他可能没兴趣，但自己朋友的绯闻就不一样了，他说着就好奇地问："赵霓夏，你们那什么情况啊？来真的还是假的？那个裴却特别红吧，我家里人都知道他。"

赵霓夏有点儿不知道怎么说："这个……"

她斟酌着，还没说话，副驾驶座上江朔扬的合伙人忽然插了一句："那个，姐，你跟裴却很熟吗？"

合伙人叫彭尚，他年纪不一定比赵霓夏小，只是因为她和江朔扬关系好才这么叫。他的这一句问得实在有点儿突然和冒昧，弄得赵霓夏愣了一下。

江朔扬也看他一眼："能不熟吗，你怎么也好奇这个？"

"不是。"彭尚忙道，"我就是觉得世界挺小的……"

江朔扬诧异："你认识？裴却？"

彭尚看他一眼，点了下头："他是我小学同学。"

"小学同学？"

"嗯，我们以前都是润兴小学的。"

江朔扬前面介绍的时候说了，他这个合伙人家境不错，也是开公司的，像他们这些人一般有条件，从小上的学校都不便宜。

赵霓夏想到裴却的家庭情况，不由得蹙了下眉："是私立学校吗？"

"对，私立。"彭尚道，"我小时候那会儿家里生意才起步几年，那算是我们那片最好的小学了，不过跟那些什么贵族学校之类的当然没法比。"

江朔扬透过后视镜看了眼赵霓夏的神色，问彭尚："你跟裴却熟吗？"

"不熟其实，他是突然转到我们班的，平时经常一个人待着，很沉默，不喜欢跟人说话也不喜欢跟人玩，我就觉得他好像个性怪怪的，和大家格格不入，后来……"

彭尚似乎想说什么，动了动唇又蓦地停住。

江朔扬主动往下问："后来怎么了？"

彭尚犹豫了一会儿，才缓缓说："后来我们才知道，他是被他家里收养的，八九岁之前一直在孤儿院，所以比较孤僻。"

赵霓夏微微怔住。

"我也是听到那些家长大人他们聊。"彭尚挠了下头，"就什么说他被遗弃但没有病，本来很好被收养，在孤儿院待到八九岁是他自己不愿意跟人回去，他爸妈收养他费了很多劲之类的。

"我们小孩子不懂嘛，他不爱跟我们玩，我们也不想跟他一起，就一直不太熟。那个时候还小，小学生，还没到会欺负人的年纪，我们班我们学校反正也没谁欺负他。

"他上初中就转走了，我们学校本来可以直升初中部，听大人说……"

他停了一下："好像是他养父母家里出问题了，他养母去世，养父生意破产，读不起我们学校。"

后座的赵霓夏默了两秒，喉间微涩地问："然后呢？你再没见过他？"

"见是见过。"彭尚被他们勾起了回忆，他和江朔扬关系不错，对他的熟人也没隐瞒什么直接和盘托出，"之后有一次吧，那时候我们一起玩的一群人，陪一个朋友去一个学校追女生，那边挺破的，又老又旧，就那天在附近的巷子看到了他。

"当时七八个人堵他，好像是那儿附近的混混，我们在那边路过，吓了一跳。他长得是真的蛮好看的，小时候就好看，所以我们印象很深，一眼就认出了他。"

"我们在巷子外面，就听到里面传出打架的声音，还有很多骂人的话，好像是骂他，什么克死他妈之类的……"他皱了下眉，"反正特别难听。我们本来在犹豫要不要进去，怕出事儿，后来他自己就出来了。"

车里几个人都听得沉默了。

彭尚接着说："他脸上青一块紫一块，还有很多血，看着就很吓人，他什么表情都没有，单肩背着个书包，然后就走了。我们在巷子外面探头看了下，堵他的人也没好到哪儿去，被打的，哇……真的！地上一堆废凳子、木棍，那些躺着的看起来比他还惨。"

赵霓夏抿了抿唇："他们为什么堵他？"

"不太清楚。"他道，"左不过就是看他好看不爽呗，那时候听那些人骂的内容我已经不记得了，大概就是说哪个哪个女生说他好看，问他怎么谁的人都敢招惹，各种骂他什么的。"

"那之后是真的再没有见过他了。"彭尚道，"我大学是在国外读的，这几年偶尔回来一次，在网上看到才知道他当明星了，而且很红。"

他感慨地"啧"了一声："不管怎么说吧，就觉得他还真挺牛的。"

和他们聚完餐，赵霓夏回到公寓，人还是有点儿出神。

在饭桌上她也没吃多少，脑海都被车上听到的那些事情占据了。

她想起以前出道的时候。

他们开始红起来后，网上也有自称是裴却同学的人爆料过，说他打架什么的，又拿不出任何证据，爆料人自己的描述里也说是别人先找他麻烦。

再加上帖里的内容，提到的一些比如"学校和他住得近的同学说，他们家周围的人都说他克死了他妈"这样的话，只让人觉得荒谬。

帖子里也有提到他爸整天喝酒不管他以及别的乱七八糟的内容，但最后除了一个没有证据的打架，并没讨论出他确切的黑点。

览众应对这些很有经验，很快就把这些发散的内容处理好了，没造成什么影响。

赵霓夏那时在网上刷到过一点，也看到了其中有一句在后面出现的爆料，说到"他好像是在孤儿院长大的，是个孤儿"的话。

她那时以为是黑子出来骂人乱编的。

裴却从没提过这些。

和他亲近的他们这些人，也没人问过。

心情突然很复杂。就像是一种迟来的低沉。

赵霓夏想给他发消息，点开手机，又怔怔地不知道发什么。叹了口气，她把手机放到一旁，在黑夜里发呆。

十九岁时冷漠桀骜被练习生们排挤的裴却，和别人讲述中满脸是血从巷子里走出来的他，渐渐在眼前重叠。

她紧紧地闭上眼。

胸口一阵发闷。

最后一次录制来临，第一天的外景是在游乐园。

节目组包了场，赵霓夏午后驱车前往，和裴却在游乐园里会合。

路上，肖晴晴看她脸色不好，问她是不是没休息好。

赵霓夏用指节揉了下额心，说："是吧，可能没睡好。"

见她没兴致说话，肖晴晴不再吵她，在旁安静地刷手机。

车一路朝游乐园开，窗外景致倒退得飞快。

开了快一个小时，快到游乐园时，肖晴晴突然在网上刷到了赵霓夏的爆料。

她连忙坐直了身，立刻喊赵霓夏看。

爆料的内容和她上综艺有关，帖子开在娱乐小组，是一个自称是业内的人，发的和某台工作人员的聊天对话截图。

截图里用"现在某热综的热门 CP 女主"指代，基本等于指明是赵霓夏。

对话的内容概括下来，大意是，赵霓夏这边原先想上他们节目，他们一直在沟通，本来谈得差不多了，结果最后还是没成。

等过了一段时间，赵霓夏这边就上了企映的综艺，他们后来又有发邀请，邀她来参加节目露个面，谁知道综艺火了，她经纪人之前一直想跟他们合作，这会儿就趾高气扬地拒绝了。

话里话外透出的意思都是在说她拜高踩低，抱上了更好的资源大腿，红了就小人得志。

帖子发散得很快，一发就被搬运到微博，肖晴晴看到的时候已经在热搜上。

肖晴晴看得直生气："我们接触过的综艺就只有那档演综，他们什么人啊？明明是他们自己要我们，反过头来倒打一耙！"

热搜词条下好多阴阳怪气，生怕别人猜不到是谁，一直在刷她的名字。

各种猜测也随之发散，在那边重提阴谋论，说她背景深厚资本力捧，逼得裴却不得不上这个综艺。

有明白人指出说，赵霓夏复出签的是她前经纪人工作室，览众怎么可能会为别人家的艺人免费做嫁衣？

但带节奏的人就是不停，反而更夸张，到周涟打来电话的时候，整个舆论风口已经被带向了"裴却是被逼上节目"的。

周涟更是气得不行："什么脏心烂肺的狗东西，脸都不要了！那天我就连笑都不该对他笑，直接让他滚才是！自己拜高踩低签约遛我们玩，好意思把黑锅甩我们头上？下作玩意儿！

"他给我等着，我不扇肿他的脸我名字倒过来写！"

周涟骂了一通，让赵霓夏好好先把节目录完，挂了电话气冲冲地解决问题去了。

不仅他们看到，裴却也看到了。

车子一开到游乐园门口，赵霓夏刚和节目组的人碰头，一个编导就过来跟她说："赵老师，裴老师说让我们先别录，让你先进去。"

"啊？"她愣了下，还是依言入内。

游乐园入口处进去不远，裴却就站在那儿。

他靠着栏杆，个子高挺修长，正低头刷手机，一边看，淡漠的表情中带着点儿不爽。

赵霓夏走到他面前。

她还没靠近，裴却就注意到了她的身影，见她过来站直了身，一双眼静静看着她。

赵霓夏一近前还没说话，裴却就道："心情不好？"

"嗯？"她抬眸，说，"没有，只是没休息好。"

他道："网上那些言论不要在意。"

她摇头："我没在意。"

裴却看她一会儿，换了个话题："今天想玩什么项目？"

"嗯……"赵霓夏纠结地想了一下，"我也不知道。"

她是真的没什么想法，昨天没休息好，出来前压根儿没思考那么多。

"行。"裴却道，"那我们进去看看再说。"

他不再多问，向摄像师和工作人员示意，正式开始录制。

午后太阳正热。

两人一边走一边玩，因为天气，摄像师一直扛着机器跟着也挺难熬，玩了两个多小时后，中场休息。

他们买了喝的坐下，冰凉的饮料缓解了热意。

赵霓夏坐了一会儿，起身："我去下洗手间。"

裴却在位子上等她。

卫生间离他们休息的地方有一点距离，她走了好一会儿才到。

出来后，回去的路上经过卖冰激凌的店，赵霓夏进去买了两个，正打算加快脚步免得它化了，随行的肖晴晴忽然在镜头外焦急叫她。

她看见，跟摄像师说了一声。

过去还没开口，肖晴晴立刻就对她道："裴老师回复网友了！"

赵霓夏一愣。

肖晴晴递来的手机屏幕上，是一条跑到裴却微博下带节奏的评论："裴却，你要是被绑架了你就眨眨眼，某人真的是，连影帝这种咖位都没办法对抗，还要被逼着陪她上节目，资本的力量真可怕！"

因为裴却的回复，这条内容一下吸引了所有目光。

他回了四个字，干脆利落，清晰明了。

@裴却V："没人逼我。"

带他大名的词条，瞬间冲上了热搜。

热度瞬间集中在了裴却的回复上，吃瓜网友一窝蜂拥来，全都挤在一块儿，还有很多人特意来"打卡"。

超话和论坛里又是一阵激动。

裴霓粉自综艺开播后数量就暴增，不仅曾经的老粉回坑嗑破镜重圆，还有很多新粉被吸引进来。

先前自称业内的那张聊天记录爆料一出，她们第一时间就下场了，基本控制住被恶意带偏的舆论。裴却这一回复，她们更是犹如打了鸡血，摁着挑事的那群人的头一通暴捶。

除了看重回巅峰的裴霓粉暴打挑事精，吃瓜网友的关注重点还在另一件事上。

裴却的那条回复一引起关注就有人看了手机型号和IP，比对了语气，所有人都一致认为是他本人，不少亲历过他们BE的网友议论纷纷。

"震撼！还记得当初他在机场被拍到那天晚上，网上都在说他为爱上线，现在这是又来一次？？"

"重点是上线！上线！这很难不让人想起他当时那张上线记录，我的天，结合现在这个操作，真的是路过的蚂蚁看了都要说一声裴却别太爱。"

赵霓夏用自己的手机飞快看了一遍，也刷到了关于"上线"的讨论。

她站在已经不是正午的太阳下看着屏幕上的字字句句，喉间微微发热。

很久前那次她就知道了，在黑子假装粉丝闹脱粉的时候，除了裴却在机场被拍到的那张背影图，还有另外一张流传很广的图片。

那是从专门提醒粉丝艺人何时上线的 App 里截下来的，裴却在机场那晚的微博上线记录。

长长吐了口气，气息似乎比气温还热，她收起手机，对肖晴晴道："你先盯着，有什么事再跟我说。"

周涟说要和对方对线，估计是在准备声明和文案，到现在还没发。肖晴晴正和工作室的人微信沟通，闻言立刻点了点头。

赵霓夏回到镜头前，摄像师跟在她身后，她加快了脚步往回走。

走回他们休息的地方，离座位还有一段距离时，她看着裴却的背影停住了脚步。

太阳一点点向西移，还没到傍晚，光线如此明亮的白天，她却想起了那张照片里，机场的深夜。

在她已经登上飞机离开的那个时候，她手机关机，消息也不再回，裴却坐在长椅上，像坚持要回京市一样，一遍一遍地登上了微博。

那时候他还没有开始玩小号。

在网友们的言论里，在各种八卦议论里，他一直不停地上线，是想看到什么？

刷到她登机消息的时候，他又会想什么？

她突然没有勇气去想。

曾经她在夕阳下和他聊过小王子的故事。

小王子的悲伤是看了 44 次日落。

而那天晚上的裴却，在空旷的机场大厅里，固执地上线了 27 次。

太阳照得眼前好像有点花，冰激凌好像快要化了。

赵霓夏微吸一口气，提步朝他走过去。

裴却听到动静回头，她走到他对面坐下，把冰激凌放到桌上："路过看到买的，快化了。"

她敛着眸没看他，只把冰激凌桶拿过去。

裴却察觉到她的神色："怎么了？"

赵霓夏瞥他一眼，默了一会儿，说："微博上的内容我看到了。"

她问："你为什么回复？"

裴却没答，紧盯着她："生气了？"

她抿了下唇："没有。"又把勺子递给他，开始挖冰激凌，不待他说话，她立刻把话题岔开，"吃吧，已经快化了。"

不该播出去的这几句话她会和节目组说剪掉，但她也确实不想多讨论这些。

裴却见她不愿意多聊，凝视她一会儿，没再开口。

吃完冰激凌，两人起身继续逛。

玩了两个地面的项目，赵霓夏一直没怎么说话。

往前走着，裴却看了她好几眼，她神色不是很愉快，略微地出着神。

他轻蹙眉正要叫她，她忽然抬头看向他，开口："我们去玩别的吧。"

裴却顿了下，很快接上："你想玩什么？"

"我想去蹦极。"赵霓夏直视着他，表情认真，"但我有点儿怕，你能陪我一起吗？"

裴却自然没意见："可以。"

这个游乐园里也有蹦极的地方，不过不是特别高，几十米的样子，站在他们当下的位置，远远就能看到蹦极的跳台。

和节目组的人说了一声，工作人员连忙和园方沟通，一行人往那边移动。

两人和几个工作人员一起上了跳台，赵霓夏和裴却穿好装备，扣好安全绳索，走到最前面。

同样做了防护措施的摄像师扛着机器跟在他们身后，到一定位置就不再近前，蹦极的员工让他们站到指定位置后也退场。

风猎猎地吹。

蹦极是催不得的，有的人有时需要酝酿很久，才会有那一瞬间跳下去的冲动。

赵霓夏和裴却中间隔了一点儿距离站着，她朝空中和脚下看了眼，缓慢地吸气。

裴却瞥她："怕吗？"

她用力点头，那表情实在有点儿痛苦。

裴却轻皱了下眉，轻声道："不敢跳的话也没关系，不必逼自己……"

她没有答，只是在他话音落下后，深呼吸了一下，朝他伸出手。

裴却怔了一下，随后，伸手牵住她。

镜头就在身后，谁也没管。

她攥他的手攥得很用力，依然站了很久没动。

裴却看她脸色不好，想说真的不行就算了，不等他说话，赵霓夏先一步白着脸看向了他："我还是有点儿怕。"

"那我们……"

"你可以抱一下我吗？"她看着他问。

他微微一愣。

高处的风吹得她的脸更白了，唯独他们牵着的手，掌心越发温热。

裴却没有说话，眼睫颤了一下，下一秒，转身将她揽进怀里。

在这高空跳台上，旁边什么都没有，赵霓夏被他拥着，风刮过他们周身，她鼻尖碰到他的胸膛，在他怀里缓慢地呼吸了两下。

她知道镜头在拍，但她就是突然很想做这件事，想蹦极一次，想和他一起跳一次，想躲进他的怀里一次。

赵霓夏闻着他的味道，抬手抱住了他。

裴却似乎僵了一下，而后，手臂微微收紧力道。

他们没有说话。

她一点点往旁边倾身，在呼啸的风中，他们一同朝空中倒去。

失重的感觉骤然来袭，裴却的手臂拥紧了她。

风猛烈地刮过耳边和脸颊，心跳加速，肾上腺素飙升，赵霓夏在他怀里紧紧闭着眼。

在那些数不清的梦里，她曾无数回像这样坠落，不停地下坠。

只有这次不同。

她抓住了一个温暖的怀抱。

耳边是呼啸而过的风声，是极速跳动的心跳。

在这场坠空的现实中，他们用力地相拥。

从蹦极台上下来，赵霓夏和裴却在廊道处休息。因为节目组清了场，周围没什么人。摄像师和其他工作人员都在附近，这一处只他们两个。

裴却把水瓶拧开递给她，问："还难受吗？"

她接过喝了几口，摇头。

"刚才的镜头要不要跟节目组说，让他们剪掉？"

她看他一眼，回答："不用了。"后一句更轻，"播就播吧。"

裴却定定地看她一会儿，忽地道："节目录完以后我还能找你吗？"

赵霓夏一愣："可以啊，你怎么……"

她好似不明白他怎么会问这种问题。

"没办法，我就是有点儿受宠若惊。"裴却挑了下眉，"你突然让我牵又让我抱，还不用剪，我很难不担心你是不是不打算理我了。"

"……"赵霓夏瞥他一眼，这下真的没理他。

裴却似笑非笑，轻轻动了一下脚，用鞋尖去碰她的鞋尖。

她把他的脚挪开，瞪他一眼，又抿了两口水，斟酌着开口："我新剧已经谈定了，过些天马上要进组……"新剧那边筹备得很快，基本就是万事俱备，只差女主，她这边签下，不日就可以开机。她有点儿犹豫地看他："可能会很长时间不方便见面，你……"

裴却静静听她说，她提了两句，却又停下。

"我什么？"他只能自己接上，抬手帮她撩了一缕发，没有触碰到她，亲昵又克制。他看出了她的欲言又止："你是担心我没毅力，还是担心我着急，"停了下，继续，"……或者是担心我想你？"

除了最后一句弄得她耳朵有点儿微红，其他的，他基本都猜到了她的意思，赵霓夏抿了下唇。她自己也说不清心里的那丝犹豫，可能是有一点点害怕，她说不上来，就是害怕着，迟迟不敢前进一步。

他说要追她，到现在，不知道算不算久，她也不知道，这种事要哪样的时间长度才算合适。

"你是担心我坚持不了吗？"

"……"她没说话。

四下静了片刻。

"赵霓夏，"裴却看着她，很淡地叹了声，"被追的人可以肆无忌惮一点儿，没关系，你不要给自己这么多压力。"

已经是傍晚，地面的风比高处温和许多，退去中午的燥热，温度正好。

略显昏黄的光从廊道两侧镂空处照进来。

"对我有点儿信心。"他说，"我可以等。"

裴却看她的眼神总是略暗的，那种暗色里带着一种侵略性，但有时也会混杂着柔色，就像此刻。

"等你再更喜欢我一点儿。"

游乐园的录制结束，网上的那些纷纷扰扰也平息下来。

工作室官微直接公告做出了回应，并放出了周涟之前和那档演综负责人的聊天记录截图。

正大光明放出来的对话，可比在论坛里暗戳戳爆料的可信。

舆论很快倒转，那档综艺也不得不出来回应，否认图里的人是他们的员工，各种撇清关系。

可惜看客也不是傻子，粉丝们把他们的官博评论区掀了个底朝天，网友也嘲他们不好好做综艺，把节目弄得那么难看，节目外还这么下作。

总之事情告一段落。

《很久以后的这天》这边继续录制，拍摄的第二天，为贴合节目组提出的"故地重游"的要求，赵霓夏和裴却把地点选在了览众。

览众是她的前经纪公司，也是他们最初认识的地方。

过了这么多年，公司早就换了一栋楼，赵霓夏被裴却带着进去，参观了它全新的内部。

录制是下午开始的，到结束的时候，许多粉丝闻讯而来挤在了楼下，览众的保安出去疏散了好几次维持秩序，架不住还是人多。

散场的时候他们俩从楼里出来，外面围了一大圈人，怕造成事故，节目组不敢让他们多作停留，一边让保安拦着，一边催他们快速上车。

赵霓夏被护着走到车前，匆匆冲她挥了挥手，示意她们早点儿回去。转身正要上车的瞬间，她突然有种被盯着的发毛感，下意识侧头往一个方向看了下。

但周围只有激动的粉丝，人太多，每个人都在看着她，根本分辨不出是哪里来的注视。

肖晴晴问："怎么了？"

"……没事。"她摇了下头。

她就是觉得，好像有人在盯着她。

也可能是错觉吧。

周围人实在太多，赵霓夏没再多说，提步弯身坐进车里。

第二天录制结束当晚，回到公寓，赵霓夏早早就睡了。快天亮的时候被渴醒，她起来去厨房倒水喝，回到房间拿起手机一看，五点多钟。

她躺下正要继续睡，见屏幕上有新邮件提醒，顺手点进去，半睁着眼随意瞥了一眼，视线扫过发件人，不由得顿了下。

未读邮件是慈善基金会发来的感谢函。

睡意瞬间被冲淡了些许，赵霓夏在黑暗中对着屏幕看了一会儿。

之前几年，她在国外时账户会定期自动给这个慈善基金的女孩救助项目汇款，她回国和叶莱联系上之后，就把邮箱绑定在了手机上。

六年多了。

已经六年多了……

许久，她把手机摁灭放到一旁，缓缓闭上眼。

最后一期的最后一天录制，节目组选的地点是一处景致很好的园子，到处都能看到植物，其中有一块还种了一片非常漂亮的花树。

赵霓夏和裴却在园子里一直录到晚上。

最后的一幕，是他们在落英缤纷的花树下，背对背敞开心扉。

先是节目组在镜头外提问。

第一次录制时问过他们的问题，跳过了的、没有回答的，或是觉得他们答得不够详细的，节目组这时候全都拿出来再问了一遍。

有的他们还是没答，但大多数都聊了。

到最后收尾，两个人各自说想跟对方说的话。

"第一次见你的时候我觉得你真的好跩，看起来很不好相处，我那时候就很想压一压你的脾气，让你低头……我也不知道那天我看起来会不会很面目可憎，现在想想，其实很希望那天能对你态度好一点儿。

"我有的时候话真的很多，一起拍戏的那些日子，谢谢你愿意一直听我说。那天……那天收到你消息的时候，我真的很开心。

"如果可以，希望你能开心一点儿。以前你就不爱笑，很多话你也不说……我希望你开心。"

背对背或许比较容易说出心里话，赵霓夏轻声说完，轮到他。

树上的花瓣还在扑簌簌地落，风一吹，纷纷扬扬。

月色、照明的光，都交织笼罩在他们身上。

裴却沉默了一会儿，慢慢开口。

"邀请你参加这个节目的时候，我有担心过，会不会让你觉得困扰。

"不要给自己太多压力，赵霓夏。

"我也希望你开心。"

他说得很简短，比起她短了很多，但每一个字他都说得很认真。

最后一句，他道：

"你笑起来更漂亮。"

在节目组的示意下，他们站起来，面对面告别。

"那，今天就到这里了。"她说。

"嗯。"

她朝他笑了下，两个人转过身，分别走向两端。

走出画面，在编导大声的一句"最后一期录制结束，收官——！"中，他们默契地停下脚。

周围节目组的人纷纷欢呼庆祝，互道辛苦。

赵霓夏在这边，裴却在那边，他们隔着人群，在喧嚣吵闹的夜晚，光影照映纷飞的花瓣中，面对面相望。

《很久以后的这天》在这一刻结束了。

但，故事外的明天，即将开始。

录制结束后。

裴却和节目组说了声，没有马上离开。

摄像师和其他工作人员都撤离，他们俩站在这个暗下来许多的园子里，并肩看了一会儿落花。

不远处是一间古色古香的屋子，廊下的灯幽微地照亮了他们这边。

光线有些暗，在夜色照映下，更给这场景增添了说不出的意境。

谁都没有说话，只静静地看。

在这场私人赏花结束之前，裴却转过身抱住了她。

赵霓夏微微怔了一下，没有推开。

第一天蹦极时抱了一次，这是第二次。不一样的是，周围没有镜头，没有别人，只有他们俩。

"赵霓夏。"

"嗯？"

花瓣落在她和他的身上。

气息、体温、心跳，彼此交缠着，他问："我有没有跟你说过——"

"什么？"

最开始没能说出口的话，在这个落花纷扬的夜晚，裴却抱着她，埋头在她发间，鼻尖碰了碰她的耳畔颈侧，轻声告诉她："……欢迎回来，我真的很高兴。"

园子里各处布置的照明和器材都已收拾好，赵霓夏和裴却看完花出去的时候，节目组的工作人员正准备撤离。

夜深了，他们也要回到各自的住所。

裴却和她站在一起，对她道："我送你。"

赵霓夏默了两秒，"嗯"了声。

来接的保姆车停在不远处，赵霓夏上了他的车，周围有工作人员看见，脸上立刻浮现出一种心照不宣的神色。

肖晴晴和柯林站在车外，他们坐另一辆车回去，柯林似乎满是无奈，肖晴晴眼里倒是暗暗放着光，跟她挥了挥手道别。

不是第一次坐他的车。

还是那个靠窗座位，还是挨着，裴却说他有耐心等，但这种独处时候，他却好像更直接了。

车开了没多久，他就微侧头低声问她："困吗？靠着我肩膀睡一会儿？"

赵霓夏本来有一点儿困意，被他这样的眼神盯着也没了，强撑着说："不用。"

他并没有勉强。

两个人静静地坐着。

暧昧好像会上瘾。

她的手和他的手都放在腿旁的座位上，指节和指节似有若无地碰着。

但谁都没有移开。

车平稳地行驶，后半程，裴却淡声和她聊起工作的话题："我这段时间也要忙起来了。"

"嗯？"她问，"要接新电影了吗？"

他点头："新电影，还有一些投资的事情。"

艺人的行程一满起来，十天半个月都在各地飞。

他没有多提别的，这时候和她说起，倒更像是一种……报备。

赵霓夏很慢地"嗯"了声。

开到她公寓楼下后，裴却照旧送她上楼。

接下来他们各自都要投入工作，他明天就有拍摄安排，赵霓夏没打算让他进屋，到门外停住，她刚要说话，他却忽地伸手拽住她，一把将她拉进了怀里。

她撞上他的胸膛，被他抱住，整个人一怔。

"裴却……"

"再抱一次。"

他轻声说着，埋头在她的颈侧，声音微哑，呼吸也是烫的。

她僵了一会儿，许久才慢慢放松身体。

头顶的灯亮了片刻就暗下来，门前这一处彻底黑了。

和蹦极台上还有看花时都不一样，他的手臂收得还要更紧，她像是要被他摁进身体里。

他身上很烫，不知是因为贴得太紧了，还是黑暗里感官更明显，他周身的灼热包围着她，让她有一种自己皮肤也被带热的感觉。

空气很静，在他加重了几分的呼吸里，她感觉到他身体起的反应，微微有些紧张。

裴却似是察觉到她的僵硬，越发收拢了手臂，但除此没有其他，唯独他的心跳，在这片黑暗里极度明显。

赵霓夏被这份静谧安抚下来，但又落进了另一种煎熬中。

暧昧可能真的会上瘾。

难受，愉悦。

交织不清分辨不清。

她在他怀里闭上眼，静静地感受着这股热意。

关于裴却新电影的消息，网上隐隐传出了些风声，有博主爆料称，他这次要合作的是圈里另一位知名大导，大概率又是冲奖题材。

爆料里还提到不少男演员都想分这杯羹，之前大导团队一直在磨裴却，其他人试探角力了好多次，奈何大导本人的倾向十分明确且坚持，如今裴却这边应允接下，其他人基本再无可能。

裴却开始忙起来，赵霓夏也投入新工作，综艺收官之后，她就收拾好行李抵达拍摄地，进组了新剧《禁城》。

试妆、定妆完毕，官博第一时间发出人物海报，官宣了男女主以及一应阵容。

这段时间网上都在讨论《很久以后的这天》综艺收官的消息，她新剧官宣一出，粉丝和网友的注意力立刻被吸引过来。

《禁城》的演员阵容除了赵霓夏一个目前自带流量，其他人都不是饭圈意义上的"红"，一些人不免嘲讽。

"不是说这姐红了吗？怎么资源还虐成这样，百万裴霓粉都换不来一个好班底？"

懂行的很快就把导演履历和师承，以及几位合作演员的作品都扒出来列了个清单反驳。

"这个年头不会真有人以为大制作、流量多效果就一定好吧？这导演作品虽然少，但水平摆在这儿，和齐青还是一个老师教出来的，演员阵容新人不清楚，另几个哪个演技不好，只要剧本稳得住，不比塞一堆流量的烂剧强？"

网友各有各的说法，在各种看好看坏的言论中，赵霓夏岿然不动地在剧组开始了拍摄的日子。

周涟这次也陪着她来了，褚卫那边的事情交给了其他人负责。

《禁城》的导演程梵是个很有艺术坚持的人，对拍戏要求很高，赵霓夏经过了在《烈日之下》剧组的生活，逐渐找到了那种工作的状态，在片场不时会和程梵进行讨论与沟通，表达一些自己的想法。

拍了两个多星期，程梵对赵霓夏已经十分满意。

程梵人有点儿文青，感觉挺宅的，实际上交友却很广泛，影视基地众多的圈内人里，不少搞文艺工作的都和他认识。

他和老友约着组了个饭局的当天，便也一同叫上了赵霓夏和几个演员。

饭桌上聊到兴起，他毫不吝啬地对其他人大夸特夸赵霓夏，还提到齐青给他打电话的事："我师兄知道我们这部剧女主定了你以后啊，特意跟我聊了一次，他说你只要好好拍戏，将来前途不可限量！"

赵霓夏连忙受宠若惊地谦虚了一番。

想到齐青导演的新剧，那边似乎还是一地鸡毛，据周涟说他大概率要交给团队操刀了，她心下不由得默叹。

桌上有资历深的都顺着话叮嘱起来，让她好好演戏，要有追求，话里虽然带着几分醉意，但也不乏衷心的期许。

赵霓夏没怎么多说，只在一旁含笑地应。

话题随后又转到别处去。

看着他们闹哄哄推杯换盏，赵霓夏的思绪逐渐飘远。

作为一个演员，她当然有追求和梦想。

很久以前有一次，她和裴却也聊到这个。

那时是某天收工后的晚上，他们一起吃完夜宵坐在路边，她因为被导演夸奖，高兴地喝了一点儿酒，脸微微发红。

裴却问她："有这么开心吗？"

她重重点头，跟他说："很开心。"

可能是因为醉意上头，在人前说来有点儿托大的话，她在他面前全都显露了。"我从小到大的梦想，就是想当一个好演员，想拍出好的作品，好的角色。"她看着夜空很认真地告诉他，"……我想去加莱。"

说话的那天距离现在已经很久了，但赵霓夏想起那时的场景，仍然记得很清晰。

她默然笑了下，揉了揉因包厢闷热空气而发红的脸，趁其他人说笑的空当，起身去了趟洗手间。

远离了桌上吵闹，脑子里好像也静了些。

赵霓夏正准备回去，还没走出门口，忽地听到外面洗手池边传来一道打电话的男人声音。

"那边还是不肯松口？男二不行，男三呢？……览众别欺人太甚！之前的账他们已经算过了，还想怎么样，真以为我们拿姓裴的没办法？！"

话里隐约透露出的几个关键词似乎和裴却有关。

她脚步一下停住。

览众，姓裴的，成导……网上爆料传的，裴却的新电影就是跟那位姓成的大导合作。

赵霓夏在门边皱起眉，这说的很明显就是裴却。

外面的说话声没有持续很久，骂骂咧咧了几句，就挂了电话。

赵霓夏没好露面，听见脚步声远去，估算着距离，赶在对方走远之前出去匆匆看了一眼，但对方走得太快，只瞥见一个身影和侧脸。

她莫名觉得有些眼熟，却想不起来是在哪儿见过。

蹙着眉头回了包厢，赵霓夏心里惦记着这件事，后面都没怎么再吃东西。

到散场的时候，周涟来接她，上了车，她忽然又在窗外瞥见那个在洗手台打电话的人。

赵霓夏一怔，下意识坐直，没等她说话，旁边的周涟先道："那不是曹旭吗？！"

她顺着周涟的视线看过去，发现他们在看的是同一个人，立刻问："你认识？"

周涟瞥她一眼，微诧："你忘了？他以前是览众经纪人部门的二把手。"

赵霓夏顿了下。

"就那人，当初派系内斗，他带走了经纪人部门一半的人，大半练习生也跟着他走了，弄得览众当时元气大伤！"

周涟说："张绍也是他的人，你没印象了？"

一提张绍，赵霓夏愣了一秒，随即就想起来了。

张绍是她进览众后最早分给她的经纪人，从他后来跟着出走的人离开来看，可能是他的心思早就放在了别的上面，也可能是觉得她这种有背景的关系户难伺候，总之张绍对她一直不大上心。

周涟当时作为她的两个助理之一，基本包揽了她身边所有的事情，拿着助理的工资，活干得比谁都多，出了纰漏要背黑锅，张绍还老刁难他。

有一次周涟他爸病情恶化，他想请假回家一趟，张绍非但不准，还大骂了他一通。

　　赵霓夏那天正好去了趟公司开会，在楼道间看见周涟躲在那儿，他爸常年生病吃药，为着工资，他不敢辞职，一个大男人偷偷在那儿哭。

　　她气得不行，当场做主准了他的假，还借了一笔数目不小的钱给他——那笔钱直到后来过了很久很久他才还清——她更是直接跟公司申请了换经纪人，把张绍踢了，让考到了证的周涟顶上。

　　那之后赵霓夏就没见过张绍了，只知道他去了别的公司，现下被周涟一提，久远的记忆苏醒，目光投向窗外："张绍就是和这个曹旭一起跳槽的？"

　　"对。"周涟恨恨说，"蛇鼠一窝，当时经纪人部门就是被曹旭搞得一团乱，风气差得很。"

　　虽然他现在已经不是览众的人了，但这并不妨碍他骂这俩脏东西。

　　赵霓夏想到刚才在卫生间听到的话，眉头又蹙了蹙："曹旭现在在哪个公司？"

　　"他跳槽去的那家没待多久，之后换了几次，现在在鼎飞，手下带了个男艺人。"周涟说着，问，"怎么了？"

　　她沉默一会儿，摇了摇头："……没事。"

　　回到酒店房间，赵霓夏有点儿在意，和裴却打电话的时候，提起了这件事。

　　这段时间他们时不时会聊天，他时不时会分享一些日常给她，就像她以前那样。

　　裴却听她说完，默了下，沉声安抚："我知道了。你不用担心，这些事情我会处理好的。"

　　"要紧吗？"她有些悬心，曹旭这种人明摆着就是小人，"这件事……"

　　他仍道了声没事："你不要想这么多，安心拍戏。"

　　裴却很快转移话题，清淡的嗓音，语调却放得很轻："今天拍得怎么样，导演有没有夸你？"

　　她以前总是会因为被导演夸拍得好而高兴，他都是知道的，此刻这话从他嘴里说出来，却莫名带着点儿像是在哄小朋友的意味。

　　赵霓夏默了默，在灯光下慢慢静下来，不自觉地，也带上了几分说不清的仿佛撒娇般的语气："没有呢。"

　　"是嘛。"他轻声道，"那我夸你，今天辛苦了。"

　　只是电话，只是声音，他微微磁性的嗓音像像是拂过她心头。

　　她缓缓舒了口气，在床上翻了个身听他说话，一直到十几分钟后才挂。

安静的房间里，结束通话后，裴却把手机放到一旁。

没多久，来电又振动起来。

柯林在那边道："裴哥，人已经转移到另一家医院了，事情都处理好了。"他停了下，又问，"一直在这边打探，查我们消息的那些人用不用管？我问了董姐，董姐说看你的意思。如果你想冷处理，我们可以提前压下去……"

董姐是裴却的经纪人，年近四十，很有手腕，多年来一直稳坐览众经纪人部门头把交椅。被人摸老底挖料这种事也遵从艺人的意愿决定处理方式，可见裴却的话语权如今在览众艺人里确实是最高级别的。

"不用。"裴却淡淡道，"让他们查吧。"

压得了一次压不了一辈子，况且，他是真的无所谓。

柯林明白了他的意思："我知道了，我会跟董姐沟通。"

虽然裴却电话里那样说了，但赵霓夏还是有点儿不安宁。

拍戏的时候专注投入能摒弃其他，一拍完休息时，难免就会分神。

又拍了几天，网上突然有些风言风语，不少营销号出来语焉不详地说"近期某顶流有瓜"，惹得猜忌一片。

待吃瓜路人细问，各路人马聚集过来，那些瓜主却又不说了，一个个删博假装无事发生。

赵霓夏不知道是不是自己想多了，总觉得有种山雨欲来的感觉。

休息的空当，周涟给她拿来喝的，忽地又对她说："那天那个曹旭你还记得吗？"

她当然记得："怎么了？"

"就裴却最近那部那新电影的事，我听说鼎飞那边接触过，他们力捧的一个小生想分那碗羹，但是导演那边没看上，最近正在闹呢。"

周涟坐到她身旁，跟她讲八卦："览众好像很不想跟他们合作，之前那次有人假装粉丝脱粉的事情你有印象不？就好几家公司都下场浑水摸鱼，想搞垮裴却的风评，鼎飞就是下手最狠的那个。

"那主意应该就是曹旭出的，鼎飞被览众摁着收拾了好几次，再加上这回览众因为之前的过节怎么都不愿意跟他们合作，成导那边又很尊重裴却的选角意见，我听朋友说，鼎飞现在对曹旭意见很大，曹旭最近焦头烂额，烦得不行。"

他边说边摇头，讽刺道："鼎飞也是贪心，他家想捧的那个一没奖二没票房，靠粉丝堆起来的人气，踩着其他演技更差劲的人以此营销他家艺人演技好，就真以为自己演技好。"

周涟只是说八卦，赵霓夏听在耳朵里，心下却更沉了。

她想给裴却打电话，但考虑到后头还有戏，不好分心，只能更加集中精神投入拍摄，打算收工后再联系他。

然而还没等她回酒店，下午三点的时候，热搜突然就爆了。

周围没在忙碌的剧组工作人员几乎都在讨论。

肖晴晴拿着手机匆匆赶过来和她说的时候，赵霓夏的心当场咯噔了一下。

屏幕里，和裴却有关的词条有好些个，全都挂在热搜上。

出来爆料的是一个没有认证的微博账号，发布了一篇名为《Top 之路》的多图长文，以裴却的父亲为切入点，详细起底了裴却出道前的背景经历。

长文里详细讲述，裴却的父亲早先经商，生意失败破产后和人合伙转去做工地行业，因为贪污工程款，导致涉及的那个工地发生事故，伤了很多民工，最后因经济罪被抓入狱，几年前才被放出来。出狱后又因为病重，被裴却送进了一家私人医院里，这么多年一直没敢让他露面。

文里对这一段的详略处理非常明显，大篇幅都在描述贪污工程款以及工地失事的内容，并配上了已有年份的新闻报道和判决明文。

除此之外，爆料还详细讲了裴却早年打架斗殴混地下场子的事情，包括他成为览众的练习生后被追债的人堵在公司的情况。

这一部分虽然没有图片，但请来了当年的练习生以及他的校友出来做证，附上了大段口述内容。

"他练习生时期就很傲，看不上我们，平时从不和我们一起玩。一开始我们也不知道为什么，后来才发现他有背景，好像是公司的高层吧。后面要选人出道的时候，什么环节都没有直接就内定了他，有异议的练习生去提过意见最后都被公司骂了，我们也不敢再说什么。当时大家都很辛苦地练习，生怕被落下，结果最后连个机会都没得到，就很不公平，但也没办法，谁让人家有人捧。"

"读书的时候他总是翘课，晚自习基本都不上的，整天打架，学校里很多人都知道他经常在巷子里跟人斗殴，他还经常去夜店、酒吧之类的地方，跟很多社会上的人混在一起，我们都不敢和他来往，老师也管不住他。"

"初中跟他同校的时候，他家附近的人都知道他爸很喜欢喝酒，他就是那种没人管的野小孩，住在那边的同学都说家里人不让他们跟他玩。他初中那会儿就会跟人打架，很吓人，没想到后来再看到他已经成了明星，在电视上被包装得非常正面，挺惊讶的。"

长文一经发出，后面立刻跟了一串营销号转发，都是之前预告过近期顶流有瓜的账号，带的口风也很统一，全都在提"罪犯""罪犯儿子""不良学生"几个点。

裴却的热度原本就高，再加上这乌泱泱的架势，瞬间就刷爆了网络。

一时间，#裴却底层家庭#、#裴却父亲坐牢#、#裴却父亲贪污导致工地事故#、#裴却罪犯儿子#、#裴却校友爆料他打架斗殴#……一排词条齐齐出现在热搜，好几个后面都跟着"爆"的标签。

图文太过详细精彩，又是真顶流瓜，冲浪的网友们纷纷被冲击得连声惊呼。

这些年裴却在圈里一直没什么黑料，本身就不喜欢他的人和被压着早就眼红不满已久的别家粉丝，仿佛一瞬间找到了发泄的出口，舆论铺天盖地。

"裴粉一直号称裴却无黑料，结果一塌就塌了个大的，平时吹高格调吹男神多了不起，实际上不过是个贪污犯的儿子。龙生龙凤生凤，有个那样的爸爸，儿子能好到哪儿去？别人在读书的时候他在打架混日子，资本包装一下转眼就成了人上人了。他风风光光的时候有没有想过那些工地事故受害的人啊？"

"以前不是早就有人扒过了吗，真当大家没记忆？打架斗殴不良少年已经不是第一次传了，只能说觉众捂嘴厉害，当初就有校友出来爆料，被压下去没水花，不过是碍于粉丝会发疯别人不敢提，装了这么多年清清白白总算是翻车了。"

看着屏幕里一条又一条辱骂的言论，赵霓夏喉头干涩得发紧。

那么多人中自然有就事论事讨论问题的，也有觉得事实有待商榷等澄清的，粉丝更是第一时间出来稳住场面，但背后明显有人推波助澜，发酵得很迅速。

裴却的微博底下一堆人留言让他说话。

呼吸微微在抖，赵霓夏给裴却打电话，那边没通。

她给他发了条消息：还好吗？

等了很久，也没有回复。

她后面还有戏份，坐下平复了好久才勉强让自己冷静下来。

远远地，能听到休息棚外关于这件事的议论，声音虽然不是很大，很快就消失，但落在她耳朵里还是像针尖在刺一样。

等赵霓夏拍完一天的戏回到酒店，网上的舆论已经彻底发酵开，说什么的都有，裴却那边还是没有动静。

周涟和肖晴晴见她脸色不对，问了她好几次没事吧，她都只是摇摇头，没让他们陪，一个人待在房间里。

一直到她就快按捺不住再也等不下去的时候，裴却终于回了电话。

听到熟悉的那声"喂"，她悬着的心终于落了地。

"对不起，我刚刚在和经纪人沟通，没来得及回你电话。"裴却微淡的嗓音和平常无异，解释完第二句立刻问她，"网上的事有影响到你吗？"

裴霓二人最近风头正盛，有些人骂他的同时，连她一起骂。

"……"赵霓夏用力抿了下唇，很久才把胸口那股涩意压下去。不是因为她挨骂，而是觉得难过。说不上来地难过。

他听她没出声，有点儿担心："赵霓夏？"

"……我没被影响。"她微吸一口气，"你没事吧？"

"没事。"他闻言放心了些，温声道，"这件事情我团队很快就会处理好。"

他既然这么说，大概是真的早有准备。

那些爆料未必全是真的，单就赵霓夏那天从江朔扬朋友那儿听来的，长文里就没有提到。不知是背后的人没打探到，还是怕收养关系太容易撇清裴却和他父亲罪过的关联，故意不提。

赵霓夏缓缓舒了口气，本该放心下来的，可胸口还是闷闷的。

握着手机静了片刻。

裴却轻声问她："你没有什么想问我的吗？"

她抿唇："问什么？"

"那些爆料，又或者是……"

她没等他说完就打断："我没什么想问的。"

裴却沉默了一会儿，在这个黑夜里，低声对她说："其实没什么，如果你想知道我可以跟你说。"

静谧在夜下散开，弥漫在通话的两端。

他道："那些爆料是真的，也不全是。

"我父亲是养父，我是被收养的，九岁之前一直待在孤儿院。

"养母身体不好，我初中前她就去世了。养父生意破产，后来被人骗去做工地生意，骗他的人卷款跑路，他担了罪，在我初中时就坐牢了。

"初中以后我就一个人过，读书，打工，赚钱，还债，再到进览众。

"他被判刑是真的，坐牢是真的，我打架是真的，但害人那些事是假的……"

赵霓夏忍不住道："你可以不用说这么多。"

裴却停了片刻，没再继续，只缓缓问："你有什么想问的吗？"

赵霓夏默了很久，很长一段时间没说话。

手机两端安静得都能听到彼此的呼吸，她好像听到了他的心跳，又像是她自己的。许久，她动唇发出声音，很轻的一句："这些年很辛苦吧。"

她没有问他那些真真假假纷纷扰扰，没有探究更多，而是问："……是不是很累？"

耳边又静了下来。

窗外夜色过于浓了，她的心也在这片暗色里被沉沉压到了底。

和秦奚聚会的时候她就知道他年纪很小就开始打工，他当练习生被追债时她也知道他肯定过得不轻松。

这些都在这一刻化为更为具象的情绪。

难过，控制不住地替他难过。

那边静了很久："赵霓夏。"

"……嗯？"

他的嗓音有点儿哑："你在心疼我吗？"

她没有说话，也不需要说话。那低沉的、闷滞的、透不过来气的呼吸说明了一切。

"你不要难过。"他道，"这些都不要紧。"

"真的。"电话那端，裴却的声音很细微地发着颤，在这阵发颤中，染上了几分艰涩又愉悦的热意，"因为我现在真的很高兴。"

爆料发出的当晚，览众和裴却工作室就发了公告，表示会在第二天晚上正式做出详细的回应。

微博网友翘首期盼等了一天，都在等着他们怎么解释，评论里也有不少人认定他有罪洗不白没什么好说的，直接开骂。

回应当晚，澄清发出前，裴却在酒店房间里，接到经纪人打来的电话。

"事情准备得差不多了，所有材料和后续发酵都已经安排好。"董姐停了一下，又道，"……其实这次的事情原本可以冷处理的，要压也不是压不下去……"

"压一次,然后呢?"裴却淡淡问。

董姐默然下来,叹了声气:"你说得也对。"

当断不断,必受其乱,从两年前他养父出狱开始,这件事就是个雷。

之前就有人去他养父躺着的私人医院打探消息,与其握在别人手里等着别人不知什么时候爆,不如他们趁机会一次挖掉。

只是她作为经纪人,总希望能把负面的内容压缩到最小范围。不管怎么说,剥开他的伤口面对大众,并不是一件愉快的事。

哪怕他自己不在意。

董姐有点儿犹豫地开口:"澄清之后网上可能还是会有些不好听的,那些拿你出身攻击你的言论……"

裴却淡声截过话头:"我不在意。"

"那就行。"她又叹一声,结束通话。

裴却靠着桌台看了会儿房间窗外的月色。

月高挂中天。

握着的手机很快振动起来,是赵霓夏发给他的消息:我马上就到酒店了,等下就给你打电话。

他低着头,回了一句:好。

今晚他团队要发回应澄清,她似是怕他情绪不好,不放心他一个人闷着。

窗外的光缥缈地洒进来,房间里只开了很小的一盏灯,昏昏暗暗。

裴却在地毯上坐下,在等着她的这些时间里,任思绪流水一样淌过。

他没有撒谎,先前电话里他说的都是真的,无论网上的流言蜚语会有多难听,他都不在意。

他早就习惯了。

他的人生,原本从一开始就是一出充满污言秽语的烂剧。

从被扔在孤儿院门口起,到被领养走,中间只短暂地经过了几年平静的假象。

养母去世后,一切虚幻的泡沫就迅速坍塌。

他和破产的养父搬进老破城区的旧巷子里,周围小孩传他克死了妈妈,学校同学因他孤僻排挤他。养父每天酗酒不着家,他时常挨饿,为了吃饱,只能一家一家店铺去问,能不能让他帮忙干活,给他一口饭吃。

他混迹于各种黑网吧,再到后来不正规的夜场,被形形色色乱七八糟的人找碴儿,学校的混混们也一次又一次堵他,他在巷子里、在酒吧后门,在一遍遍的挨打中,学会了反抗和打架。

他一点点习惯疼痛，习惯压抑和辛苦，独来独往浑浑噩噩只为了活下去，但摇摇欲坠的生活还是再一次滑向深渊。

脑海里，淌过那一年。

他的养父，为了换取做生意的资本，试图拿他这个"儿子"和生意伙伴做"交换"。

那是他病得昏昏沉沉的某一天，养父回家了一趟又出去。不久之后，说要带他养父做生意的狐朋狗友里的人就来了一个，打着给他养父送东西的名号进门。

他把人扔在客厅自己回房，高烧烧到头晕眼花，意识不清间，那人不知什么时候摸进了他房间。

他拖着生病的滚烫身体把人踹开，狠狠把人打了一通。

那人一边哀号一边求饶，说："你爸爸答应了的……是你爸答应了的！他说事成了我介绍生意给他……"

那一瞬间，脑子里冲上了一股血。

他发狂一样拳头一下比一下砸得狠，用尽了全身的力气，直到那人满脸是血狼狈地逃出去，他也跌坐在地上。

养父回来后，被他白着脸质问，先是心虚，后来却跟他动起手来。

他生着病，前面用了太多力气，被养父用巴掌、用拳头，打得撞上墙，撞上桌角。摔倒了又被拽着拉起来，养父赤红着眼睛边打边骂他——

"你这个灾星！带你回来以后就没好事！克死了你妈，现在又来给我添堵，坏了我的生意你赔得起吗？……被人丢在孤儿院门口的货色，要不是我给你一口饭吃，你清高什么？！

"……不过是天生贱种，烂命一条！"

养父狠狠咒骂，打完就走了。

他被重重摔在地上，躺在满是泥灰的地上，生病的痛，被打的痛，每一丝好像都钻进了骨头缝里。

养母遗照前的香炉被撞倒，香灰撒了一地。照片里那个曾经几次去孤儿院耐心看他陪他只为把他带回家的人，仍然温柔地笑着。

而他躺在地上，大口大口地喘气，闻着那弥漫开的香灰味道，只觉得一阵窒息。

撞上了桌角的耳朵生疼，嗡嗡作响，脑子里嘈杂一片，邻居议论的声音、堵他的人骂他的声音，最后全都汇聚成了养父的那一句话。

你天生贱种，你烂命一条。

在遇见赵霓夏之前，他过的，就是这样烂泥一般的生活。

是什么时候从烂泥里被拉出来的？

是在他让赵霓夏考虑放弃选他合作的时候，她站在午后透着光的长廊上对他说："如果我每句话都要听，都要往心里去，累不累啊？"

是在后来，拍第一部戏前和她一起上演技培训课的他，被没出道的练习生们议论的那天。

他还记得。他记得很清楚。

那天他原本在隔间里，听到外面赵霓夏站出来为他说话，和那些人吵了一架把他们骂跑，忍不住走了出去。

她看见他很惊讶，问他："……你都听到了？"她动动唇，似乎想说什么，最后只泄了点儿气道，"我已经骂过他们了，你别往心里去。"

那天离开时，他和赵霓夏分开坐公司安排的车各自回去，他在车里闭眼靠着椅背等司机来，坐上了自己的车的赵霓夏却忽然折返，拉开了保姆车的门。

她好像还是怕他受影响，特地来跟他说："今天听到的那些难听的话，你不要在意。"

很奇怪。

他听过更难听的话不知有多少，比那些练习生说的更难听的多了去了。

养父入狱后的那几年，他早就不再把这些放在心上，为了赚钱进入览众的时候，更是做好了将来有一天，被更多的人辱骂攻讦的准备。

但她开口的那一刻，明明是傍晚，他却觉得她背后的光和那时在长廊上一样亮，亮得刺眼，将她映照得澄澈又明亮。

"有些人的内心和精神，都只配当个渣滓。"

她语气平和地对他说。

耳边纷杂喧嚣吵闹了多年的噪声，在那瞬间突然就被隔绝了。

整个世界刹那静了下来。

退散不去的光将她柔和成了一个温软的美梦。

后来每当他坠入过去的深渊时，都会想起来，他无数地想起她站在车门边，认真地对他说："——那些渣滓的声音，你别去听。"

黑暗里，关了灯的酒店房间寂静一片，只有窗外的月光薄纱般落进来。

赵霓夏已经回到酒店，给他打来电话。

"我刚刚到。"她道，"等很久了吗？"

裴却躺在床上，握着手机和她说话，声音和夜色一样柔："还好。"

她似乎也躺下，那边传来薄被窸窣的声音。

她和他说着白天发生的事，没有提这个时候网上发布的澄清，只陪他说着其他话题。

她好像还是在为他难受。

裴却一边不希望她这样，一边又忍不住沉浸在她这时候的迁就和温柔里。

他到底还是得寸进尺地开口："赵霓夏。"

"嗯？"

"今晚电话可以不挂吗？"

她犹豫了两秒，应下："好。"

他又问："事情处理完以后，我可以去探班看你吗？"

那边迟疑着，过会儿，她缓缓回答："……嗯。"

他低声地说："赵霓夏，我想见你。"

她停顿，声音变轻了些："等探班就可以见到……"

"你想见我吗？"

"……"

她的呼吸声重了两分。

"你想见我吗？"

他像是引诱，像是逼迫，不放弃一点阵地，一字一句清晰地又问了一遍。

那边沉默了好久，才很轻地、细微地回答了这个问题："……想。"

裴却握着手机的手微微发颤。

他知道自己很卑劣。她在为他难过，他却利用她的迁就和温柔，诱哄地听她说出他想听的话。

但他控制不住。

他着魔般又问一遍："你想见我吗？"

漫长的沉默后她才很低很低地答："……想。"

脑海里，精神快要爆炸了。

只是因为她的一句话一个字。

裴却闭了闭眼。

窗外月亮很亮，今晚格外地亮。

她翻了几个身，又换上新的话题。他没再说话，在她柔和的声音里，竭力地压抑着自己躁动的情绪。

这通电话聊了很久，她真的没有挂断，一直说到她不知不觉睡着。

电话两端静下来。

他轻声地叫她："赵霓夏。"

那边只有她听不太清的细微呼吸回应。

裴却握着手机不放，直勾勾地看着天花板，月光照进来，澄澈清明，像是要照尽他心底所有卑劣的爱欲。

他想见她，想占有她，她的声音、她的表情她的喜怒哀乐，她全部的一切，他都想据为己有。

被压抑的旧事带起的情绪在翻涌。

好像快疯掉了，如果得不到这个人……

安静的夜下，他缓缓闭上眼，只剩那一道低微的，带点儿痛苦又虔诚的声音。

"……赵霓夏。"

澄清当晚，览众和裴却工作室在提前公告的时间，发出了长文回应。

长文内容很详细，从裴却被领养开始说，对大众关注的几个重点都做出了解答，丝毫没有避重就轻。

文里写到，裴却在九岁时被领养，养母去世后，养父破产酗酒，初中就已经不再管他。他没有继承养父任何财产，从法律上来说并没有偿还养父债务的义务，但他不仅承担了养父破产的债务，还支付了当时重伤的所有民工的经济补偿。

高中时裴却为了养活自己不得不半工半读，所以无法完全兼顾学业，但在进入览众当练习生后，在公司的帮助下还是考上了大学，入行的几年里一边工作一边读完了书。

当初工地事故的原因与卷款跑路一事也不存在关联，他的养父没有从当初的工程中拿到一分钱，裴却本人也并未从中受益分毫，没有躺在任何人的悲剧苦难上得过益处。

澄清的内容里附上了详尽的各种材料图片，领养证书、偿还债务的证明、给受伤民工们汇款的凭证、学位证，还有练习生时期他次次第一的考评图……所有证据都明明白白地摆了出来。

网友头一次见这么实诚的澄清，被震惊得完全不知道说什么才好。

回过神后，围攻他的那些舆论节奏立时被翻转过来。

"什么？裴却是被收养的这都说出来了？！这么一看那他养父的事情跟他真的没什么关系啊……那时候才多大啊，那么小就要自己打工养活自己，难怪不上晚自习，不翘晚自习哪有时间打工挣钱？别人都在教室里上课他在担心下一顿饭的着落。"

"不仅毫无怨言还了养父的债，还承担了不是他责任的民工们的赔偿……这真的已经够了吧？爆料一出来舆论就疯狂围攻他，说背后没有推手谁信哪？"

"爆料一出来就觉得不对劲，现在证据都摆在这里了，不知道那些叫嚣的人认不认字？娱乐公司不推次次考评第一的练习生推谁啊？推嫉妒得眼红发酸的小人吗？出身不好又碍着谁了？他过得苦生活阅历多，所以他演戏塑造人物的时候有血有肉，那些连人物都理解不了的没演技的人的粉丝有什么脸说人家？"

这份澄清回应掀起了第二波舆论，对网上各路吃瓜网友来说，算是十分重量级的料了。

到这个地步，等于把别人的伤疤扒开凑近看，很多不是粉丝的路人不免也觉得难受，立场和情绪都倒向了裴却。

觉众动作十分快，在这样的条件下，迅速把澄清铺开，场面很快被控制住。

关于裴却的这一事件，事态在几天内平息了下来。

已经没有人再提所谓"黑料"，其间有不死心的人还在拿着他被收养这点嘲讽他是货真价实的真孤儿，不等裴粉下场，网友舆论就先一步把这些人骂到道歉。

赵霓夏在剧组的拍摄恢复了常态，前几日悬着的心，终于安稳落回了肚子里。

很快就是裴却说要来探班看她的日子。

探班这件事，她提前跟导演程梵说了一声，本来还担心程梵身上艺术气息太重，会介意裴却最近在舆论风口浪尖上影响到剧组工作。

不承想才一说，程梵立刻表示出了十二万分的欢迎："来来来，让他来！他之前拍的好几部作品我都有看过，不过一直没见过他本人……他哪天来啊？我来做东招待！"

他一副摩拳擦掌迫不及待要和裴却好好聊聊探讨电影艺术的架势，让赵霓夏哭笑不得地放下了心。

裴却到的那天，晴空万里无云。

他提前安排了车子和司机，从市里机场出来后一路坐车来拍摄地，没有去酒店入住，直接开到了片场。

赵霓夏连着两天晚上都在废弃宫墙头上拍夜话的文戏，收到他抵达的消息时，身体不是很舒适——走路的步子有点儿小别扭。

因为要坐在宫墙围栏上，置景太高，她和对戏的演员身上都吊了威亚以免摔落下去，拍摄过程中上去下来都是用威亚吊。

这天白天又拍了一场在男配府上屋顶对谈的戏，快一天时间，来来回回被吊起放到屋顶又吊下来，大腿根部两边都被磨红破了皮，一阵阵地发疼。

碍于在片场不好处理，她勉强压下，若无其事地去接他。

裴却的车停在剧组入口处，从车上下来，一身黑色工装长裤配黑色朋克T恤，戴着帽子，耳骨上一枚银色锥形耳钉。

黑色的质感特别衬他，配上耳钉冷光，五官线条的凌厉扑面而来，整个人高挑又英俊。

赵霓夏和他许久没见，距离综艺结束已经有一段时间，看着眼前出现的他的身影，忽然有点儿不敢靠近。

天在头顶蓝得过分刺目。

她恍神了片刻，感受到他看来的视线，立刻上前迎上他。

"你行李呢？在车上？"

"嗯。"他说，"没带很多东西。"

"我还有一两场戏才能收工，我先带你去见我们导演。"

"好。"

赵霓夏带着他朝里走，他走在她身边，两个人在燥热的空气里安静下来。

那种紧张感似乎又来了。

好久没有见，他一出现，存在感变得更强烈，周围所有的一切好像都被模糊了下去。

他忽地道："我来你不高兴吗？"

她顿了下，说："……没有。"

是高兴的。

她想起这段时间的联系，想起夜里的那些电话，想到说过的想他的那些话。那一点点不自在又变成熟悉的热意。

微风拂过，两个人心照不宣地没有再多说什么。

往前走了几步，赵霓夏神游天外，半途扯到磨破的伤口，步伐歪了一下。

裴却连忙伸手扶住她的胳膊，问："脚弄伤了？"

"……"

她讪然，只说："没事。"

他的手掌温热，直到她站稳才缓缓收回。

没有继续这个话题，她带着他去见导演。

程梵对裴却的到来很是高兴，一见面就十分热情地和他聊起来。其他在片场的演员们闻讯，也纷纷过来打招呼。

赵霓夏后面还有一两场戏，休息了不一会儿就上场。

裴却和程梵一起待在镜头后看，她这两条拍得还挺顺利，一次就过了。

等到赵霓夏被威亚吊下来，裴却的目光落到她身上，好似额外多注意了一下她的步伐。她佯装无事，撑到收工。

程梵晚上还要执导夜戏，抽不出时间，做东招待裴却的事只能留待第二天。

他们俩便一道坐车回了酒店，他的行李也先推进了她的房间。

很快，和周涟一辆车回来的肖晴晴过来敲门，把订好的晚餐和给裴却办理好的入住房卡以及帮她买的擦伤口的药一齐送来。

把晚餐拎到茶几上，赵霓夏把房卡放在一旁，手机上立刻就收到周涟的消息。

周涟：悠着点儿，还在剧组。

"……"她回了他一个表情包。

屋里电视开着，音量调得比较小。

裴却在茶几旁叫了她一声，赵霓夏连忙收起手机，走过去坐到另一侧。

两人盘腿坐在干净的地毯上吃晚饭。

肖晴晴送来的晚餐里放了便利店买的喝的，有水有饮料。吃完收拾好桌面，她挑了两罐果汁味的气泡水，递给他一瓶。

屋里的灯关了，只留下不那么亮的壁灯，电视调到了电影频道，正放着一部老片。

赵霓夏和他一起坐在沙发上，捧着味道清新的气泡水小口小口地喝。

屏幕光偏蓝。

看了会儿电影，裴却握着偏细长的易拉罐，忽地问她："你一定要坐那么远吗？"

她顿了下看向他，又看向他们之间隔着的距离。

可能是之前录节目，去他家还有他来她家时留下的后遗症，那会儿他们待在客厅沙发上，都是一人一角，各自偏安一隅。

在这私人的独处空间里，他突然提出对距离的疑问和希望靠近的潜台词。

赵霓夏默了片刻，没有作声，到底还是坐过去了一些。

虽然仍然隔着一点儿距离，但两个人都在沙发中间。

安静了一会儿。

赵霓夏看着屏幕，主动打破沉默："这部电影你看过吗？"

他道："没有。"

她指了指其中一个前辈："这个老师蛮厉害的，我有看过他别的作品。"

"嗯。"

"我以前出通告的时候遇到过他一次，他人还挺好，那次……"

她就着这个话题和他聊，只是还没说完，裴却忽然插话："我今晚可以住这儿吗？"

她怔了一下。

他声音有点儿低，但字句分明，清晰得她想当成错觉都不行。

赵霓夏微愣地看着他。

裴却也侧头看她，眼眸深深，照映出几许屏幕幽暗的蓝光。

"可以吗？"

他不闪不躲，似是要等她一个确切的答案。

就像之前夜里的电话，非要听她亲口说出想他才作罢。

赵霓夏愣怔片刻后仓皇收回目光，不敢看他。

身旁的视线却没有移开，始终停在她身上。

但他又没有逼迫到底，好半晌，见她一直没言语，他慢慢转回头去，轻声道："不行也没事。"

他靠着沙发椅背，很自然地转换话题："房卡在桌上嘛，房间几楼？离你这……"

赵霓夏咬着易拉罐边缘，没回答他，在他的话音中，很轻地说了一句："……住这儿也可以。"

裴却顿住，看向她。

赵霓夏握着易拉罐，没有看他，视线好像对着前方，又好像没有，有点儿混乱地扯了几句："橱柜里还有一床被子，你可以盖那床……不知道厚不厚，开空调应该还好……但是我明天还有戏要起很早，可能会吵到你……"

到后面话音渐弱，最后停了下来。

谁都没有再说话。

客厅里就这么静下来。

只剩幽暗的光线笼罩着沙发上的两个人。

电影的音量开得太低了，低得他们连彼此的呼吸声都能听到。

看完电影后，橱柜里的另一床薄被就拿出来铺在了床上。

一张床分为了两半。

赵霓夏明天还要早起，看完电影，就先进了浴室洗漱。

裴却坐在外间沙发上安静地看着电视，门一关，没有丝毫声音传来，她心底那股闷热感却一直挥之不去。

洗完澡，她穿上浴袍，夏天天热，她拢起湿发，站到镜子前吹干。

安静的浴室里只有吹风机嗡嗡的声音。

赵霓夏有点儿走神地对着镜子，头发干了好久才反应过来停下。

可能是因为沾了水，她一动，吊威亚磨破的地方又开始刺痛。她忍不住"咝"了声，就着灯检查了一下伤口。

破了的地方红得厉害，渗了一丝丝血。

赵霓夏放下浴袍衣摆，转身在台子上找买回来的药，翻了一下却没见，一转身，不留神把几个瓶瓶罐罐打翻在地，"哐当"几声脆响，自己都吓了一跳。

裴却在外头听到，过来问："怎么了？"

隔着门，她动作慌乱了一瞬，连忙蹲下把东西捡起："没事，不小心把东西打翻了，没碎。"

他问："你在找东西吗？"

她"嗯"了声，犹豫几秒，还没说话，就听他又道："是不是放在外面桌上的那个？"

她又应了声，抿抿唇，纠结一瞬，最后还是说："你帮我拿一下——"

他道"好"，脚步声变小，不一会儿又回来，门被轻敲了两下。

赵霓夏摆好瓶瓶罐罐过去开门，浴室里湿热的空气和外间冷空调对冲，她的脸还是热的，裴却的视线落她身上，她没敢抬头看，伸手去接东西。

他却没给，低声问："弄伤了？"

"……"她小声说，"弄破了一点点皮，不是大问题。"

"吊威亚勒破的？"

"……嗯。"

他默了几秒，说："我看看。"

赵霓夏一僵，舌头有点儿打结："不……不是什么问题，没……"

话没说完，裴却就更近一步，直接迈进了这片潮热的空气里。她退后两步，门被他反手关上，还没说出更多的话，轻呼一声，热着脸被他拦腰抱起放在了洗手台上。

他站在洗手台前打开药膏盖子，指腹蘸着膏体，一点一点轻轻涂抹在她的伤口上。

没有人说话。

漆黑夜里。

房间关了灯，窗外月色穿不透窗帘，只微弱地在地上露出浅浅一线。

床上的两个人很久都没能入睡。

赵霓夏侧身背对着裴却，闭着眼努力让自己的呼吸平缓下来。

安静中，也不知过了多久。

身后的裴却朝向她这边，从他的薄被下，进入了她的被子里。

腰被他的手臂揽住，他的胸膛贴上了她的背，滚烫坚硬如铁一般，紧紧从后覆着她。他的唇瓣、鼻尖贴着她脖颈的皮肤，轻轻地蹭着，灼热呼吸撩得她不禁战栗。

"裴却……"

她的手腕被他捉住。他一点点握住她的手，五指嵌进了她的指缝里。

她头脑有点儿热，又听见他低低叫她的名字。

"……"

她忍着不发出声音，耳朵红起来。

明明还有别的房间可以住，他却说想留下，而她也同意了，那些没有明着说出来的话，彼此心照不宣。

夜色浓重。

在加重的气息和他明显无法自控的状态中，他哑声说："我想当你男朋友，可以吗？"

"……"

"可以吗？"

黑暗中，他好黏人，唇触碰她的耳根，触碰她的耳后，触碰她的脖颈，不厌其烦。

赵霓夏耳朵热得生疼，热得快融化，不知过了多久，才终于细微地发出了一点儿声音。

"……嗯。"

他就像一直在等着这一刻，她话音落入空气的瞬间，被他压着吻住。

背后的柔软和他手臂胸膛的坚硬，紧紧将她禁锢在其中。

"我明天还要早起拍戏……"

"我知道……"

所有声音都落进了空气里。

夜色下，一切仿佛都被点燃了几许。

通告单上的妆造时间是凌晨五点，提前定好的闹钟准时响起，赵霓夏脑袋沉沉，挣扎了很久才慢慢睁开眼。

身后裴却的浴袍衣襟大敞，灼热的胸膛毫无阻挡地贴着她的背，他的手臂紧紧环着她的腰，也坚硬得如铁一般。

赵霓夏被他圈在怀里睡了一夜，就着薄弱的晨光动了几下，挪开他的胳膊，撑着床起身去够被扔在床下的浴袍。

"去片场？"

裴却睁开眼问她，刚睡醒的嗓音微微沙哑，磁性低沉。

"嗯。"她穿上浴袍系好腰带，说，"你再睡一会儿吧，我去上妆……醒了给我打电话。"

她没敢看他，匆匆进了浴室洗漱。

门外很快传来肖晴晴的敲门声，她三下五除二换好衣服收拾好，赶紧出发。

做好妆发，到了片场，周涟迟一些才来。全天陪着艺人随时候命是助理的工作，他作为经纪人，有时也得远程处理工作室其他的事情。

趁着赵霓夏候场的空当，周涟问了："昨天他在你那儿过夜的？"

"……"她点了下头。

"现在是怎么呢？在一起了？"

之前就说过有情况要和他报备，赵霓夏也没瞒着，老实看着他，又点了下头："嗯。"她说，"就昨天的事。"

周涟完全不惊讶，一脸"我就猜到"的表情。毕竟这两人到这个地步，就差那么一句话的事，他心里早有准备。

"那他还没来得及跟他团队说？"

见她点头，周涟也没多问："行吧，到时候我再跟他团队联系。"

双方艺人恋爱，要谈的事情可多了，之后怎么应对外界、公开不公开，都得有一个统一的态度和口风。

他说着，不得不又多提了一句："你现在还在剧组，到处都是人，留他过夜也得注意点儿影响……"

裴却昨天来的，昨晚深夜网上就已经有他探班《禁城》的消息流出。因为这几天剧组片场位置偏，他的车又是开到剧组里面，暂时没被拍到照片。

但消息确凿地传出去了。

他身世事件刚结束，关注度正在峰值顶点，代拍和粉丝这么多，现在知道他来这儿探班赵霓夏，酒店门口各处保不齐就有蹲守的。

"你们在外面千万注意尺度！"周涟不放心地叮嘱，"别的都还好，就是不要太过火，不要被拍到接吻这种，要不就回车里回房间，门一关……"

年轻气盛一亲起来就不是蜻蜓点水可以解决的事。

他越说越跑偏，赵霓夏被他说得发臊，连忙道了两句："知道了知道了。"拿起剧本挡住脸。

裴却上午九点多起来后给她打了电话，赵霓夏正在前头拍戏，回棚里休息时，回复了他。

他在中午前来了片场，陪她在她的房车里一起吃饭。

正午太阳燥热，车里开着冷空调，凉爽宜人。

赵霓夏坐在靠窗位子，车窗全都被帘子遮挡住，只有光透进来。裴却在她身旁打开午餐盒，她脑海里却全是昨晚的场景，像被外头的太阳光微微地烤过，不敢直视他，更不敢直视他的手。

"怎么了？"筷子递到她面前，裴却看她有点儿出神，低声问。

她眼神闪躲地接过，连忙说："没什么。"

"……"

裴却没说话。

刚刚来片场见到她的时候，因为是在人前，他表现得很克制。这会儿车上只有他们两个人，他盯着她看了几秒，眼神便丝毫不再收敛。

她刚拿起筷子，他就侧身凑近了她，骨节分明的细长的手也探上她的腰。

他的鼻尖触上她的鼻尖，凑过来蹭她，赵霓夏靠住车椅脑袋往后仰，小声推拒："等下把妆弄花了……"

"嗯。"他低低应了声，还是很轻很轻地在她唇上亲了一下。

然后又是一下。

她的耳根瞬间烧红起来。

脑海里浮现昨晚的场景。

他的手指细长，略微粗糙。

此刻就握在她的腰上。

赵霓夏不作声，抬手推他的胸膛，他压得更近，纹丝不动。

他好像就是故意的，就是喜欢看她脸颊发热、看她羞赧的神情。好缠人，他的气息追着她，一下下啄吻她的唇，直至将她彻底压得靠住椅背，舔舐勾缠着和她长吻。

唇上的妆原本就是要补的。

他克制着没有碰到其他妆面，只是深深地，将她的唇妆一点点吃了个干净。

下午，裴却在片场陪了赵霓夏一会儿，去见了一个和他合作过的正好在这边拍戏的前辈，晚饭时回来和她一起在车上吃。

之后赵霓夏去拍夜戏，不过夜戏不长，整个剧组八点多就收了工。

程梵惦记着要做东招待他，收工后，剧组的人一道去了附近的店里吃夜宵。

吃到晚上十一点多散场，赵霓夏和裴却仍旧坐一辆车回去。

前一晚他已经在她房里过了夜，这一晚，自然更理所当然地住下了。她让肖晴晴办的房卡搁在桌子上，彻底成了摆设。

赵霓夏白天没有吊威亚了，但破了的地方还没完全好。洗完澡后，裴却又给她检查伤口涂药，她不好意思地推拒了几次，仍然拗不过他。

热气氤氲，她又被抱上洗手台。

她背靠着冰凉墙壁坐在台面上，偏开了脑袋，耳根红得彻底。

灯光昏黄，湿气朦胧。

他指腹抹着药，一点一点涂在她的伤口上。

没开灯的屋里，又是一个炽热闷滞的夜。

从浴室出来后赵霓夏就深深陷进了柔软的床铺里，裴却的身躯禁锢着她。他一遍遍地亲她，唇瓣、鼻尖、脸颊、眼角、脖颈……再到其他。

他身上热得吓人，她好像也要被他热出一身汗来。

她第二天依然要早起拍戏，伤口也还疼着，不能做更多。

夜渐深。

月光和困意慢慢席卷而来，自己都不知道什么时候睡了过去。

裴却来探班待了两天，他自己也有别的事情要忙，不能长时间地出来，第三天下午就得回去。

返程航班订在晚上，他晚饭前就得到机场，下午在片场的房车里陪赵霓夏待了一会儿，待到她休息结束回去拍戏，便坐上自己的车动身。

他和在附近的另一位圈内影视大佬有个会面，行李已经放在了车上，会面完直接开去机场。

赵霓夏对他的缠人程度又有了新的认识。

从"追求者"升级成"男朋友"的这两天，只这两天，他就亲她摸她不知道多少遍，尤其是在房间里，就像不会倦一样，乐此不疲。

目送着他离开，松了口气的同时，心里又陡然有点儿空落。

只是一回到片场，对上周涟调侃似的微妙眼神，她立刻打起了精神，专注投入工作。

下午她收工早，但还有一个采访。

先前协调行程和时间的时候怕抽不出空，直接把地点定在了剧组。

采访的记者已经在路上了，就快进来。

周涟陪她等候的空当，顺势提了下她和裴却的事："我跟他团队已经联系过了。你现在还在拍戏，之后两部戏要上，综艺的热度高，他又刚从风口浪尖下来，反正你才刚谈，就先不公开，等后面再说。"

他动作倒是快，这就已经和裴却团队那边联系上了。不过估计也没谁家艺人像她一样，谈恋爱的第二天就对经纪人交了底。

赵霓夏闻言，道了声"好"。

"这段时间对外，我们这边和他们那边都统一不回应。"周涟道。这次裴却来探班，肯定会有猜测他们恋情的声音。就像他说的，只要他们接吻之类的没被拍到，两边团队暂时都冷处理。

就是一个态度，猜吧，随便猜！

这些事情自有他们决定，赵霓夏没意见。

不多时，来采访的记者到了，是个年纪比她大一些的长发女生，气质十分知性。

采访地点就在片场的休息棚里，环境比较简陋，但对方也是见过各种场面的，适应得很快。

剧组其他人没有来打扰，肖晴晴送来茶水和点心，周涟也和她一起退出去，把空间留给她们两人。

记者姐姐姓文，自我介绍后，为缓和气氛，和赵霓夏闲聊了一番。

待两个人都松弛下来，对话才慢慢进入正题。

问题事先都做过提纲，也提交给工作室团队看过，只在细节上进行了一些调整。

文记者问的重点多是关于她的演艺生涯，关于演员这个职业，以及关于她对演戏的理解。其中提到了些许她退圈这件事，但工作室事先表态过不想多谈，这个度也把握得非常好。

如今《很久以后的这天》正在热播，赵霓夏不免被问到综艺相关的问题，聊到裴却。

文记者玩笑问了一句："我最近看了一些关于您和裴老师的消息，我个人感觉，您和裴却老师私下关系应该也挺好的？"

赵霓夏笑笑没回答。

一场谈话下来，将近一个小时。

对方并没为了博眼球而把对话故意往令人尴尬不愉快的方面引导，赵霓夏和她聊得挺愉快，聊到结尾，两个人已然有种在闲话家常的舒适感。

最后一个问题是关于梦想。

赵霓夏想了想，用真心话回答了对方："其实这个话不太好说，说得太大了，容易被人笑话。但如果真的要说的话……"

她道："我想去加莱。"

文记者看着她怔了一下，很快微笑，在纸上记录下来。

简单地做完收尾，采访就此结束。

赵霓夏正要起身，文记者关掉录音笔，忽地道："冒昧问一下，您和裴却老师私下是不是聊过这个问题？"

赵霓夏不防她话题一转，顿了下："哪个问题？"

"就刚才最后那个，关于梦想的问题。"文记者笑着说，"你刚刚的回答让我想起了之前给裴老师做的专访。"

她叹气道："很多年前了，那次出了点儿问题最后没刊登成功，稿件一直留在那儿……因为也是我采访的所以印象很深刻，我也问了裴老师关于当演员最大的梦想这件事，他也是这么说的。"

赵霓夏一怔。

"这几年我看他特别拼，感觉他一直都在为了这个目标和梦想努力呢，我挺佩服他的。"文记者道，"当时他的回答，就和赵老师您一模一样。"

采访结束，化妆师和造型师给她把妆发一样样卸掉。

赵霓夏坐在镜子前，神游天外。

她平时对剧组众人态度都很和蔼，化妆师跟她相处得不错，见她脸色，问了句："赵老师有心事吗？"

"啊？"她滞顿着抬眸，淡笑了下，说，"没有，就是在想事情。"

镜子旁一圈明亮的光照得刺眼。

她微微垂眸，思绪又飘到刚才和文记者的对话上。

很久之前，在她借着酒意和裴却说起她的梦想是去加莱的那个夜晚，她也问过他。

"你呢？你的梦想是什么？"

那时裴却的表情很平静，是那种淡薄中没有任何波澜起伏的静，他说："我没有梦想。"

她当时不知道他以前的经历，不知道他成长的过程，不死心地问："那最想做的事情？你一直以来最想做的是什么？这个总有吧？"

他眼睫平缓地眨了一下，最后淡淡说："我不知道。"

她怔了瞬间，很快又笑笑说："那好嘛！我们一起去加莱！我们一起带着角色，去走红毯！"

她不再追问他，重新高兴起来，扭过头去对着夜空发豪愿，醉醺醺地说着一定要有这一天。

了解了他的过往后回头再去想，就会明白，他不是不肯说，而是真的没有。

因为太辛苦了，太累了，没有喘息的时间和机会。

他那十几年的人生里，没有过"梦想"这样的东西，也没有过这样的冲动。

为了某个目标和想法，为了某件事，一直付出努力，拼尽全力的冲动。

他没有，所以不知道。

在那个夜晚，她只是顺嘴地捎上了他，把愿望分给他一半，后来自己都忘了。

但他记住了。

独自记住了那个不算约定的约定，从此，把她的梦想当成了梦想。

那个曾经从未有过梦想的少年，在那个夜晚过去很久之后，在她离开几年后的那一天，没有丝毫犹豫地，回答了和她同样的一句话。

他说——

"我想去加莱。"

"……霓夏姐？霓夏姐？！"

"啊？"

赵霓夏回过神，就见肖晴晴在她眼前挥手："你怎么了，想什么呢？"

她摇摇头，没说什么，微微吐出一口气。

肖晴晴道："妆发已经卸完了，我们回去吧？"

镜子里，该卸的都卸好了。

赵霓夏点点头，站起身，走了两步忽地又停下。

"霓夏姐？"

"没事。"她道，"你先去叫司机。"

肖晴晴"哦"了声出去了。

赵霓夏站在原地，拿出手机给裴却发消息：你去机场了吗？

他回得很快。

还没，还在这边。

等一会儿出发了。

她看了下时间，距离他赶到机场绰绰有余，指尖飞快打下：你在哪儿？我过来找你。

裴却：怎么了？

没等她回复，他立刻弹了个语音电话过来。

"怎么了？"

一接通，他的声音从那边传来，似是担心她遇到什么问题："是发生了什么……"

赵霓夏抿抿唇，开口："我想见你。"

"……"他顿了一下。

她握着手机，轻声地说："很想很想见你。"

就此刻，就现在。

前头正在拍摄中的片场传来其他人忙碌的动静，空气中似乎飘着不可见的尘土。

本该收工回去的赵霓夏推迟了回酒店的时间，等着裴却过来找她。

先前的语音电话里，在听到她说那句话后，他沉默了一秒，便道："你别动了，我过来找你。"

他本来已经要出发去机场，只是因为她一句想见他，宁愿自己多花时间绕过来再见她一面，也不愿让她跑一趟。

影视基地不大，半个钟头不到，赵霓夏就收到他抵达的消息，出去迎他。

裴却坐的那辆车照旧开进他们片场，他从车上下来，还是下午分开时的样子，一身清爽打扮，站在车门边，高挑出众。

太阳正往西边落，光线越发泛黄。

他的目光从帽檐下朝她投来，没等他说话，赵霓夏快步走向他，轻轻扑进了他怀里。

裴却愣了一下，下一秒，单手搂上她的腰，手轻抚她的背。

"怎么了？"

她在他怀里摇摇头，没说话。

他身上很香，是那种清淡的香味。他个子又高，肩宽腿长，身材清瘦却结实有力，单手揽着她也让她觉得被搂得很紧。

赵霓夏抱着他遒劲的腰身，脸颊贴着他胸膛，抬起眼，他正微低眸看她。这个角度看不见他明显的喉结，她闻着他身上淡淡的味道，一下子，仿佛又想起了那种被他亲吻脖颈时微麻的酥痒。

这一处在他们剧组片场范围内，周围没什么人，蹲守的粉丝都在外面，但也不是特别方便。

赵霓夏还记得周涟说在外面注意影响的话。

只是刚才那瞬间，看到他出现在视野里，一时有些没控制住情绪。

突然很想见他，很想抱住他。

她很快松开了手，从他怀里退出来了小半步。

站在车门旁不方便说话，两个人坐进车里。

门一关，赵霓夏立即就被裴却拉到了腿上。

司机知道他们说话要一会儿，已经下车去周边抽烟休息了。

安静的车里只剩他们两个人。

裴却让她侧坐在自己怀里，修长的双腿微微分开，一手搂着她的腰，另一手横在她腿上，松散地搭出去。

"下午发生什么事了？"他问，"心情不好？"

赵霓夏说："没有。"

"那怎么突然发消息给我？"

她抿了下唇，倚进他怀里，伸手抱住他的腰，脸埋到他颈间："就是想见你。"

他身子微微一僵。

她也不知道怎么说，确实没有心情不好。

只是想见他的念头突然很强烈。

赵霓夏在他脖颈轻轻蹭了蹭，揽在她腰上的手收紧，搂得更用力。

裴却没说话，侧过头，唇瓣一下一下轻碰她的耳垂和脸颊，细细密密地摩挲，在渐渐加重的呼吸中，两个人不知不觉又吻在了一起。

很久才结束这个吻。

裴却紧抱着她，她双手环着他的腰，又把脑袋埋进了他颈间。感受着她突然的黏人，他灼热呼吸撩在她耳边："……你晚上也这么黏我就好了。"

她在他怀里没说话。

静了一会儿，他道："在剧组多注意，好好休息，有空我来找你。"

"嗯。"

但她和他都忙，这段时间算是拍摄不忙的了，遇上她戏份多通告单太满的时候，他来了她也未必有时间陪他。

再过一会儿他就要赶去机场了。

两人静静地抱着，谁都不再说话。

谈恋爱是这样，或者说喜欢一个人就是这样。

一靠近，身体里就会产生无法控制的愉悦。

赵霓夏埋头在他颈间，忽地道："裴却。"

他声音微微沙哑："嗯？"

"我喜欢你。"

"……"

他脖颈处的脉搏似乎突突跳了两下，心跳声仿佛也加快，她还没听清，蓦地一下，猝不及防被他放倒在座椅上。

他压着她吻下来，炽热的、攫夺呼吸的、不可抗拒的吻。

亲了许久，他从她唇上移开，气息落在她耳边，更加地热，他有点儿咬牙，话语略微粗俗："撩我是不是？"

"……"赵霓夏晕头转向根本答不上话。

裴却紧紧压着她，平复了好一会儿，咬了咬她的耳垂，见她吃痛，又轻啄了一下。他极力地克制着，语气里满是无奈："……你就故意吧。"

在片场分开后，裴却坐车赶去了机场。

赵霓夏晚上洗漱完，收到了他抵达的消息。

聊到夜深，道过晚安，她放下手机，在静谧夜色下长长叹了口气，抱着被子翻了几个身，让自己平静下来，慢慢睡过去。

裴却回去后，赵霓夏在剧组的日子就恢复如常，网上关于他们俩的热议却没有停止。

他前脚刚从舆论的风口浪尖上下来，后脚就飞到影视基地探班她，无疑是为他们俩本就惹人猜测的关系增添了一剂猛料。

后来更是流传出了一张疑似赵霓夏和裴却拥抱的图片。

之所以说疑似，是因为图片很不清楚，图里的两个人都只能看见模糊的身影，看不清脸。

发图的人自称是代拍，说自己在赵霓夏剧组附近的山上想要拍点图，位置找错了，完全拍不到片，结果仓促间拍到了他们两个人在片场偏僻角落的车前拥抱。

帖子里还有一段文字描述：

"裴的车开进片场，停在那里，赵就出来了。裴下了车以后，赵立刻过去抱住了他，裴也搂住了赵，两个人就在车门旁边抱了一会儿，后来一起上车了。

"我本来想录下来的，当时相机没电了，只能抓紧拍了几张照，那天上山的时候镜头又摔了，我看的时候是真的能看清是他们两个，但拍出来就有点儿模糊。

"我保证，这绝对是他们两个！我真的看见了！"

帖子回复很多，有信的也有不信的，主要是看不清脸，完全无法辨认到底是不是他们。

裴霓粉们自然是当成真料，不仅嗑，而且是在狠狠地嗑。

超话里自从探班的料爆出来后就跟打了鸡血似的，上头得不行，拥抱的照片一出，气氛更是直接往成人的方向发展。

"前几天还在风口浪尖上被舆论黑，事情一结束没几天就飞去探班了，这是什么？这就是爱！"

"小裴被黑得这么惨，委委屈屈跑去找老婆贴贴求安慰，老婆怎么可能不心疼？"

"小情侣干柴烈火，一见面就忍不住在车门前抱抱，在别的看不到的地方岂不是更如胶似漆分都分不开？"

"白天车边抱抱，晚上……嘿嘿，嘿嘿。"

赵霓夏听到消息去网上看，那张图她也看到了，她当然认得出来，确实是她和裴却在车门旁拥抱的那天。

隔天被周涟盯上，她忙不迭地坦白交代了："只在车门边抱了一下！"

如先前所说，周涟这边和裴却团队对这些无关紧要的状况约定好了冷处理。

又因为图片太过模糊不清，拿给网友看网友根本认不出是谁，是以，拥抱这个料其实并没有多少人当真。

他们就更不会多此一举回应了。

这个小插曲很快过去。

赵霓夏继续拍摄日常，她每天忙着工作，闲暇时和裴却发发消息，逐渐习惯了这样的节奏。

天气慢慢冷了下来，进入十一月，井佑的生日也快到了。

他本来就爱热闹，这样的机会更不会错过，提前发了消息联络朋友们，说要办生日聚会庆生。

赵霓夏看了看时间，那两天剧组正好没她什么戏，她又有个商务拍摄要回京市一天，拍摄方说日期随她定，她便把时间定在了井佑生日后一天，应下了他生日的邀请。

裴却那边也答应了会去。

他的新电影在推进，同时也在忙着投资的事。

赵霓夏还是在和周涟聊天的时候顺便提起这个，才知道他投资做得有多厉害。

周涟见她惊讶，比她更惊讶："不只是电影、电视剧、网剧各类，除了演艺圈的，还有很多别的纯商业领域的产业都有涉及，他在国内艺人榜上名列前茅，身家早就过亿了，具体多少不清楚，但我听览众的人说过，他各类投资赚的比他当明星还多。他粉丝之前开玩笑也说过，他哪天要是不当演员了，可以直接去从商。"

周涟边说边虚虚点了她脑袋一下："你这恋爱是盲谈啊？！"

赵霓夏是真不知道，被这一科普才晓得，这些年他真的做了挺多事情。

但她并没去多问，只心说难怪他忙得停不下来。

算算时间，距离上次探班已经过去挺久，近期大概只有井佑的生日，能让他们在京市碰上了。

赵霓夏和裴却一边私下讨论着要给井佑送什么礼物，一边期待起见面的日子。

这样的心情持续了没多久，先被另一件事影响。

离京市之约还有十天的时候，赵霓夏收到了一个包裹。

晚上十点，她和肖晴晴一起从片场收工回酒店，走到房间门口时，看见门前放着一个快递盒。

肖晴晴一眼注意到，弯腰拿起来："谁放在这儿的？"

盒子上的收件信息看不出什么，只有收件人处写着赵霓夏的名字。

快递一般会放到酒店前台，很少放在房门外。

赵霓夏心下觉得奇怪，打开门，肖晴晴跟在她身后进来，把拎着的东西放下后问她："霓夏姐，这个快递我帮你拆咯？"

她瞥了眼快递，随口道了声"好"，走到一旁去倒水。

不一会儿，忽地就听那边拆开快递的肖晴晴"啊"地尖叫了一声，把手里的东西扔了出去，盒子"啪"地摔在地上。

她一怔，看过去，握紧杯子："怎么了？"

"霓夏姐，你别过去！"肖晴晴反应过来，连忙快步挡在她身前。

但赵霓夏还是走了过去。

盒子里的东西摔落出来，是一些动物带血的毛发和血淋淋的死老鼠，底下还有碎纸片。

见纸上有内容，赵霓夏用纸巾包着东西，把碎纸片扒拉出来。

肖晴晴陪在她身边，和她一起。

拼成的画面大致是个躺在地上的人影，身上画着破碎的痕迹，长发，流着血。加上那些动物毛发和死老鼠，恶意再明显不过。

艺人经常会收到恫吓和诅咒，肖晴晴气得大骂："这是哪个杀千刀的放在门口的？是不是有病？！"

赵霓夏的视线从那堆碎纸片扫过，瞥见其中一张，蓦地一僵。

她盯住其中画着图案的那一张，眉头微皱。

"霓夏姐？"肖晴晴见她面色不对，凑过去瞧了眼，"这是什么？"

她皱眉道："……像不像小雏菊？"

"小雏菊？"肖晴晴看了几眼，确实有点儿像，"这个图案怎么了吗？"

"我以前见过这样的图案。"她说，"……是个粉丝画的。"

"粉丝？"肖晴晴不明所以，"然后呢？"

赵霓夏没有回答。

沉默了一会儿，她抿唇，嘱咐道："你联系一下周涟和酒店，调监控看看。"

肖晴晴立刻应"好"，拿起手机给周涟打电话。

赵霓夏看着那雏菊的图案，许久才起身。

走到沙发前坐下，她眼神落在空气里，呼吸微微加重。

眼前全是那个图案的样子。

以前有个粉丝画过，她见过。

那个小姑娘很年轻。

死的时候，也很年轻。

周涟接到电话立刻就赶了过来，第一时间联系了酒店的经理，调出了他们当天的监控。

监控画面里显示，有个被连衣帽挡住没拍到脸的人上来这一层，经过赵霓夏的房门外，放下东西就走了。

再一查住客和大门的监控，发现人是从酒店后面员工的通道进来的，也就是说并非住客，没有登记信息。

发生这样的事，酒店经理满脑门子的汗，因管理疏漏连连向他们致歉，提出要补偿。

周涟没和他掰扯那么多，见找不到人，为了安全起见，这个房间不能再住了，和剧组联系了一下，给赵霓夏更换了新的酒店和房间。

大晚上，肖晴晴陪赵霓夏整理好东西，动身搬去了另一家酒店入住。

折腾完已经快午夜。

赵霓夏躺在被窝里，脑子里有点儿乱，拍了一天的戏本来就疲惫，大脑此刻又运转不停，完全没有半点儿困意。

肖晴晴不放心，发消息给她说：要是有什么事就联系我！我马上过来！

她回了句：好。

手机里，和裴却的聊天从收工回酒店那会儿就停了，中间的内容她没来得及回，当下，给他发了句消息。

裴却：还没睡？

赵霓夏：嗯。

那边很快弹了个视频电话。

房里灯都开着，赵霓夏侧躺在床上。

裴却那边更昏暗些，他靠坐在床头，浴袍领口敞开些许，头发带点儿湿意，淡薄的眼皮看着镜头，鼻尖和下颌凌厉。

她主动开口："刚刚有点儿事情没看手机。现在准备睡了。"

隔着屏幕，他察觉出她身处的环境不一样，问："你换房间了？"

赵霓夏顿了下，"嗯"了声，缓缓说："换了一个酒店。"

他蹙眉："怎么了？"

"……"她不知道怎么说，犹豫几秒，"刚刚回来收到一个快递，有人寄了一些乱七八糟的东西，把我助理吓到了。周涟怕不安全，让我换了个酒店。"

那边他的神色立刻沉了，在他开口前，她马上道："不过没什么事，我们联系了酒店处理，马上就搬了。这种情况平时也不少见，后面我会小心一点……"

她把事情搪塞过去，不让他多问，马上就换了个新话题："对了，你电影进展怎么样了？"

裴却凝视她几秒，慢声道："再过段时间就进组了。"

"啊，那过年也在剧组拍戏吗？"她似是来了兴趣，"你们剧组到时候会放假不？要是不放假的话……"

"赵霓夏。"他打断她。

她顿了下："嗯？"

"你是不是心情不好？"裴却神色淡薄，眼神透过屏幕紧盯着她，"吓到了？"

"……"她沉默了一会儿。

灯光明亮的屋里，静得没有声音。

赵霓夏把被子扯起一些，轻微的窸窣动静格外明显，许久，微微地舒出一口气，说："没有。"

"我没吓到。"她面上浮起一点儿倦意，"就是有点儿累。"

脑海里那些纷乱的思绪她自己都理不清，一点一点全都压下去，她不想再提，只道："真的没事，有事我会跟你说。"

她翻了个身，换到另一边，又一次把话题岔开。

裴却默默看着她，见她不愿意多聊，安静了半晌，顺着她的话不再继续往下说。

快递事件过去后，赵霓夏的生活很快又恢复了正常。

没有再遇到任何不对劲的情况，也没有再发生任何突兀的事情。

赵霓夏如今热度回升，保不齐有看她不顺眼的人作怪。

周涟加强了警惕，但也让她不要太过担心。

拍摄的日子和以前并无变化，在一天一天风平浪静的生活中，赵霓夏慢慢把那点儿纷杂的思绪放下。

井佑的生日聚会如期来临，到回京市时，她已经平复好了心态。

下飞机后，她先回公寓休息打扮了一通，下午三点多，出发去和井佑碰面。

裴却先她一步回了京市，出门前，发消息问她：我来接你？

她回了句"不用"，让他直接过去。

井佑邀了不少朋友，赵霓夏到的时候，其他人几乎都到了。屋子里一圈的人，大半都是以前见过的面孔，另一部分是井佑后来认识的，她不熟。

她被迎进门，一眼就看到落地窗边熟悉的身影。

裴却在半开的推门旁和面前一个男生说话。

他穿了件灰色印字母的连帽卫衣，泼墨刺绣牛仔裤做旧，脖子上戴着一条粗链子。外面的光斜斜照进来，照得他那浓颜五官有些深邃的艳，又蒙上了淡薄感。

他听见动静，回头朝她看来。

赵霓夏和他对上视线，那一瞬间像是被拉长。很快，她立马回过神来移开眼，在井佑的介绍下，和认识的不认识的都打了个招呼。

这场聚会人不少，都是圈里人，演员、歌手、偶像都有，还有井佑的几个队友也在场。

赵霓夏没和他说上话，打完招呼就被梁优几个拉到一边叙旧。

聊的都是近况，最近在忙什么、工作怎么样、过得好不好，彼此之间再分享些女生有兴趣的事。

至于网上传的那些消息，都是小打小闹，大家都有分寸，另一个当事人也在场，谁都没拿到她面前来八卦。

以井佑和他们俩熟悉的程度倒是能问，但他作为今天的主角，这边被拉去一下那边被叫走一会儿，人都应付不过来，根本没时间和她聊那些。

众人围聚在厅里坐下，这种聚会免不了要喝酒。赵霓夏也和梁优碰了几杯，裴却坐在她们斜对面，身边依然是几个男生，拉着他不知在说什么。

她偶尔抬眸，总能看到他的视线扫过来，只得假作不知，侧头低声和梁优说话。

气氛逐渐热闹起来，众人各自走动玩闹。

赵霓夏去了趟卫生间，开门正要回去的时候，被裴却堵在了洗手台前。

门被他关上，外间吵吵闹闹，这里只他们两个人。

赵霓夏身后抵着洗手台边缘，他两手撑在她两边，把她圈在自己身前。

她往后倾身一点儿，裴却跟着贴近，垂眸睨她："你躲什么？"

"我没躲。"

"那你刚刚一直躲开不看我。"

他身上有点儿酒的味道，淡薄的眼睑微垂，鼻尖往她脸上轻蹭，呼吸一点点加重。

赵霓夏嘴硬道："……看你干吗？"

话音落下的瞬间，他挑眉，似是有被激到，立刻凑近了亲她。她微偏开头，但整个人被他圈在洗手台和他的胸膛前，他倾身压覆过来，身体紧紧相贴，被他在唇上啄了好几下。

外面热闹喧嚷，忽然有人过来敲门。

赵霓夏一惊，门外的人轻叩了两下，问："有人？"

她心跳加快，裴却反而将她抱得更紧，他死死将她压在洗手台边，更加用力地亲。她发不出声音回答，只能克制着不让亲吻声音太过明显，也只能更顺从地承他更多的侵占和攫夺。

因为离得近，她能听到他和自己的气息，粗重地纠缠在一起。

在这安静的空间里好像分外清晰，清晰得她都怕被人听见。

门外的人什么时候走的她不知道，她只知道裴却像是受了刺激，亲得越发炽热。

明明是正经谈恋爱，他们背着外面的喧闹，这样躲在这里接吻，却仿佛情难自抑的两个人在偷情。

这个吻好一会儿才结束。

赵霓夏和裴却平复片刻，两人先后出去，在一片热闹中若无其事地回到了位子上。

随着天渐黑，流程一步步推进，先是吃饭，再是吹蜡烛和切蛋糕。

一直闹到晚上十一点钟，在场众人拍了一张合照，有些不能待到太晚的就先走了。井佑的队友们第二天有不同行程，早就不一块儿住宿舍，也各自先走了。

最后只剩和他关系最好的几个人。

包括赵霓夏和裴却在内，几个相熟的留下继续喝酒说话。

人一少，关系又都亲近，气氛更加自在，赵霓夏这次和好几个老朋友都重新加上了微信。

几个人边喝边聊，逐渐都有了些醉意。

赵霓夏又去了趟洗手间，出来的时候见井佑在角落看着手机，她走过去还没说话，就听见他骂："什么玩意儿啊！"

她诧异一瞬，走到他旁边："怎么了？"

井佑看了她一眼，说："刚才回去的朋友有人发了生日聚会的合照，这几个神经病看到了，在微博上阴阳怪气！"

赵霓夏凑过去看了看，屏幕上是一个艺人的微博，刚发不久的内容是一条伤春悲秋的感慨：

"人微言轻在这个圈子里就是容易被人忽视，以前以为只要有真心就能换来真感情，后来才知道自己太年轻，想得太简单。你不够有用，不够有价值，别人就不会把你当回事，说扔就扔。"

下面有两个同为艺人的人评论：

"因利而聚，因利而散。"

"有的人本来就是道不同，算了，我们做好自己才是最重要的！"

井佑指着评论道："这两人也是跟他一起的！他们在这儿装无辜指桑骂槐什么？"

赵霓夏对这几个名字隐约有点儿印象："他们是……"

井佑头都没抬："以前我组局的时候，他们来过。"

他说的以前，自然是几年前她还没退圈那个时候。

除了人少的熟人局，有时候有些大局人比较多，各人之间相对就没有那么熟悉。

赵霓夏被他这么一说，想起来了。

这几个人她确实好像在井佑组局的时候见过，她对他们的名字有印象，只是想不起来长相了。

今天晚上这几个人都没有来，看情形，井佑应该没叫他们。

"你跟他们掰了？"

"早掰了！"井佑说，"多少年都不联系了，估计是今天看到别人发我们合照，给我找不痛快来了……还有脸在这儿阴阳怪气，我为什么跟他们绝交他们自己心里没数吗？！"

赵霓夏顺嘴问："你为什么跟他们绝交？"

"当初那会儿你记得吧？你跟裴却闹矛盾的时候。"井佑瞥她，"那阵子你俩不是不说话吗，后面有几次我组局，你都不来了。一起玩的朋友都感觉出你们气氛不对嘛，有一次也是你没在，那天要散场的时候，我和裴却就撞见这几个人在角落说难听的话。"

"他们背地里在那儿嘲讽裴却，说他平时整天一副谁都看不上的清高样，私底下还不是想傍你这个有钱人家的大小姐，结果被打脸不配，你理都不理他，还说裴却使劲贴你，小白脸贴金主什么的。"

他愤愤道："当时气得我，要不是裴却拉住我，我非得跟他们干一架理论理论！平时带他们玩好吃好喝好亏待他们哪儿了？裴却对不熟的人不热络，但也没对他们怎么样过，背后说得那么难听……真是什么人都不知道，我那天就把这几个人踢出群了，后来跟他们绝交，再没联系过！"

赵霓夏一愣。

井佑气得拿起手机编辑微博反击，一边打字一边念念有词："以为谁不会阴阳怪气似的……"

他手速极快地发完微博，抬眸见赵霓夏在发愣，皱眉："你怎么了？"

她回神，抿了下唇，说："没事。"

井佑说的那个时间段，是她和裴却冷战后，那几次聚会她都没去。

裴却先是听到她在别的朋友面前极力否认跟他有关系，又听到这几个人那样嘲讽他。

他们那段时间一直没有联系。

再后来就是她生日，就这样，他还是低头，先一步主动找了她。

赵霓夏心里微微发沉。

井佑骂骂咧咧地又看了一遍微博，阴阳怪气回过去后，心气这才勉强顺了。

她没再多说，和他一起回到场中。

桌边其他人还在说话，她坐到梁优身边，听梁优和她说些八卦，却忍不住几次走神。

那边井佑大概也被微博上的事影响了心情，端起酒杯一杯接一杯地喝。

他原先就有几分醉意，喝到后面散场时，整个人完全醉得不行。

大家开始商量谁送井佑，赵霓夏离他近，搀扶着他，他倚着她，似乎是嫌这个姿势靠不稳，转过身来就要抱住她。

男生喝醉后重量压过来她根本受不住，她一惊，刚要说话，裴却已经伸出胳膊拉住了他，将他搀扶起来。

赵霓夏侧眸，对上他的视线。

他道："我来扶他。"

井佑顺势抱住裴却的胳膊，将重量倚向他。

其他人里有第二天要工作的也有闲着的，闲着的试图搭手把井佑拉过去，但井佑醉醺醺扒住了裴却，无论怎么扯怎么劝，就是不肯再松手。

没办法，送他回去的任务只能落在了裴却身上。

众人各自散场回家。

裴却一边扶着井佑，一边低声对另一侧同样搀扶他的赵霓夏道："坐我的车？"

她瞥他一眼，点点头。

回去的一路井佑还算老实，没怎么撒酒疯。车开到他公寓楼下，赵霓夏和裴却两个人扶着他上去，他醉得人事不省，直接用他的指纹开了锁，把他扶到卧室让他在床上睡下。

赵霓夏去卫生间给他弄毛巾擦脸，她不知道他哪条毛巾是干什么的，便没有乱碰，只抽了几张洗脸巾弄湿。

正要过去的时候，裴却来了。

她站在洗手台边，他站在门边。

赵霓夏停住脚步，看他一眼，道："井佑醉成这样，晚上让他一个人不太好，你在这儿看着他？"

裴却默了两秒，点头。

她刚想说给井佑擦个脸收拾一下，等会儿她就回去了。他看着她，忽地，伸手把她拽进了怀里。

赵霓夏撞上他胸膛，被他搂腰抱住。

他身上有淡淡的酒味，京市的天已经变凉，穿的不再是夏装，但隔着不薄的衣料，仍能感受到他身上隐隐传来的热意。

赵霓夏在他怀里抬起头，他微低下眸，酒意和那股清冽的气息混在一块儿，是熟悉的让人战栗的感觉："你晚上怎么了？我看你一直在走神。"

她顿了下，他问的，大概是她听井佑提起那些人说的话之后，回到座位的事。

没有回答，她默了好几秒，敛眸把脸贴住他胸膛，抬手抱住他。

裴却低头想看她的表情："怎么了？"

她摇摇头。

她把脸紧紧埋在他怀里，他只能把手臂收得更紧，低头亲她的发顶："不开心就说出来。"

"嗯。"她应了声，但还是没开口。

安静间，他们抱了一会儿。

赵霓夏想起井佑还在卧室床上，正想松手退出他的怀抱，却发现腰上被搂得更紧了，抬眸去看他，他的眸色不知何时浓了许多。

裴却视线的低暗落进她眼里，他哑声道："你今晚也在这儿住呗？"

她一顿。

他摸了摸她头发，喉结微动："有客房。"

无声相望间，她沉默了好一会儿。

裴却一直低眸和她对视，见她迟迟不说话，正要作罢，赵霓夏眼睫忽地轻眨，踮起脚很轻地在他唇上亲了一下。

他微微一愣，不待他反应，她重新埋头进他怀里，环着他腰身的手臂微微收紧，轻声说了句："……好。"

赵霓夏亲他的这一下很轻，也很猝不及防。

裴却愣了好几秒，回过神后，又听见她说的话，低下头，唇轻贴着她的耳朵，气息变沉。

他身上的酒味似乎随着他身上升高的热意更浓了。

赵霓夏被他抱得也热，半响，她伸手去推他的胸膛，小声道："井佑还在卧室里……"

好不容易才推开他。

他们回了主卧，床上的井佑面色酡红，用湿面巾给他擦了脸，本来还想让他喝点儿水，但他呢哝着翻了个身，整个人窝在被子里，怎么叫都叫不醒。

不过好在看起来没有要吐的样子，呼吸平稳，只是睡得比较沉。

他的衣服什么的都没脱，对喝醉的人要求不了那么多，只能凑合让他这样睡。怕他着凉，给他把空调调到了合适的温度，两个人关了灯出来，将他的房门虚掩。

赵霓夏住客房，没有换洗的衣服，晚上只能将就着穿。

先前在聚会上喝了些酒，时间也不早了，本来应该早点儿睡觉，然而每次她和裴却一单独相处，气氛就不太对。

两个人在井佑主卧外的走廊上停下，他个子很高，离得这么近站着，他的身影笼罩下来，她避开他的眼神，没有直视他。

"去客厅坐会儿？"他看着她问。

她点了下头。

客厅和厨房的灯都开着，唯独中间餐厅成了一片过渡的黑。

井佑的公寓是这几年搬的，裴却来的次数不多，但还是比她这个第一次来的人熟得多，提步去厨房倒水。

赵霓夏在茶几前坐下，头顶吊灯橙黄，她看了眼厨房那边裴却高挑的背影，没一会儿，手机忽地轻振，点开一看，叶莱给她发来了好几个视频。

"'裴霓'十九岁夏天的风，吹到我们的二十七"

"裴却 X 赵霓夏|《很久以后的这天》糖点合集|持续更新"

"我们复婚啦！（微剧情）|裴却 X 赵霓夏|甜向"

全是她和裴却的双人剪辑。

叶莱还道：这几个视频剪得好好，分享给你看看！

上次叶莱回国，办完事情没待多久就走了。

那会儿赵霓夏忙着工作，也没再见上一面。后来这段时间她在剧组拍戏，叶莱到处飞，玩得可嗨，朋友圈全是照片刷屏，两个人都没怎么聊天，唯一聊得比较重点的内容，就是她和裴却在一起的事。

叶莱当时一听就啊啊叫，说等她哪天休息的时候要好好跟她细聊一通，但后来一直没再对上时间。

大半夜的，这人天天玩得那么嗨还有时间看这些，赵霓夏忍不住想吐槽，只是没等她打字，裴却就端着水回来，她连忙放下手机。

裴却在她身边坐下，没有别人，也不需要刻意隔开距离，他和她贴得极近。

他们还没说话，她放在茶几上的手机又振动起来，大概是叶莱的新消息，连着振了好几下，在安静的夜里显得有些吵。

赵霓夏只能拿起来点开，果然是叶莱，发的还是视频。她有些不好意思地稍微侧过身，怕裴却看到那些东西，回完正要放下，不料，他的余光还是瞥见，在旁边幽幽地问："怎么不点开看？"

"……"赵霓夏没说话。

他似是扯了下唇，盯着她看了几秒，伸手揽住她的腰，把她抱进怀里。

赵霓夏被他抱到腿间坐下，背贴着他胸膛，整个人被他圈住。

赵霓夏倚在他怀里，肢体仿佛放松了下来，但加快的心跳让人更亢奋，他带着酒意落在耳际的点点亲吻和体温也让她感觉自己像是要被热意融化一般。

从厨房出来时，他把那边的灯关了，只剩客厅这里亮着灯，橙黄的光线落下来，更衬得夜色浓郁。

电视没开，那些频道放的节目没什么好看，或者说他们也没心思看什么。只是想随便打发，在这个难得的时刻，享受这种两个人独处的氛围。

赵霓夏被他亲耳垂亲得招架不住，急需转移注意力，最后，还是看起了他们自己的剪辑视频。

每个视频都只有几分钟，很短。

他总算停止亲吻，把目光投向她手里的屏幕上。

静静地抱着，静静地呼吸。

一连看了两个视频，赵霓夏随手点进第三个，放了一会儿，才发现标题叫作："裴却诱捕器"。

视频里全是她的各种镜头剪辑，她有点儿不好意思地想退出去，被裴却握住手。

他目光一瞬不移，哑声道："就看这个。"

"……"她的脸分明已经很热了，又感受到一股更难形容的热意。

这个博主是个剪辑好手，不少她的撑脸大镜头，有清纯的、可爱的、明艳的、性感的……就连配的 BGM 也很合适。

视频不长，画面一放完，她刚想点出去，裴却忽地扳起她的下巴，亲了上来。手机没拿稳"啪嗒"掉在地上，她已经顾不上，被他搂着狠狠亲吻。

昏黄灯光下，空气一寸一寸在黑夜里燃烧。

桌上的两杯水谁都没喝。

第二天一早，赵霓夏被手机吵醒。

她还有拍摄行程，怕睡得太沉周涟打电话来找她，提前定了闹钟。

裴却睡在外侧，她睡在里侧，迷迷瞪瞪地伸手摸到手机把闹钟关了。裴却被吵醒，动了动，揽着她往怀里带，想抱得更紧。

主卧的井佑还没醒。

赵霓夏在柜子里找出一次性洗漱用品，裴却很快也起来。

洗漱完，去厨房倒水喝。

裴却拿着杯子在水龙头下冲洗，水开得比较小，涓涓流下来，淌个不停。

赵霓夏在一旁等他倒水，看着他的手，忽地顿了下，耳朵一热，慌忙移开了眼。

水倒好，裴却在她身旁道："等会儿就走？"

"嗯。"她给周涟发了消息，让他安排车过来接她。

"我点了外卖，一会儿送到，吃完早餐再走。"

"好。"

他停了下，又说："过段时间我就进组了，到时候来看我？"

很正常的一句话，但赵霓夏听出了潜藏的意思。

耳根轻微地热了点儿，她端着杯子喝了口水，垂下眼，佯装平静地"嗯"了声。

早餐送来以后，醉得昏沉沉睡了一整晚的井佑也醒了。

他揉着脑袋出来，看见他们俩在他家，愣了一下："昨天你们送我回来的？"

赵霓夏点头："嗯。"

"在这儿住了一夜？"

她眼神闪了下，还是"嗯"了声。

"哇我头好疼……"井佑念叨着，进厨房倒水喝。

赵霓夏看他不舒服，从他的家用药箱里翻出解酒药给他。

他吃了药去洗漱，发现客房里床单什么的全被拆下来扔进洗衣机里洗了，坐到餐桌边，白着张宿醉后的脸，有气无力地问赵霓夏："你怎么把床上东西都洗了？"

他们俩留宿，赵霓夏一个女生，睡的肯定是客房。

她怔住："呃……"

一下不知道怎么答。

"昨晚全都喝成那样。"裴却接过话，淡淡道，"你的床单也拆下来洗一遍。"

井佑闻言"噢"了声，点点头，一句都没多问，执起筷子吃早餐。

赵霓夏瞥了裴却一眼，飞快敛眸，也安静地吃东西。

桌下，他的脚轻轻碰到她，像是故意的一般。

她挪开些许避开，他又追来，紧紧地挨着她。

赵霓夏回住处洗了个澡，换好衣服，动身去拍摄。收工后，当晚就坐飞机赶回了剧组，继续拍戏。

十一月底，裴却和大导成安合作的新电影开机，他和剧组一道飞去了取景地，正式进组。

两个人每天都在片场各自忙碌，只有晚上睡前的时候有空打电话或者视频。

在这期间，《很久以后的这天》全季播放完毕，综艺正式收官。这档综艺的话题度和播放量都非常高，各平台的热度都很喜人，播到一半时就已登顶全年综艺榜首。

"裴霓"这个话题下更是每天都有新产出，各种同人作品，文、音乐、视频，裴霓粉不仅没有因为收官而萎靡流失，体量反而与日俱增，从节目嗑到现实，稳稳地占据了真人CP榜的头把交椅。

十二月上旬，赵霓夏在《禁城》的戏份杀青，剧组给她办了一场热闹的杀青宴，庆祝她收工，第二天，她就收拾行李回到京市。

只是回去后也没能休息，《烈日之下》在她新戏杀青前开播了。

这部剧原本是在另一个平台放，因为《很久以后的这天》播得太好，企映对她的剧很有兴趣，趁热打铁，和对方谈了分播，买入版权，由单平台改为双平台播放。

她回京市，正好赶上《烈日之下》热播。

从第一个单元开始就好评如潮，后续更是扛住了检验，话题和口碑发酵开，逐渐走高。

赵霓夏在第三单元《烛火》里的表现，让原本期待她丢脸的人狠狠打脸，综艺才结束不久，这部剧又给她带来了另一波热度。

她马不停蹄地开始跑起了和剧相关的各种通告，像是要把前期宣传期她在新剧剧组没能参与的份都补上。

随之而来还有更多工作，商务、采访、代言、综艺邀约，每天都累到一沾枕头就睡着。

周涟给她打气，一直跟她说："忙是好事，忙起来是好事！"

在这样忙碌的节奏中连轴转，赵霓夏本就绷着，突然又被告知，工作室收到了署名为她的快递。

内容和上次在剧组酒店收到的一样。

周涟生了大气，调出了大厦进出监控，画面里是个穿工作服的快递员，戴着口罩和帽子挡住了脸，把快递放在门口就走了。

保安说对方打扮成送快递的样子，跟着其他楼层的员工过闸，他们也就没拦。

周涟又让人到快递公司去查，但那个快递上的单子是假的，人自然也不是他们公司的。

赵霓夏听周涟说完，沉默了一会儿："里面的东西还是和上次一样？"

"是！"他说，"全都一样！"

赵霓夏听他骂了一通，又被他安慰，没说什么。

挂了电话，她在客厅坐了一会儿，看着落地窗外湛蓝的天思绪纷乱，最后，拿出手机打给了林诚。

她言简意赅地说明情况，把事情交给他。

林诚听完心里有数，但应下后又停了停，提醒："赵小姐，赵总这段时间就要回国了。"

她之前听叶莱提起，已经知道，"嗯"了声。

"那这件事……"

"你能查就查吧，尽量别让她知道。"

"好的，我明白了。"

这次的快递事件和上次一样，除了那一盒东西，之后再没有其他。

忙碌的工作并未结束，赵霓夏不想去多想，投入工作，也没时间再去想别的。

好一阵之后，终于能缓和下来好好歇歇，裴却已经在新电影剧组等了她很久。

她定好行程，飞去了他剧组探班。

裴却的新电影是冲奖题材，偏文艺，取景地点是一座小城，很有独特气息。

赵霓夏和他上次一样，没带很多东西，行李装在来接的车上，直接去了他们剧组。

裴却带她在剧组逛了一圈，和其他演员打了招呼，也见了导演。导演成安长了一脸胡楂，人看着挺糙，但挺好相处。

因为时间不早，他们还有戏，她怕打扰他们，裴却拍摄的时候，她就回到车上待着。

等傍晚他收工，一起坐车回酒店。

赵霓夏的行李拎进了他房间。

休息了一会儿，后上来的柯林过来敲门。裴却开门从他手里接过一大袋东西，放在桌上。

他们片场灰尘大，他要在饭前换一身衣服，对她道："我去冲一下。"

她"嗯"了声。

他进了浴室，里面传来哗哗水声。

赵霓夏坐在沙发上，思绪发散，她想到刚才在他们组里，其他演员看见她来探班，那含笑中又带点儿微妙调侃的模样，心道等这次她来探班的消息传出去，网上估计又是一阵议论。

就像上次裴却去她们组里，虽然没有提他们是什么关系，别人也没问，但个个眼里都写着"心知肚明"几个字。

成年男女，千里迢迢去找对方，一起待在片场，待在车上，除了在剧组人前，私下在酒店还有更多相处时间，怎么看都不清不白。

更何况他们俩之间本来传着绯闻。

再想想成导先前那会儿的打趣，指着裴却说："小裴不会心疼人啊，一身灰还往人家身边靠。"又对她说："他现在身上灰扑扑的，你让他离你远点儿。"

完全是在调侃小情侣。

赵霓夏窝在沙发角落，就这么东一榔头西一棒槌地想着有的没的。

差不多到饭点，不多时，柯林又来了一趟，把刚送到的晚餐拿来给他们。

吃过晚饭后，夜渐渐变深，他们窝在沙发上一起看电影。

剧组下榻的是星级酒店，裴却住的这间豪华套房，面积极大。沙发这么宽阔这么长，他们俩却挤在一个角落。

他从后抱她，赵霓夏在他怀里，背倚着他。他也有在看电影，但总是忍不住捏捏她的手指，握她的手，或是把下巴枕在她肩颈，收拢手臂抱得更紧。

赵霓夏忍住了想问他为什么这么黏人的话。

以前他们过夜，关系不尴不尬，从来不在清醒的时候温存。

每次最后都是很累了，迷迷蒙蒙间她能感觉到他抱她，但隔天一醒，两个人立刻又各自分开。

感觉完全不一样。

真的在一起以后她才发现，他比想象中要黏人得多。

外表看着冷冷淡淡，总是一副拒人于千里之外的踞样，却总是喜欢挨着她。

就像这几次见面，不是亲就是抱，他好像对亲密接触有着别样的渴望。

这么黏着看了部电影，随着画面逐渐到尾声，圈着她的手臂也变紧。

感觉又要被他摁倒在沙发上，赵霓夏连忙坐直，试图起身："我去洗澡……"

没等她从他怀里出来，他抱着她道："一起。"

她脸热了一瞬："我自己可以，而且你不是已经……"

"正好，刚才只简单冲了一下。"他说。

不待继续分说，他压着她在沙发上亲了一会儿，而后，抱着她一起进去。

四十多分钟后洗完出来。

待打湿的头发吹干，夜更深了。

赵霓夏陷进了床铺里，迷蒙地昏着头，他埋头在她脖颈处，气息和亲吻一样热，她的心跳和热意也变得更加汹涌。

只能听到呼吸声了，有点儿乱，分不清是她的还是他的。

没等开始下一步，手机振动声却突然响起。

赵霓夏被惊了一下。

来电是柯林。

裴却不耐地直接挂断，继续做自己的事。

但那声音很快又响了起来，锲而不舍。

他不得不竭力平复呼吸，接起，声音沉沉压着："什么事？"

柯林的声音从电话那端传来，音量泄出些许，赵霓夏也能听见。

成导让他立刻过去拍一场戏，大致内容她没听太清楚，似乎是之前一直不满意的部分，因为天气没拍好，今天终于等到了。

剧组正好在拍配角的夜戏，都没收工，天气状况会持续一晚，就等他过去。

裴却呼吸沉沉地默了几秒，喉间干涩地问："多久？"

柯林说二十分钟司机就到。

他有一会儿没说话，眉头拧着，最后，还是舒了口气，应下："知道了。"

手机放回床头柜，他压回赵霓夏身上，头埋在她脖颈间，一下比一下重地喘气，沉默地调整自己的状态。

大导们都有自己的脾性，在剧组里更是说一不二，为了拍好戏，这种临时通知的事不少见。

咖位够大的艺人可以说不提出意见，但裴却是那种会配合的演员。

他不是第一次跟大导演合作，早习惯了这种事。

赵霓夏看他实在难受，试探地问："你要不要……"

她伸出的手被他一下抓住："别动。"他声音微微发颤。

他鼻尖贴着她脖颈皮肤，闭着眼让自己冷静。

她不知道，这六年对他来说有多煎熬。

包括她回来后的这段日子，每一天每一夜，他都不知道是怎么过来的。

一旦开始就停不下来了。

一旦开始，谁都别想让他中途停住。

裴却压着她，一动不动地埋头在她颈边，过了好一会儿，深吸一口气起身。

他把被子给她盖好，披上浴袍，去浴室冲了个冷水澡。

赵霓夏缩在被子里，他带着一身冰凉水汽出来，临出门前到床边亲了她一下："还不知道要拍多久，你困了先睡。"

她裹着被子，"嗯"了声。

裴却收拾好，外间响起敲门声，他出去，门很快关上，隔绝了远去的脚步声。

套房里静下来。

赵霓夏窝在被子里，盯着天花板看了会儿，翻了几个身。先前被抹了太多沐浴露，一遍一遍，整个人都是香味。

她感觉自己还有些热，睡不着，但又不想做别的。

把被子拉高了一点儿，遮住了自己半张脸。

不知道他今晚的戏会拍多久……

她闭上眼，胡思乱想着，酝酿睡意。

快要天亮的时候，裴却回来了。

赵霓夏在睡梦中听到开门的动静，她睡得有点儿沉，直到背后的人贴上来，带着热意和夜晚微寒气息的怀抱拥住她，才动了几下。

迷迷糊糊还没睁眼，他温热的唇瓣覆在她后脖颈上，亲了亲她，低声道："睡吧。"

她试图睁开的眼皮很快又闭上，继续沉沉睡着。

上午九点多，他又起床赶去片场了。

没有吵醒她，赵霓夏睡到十点清醒，看到他发的消息。

他团队不止一个人跟着他在这边，他把柯林留在了酒店，让她有事就找柯林，自己带了别的工作人员去片场。

赵霓夏洗漱完，带着点儿蒙，打电话问他："你几点回来的呀？"

他说："四点多。吵到你了？"

"没有。"她道，"怎么那么早又去了？"

"通告单临时调了。"

"那你不是没怎么休息……"

"没事，我昨晚在片场候场的时候有在车上睡，今天白天一两场戏，只是等得久一点儿，空下来也会在车上睡。"

他说他有补眠，让她放心。

赵霓夏和他聊了一会儿，打完电话后，柯林过来敲门，给她送来吃的东西。

她没出去，一个人待在房间里，不时和裴却发着消息。

他和她说了，今天收工时间会比较早。

她一个人窝在沙发上看电影，下午，裴却又打了个电话给她，跟她说晚上去见一个圈内朋友。对方在这边弄了个别墅享受生活，知道他来拍戏，几次邀他去做客，他之前一直没空，今天又接到人家电话，应下了。

"晚上去吃个饭，吃完饭我们就回来。"他说。

她闻言道了声"好"。

一边看电影一边继续等他，看到一半，手机忽地振动。以为是裴却的电话，她从沙发上摸出手机，拿起一看，却是林诚。

赵霓夏顿了下，把电影暂停，接听。

"什么事？"她微微吐了口气。

林诚道："赵小姐，有几件事情我要跟您说一下。"

她抿了下唇："你说。"

"之前您让我查的事情有进展了。"

投递快递的人有了眉目，基本范围已经锁定，林诚简略把事情过程和结论说了一通，说完停了停，又道："第二件事情是，这两天我们传媒那边的负责人汇报消息，说有人往他们公司邮箱投递了匿名信，信的内容比较含糊，只粗略地提到说有料想爆。负责人看到信的内容提到您，立刻通知了我们。"

他说的传媒，是定泰集团旗下的新闻产业，涉及媒体这一块。

这是赵霓夏她妈所做的唯一一和演艺圈沾点儿边的领域，但也不是她一手做起来的，是生意发展起来后进行的投资之一。

"寄邮件想爆料的人应该也和投快递的人有关，我让他们压下了，但这个情况……"

赵霓夏知道他的意思，沉默着没说话。

匿名信不管是因为什么投递到他们这里，估计都压不了太久。

"最后就是，这件事赵总已经知道了。"林诚语气变沉，"打电话之前，赵总吩咐我说，她要和您见一面。"

他道了句抱歉："我原本没有跟赵总汇报，但是……"

传媒的负责人那边汇报上来消息，其他助理知道，赵定音自然也就知道了。

赵霓夏说了句"没事"，握着手机的手紧了几分，轻声问：

"她什么时候回来？"

"就在这几天，行程大概定下了。我这边再和赵总联系一下，确定了以后我马上通知您。"

赵霓夏默然着，许久，缓缓道了声："我知道了。"

裴却回来的时候，赵霓夏正坐在沙发上发呆。

听见他进门的动静，她慢了几拍，抬眸看过去。

他收工确实早，这会儿还没到傍晚。

"呆着想什么？"裴却朝她走近，想摸她的脸，想起刚从片场回来又停住。

赵霓夏看着他，扯了下唇，说："没什么。"

他轻挑眉，俯身亲了她一下，进了浴室洗漱。

简单的冲洗，不多时就出来。

裴却坐到沙发上，抱起她，电视里在放什么，她自己都没看，他更懒得去管。压着她亲了一会儿，发现她心不在焉，他停下动作，看着她问："在想什么？"

赵霓夏眼神闪了闪，避开他的视线，说："没有。"

他眸色沉了下："下午怎么了？"

她捋起额前垂下来的一缕发："没怎么，我就在房间里看电影。"

没有直视他的眼睛，她微垂着眸，说完，手指拨弄了两下他的衣领。

裴却看着她半晌没说话，她抬眸对上他的视线，拨弄他衣领的手被他抓住。

"心情不好？"他问。

她动了动唇正要说话，手机忽然来电。

瞥见林诚的名字，她连忙抽回手，拿起手机看了他一眼："我去接下电话。"

裴却没吭声。

她起身走进浴室，接起电话："喂？"

"赵小姐，赵总明晚会到公司，她让您明天晚上跟她见一面。"

没有问她在哪儿，也没问她方不方便，就只是提出要求。

赵霓夏闭了闭眼，微微吸气，也没有心思多说别的："……你帮我订张明天的机票。"

她把自己在的城市告诉他，挂了电话，背靠着洗手台，在浴室里待了片刻。

安静间，想起裴却还在客厅等她。

她敛好神色，提步出去，坐回沙发上。

裴却看向她，问："怎么了？"

她默了默，说："我明天要回京市，有点儿事。"

来之前，本来说好在这儿陪他至少五天，今天才第二天。

谁都没说话，过了几秒，他才开口："必须回？"

"嗯。"

"很重要的事情？"

她缓慢地点了点头。

他沉默下来。

裴却坐在沙发一角，斜斜倚着，没有说话，拿起遥控器调音量，开大了几格，又关小。

赵霓夏看了他几眼，抿了抿唇，转身倚进他怀里。

抬手抱住他，她问："你是不是不高兴了？"

"……没有。"他瞥她一眼，单手搂住她，又看向屏幕。

不待她再打量他的神色，他把她搂紧在怀里，没有再就着这个话题多说什么。

裴却的朋友是个影视圈大佬，姓安，投资过不少电影和电视剧，年纪也比他们大些，快四十了。

安先生和他太太两人早早就闲下来，因为喜欢这个城市的气候和景色，在这边市区弄了栋别墅，在乡下还有个度假小庄园，每年时不时就会来这边待上一两个月。

赵霓夏和裴却坐车到达他们住处时是傍晚。

别墅非常大，带着湖和院子，院里引着活水，还有桥，四面一圈木质的廊道，屋内装潢也是木质风格，十分有韵味。

安先生和安太太热情地招待他们进去，他们家没有小孩，但养着猫猫狗狗，四个人坐下说话聊天，宠物不时走过跑动，抬眼看向开着的推门外，院中景色便尽收眼底，再怡然不过。

一聊就聊到了天黑，他们换了个同样能看到院子的房间吃饭，菜色无一不是精心准备。

安太太人和气又健谈，一直在和她说话，赵霓夏一边应着，眼神却不自觉地注意裴却。

自在桌边落座后，他喝了不少酒，安先生和他聊着电影的那些事情，他脸上表情和眼神看着与平时没有两样，手中的酒却一杯接一杯没有停过。

吃到餐后甜品上桌，他已经有了几分醉意。

裴却背靠着椅子，眼睑微垂，一向冷淡的脸更加淡薄了几分。

安先生在旁打趣："小裴酒量不行啊，这么点儿就醉了？"

他是爱喝酒的，边说着，给自己倒了一杯，又给裴却满上，招呼道："来来来，再来，难得你陪我喝一回！我这个酒可是好酒，收藏很久了！"

裴却默不作声，端起酒和他碰杯。

赵霓夏朝他看了几眼，见他又喝起来，忍不住轻扯他的衣摆。他伸了只手下来握住她的手，握了一会儿，又松开。

酒还是没停。

"……哎呀，就让他们喝，我们别管他们！"安太太看出她挂心，对她道，"喝醉了没关系，就留在这儿住一晚，房间可多了。我很少和人这么聊得来，能和你多聊聊我才开心呢，来来，尝尝这个点心——"

赵霓夏只能收回看着他的目光，朝安太太笑笑，动筷品尝。

就这么喝着聊着。

赵霓夏没喝酒，灯光和暖风的缘故，到后面脸也有点儿热，起身去了趟卫生间。

等她打开门出来，就见裴却正在外面。

她脚步顿了一下，但他没做别的，只是道："我洗个脸。"

裴却的脸微红，眼里带着酒意，有点儿不清明，不知是因为心情不好还是因为喝了酒，神色看着有点儿沉。

赵霓夏走出去停在门口，他没关门，开了水龙头低头掬起水洗脸。

她站着看了一会儿他的身影，犹豫地开口："我妈回国了，我明天回去和她见一面。"

裴却顿了下，看向她。

她没再说别的。

沉默间，水流从龙头哗哗地冲下来，他脸上的水珠滴落，几秒后，他垂眼"嗯"了声，又转过头去，继续掬起凉水。

赵霓夏站了片刻，没等他们再多说，那边传来安太太叫她的声音。

她应了声，裴却关了水龙头，和她一起回座。

裴却脸上染上了醉意，他坐在椅子上，听着安先生说话，不时会点个头，也并非完全没有开口，但赵霓夏觉得他好像沉默了起来。

那群宠物在别的房间跑了一会儿，跑进来在桌下追逐玩闹，安太太和她聊着，一边逗弄起它们。

安先生也很喜欢宠物，忍不住也和它们玩起来，话题便转移到了宠物身上。

安太太给她介绍几只宠物不同的性格，还跟她说起如何分辨那两只长得很像的猫，话匣子一打开就停不住。

"……这几只都是流浪狗，这只猫也是……橙色的这个乖乖，是我朋友捡了后来送我们的，你看，可爱吧？"

赵霓夏还没回答，那边安先生就接过话："可爱可爱，我们家小崽最可爱！"

她笑了笑，也夸了几句。

"有些人好没公德心的，养了宠物不喜欢又扔，我家这几只宠物基本都是收养的。你看这只，看它长得漂亮吧？之前就是被弃养的，我们带回来的时候身上毛都脏了，现在可黏人了……"

安太太一边说一边挨个逗弄。

那只被弃养过的狗狗被她摸完，就走到了赵霓夏脚边，就像安太太说的，它还挺亲人，一点儿都不怕生。

赵霓夏摸了摸它，轻轻逗弄它。

"估计是被扔怕了。"安太太叹了口气，又伸手摸了两把。

几个人坐着又聊了一会儿。

时间不早，晚上快十点钟，裴却又醉了，他们准备告辞。

安太太分外热情，连忙留他们再多歇一下："先不急，我让人煮个醒酒的汤，让小裴喝了再回去，不然一会儿坐车要晕的，难受了会吐。"

赵霓夏想想便没拒绝。

安太太说着就去厨房安排，赵霓夏脸又发热，她去卫生间洗了把脸，出来一看，就见桌边只有安先生一个，正在打电话。

安先生捂着手机，指了指推门外："去吹风了。"

她点了点头，小声道谢，走出推门，沿着廊下去找裴却。

没多久就找到他。

他坐在长廊不远处的屋檐下，看着院中的湖水和桥发呆。

一根根石柱上亮着灯，照亮了四周的昏暗。

赵霓夏脚步停了下，走过去，在他身旁坐下。他侧头看向她，她抬手摸了摸他的脸颊，他的脸很热，她问："难不难受？"

裴却摇头，淡声说："没事。"

他的声音里还是有着醉意。

赵霓夏不再说话，静静陪他坐着。

院子里引了渠，水流是活的，明亮的月色下，只有水缓缓淌动的声音。

他们就这样肩并肩坐着，谁都没说话。

风有点凉。

赵霓夏想到安先生和安太太还在屋里，又怕他喝了酒被风吹明天难受，不敢待太久，打算坐一会儿就叫他回去。

安静间，他忽地道："赵霓夏。"

她一顿："嗯？"

头顶有盏灯，光晕幽幽落下来。

他开口了，却又好一会儿都没说话。

水流声传来，显得这个夜晚别样寂静。

"怎……"

"……小狗是不能丢两次的。"

她刚想问，忽地就听到他说。

突兀又莫名的一句话，没头没脑，话里那说不上来的低沉却让她一怔。

"只要还记得，不管被扔多少次，不管被扔多远，不管多久，都会自己找回来……"

裴却坐在廊下这一处，微佝着背，手臂压在腿上，似是带着醉意，又似是别的，微微垂着头。

赵霓夏微怔地看着他。

那带着醉意的声音在夜下响起。

"可是，小狗是真的不能被丢两次的。"

这里明明亮着灯，她却突然觉得，他好像是融进了黑夜里。

裴却没看她，坐在黑夜的廊下。

他垂着头，低声地说："……因为他真的会很难过。"

蒙蒙的昏黄灯光照着，他的话音落在院中，被风轻轻吹散。

赵霓夏看着他滞了一下，胸口微微发闷。

她退圈之前，也见了她妈妈一面。

她想起几年前的那段时间，她和裴却冷战完，在她生日后又和好，但她还是因为她妈即将回国的事烦恼。

因为被发觉情绪不对，她和井佑、裴却也聊过一次，当时没多说别的，只回答："我妈要回来了，我们之间有些矛盾，有点儿烦。"

再后来，她就出国了。

裴却的话里，像是带着浓重的郁色，那周身包围着他的夜宛如一层阴影。

呼出的气息微微发热，她抿紧了唇，忽然不知道该说什么。

寂静间，久等的安太太和安先生过来找他们了。

赵霓夏深吸一口气，连忙敛了神情，回首应了一句："在这儿。"

而后提步过去搀扶裴却。

没有再说别的，他没开口，她也没有吭声。

喝完醒酒的汤他们没再多留，客套了一会儿，被安先生、安太太送到门口。

回去的一路上，裴却靠着车椅背，赵霓夏坐在他身旁，谁都没说话。

他握着她的手，微仰着头，静静地闭着眼休憩。

他的手掌很烫，身上的酒意也浓，周身氛围似乎带上了一抹低沉的底色。

回到酒店房间里，赵霓夏让他歇了好一会儿，喝了点儿水，直到那酒意淡去许多才让他去冲澡。

灯关上，卧室静下来。

柔软的床上，不知何时开始，裴却又在被中压着她亲。他的气息和皮肤依然是滚烫的，也依然那样亲着，她却觉得他的每根神经好像都在紧紧地绷着。

她以为他要做点儿什么，但他亲了很久很久，后来便将脸埋在她颈侧，抱着她不动了。

黑暗中静了好一会儿，赵霓夏抬手轻抚他的背："裴却……"

他手臂抱紧他，闷闷的声音从她颈边传来，仿佛低进了夜色里："睡吧。"

床头柜里的东西他没有去碰，只是用力地抱着她，抱了整晚。

一开始她醒着，到后来泛起困意睡着，中途不管是正面对着他，或是转过身背对他，无论她什么时候迷迷蒙蒙有一点儿清醒意识睁开眼，始终都在他怀里。

第二天起床，赵霓夏睁眼的时候他也刚醒。

洗漱完一起吃了柯林送来的早餐，他脸色和神情都如常，没有半分宿醉的样子，看起来和以前也完全无异。

到出门前，他穿戴好，站在桌边默然了几秒，问她："今天什么时候的飞机？"

赵霓夏顿了下："傍晚。"

"如果中午有时间我就回来。"他说，"没回来你就自己吃午饭。"

他下午还有戏，不管中午赶得回来赶不回来，都没法送她去机场。他留了团队里的一个女工作人员陪她，到时候好送她去坐飞机。

"要不……今天我和你一起去片场？"赵霓夏看他一眼，"我待在车上，等你……"

没说完就被他打断："不了。"

裴却走近她，低声说："片场灰太大，拍起来你要等很久。"

在车上一直待着也不舒服。

他在她身边俯身亲了她一下，手指抚过她的脸颊，站直身后，微垂下眼，视线在她脸上凝了两秒，道："记得吃午饭。"

赵霓夏坐在椅子上点点头。

他没再多留，戴好帽子，动身出门。

裴却中午还是没能回来和她一起吃饭，饭点前，给她发消息说了一声。

留在酒店陪她的那个女工作人员给她订了餐送到屋里，赵霓夏一个人吃完饭，收拾东西。

她的行李不多，只带来了一个小箱子，收拾好后立在一旁。

离去机场的时间还早，赵霓夏坐到沙发上打开电视，随意放了点儿东西看起来。

画面在眼前变幻，她却压根儿没注意什么剧情，靠在沙发角落走神。

午后窗外的太阳正好，风虽然带着些寒意，但看着天就觉得暖洋洋的。

赵霓夏在走神中消磨了好半天时间，正觉得电视声音有点儿大想调低一些，身旁的手机忽地振动起来。

来电是裴却，她接起，还没开口，却听见那边传来柯林的声音："……赵老师！"

她顿了下："怎么了？"

"你现在方便吗？方便的话能不能过来医院一下？"柯林压着声音在那边道，赵霓夏心里一咯噔，就听他说，"裴哥在片场受伤了，我们现在正在医院！"

车开了二十几分钟，把赵霓夏从酒店载到医院。

她全副武装戴着帽子、口罩，在那位女工作人员的陪同下，找到柯林说的临时病房。

柯林在电话里简单交代了，过午时，裴却拍了一条在天台和废弃旧楼里跑动跳跃的戏，吊威亚的时候出了点儿问题，整个人朝楼道外的障碍物撞去。

他慢了半拍闪避，整个侧身撞了上去，剧组众人手忙脚乱，连忙把他送来了医院检查。

虽然柯林说伤得没有太严重，但赵霓夏还是放心不下。

医院走廊上充斥着消毒水的味道，她快步找到裴却在的房间，柯林正等在门外，见了她立刻招手示意。

剧组来了不少人，她推门进去的时候，导演团队的人正和靠坐在床头的裴却说话。

裴却上身光着，似是已经进行了处理，肩膀贴着大块的膏药，手臂一处和腰上都绑了几圈纱布。

因为妆造，他的肤色化得比平时更深，健壮紧实的身躯在这颜色下显出了一种粗粝的野性。

看她推门进来，裴却怔了一下，病房里另外几个人见状立刻让出空间：

"……那我们先出去了，你们聊！"

经过赵霓夏身边时，他们朝她示意，她勉强扯开唇，冲他们笑了下。

随后门在身后关上。

赵霓夏走到他床边，他似是想坐直些，她立刻皱了下眉："别动！"

裴却动作停住，只能缓缓靠回去，看着她问："你怎么来了？"

她没回答，只问："伤到哪儿了？"

他轻抿唇，接上前一句："柯林告诉你的？"

被提到的柯林正好推门进来，听见这话僵了一下，硬着头皮把医生让拿进来的东西放到桌上。

看着裴却不悦的眼神，柯林在心里道了声没办法。

谁让他今天的状态那么不对劲？

拍摄时虽然是挺正常的，镜头内容呈现得都没问题，导演也很满意，但他一休息，回到车上或是在片场候场，整个人周身的气质和平常完全不一样。

柯林作为总跟他身边的人，哪里会看不出来。

本来并没想多掺和，谁知道后来吊威亚出了事故，按说他要是状态没问题，反应未必会慢那么点儿，说不定是可以避免的……这都进医院了，柯林哪还能不上心。

至于能让他这样奇奇怪怪的人是谁，想都不用想。

是以，柯林才忙不迭躲到医院走廊上，背着裴却悄悄打了那个电话。

"裴哥，你手机在衣服里，这些是医生让拿进来的……"柯林麻溜把东西放下，顶着他的目光，火速闪人。

门再次关上。

赵霓夏伸手抚上裴却的脸，把他略微扳回来，不让他岔开话题，看着他问："伤到哪里了？医生怎么说？"

"没什么事。"裴却微抬头看了她几秒，缓缓道，"……有瘀青的地方上了点儿药，只是纱布和绷带看着吓人。"

她问："为什么不打电话告诉我？"还不让柯林跟她说。

裴却眼睫颤了下，淡声说："没什么大问题，让你从酒店跑过来一趟挺麻烦。"他拿下她抚在他脸颊边的手，握了握，"真的没什么。"

赵霓夏蹙眉："伤到骨头了吗？"

"没有。"

"都检查完了？"

"嗯，在等报告全部出来。"

赵霓夏盯着他看，好半晌，这才松了口气。

她在他床边坐下，打量他身上这些纱布绷带，看着看着，眉头不自觉又皱了起来。

"真的没事。"他道。

剧组为了保险起见，让他把有必要的检查都做了一遍。

赵霓夏留在病房里陪他，等着报告一份份出来。

柯林跑了几次送来，她一张张看过后才放心。

待了好半天，陪她一起来的那个女工作人员过来敲门，推开门探进来一个脑袋，提醒道："赵老师，差不多该出发去机场了。"

赵霓夏顿了下："……好。"

要提前候机，再加上路上开车的时间，不能太迟，怕赶不及。

女工作人员关上门，在外面等她。

病房里静下来，赵霓夏看了看裴却，他脸上没什么表情，神情仍是淡薄的，沉默了一会儿，开口："你去吧，不然来不及。"

"我……"她动了动唇，"要不，我把飞机票改到晚上，这样……"

裴却说了声"不用"，他瞥她一眼，脸色平静，只声音低了两分："我没事，你去吧。"

接到柯林的电话后，赵霓夏出来得急，行李还在酒店没有拿。她坐车从医院返回酒店，车开到楼下，上楼取了行李下来。

出发去机场前，女工作人员去给她买水和纸巾："赵老师，你在车上等下，我很快回来！"

"好。"

赵霓夏点头应了声，朝她笑笑。

车门关上，她靠着椅背看向窗外。

不知是车窗贴了膜的缘故，还是天色渐渐暗了，外头的光变得没那么亮。

她呆呆地看着路边出神，脑海里思绪纷飞。

那个快递、碎纸上的那朵小雏菊、林诚汇报的消息……

潜藏的回忆被勾起，一点点变得清晰。

她想起了六年前那天。

六年多前，赵霓夏遇到了一个粉丝。

那次，她去外地出通告，进行商务拍摄。

晚上收工回去的时候，在酒店门前，被一个小姑娘拦住。

　　那几天也有闻讯而来的粉丝在酒店外蹲守，但那天真的很晚，凌晨三点多快四点钟。拦住她的那个小姑娘只有十八九岁，穿着一身有点儿旧的衣服，背了个双肩包，畏畏缩缩地红着眼睛，拦下她后，又结结巴巴说不出话。

　　看她好像哭过，眼睛红得厉害，赵霓夏带着当时的助理，停下脚和她多说了几句。

　　那个小姑娘是她的粉丝，怀里抱着的本子上写的都是和她有关的东西，书包里背着的，也都是她的海报和各种印着她照片的小玩意儿。

　　那些东西其实都是盗版，电视剧热播后无良商家生产出来的，却被那小姑娘当成了宝。

　　她磕磕绊绊地说着喜欢她，又说只是想见她一面，边说边哭。

　　那晚，赵霓夏和她在酒店的咖啡厅角落聊了很久，得知了那个小姑娘住在那座城市附近的一个小县城里，家里条件不好，父母又重男轻女，书没念完就被迫打工。

　　小姑娘从小生活在苛刻的环境中，这么多年唯一称得上爱好的事，就是在看电视喜欢上赵霓夏之后，用家里人淘汰给她的旧手机上网刷她的消息，关注着她。

　　听前半段时赵霓夏已经很生气，听到后半段更是怒不可遏——那个小姑娘之所以会半夜三更出现在酒店外，是因为她家里人不满足于她打工挣的那点儿钱，给她说了门亲事想要拿她换礼钱。

　　她心灰意冷又伤心之下，鼓足勇气跑了出来，可又不知道去哪儿，想到网上说赵霓夏来了附近的城市，她就带上了这些东西，找了两天才通过其他粉丝找到这里。

　　她说只是想来看她一次，等了很久没有等到以为见不到她，又想到难过的事所以哭了，刚才一时着急扑了上来。

　　她的笔记本里，写了一篇又一篇和赵霓夏有关的东西，夹着一张又一张想寄给赵霓夏的信，她画了很多小雏菊，说赵霓夏给了她很多力量，让她在打工的辛苦间隙里有了期盼，感受到了快乐。

　　赵霓夏看着她无措的样子，看着她带来的那些东西，心里的情绪无法言喻。

　　那天晚上，赵霓夏对那个小姑娘说，会帮她。

　　开房间安顿了她一夜，第二天就联系了林诚，让他帮忙找律师，并处理后续给小姑娘提供资助的事宜。

　　十几岁的小女孩独自在外不安全，赵霓夏因为工作腾不开身，给她买了票让人送她回家，叮嘱她先不要乱跑，还把林诚的号码给了她，告诉她，他们会随时和她联系帮她解决问题。

那个小姑娘背着她的双肩包回去了。

赵霓夏继续完成拍摄的工作，再之后回到京市，没等她询问林诚事情进展如何，就先接到林诚打来的电话，告诉她，那个小姑娘没了——她回家待了几天，因为家人变本加厉的逼迫威胁以及试图监禁，她在半夜翻窗逃了出去，撞上了一辆大车。

赵霓夏手脚发凉地听完这个消息，同时被告知，小姑娘的家人翻出了她写的那些东西，还有手机上的各种信息，包括她在被撞的那晚，和朋友说要逃去找赵霓夏的消息。

那家人拿着这些东西扬言要爆料给媒体，说他们不做人，蛊惑别人家的小孩，怂恿小孩离家，害死了人。

赵定音就是在那个时间回国的，这件事一发生，林诚前脚通知了赵霓夏，后脚，赵定音当即就让人给了封口费，让那个小姑娘的父母签下协议，直接把所有问题扼杀在萌芽状态。

赵霓夏原本以为她妈妈是不想她名誉受损，所以才这么干脆利落地，把任何有可能会惹出事端的情况都帮她抹平。

可后来她才发现，她大错特错。

被她妈妈叫去见面的那天，当第二把刀子直直捅进她心里的那一刻，她才知道自己错得有多离谱。

一条生命的逝去，还有见面那天她妈妈的所作所为，让她所有的热烈、快乐和鲜活，全都暂停在了那一年。

赵霓夏看着车窗外，从这冗长的回忆里出来，沉沉舒了一口气。

她闭了闭眼，许久，拿出手机，给裴却打电话。

那边很快接了。

她轻声问："报告结果都出了吗？"

裴却淡淡"嗯"了声："你到哪儿了？"

"还在酒店门口。"她说，"等会儿出发。"

那边默了下，有几秒安静。

她道："我这次回去和我妈妈谈一些事情。"

在他朋友家做客那天她已经说了，裴却顿了下，似是要说话，又被她抢了先。

"……不会再突然离开了。"她没有预兆地，开口说出了这一句。

那边彻底静下来。

车窗外，马路上车辆来去，隔着玻璃声响传不进来，一切都显得那么寂静。

在这片弥漫在电话两端的静谧中，赵霓夏靠着椅背，握着手机微垂下眼，说："事情处理完，我就联系你。"

六年前她离开的那天，她没有打通，他没有接到的那个电话，这一次，不会再错过了。

她不会逃避两次。

也不会留两次遗憾。

"你等我。"

她轻轻地说，语气是从未有过地坚定。

在这瞬间如此的清晰。

就如同那端，在沉默结束后响起的，他的回应。

"——好。"

我等你。

无论多少次。

京市的天阴云一片，暗了一整天，晚上更是刮起了寒风。

赵霓夏下了飞机，林诚一早就在机场外等候，接上她，驱车开往定泰大楼。

车一路往前，赵霓夏坐在后座，问："快递和匿名信的事都确定了？"

林诚从副驾驶座回头，答她："确定了。"

他从头又把事情给她捋了一遍。

这件事参与的人有两个，一个是那个小姑娘的哥哥，一个是她的网友。

她去世前在网上有个关系很好的朋友，因为联系不上她，之后亲自找去了他们家。

她家人当时拿了钱就搬家了，网友辗转找到他们追问小姑娘的事情，被赶了好多次。

那网友坚持不懈，每年都会去，她家人原本一直避之不及，直到去年，小姑娘的父母陆续去世，只留下她的哥哥嫂子。

她哥哥大概是想要再赚一笔，又被纠缠得烦了，不知对那网友说了什么，两个人把这件事重新翻了出来。

送快递的是那个网友，投递匿名信准备爆料的事，则两个人都有份。

赵霓夏现在热度起来了，不管是和她有竞争关系的，还是想要搞个大料的，都不会放过这么好的机会，现在已经有人在接触那两个人。

林诚道："这几天我一直在让人盯着他们，估计很快就会有动作。"

最早看到那朵小雏菊的时候，赵霓夏就隐隐觉得和当初那件事有关，沉默了一会儿，她问："我妈几点到？"

林诚看了下时间："差不多我们到公司的时候，赵总也到了。"

她没再说话，看着车窗外飞快闪过的街景，眉眼间浮上了一层淡淡的沉郁。

车开到定泰楼下。

赵霓夏在车里坐着，透过车窗看向那栋高楼，看着那即使晚上依然不时有人进出的大门，感觉就像回到了那一天。

那时她来到这里，还抱着一丝错误的期待。

前座的林诚打了个电话，很快便回头对她道："赵小姐，我先带您上去。"

他刷员工卡带她入内，搭乘电梯，一路抵达赵定音的办公室外，推开门让她进去："赵总一会儿就到，您先在里面稍等一会儿。"

赵霓夏走进办公室，门在背后关上，她在沙发上坐下，静静地等着。

大概十分钟，赵定音来了。

助理们都自觉留在了外面，她瞥了眼赵霓夏，径自走向办公桌。

桌上的几份文件都是刚递上来的，她站着，随手拿起一份翻了翻，开口："说吧。又把事情搞成这样，开心了吧？"

赵霓夏没有说话。

屋里静了一会儿，赵定音把翻了几页的文件丢回桌上，抬眸冷冷看向她："赵霓夏，你还要气我是不是？"

"我没有气你。"赵霓夏抿了抿唇，轻声说。

"没有？"赵定音走出来两步，"我问你，我跟你说过多少遍，让你不要在这个圈子里混，你听我的没有？以前说不听，趁我忙自己偷偷跑去签什么经纪公司，让你在国外待了六年，还是说不听，非要跑回来！现在你满意了？

"你就是喜欢搞这些搅风搅雨的事情是不是？当个上不得台面的艺人，跟这个公司抢跟那个资本撕，整天被这种爆料掐架的麻烦事缠身！这样你就高兴了？！"

她一通谴责，越说越动怒，看着赵霓夏气不打一处来，平复了一下，转身走回桌边："不要再废话了，收拾东西给我到国外去！

"这几年你三不五时就跑去接触各个剧团，去各种大学的戏剧系旁听，我看在你把我让你读的学位好好读完了，没说你什么，倒是让你心又野了。这次什么都别说了，我马上让林诚给你订机票！"

她似是没耐心再谈，直接下了通牒。

赵霓夏坐在沙发上，像僵住的石像一般，沉默了一会儿，缓缓开口："如果我不答应呢？"

"你说什么？"

"我说，"她抬头，看向赵定音，"如果我不答应，你又要像上次一样，再威胁我一次吗？"

赵定音顿了一下。

赵霓夏看着她，视线不闪不躲，眼里却泛起了一层微微的红。

六年多前的那一天，就是在这个办公室，赵定音同样把她劈头盖脸骂了一通，勒令她立即退圈不许再当演员。

她不肯，她们激烈地吵了一架。

她怎么也没想到，赵定音会对她说："你知不知道舆论的力量有多大？那个小女孩被车撞死确实不是你的责任，但我告诉你，我可以让它变成你的责任！"

她浑身发凉僵在原地。

"封口费给了，协议签了，只要我愿意那家人随时可以改口把一切推到你身上。光是害死人这一个料就能让你在这个圈里混不下去。还有你那些小明星朋友，那个跟你一起搭档的男演员……有一个算一个，你应该也不希望我迁怒他们吧？"

赵定音一字一句地说："是主动退圈，还是背着害死人的名声被逼退圈，你自己选。"

那天的一切，好像再次在这个空间上演了。

赵霓夏静静地看着赵定音。

滞顿片刻，赵定音回过神来，皱眉："你这是什么态度？我是为你好！如果不是你不听话，不肯听我的，我用得着那样吗？你要是从一开始……"

"妈。"赵霓夏忽地叫了她一声，面上有点儿疲惫，"你是不是真的很讨厌我？"

赵定音被她问得一愣，过后，眉头皱得更紧："你在说什么胡话？我哪个时候不是……"

"那你为什么要这样伤害我？"

赵定音滞住。

"就因为我不听你的，你就可以让外人一起来骂我。"

明知道舆论的力量有多可怕，明知道话语有时候是可以逼死一个人的，却还是轻而易举地开口，用这个威胁她。

只因为她不够听话，甚至不惜给她安个罪名，让外界骂她，让舆论风波攻击她伤害她。

她微微敛下眸："小时候他们都说我是你的污点，耽误了你。"

赵定音僵了下，皱眉："你不要理会……"

"我没相信。"她说，"那些难听的话我从来没有当真，我觉得他们说的都是假的，我也从来没有真的怪过你。

"我知道你很忙，也知道你很辛苦，为了这个家付出了很多。不管再怎么吵架，你要求的我都有去努力做好，我从来没有真正怪过你，那些人说的话我也没信……

"但是从六年前那天开始，我不确定了。"

她站在那儿，第一次用这样的姿态和她说话。

赵定音因她这番话胸口堵了一瞬，唇瓣抿紧，声音也发紧："妈妈只是不想你当艺人……"

"我为什么喜欢演戏你知道吗？"赵霓夏看向她，"因为你啊。"

赵霓夏控制不住地开始掉眼泪。

"小的时候你老是不回来，我一个人在家里，看了很多遍你演过的戏，就那几部，翻来覆去地看，因为你我才喜欢上了演戏。

"我觉得你演得好好，在电视里超级漂亮。我也想像你一样，做一个演员。"

出道以后被夸演戏灵，她一直很自豪地觉得，是因为她像妈妈。

"为什么当演员就低人一等呢？"赵霓夏含着泪皱眉，控制着自己想哭的表情，"我从来不觉得你以前是演员有什么可耻。被抛弃不是我们的错，不被那个家庭接纳也不是我们的错，错的是那个抛弃我们的人。

"我从没有因为你曾经是演员，是什么所谓的戏子，有任何一刻觉得羞耻过。"

这些年里，赵霓夏从未和她说过这些话。

太多的争吵和不理解，把她们推向了两端。

她第一次说，也是第一次在赵定音面前流泪。

在这个寂静的办公室里，她垂下了眼睛，哭得没有声音，不去看彻底僵住的赵定音。

赵定音愣怔了一会儿，动了几下唇试图说话，都没发出声音。

呼吸因泪变得滚烫，赵霓夏缓缓呼了口气，她不想在赵定音面前示弱，随意抹了把眼睛，低声但坚定地对她说："不管怎么样，我不会再低头了。"

赵霓夏抬眼看向她，看向她的妈妈，看向那个她曾经爱着但是从未接近过的人。

"如果你觉得我不听话，因此生气，想要用舆论用任何东西攻击我伤害我，给我扣害死人也好逼死谁也好什么罪名都可以，你尽情地做吧。

"从六年前那天开始我就接受了现实。"

就算是她唯一的亲人，原来也并不在意她疼不疼，难不难过。

赵霓夏看着她笑了下。

"或许他们说得对，我只是你人生的一个污点。

"你请便。"

她毫不留恋地起身，赵定音似是想叫她，她走了两步又自己停下。

赵霓夏回头看着桌边的那个人，眼泪在往下掉，她牵起的嘴角有一点儿颤抖，尽力地对赵定音笑着，对她道："妈，我是不是很傻？

"我以前真的以为，你是爱我的。"

天早就黑了。

从定泰大楼出来，赵霓夏直接坐车回了公寓。她洗漱完换了衣服，连饭也没有胃口吃，直接在床上躺下。

脑海里画面太多，她哭得眼睛疼，头隐隐地作痛，在黑暗中闭眼很很久，直到半夜才睡着。

一觉睡得昏昏沉沉，醒来后，整个白天都待在公寓，哪里都没去。

原本安排了好几天的时间去探班裴却，没待多久就回来了，这几天都没有通告。

她也不想出门，在公寓里待到下午，冲了杯花茶水坐在茶几后发呆。

电视里放着综艺节目，她一眼都没有看进去。

高挂正空的太阳渐渐偏移向西，赵霓夏盯着落地窗外看了会儿，手机忽然振动。

是裴却打来的电话。

她拿着手机动作稍顿。

昨天情绪太低落，从定泰回来后到现在，只回了裴却一条消息。

当下，深吸一口气，调整好情绪接起。

"喂？"

那边应了一声，问："你在哪儿？"

"在公寓。"她无声叹了口气，"今天一直在家没出去……"

话没说完，他就道："等下你能给我开个门吗？"

赵霓夏一顿。

电话那边，裴却轻声地说："我到你公寓楼下了。"

门铃声响起。

开门后，裴却风尘仆仆的高大身影站在门口。

赵霓夏愣愣看着他，半天没说话，他挑眉道："怎么了，站着发愣？"

她说了句"没"，回过神给他拿拖鞋，待他进门后，才想起问电话里没问的："你怎么出剧组了？"

"导演上午不舒服去医院，今天全剧组停工，我就买了最近的票回来。"

赵霓夏看着他眨了下眼。

"看什么？"裴却低眸看向她的脸，很快又蹙了下眉，"哭了？脸色这么差。"

她一边说"没有"一边慌忙转开脸，转到一半就被裴却扳起脸庞。

"还说没有。"他皱着眉，"眼睛都肿了。"

"……"赵霓夏闭口不语。

昨天哭过，回来没怎么处理，洗漱完就睡了，今天眼睛难免看起来有点儿肿肿的。

见她不说话，裴却凝视她几秒没再多问，搂着她的腰把她搂进怀里抱了一会儿。

进了客厅坐到沙发上，电视机还开着，谁都没去看。

裴却窝在沙发角落，赵霓夏被他抱在怀里，两个人谁都没说话，静静地拥抱着。

好一会儿，他低头亲了下她的耳朵，开口："晚上想吃什么？我让柯林买食材送过来，我给你做。"

赵霓夏在他怀里抬眸，看了他一会儿，没有答，而是道："你不问我？"

"问什么？"

问她回来谈的事情谈好了吗，问她和她妈妈见面如何，问她没有告诉他的那些事。她的眼睛里已经写明了一切，但裴却看着她，仍然没有问。

他把她的脑袋重新摁进怀里，低头用脸颊贴着她的脸颊。

这个姿势抱得很紧。

"我没什么想问的。"他说，"你在这里就好。"

赵霓夏僵了一下，腰间的手臂收拢得更紧，她原本紧绷的身体，突然之间，就这样慢慢地，慢慢放松了下来。

她垂下眼睛，倚在他怀里，也将他抱得更紧。

因为心情不好，赵霓夏没有什么食欲。

柯林送来食材后，裴却就只先煮了点儿汤，煮到天黑，给她盛了一碗，他在桌边陪着，看她一勺一勺地喝。

赵霓夏和他说了很多，从六年前在酒店外被拦，说到昨天和她妈妈在定泰的见面。

其余她都忍住了没有太大情绪波动，和她妈妈的争执吵架几句带过，唯独提起那个小姑娘时，眼泪还是砸进了碗里。

裴却一直没有说话，安静地听她讲完后，用纸巾擦掉她的眼泪。

"不是你的错。"

她低头，又掉了一滴泪在汤里。

喝完那碗带泪的汤，眼睛再度被他擦干。

他起身去拧了块湿毛巾回来，坐到沙发上，让她躺着脑袋枕住他的腿，用湿毛巾给她敷眼。

公寓里静悄悄的，他的手抚着她的脸，赵霓夏能感觉到他的视线落在她身上。

敷到毛巾变热，他帮她拿开，她没有起身，仍躺在他腿上。

视线对上几秒，裴却轻轻地用手掌合上她的眼睛。

她抬手去触碰他的手时，忽地听到他说："对不起。"

赵霓夏一怔。

他声音低沉，带着几分自责："我不该给你那么大的压力。"

她能感受得到，他自己也知道，这几天因为没有安全感，他的状态很不对，从某种程度上来说，给她带来了许多压力。

"是我不对。"

赵霓夏愣愣的，静了好几秒，睫毛在他手掌下颤动，那好不容易压下去的泪意，忽然又翻涌上来。

裴却感受到她眼角滑过眼泪，一怔，连忙拿开手："怎么了？"

他把她抱起来，把她抱进怀里。

赵霓夏埋头在他怀里，摇摇头，闭着眼没有说话。

她只是想起了六年前，想起了他们分开的那一天。

从定泰回去后，她一个人把自己关了好久。

不想出门，不想见人。

曾经逃避过，试图不去面对她妈妈下的通牒。

她不想离开，不想放弃演戏，不想和他，和那些朋友告别。

但没有用。

网上开始出现关于她的捕风捉影的消息，开始有一些言论引导舆论隐隐针对她，就连周涟都察觉到了不对。

而后，裴却也被带上，被一些论坛帖子和报道扯下水。

黑帖每天都在增长，一天比一天多，有说她背后资本，说她的金主，还有各种抹黑的小道消息，多到周涟说要来找她商量再反馈给公司。

她看着议论的声音越来越大，扯裴却下水的次数也越来越多，经常能在那些黑她的帖子里看到裴却的名字，讨论他是不是有金主，是不是傍上了她，是不是和她在恋爱，各种各样。

后来甚至引发了一场骂战，裴却的粉丝不满老是因她的黑帖被牵扯，也和她的粉丝吵起来。

她知道是她妈妈开始发力了。

在给她警告，在提前试水，提醒她那个小姑娘的事还捏在她手上。

比这些小打小闹更要紧的猛料，能带来比这强烈得多的效果。

她躺在房间刷着那些帖子，看着那些莫须有的内容，黑她和她身边的人，宛如枪头对准了她，而握着那柄枪的，是她最亲的人。

无形的东西全方位压了下来，浓重的窒息感笼罩着她，让她喘不过气。

在裴却被连累得最厉害的那一次，她看到了一条裴却粉丝发给她的私信。

以前因为 CP 她收到过很多，有骂她让裴却抬轿的，骂她捆绑的，骂她炒作没完的，什么都有。

但那一条，没有谩骂，没有诅咒，只是一句话，却让她的喉咙像被人扼住了。

"你真的会害死他。"

她怔怔地看着那条私信，看了很久，看到屏幕暗下来，静静对着天花板，一直发怔到外面天也黑了，没有一丝光亮。

那个时候，她明明躺在床上，但梦里总出现的那种坠空感，又来了。

她一直一直下坠，后来发生的那些事情，就像坠落梦境中，飞快闪过的内容。

她妥协，认输，决定退圈。

出国的手续和行程全都被安排好，在离开的那天，让周涟发了通告。

然后，她上线亲手取关了裴却。

希望能把他从被她牵扯的旋涡里拉上来。

她在出发前给所有圈内好友发了同样的告别消息，最后给裴却打电话。

没有通，一直没通。

她没去管那些爆炸的微信消息，只是一遍一遍不停地拨他的号码。

然而最终，也没能和他亲口告别。

在机场候机到上飞机前，决定关手机的最后一刻，她给他发了一条微信消息。

原本打电话想说的那么多话，到了嘴边都说不出口，只变成一句：祝你前路光明。

祝你前路光明。

我归期不定。

也不知有没有机会再重逢。

但希望你好。

她不敢看那些微信消息和未接电话，抵达后把电话卡剪断扔进了垃圾桶，把所有联系方式都弃置不用。

在遥远的大洋两端。

飞机划开了六年的时光，日日夜夜。

就是从那一天开始，二十一岁的裴却和赵霓夏，断开连接。

"裴却。"

安静的客厅里，赵霓夏在他怀中，眼眶兜不住的热意纷涌而下。

她哭着说。

"我好难过……"

这漫长的六年。

一起见过的夕阳落了两千多次。

真的好难过。

漆黑的天幕上出现了点点星子。

赵霓夏哭完，过了好久慢慢平复下来。

哭过后人的表情看起来会有点儿蒙，她吸了吸鼻子，脸上浮起一层倦意。

裴却两只手托起她两边脸颊，用大拇指给她把泪痕抚净，等她缓过来了，才问她："饿了没？想吃什么？"

赵霓夏低声提了几个菜的名字。

他没有犹豫，道了声"好"，便起身去厨房。

两人吃过晚饭后，裴却在她公寓留宿。

还是没有能给他换的衣服，只能让他穿自己的凑合，赵霓夏给他拿洗漱用具，问："你什么时候回剧组？"

"明天就要回去。"裴却这次是临时过来，还得赶回去拍戏，不能久待，"成导明天休息一天，休息完应该就能继续拍了。"

她点点头"哦"了声，表示知道了。

夜没有很深，他们早早就睡下。

上次他来，睡的是客房，这次是她的主卧。

哪怕已经同床共枕过好几次，有些反应还是无法控制。

但裴却很克制，只是抱着她，就连亲吻也比平时温柔得多。

亲到后面，不免有些气喘吁吁。

他缓了一会儿平复下来，而后，轻轻地依次亲吻她的眼角、鼻尖、唇角。

赵霓夏在黑暗中望着他。

以前他们每次结束后，意乱情迷情绪最高昂的那瞬间，在缓和过来的第一秒，他都会顺势亲一遍她的眼角、鼻尖、唇角。

好久没有这样亲过，她有点儿忘了，此刻又被他唤醒记忆。

这一次他们什么都没有做，但他仍然带着仪式感将吻落下。

她抬手摸了摸他的脸。

对视片刻，他的唇最后落在了她眼睛上，睫毛轻颤着，她又感受到他的吻向下，亲了亲她的唇。

"睡吧。"

他微微哑着声，侧躺抱着她。

裴却的怀抱是温热的，赵霓夏被那热度包围，一点一点在黑暗中放松下来。前一晚的头疼缓解，听着两个人的呼吸在夜里轻缠，脑海里纷乱的回忆也不再翻涌。

一晚上迷迷糊糊，他们拥抱的姿势换了好几个，最后她都在他怀里。

睡到第二天早上，两人一前一后被生物钟叫起。

裴却从后埋首在她脖颈边，低低道了声："早。"

赵霓夏没说话，任他抱着在被窝里轻蹭厮磨。

起床后，两人洗漱完坐到桌边吃早餐。

吃过饭他就要去赶飞机了，裴却给她递牛奶，不放心地叮嘱："你一个人在家不要想太多，那件事情一旦有情况，你一定要跟我联系。"

她说好。

他停了下，又道："等电影拍完有很长一段时间可以休息，杀青了我马上回来陪你。"

赵霓夏看着他，用力点了点头。

他跑回来这一趟，辛苦了柯林也跟着跑前跑后。吃过饭没多久，柯林就过来接他，准备出发去机场。

赵霓夏送他到玄关。

裴却走到门边停下脚，看她几秒，又近前将她抱进怀里。

"赵霓夏。"

他抱了她好久，松手前，喉结滚动了一下，轻声说："……别再哭了。"

经过一天缓和，赵霓夏低沉的状态稍有改善，不再陷在那股情绪里，在裴却回剧组以后，给周涟打了通电话沟通这件事。

六年前她没有和周涟提过，如今，不能不提前让经纪团队做好准备。

事情说起来长，但也不长。

周涟听完她的讲述，在电话那边沉默了好久。

"这件事情是我的问题。"不仅是过去，当初她没有跟身为经纪人的他提过，让他到最后也蒙在鼓里，现在也仍然到了这样的关头才跟他说，她语带歉意，"又给你添麻烦了，对不住。"

"你说什么呢！"周涟被她说得立刻回过神来，"什么添不添麻烦的，故意膈应我呢？"

当初要不是她，他也不会那么快就从助理做到经纪人，他父亲病重需要钱的时候，是她慷慨解囊。

更别提她离开那会儿颓废成那样，还不忘给他一笔资金，说是借给他让他去完成自己的事业梦想，否则他哪来独立单干的前期启动资金。

过去种种，如果不是她，根本就不会有今天的他。

370

"我早就说了，你借我的钱都是你的干股，你是工作室的一分子，没有你就不会有这个工作室，也不会有我今天。我本来就是你的经纪人，你的事就是我的事，没有什么添不添麻烦一说。"

周涟顿了下："……再说了，那些事情也不是你想的。"

当初她退圈的时候状态那么不对，原来有这么多因素在里面，他忍不住叹了口气，随后，立刻思考起问题来。

"现在这个情况，背后藏着的人怕是已经准备好了，估计用不了多久就会有动作，我们得提前做好应对方案。"

周涟没有聊太久，和她分析了一会儿情况，就在那边吩咐工作室的人准备开会，让她随时保持联系等他的消息。

接下来的几天，赵霓夏哪儿都没去，在公寓待到短暂假期结束，又开始跑起原定的行程。

周涟带着团队熬夜开了几天的大会商量公关方案，一边找人去盯着有可能爆料的几家，同时又多派了两个助理在她身边轮换。

赵霓夏强打着精神去工作，每天裴却在工作间隙或是收工后都会给她打电话，至少白天一个晚上一个，雷打不动。

她能感觉得到身边人都在为她绷紧了神经，也都在等着那块石头落下。

就在她跑了一个星期行程收工回家的当晚，预料之中的爆料终于来了。

周涟第一时间收到消息并联系了她。

那个小姑娘的哥哥，以"受害者"家属的身份，录了个视频，声泪俱下地控诉赵霓夏蛊惑粉丝离家，导致粉丝车祸离世。

那个网友也在视频后半段出面做证，证实小姑娘曾经喜欢她，沉迷她，后来死于车祸等事实。

舆论瞬间铺天盖地。

人命关天的事，引发的反应比什么粉圈吵架都大。

周涟怕她受到影响，在电话里严厉嘱咐："不要去看！不要上网！不要看任何网上的言论！"

随后立刻让肖晴晴到公寓陪她。

赵霓夏没有去看，也没有去搜索，但躯体还是出现了生理反应。手脚发麻，呼吸紧张，心跳加快，她手微微地发抖，一阵一阵地恶心，无论怎么缓解都压不下去，忍不住冲到厕所干呕。

可什么都吐不出来。

裴却的电话在舆论发生后立刻打了进来。

她的手机在卧室，第一遍没有听到，来电锲而不舍，一直打到她接起。

他在那边和她说了很多，让她不要去看不要理会，怕她哭，怕她难过，一遍又一遍地对她说。

"别怕。

"别被影响。

"没事的，别害怕……"

赵霓夏趴在床边，努力平复着呼吸，颤着声音挤出一声"嗯"，在他冷然又沉着的安抚声中，努力让自己冷静下来。

舆论从爆料那天开始发酵。

工作室第一时间进行了回应，否认对方扣下来的罪名。

周涟早就在盯着是谁背后搞小动作，裴却把他团队的人借给他帮忙后，火速查到了这次事件的幕后黑手——世嘉娱乐。

周涟简直用尽了这辈子会的所有难听的语言怒骂了一通，但这个时候最重要的不是和他们吵架，是把舆论处理好。

目前放出的几张照片，都是那家人当初偷偷拍下藏着的，一些是小姑娘写的喜欢赵霓夏的内容，还有一些是拍的她手机里的短信，短信里她和人说，她在哪里见到了赵霓夏，赵霓夏怎样怎样鼓励了她，她得到了支持，她要离开家去找赵霓夏。

这些证据其实逻辑漏洞很多，但在这种被舆论裹挟的时候，自证清白并不是一件容易的事。毕竟是过去了几年的事件，周涟也提前去搜集能和对方对簿公堂的证据了，只是一切都需要时间。而对方摆明了就是想通过他们"自证"难这一点拉长战线，利用网络上的口诛笔伐给赵霓夏贴上一个撕不掉的标签。

工作室那边只能一边搜集证据一边高强度集中精神，每天在网上和对方打擂台。

赵霓夏所有的通告都暂停了，合作方全在谨慎观望。

微博上的讨论，评论区的留言，发给她的私信，雪花一样满天纷飞。

她没有看，全交给了工作室处理，一连几天待在家里，肖晴晴生怕她一个人憋着难受，几乎就快在她家住下，天天陪着她。

唯一值得庆幸的是，在这次事件中，她妈妈没有动作。

那天从定泰回来后，她们没有再联系过，没有电话，没有短信，没有说一句话。

她妈妈也没有参与进这场舆论，再捅她一刀推波助澜。

赵霓夏把自己关在家里的几天，除了裴却的电话，那些或关心或打探的消息，她统统都没有回，只闷头待着。

到第四天傍晚，一直不让她关注网上消息的肖晴晴突然急匆匆跑过来敲门。

她开了房门，略疲惫地问："怎么了？"

"霓夏姐，周哥让我跟你说一下。"肖晴晴脸上带着一丝犹豫，"……裴老师因为那个事情也上热搜了。"

赵霓夏僵了一瞬。

他们不让她上网，但有什么情况还是都会告诉她。闻言，她立刻去拿手机，肖晴晴追在她身后，连忙道："霓夏姐霓夏姐！不是什么大问题！……

"就是有些媒体追到裴老师那边去了，他从剧组收工回去的时候被追着问对你的事怎么看，视频被发出来后就上了热搜。"

赵霓夏停下脚步，接过她递来的手机，看向点开的视频。

画面里，裴却从保姆车下来，在酒店门口被一群人堵住。

围着他的有媒体也有被蹲守架势吸引过来的路人，都在问他对最近的事情怎么看。他团队成员一直拦着，替他回答："私人时间，不接受采访，麻烦让让！"

酒店保安见状也立刻过来拦人。

拥挤间，人群中忽然有人喊了一句："裴却！她做了那种事情——"

一直向前走沉默不语的裴却一下停住步伐，他在拥挤的人群里回头，往声源方向看了一眼。人太多辨认不出是谁，许许多多的媒体镜头和手机镜头对着，他脸色淡薄中带着点儿寒意，平静地回了一句："她没有。"

围着他的媒体瞬间激动起来，他没再理会，在团队和保安的保护之下，头也不回地大步走进了酒店。

屏幕画面到这里黑了下来。

赵霓夏怔着，肖晴晴小心翼翼地从她手里把手机拿回来，一秒后，她抬眸问："他上了什么热搜？"

"就是一些……骂他的。"肖晴晴看她眼色，马上又道，"但也不是很严重，还是有很多路人帮裴老师讲话的，他粉丝也没有不满。"

上次的事情，裴却粉丝真的狠狠被虐到了，这个热搜一出来，她们态度都很坚决，站在了他这边。

　　无论搅浑水的人怎么挑拨，他的粉丝都无动于衷，统一表态说：裴却作为比网友更熟悉朋友的人，有权对舆论表达他的质疑和否定，对方到目前为止并没有拿出实质性的证据证明他们提出的罪名，没有盖棺论定的事情，在结论出来之前，没人有资格捂住别人的嘴，不让别人拥有自己的想法。

　　路人骂他的也少，许多人因为他想起了上次的事件，也觉得这件事情或许还有待商榷。

　　赵霓夏呼吸沉沉地站了一会儿，对肖晴晴道："你先去客厅吧，我打个电话。"

　　肖晴晴点头出去。

　　她拿起自己的手机，进浴室给裴却打电话。

　　门关上，她靠着洗手台，在拨号声中喉咙发紧。

　　等了一会儿，那边接了。

　　裴却嗓音淡淡地开口："喂？"

　　她抿了下唇，问："你在哪儿？"

　　"在酒店房间。"他道，听出她声音有点儿不对劲，默了几秒，"怎么了？"

　　"我看到那个视频了。"赵霓夏微微舒了口气，"现在还有人堵你吗？"

　　"没有。"他道，"已经散了。"

　　"为什么不跟我说？"

　　裴却顿了下，过后，低声回答："我刚回房间，正打算给你打电话。"

　　她知道他会给她打电话，但他这话分明是托词。

　　这几天一收工他就会给她发消息，唯独今天没有。裴却晓得周涟不让她上网，若不是他们主动告诉她，他肯定不会跟她提这件事。

　　"你为什么要回答他们？"

　　赵霓夏垂下眼，她有点儿难过，几年前那种牵连他的感觉又来了："我不想把你也卷进来，不想连累你……"

　　才说了两句就被他打断："赵霓夏。"

　　她抿了下唇，顿住。

　　裴却语气沉了点："不要说这样的话。"

　　浴室里静悄悄，他说的每一字，她都听得无比清楚。

　　"不要想这些，你从来没有连累我。

　　"不要给自己增加这么多罪名。

　　"我是成年人，我有能力，也有资格做选择，做我想做的事。你不要把错误归咎到自己身上。"

她咽了下喉咙，没说话，不知道该如何应答他。

"退一万步说，就算真的，我也不怕被你连累，我只怕你和我划清界限。"裴却的语气是前所未有地沉着，他比任何时候都更清楚地说给她听。

"六年前是，现在是，以后也是，无论是好是坏，是赞誉或是骂名。

"你记住。"

赵霓夏用力握着手机，那颗揪紧悬起的心，好像在他平和却有力的这些话里，一点点安定了下来。

那声音，没有丝毫迟疑，再认真不过。

"我永远都站在你身边。"

裴却的热搜没有挂很久，览众和他的团队不是吃素的，到晚上时，那被人买上去突然冲到前几的词条就下来了。

从赵霓夏和周涟坦白后，裴却就把自己的团队借给了周涟帮忙，双方一直在合作发力。

两边团队一致认为可以从那家人当年的邻居入手，先前周涟费了不少的工夫就是在找人，好不容易找到。

沟通了许久，用了各种方法，终于说动了那些人，让他们同意出面做证，证明当年那家人逼迫那个小姑娘放弃学业、拿她换取彩礼钱。

一切准备就绪，就在他们开始着手回击的时候，意想不到的一方突然在这个时候下场了。

周涟和时刻关注着舆论的工作室众人都被这突发情况惊了一跳，赵霓夏作为被告知的那个，听完后直接愣住了。

在这场大戏扯了几天没完没了的时候，定泰集团官博发出了一条带着几张长图的公告。

定泰发展了二十多年，做大后这些年涉及的产业不少，名声也不小，这样体量的集团账号突然在这种事情中站出来，本就足以惊掉一众吃瓜群众的眼球。

更别提当网友点进去看到微博配文的那句话时，更是惊讶得无以复加——

@定泰集团V：

　　我集团官微今代表董事长赵定音女士，对近日网络上针对赵霓夏女士传播的不实谣言，做出以下严正声明……

定泰官博发出的声明很简洁，重点有三：

一、近日网上针对赵霓夏的指控均为不实谣言；

二、事件经过见图文，所有证据一应附在其中；

三、已对不实指控及各造成恶劣影响的造谣者、造谣账号提出诉讼，后续若有继续恶意传播谣言、故意中伤赵霓夏女士者，定泰旗下律师团将会代为采取法律手段，维护赵霓夏女士的权益。

行文的语气很板正冰冷，没有一个多余的字，但配的那些图片里，完整地将事情交代了一遍。

对于小姑娘那一段，声明依照事实进行描述，从头讲述了"赵霓夏遇到被逼辍学及被逼强行婚配的粉丝女孩求助，决定帮助她；女孩回家后在被资助的沟通过程中，家人突然着急用钱变本加厉强迫她，她二次出逃时发生事故去世；官方出具事故责任认定书，划定责任范围仅存于事故司机与死者之间；女孩父母不满以名誉为要挟向公众人物赵霓夏要钱；定泰集团出于人道主义对女孩父母进行了补偿"的整个经过。

后半段提到的赵霓夏退圈一事则说得比较含糊，一笔带过，只说因此事，家人与赵霓夏产生了严重分歧，在家人的强烈反对下，暂停演艺事业，退圈出国。

文字部分不长，只要说到的内容，都附上了证据。

包括事故发生后官方出具的责任认定书存证、女孩父母签署的人道主义补偿协议书、法律援助女孩过程中双方沟通的短信内容电子存证——短信里女孩清楚地说了父母和家庭逼迫她辍学婚嫁一事。

除此之外，还有一份更加强而有力的证明。

赵定音做事从不给自己留后患。

当初女孩父母要到钱后，就把女孩留下的那些东西都给了定泰的律师，但还是藏了心眼，在给出去之前偷偷拍了很多照片，这次爆料放的就是那时拍的照片。

赵定音早料到他们会贪得无厌，在事情发生后的第一时间，就让律师团联系了当地妇联。妇联通过女孩求助短信里的内容以及实地走访，确认了女孩被迫辍学及被逼婚嫁的情况属实，上门找了那家人一次。

那家人死猪不怕开水烫，觉得孩子死都死了，根本没放在心上，后来干脆就搬家了。

如今这份受理回执及存档证明一甩出来，比什么都管用，事情直接盖棺论定。

热搜前排瞬间被相关词条占据，吃瓜网友们大呼震惊，无一不为那家人的无耻感到愤怒。

自己重男轻女逼迫女儿，逼得女儿只能向外求助，结果把女儿逼死以后，转过头又威胁别人讹钱，真是恶心到了极点。

赵霓夏这些天挂在热搜上被骂了那么久，只是因为曾经一个伸出援手的决定，六年前被要挟，六年后被抹黑，这样的结果，简直是无妄之灾，谁看了不说一句倒霉。

舆论彻底翻转。

那条爆料的微博被愤怒的路人网友们骂了几万条，有人搅浑水试图站在道德制高点挑刺，指责赵霓夏让小姑娘回家间接导致了这场悲剧，路人也没有被带节奏，而是很清楚地回击。

"对待第一次见面突然拦住自己的人，没有半点公众人物和有钱人的傲慢，立刻就决定要帮助对方，这还不够？讲道理，虽然是粉丝但她们也只是陌生人吧，你要求人家对一个刚见面的陌生人拿出亲爸亲妈的态度你自己做得到吗？如果赵霓夏留下她没让她回家，出了什么事，那家人是不是又会怪赵霓夏拐带他们家小孩导致悲剧？谁能想到小孩回家后那人会突然有事急用钱，变本加厉地着急关人？他们才是唯一的罪魁祸首好不好？有他们逼迫小女孩一天，悲剧就不可能避免，把罪名扣给赵霓夏不要太离谱。"

关注真相的同时，网友们也在猜测定泰集团和赵霓夏的关系。声明里"董事长赵定音女士"的"赵"字一出来，大家隐隐就猜到了几分，再加上定泰代替赵霓夏支付人道主义补偿，答案更是呼之欲出。

最后还是定泰官博干脆利落地在评论区回复问她们关系的网友，一句"母女"，彻底坐实，围观者狠狠倒吸了一口气。

路人层面都在客观讨论，粉丝层面，情绪波动就比较大了。

《烈日之下》热播结束不久，网上目前已经有五十多万人打分，评分 9.0，赵霓夏刚凭借单元里出色的表现吸了一大拨粉，被舆论骂了几天，真相一出，影迷简直爆哭一片，更有许多看过《烈日之下》的观众把看剧的好感转化成了对她的怜爱，忍不住为她说话。

就连那些在她复出时并未回坑的老粉，也统统回来了。

那些老粉其实都已经在这些年里喜欢了别人，这一遭，全部回头。其中最典型的，当数一位知名大 V，声明出来后，疯了一样发微博。

"她复出的时候我没回坑，因为过不去心里那道坎，结果你们现在告诉我她退圈是因为对陌生粉丝伸出援手？因为善意背负了一条人命的重量还要被威胁被敲诈不得不放弃事业离开？！我真的心碎了！"

"热搜出来的时候其实就觉得不对劲，知道她不是那种人，好端端的为什么要去教唆别人离家？逻辑就不对，以前见过她的粉丝都知道她对粉丝很好，去探班去红毯见她每次她都会给粉丝买吃的买喝的包车送粉丝回家，她怎么会故意去害粉丝？"

"从今天开始我就要对全世界大声地说：我喜欢赵霓夏！！！我终于等到这天了呜呜！我喜欢赵霓夏！"

不同平台都在讨论，事情发展了一个星期，到最后尘埃落定，娱乐论坛里有人感慨总结。

"说是命真的是命，这次的事直接让赵霓夏人气更上一层楼。看她超话暴涨的人数和签到，现在数据、流量和在各平台的知名度已经是一线女演员水平了，女主爆剧的实绩加上《烈日之下》的口碑，还有这波收获的大众认知度和好感，后续只要跟上，感觉离回到当初她远远甩开同期女演员一骑绝尘的时代，真的不远了。"

在官方发声后，妇联和一些官媒在事件末尾都站出来，对于不让读书以及强逼婚配的不法行为进行了大力批判和抨击，并科普遇到这种事该怎么办。

这一关就此过去，周涟和工作室众人自是松了口气，连忙处理扫尾的事情。定泰走了法律程序，他们也得走。

不仅要追究那个第二次敲诈勒索爆料抹黑的人，同样不会放过世嘉！

相比网上的热闹和周涟他们的忙碌，赵霓夏在得知定泰出面发声明后，就陷入了沉默。

舆论沸沸扬扬那晚，她把自己关进了房间，只说想静静，让肖晴晴别担心，在落地窗前一坐就坐到了晚上。

她给林诚发了消息，只有三个字：为什么？

问的是赵定音。

为什么帮她发声，为什么替她澄清，为什么在这个时候，突然站出来捍卫她。

林诚回复：赵总的意思，我们只是按吩咐执行。

赵霓夏：她在哪儿？

林诚：赵总已经去国外了，这两天有个会议，还要做市场考察，过段时间才回来。

赵定音依旧没有联系她，没有一条短信，没有一个电话。

赵霓夏没有再回，放下手机，就那样在窗边坐到了很晚，肖晴晴叫她吃晚饭也没有吃。

那天晚上，她做了一个很长也很累的梦。

梦里她从小时候的那栋房子大门走出去，那条路向前延伸，看不见尽头一般。她不停往前走，很想很想回头，可是怎么都无法转过头去。

走了不知有多久，她疲惫得快没有力气，直到梦快醒的时候，终于用尽全力回头看向了身后。

遥远的那栋房子和那扇大门，模糊到看不清。

门边的身影好熟悉，她知道是谁，却同样在视线里模糊一片。

她和赵定音在路的两端，被慢慢拉远，最终隐入了时间的那片茫茫白光。

事件过去后，赵霓夏的热度迎来了又一次暴涨。各方都对她的消息十分关注，但她避开了风头，低调地休息了近半个月，等热度逐渐消退后，才继续出门工作。

圈内圈外关心她的朋友们终于能联系上她，纷纷向她表达了关心。

叶莱更是着急，事情最热的那几天只收到她一条简短的回复，差点儿就回国来找她。

赵霓夏和众人一一联系过，谢了他们，让他们放心，专心投入了工作。

给她递来的剧本、综艺邀约和各种通告邀请更多了，雪花一般纷飞不断，她反而沉下心来，只接了一些合适的通告，耐心地和周涟挑选起新剧本。

忙碌的工作间隙，她被井佑通知，他们组合 W-era 决定在春节前开演唱会，让她到时候和裴却一起来看，给他们提前预留了 VIP 票。

赵霓夏应下，让肖晴晴在行程上备注好这件事。

到春节前，W-era 的演唱会还没开始，裴却先杀青回来了。

他回京市的那天，航班在晚上，赵霓夏正在电视台录节目。

裴却提前和她说过，下飞机后，直接让司机把车开到电视台外等她。

她录到尾声时，他到了，等在大楼外。

周围的一大圈粉丝里，有赵霓夏的粉丝，也有其他来录节目的嘉宾的粉丝。

之前他们虽然没有公开，但赵霓夏被黑那几天，裴却被媒体围追堵截时的反应，早就让恋情传闻越发甚嚣尘上。

他们俩都知道，他来接她被拍到肯定又会引起议论，只是经过这两三个月的事情，他们已经懒得再遮遮掩掩。

裴却到了后，丝毫没有刻意隐藏，甚至在车上等到一半发现没水，怕她出来渴，大大方方地戴着帽子下车去电视台旁的便利店买了两瓶。

赵霓夏收工时，裴却接她下班被拍到的图片和消息已经在网上满天飞。

她收拾好出来，夜色下等候的粉丝们立刻掀起一阵尖叫。

赵霓夏一边向她们鞠躬，一边道"辛苦了"，叮嘱她们早点儿回家，注意安全。

裴却的车就停在旁边，她和粉丝道了好久的别，走到车边时，不知谁忽然大声又凄厉地喊了一句："夏夏！别跟他走，我养你！——"

赵霓夏愣了一下，周围顿时响起一阵爆笑，粉丝们纷纷有样学样地喊起来。赵霓夏也被逗笑，在车旁停住脚。

这些不辞辛苦为她聚集在一起的人，无论是过去，还是这段时间，一直给了她很多力量。

她更加真诚地朝她们笑起来，在此起彼伏的"别走"声中，抬起两只手冲她们挥了许久，用能听得到的音量，带点儿撒娇的语气道："我要回家了呀！"

她又鞠了几个躬道别，最后拉开车门，坐了进去。

车里，裴却在位子上好整以暇地看着她。

门关上，赵霓夏还没坐下，就被他一把揽过去抱住。他手臂的力道极重，她一下趴在他怀中："裴却……"

外面拍不到里面，但周围还有好多人。

他到底还是有分寸，克制着抱了几秒，很快就松开手让她坐好。

车子开动。

裴却刚从机场过来，她又刚收工，这个点儿有些饿了，他摸了下她头发："想吃什么？"

她想了想："都行。"

他便让司机开去他熟悉的一家店。

驾驶座和后面隔挡开了。

两个人音量不大地说着话，赵霓夏手被他握着，他的大拇指抚摁着她的手指，一边聊，一边不时低头亲她。

先是轻碰，后来亲得越来越深，赵霓夏记得还在车上，就算隔开了也还是有人，怕他越亲越出格，连忙用手抵住他的脸："坐好。"

他挑了下眉，没说话，只看着她。

赵霓夏问："杀青完在京市待多久？"

"暂时没安排工作，先休息一段时间。"裴却捏着她的手，有一点儿用力，又控制在不会让她疼的力道，"你呢，明天有通告吗？"

"没有，后面有几天休息。"

"几天？"

"三天。"

裴却看了她一会儿，忽地低低道："好的。"

她还没问他好什么，他再度低下头凑过来。

赵霓夏往后，被他托住脸，强硬又缱绻地缠过来亲了一口。

亲完唇上又被他咬了一下，他微微喘气放开她，拉开了一点儿距离，但气息还是很近。

裴却垂眼看着她，用只有两个人能听到的音量低低问她："晚上去我那儿？"

裴却在电视台大楼外等候时，在现场的人都拍了图，有拍到他去便利店买水的，也有他上车的，发到微博后，立刻引起骚动。

这几个月的事情下来，网友们基本默认了他和赵霓夏的恋情是真的，就连两边唯粉，嘴上不说，其实也不是看不出来。

只是碍于他们迟迟没公开，粉丝懒得主动去搭这个茬。

如今裴却接赵霓夏下班的图一出，事情实锤[1]到只差官宣。

吃瓜路人乐见其成，男帅女美，又都是最近热点人物，纷纷夸着"般配"顺便嗑一口。

唯粉那边倒是有人想挑拨，但两边各自经过了先前的事件，粉圈都淡定得很。

喜欢裴却的一部分人以前恨赵霓夏，介意的就是裴却一片真心被糟践。

但经过《很久以后的这天》在播期间，赵霓夏在节目上说抱歉一事，她们当时虽然没有发表任何意见，那之后再提到她，怨恨的情绪却已经有所减退。

在裴却的身世事件发生后，她们如今最大的诉求就是希望他快乐自由，

1　网络流行语，指因为某些事情有了证据的作用，对某些实物的定性已不能改变。

毕竟工作他一直在做着，别的只要他开心就好。

面对拿恋情挑事的节奏，粉丝纷纷出面表态。

"马上就二十八快三十的成年男人了，谈个恋爱很正常，我们不干涉裴却的私人生活，别来挑事哈！"

"以为'嫂子'两个字就能戳裴粉肺管子吗？不好意思，裴粉现在平和得很，只要裴却高兴爱谈就谈明天结婚都行，我们百亿票房影帝粉不在乎哈！裴粉全员事业粉，我哥事业厉害就行！事业搞得好，恋爱自由没烦恼。"

有些嘲讽都懒得的粉丝不愿废话，直接甩出成绩图，效果立竿见影，酸得对方立刻就闭嘴。

赵霓夏的粉群如今也是流量的体量，再加上她既有女主爆剧又有口碑爆剧，虽然只是单元，但证明了自己的演技和实力，粉丝们底气十足。

尤其之前的事才过去没多久，大家对她整个就是溺爱心态。

"我女儿想谈恋爱就谈恋爱，爱怎么谈怎么谈，有些人少来叽叽歪歪！"

"什么？你也知道赵霓夏首部女主剧就大爆，复出第一部剧就 9.0 分口碑出圈？知道就好，赶紧退下。我宝贝天生演员又美又灵，粉丝不在乎恋不恋爱。"

"别整天关注赵霓夏，这么在意赵霓夏是不是赵霓夏真爱啊？闲杂人等别来沾边，我姐人美心善，我可不会忍你。"

裴霓粉就更不要提了，从得知赵霓夏退圈是被迫后，关于他们两人当初的关系和走向，出了几十个复盘帖，总之就是各种爆哭加心痛错过的六年。

现在看见离官宣只差一步的接下班图，超话被"嗑死我了"疯狂刷屏，每个裴霓粉的嘴里都热情洋溢地说着同一句话：裴霓是真的！

网上的盛况赵霓夏不清楚，陪她去电视台录节目的肖晴晴和周涟新给她安排的另一个助理，她都让司机送回家了。

和裴却坐在车上，他们谁都没去看手机。

车往吃饭的地方开，裴却带着暗示的话问完，就沉沉盯着她。见她没立刻回答，他又试探地低头，用鼻尖、唇瓣轻蹭轻啄她。

赵霓夏只能小声连道了好几句："好啦好啦，没说不去……"

她推开他的脸让他好好坐着，不许再贴过来。

裴却依言坐好，但握着她的手，小动作仍然不少。

他们在一起后见面的次数一只手都数得过来，这段时间好久没见，难得有这样的闲暇，两人肩膀挨着肩膀，小声地说话，聊了一路。

开到一家他熟悉的店外,他们戴好帽子、口罩下车,进去后直奔包厢。

时间已经不早,他们两人也吃不了什么,略点了几个菜,分量都不大。

裴却点的都是赵霓夏爱吃的,她继续听他讲这几个月在剧组的事情,也和他说自己接下去的工作安排。

吃了四十多分钟,吃到差不多时,周涟给她打来电话。

裴却正要结账,包厢里信号不好,赵霓夏跟他说:"我出去接个电话,马上回来。"

他道"好",她拿着手机戴上口罩,去店中的院子里打电话。

周涟和她说的是工作的事,顺带提了一下裴却被拍到的事情,不到十分钟就讲完。赵霓夏收起手机回去,还没到包厢,忽地被人叫住。

"小夏?!是小夏吗?"

赵霓夏脚步一停,回头看去。

刚刚讲电话时她拉下的口罩忘了戴上,被认出来,叫住她的是赵定音的一个朋友,也是定泰的股东之一,她叫了声:"张叔。"

"哎!你也在这儿吃饭?我跟你阿姨我们一家人正准备回去呢,你一个人啊还是跟朋友一起来的?"张叔近前笑吟吟地和她寒暄,"怎么平时都不来叔叔家里玩,我女儿很喜欢你呢,前段时间还给我看你演的那个电视剧,什么时候有空记得来家里吃饭啊!"

赵霓夏说自己和朋友一起来的,两人客套了几句,张叔忽地道:"我听说你和你妈最近又闹得不愉快是不是?还在公司里吵了一次?是不是还是因为工作的事和你那个小男朋友的事?"

她还没反应过来,他又道:"我听我女儿说了,网上讲你跟那个小男孩……还挺厉害的,影帝是不是,谈朋友了?

"嗐,你妈那个人厉害是厉害了点儿,那次见面跟你那小男朋友说话确实不太好听,但她要求高点儿也是在意你,你们母女俩有什么话好好说,别吵架。"

赵霓夏一僵,蹙了下眉:"张叔,您说的是哪次见面?"

"你不知道?"张叔道,"就几年前那次,你出国去了嘛,你那小男朋友因为生意的事,跟合伙人,和我们在同一个饭局上碰到,散场的时候他找了你妈。"

张叔大概是喝了点儿酒,滔滔不绝地讲给她听。讲几年前的那场饭局上,开始投资从商的裴却和赵定音碰上面,在赵定音面前问起她的事情。

"你妈话说得是不太留情面,说不喜欢你当演员,还说对你身边朋友要求很高，让他以后别再出现什么的……我和几个老家伙刚好都没走，尴尬得哟……那小男孩倒是还蛮不错的，那会儿就对你挺上心，很认真地跟你妈说会继续努力……现在你们在一起了，你也别跟你妈吵什么，好好说嘛……"

张叔说了好多，赵霓夏听得发愣，最后也不知道是什么时候结束的话题，蒙然回到包厢。

裴却已经结好账，见她回来，问道："怎么去了这么久？我刚想去找你。"

似乎察觉到她表情有点儿不一样，他走近，伸出一只手抚摸她的脸："怎么了？"

"没什么。"她抬眸看了他一眼，"就是回来的时候遇到一个认识的叔叔，聊了一会儿。"

她说着，近前靠到他怀里，抱住了他。

"累了？"裴却让她倚着，抬手揽她。

"有点儿。"

"那我们回去？"

她点头，却又没有动。

裴却没有催她，任她抱着，半晌，忽地听她开口："我问你个问题。"

"什么？"

"你有多喜欢我？"

他微顿了下："怎么突然问这个？"

她就是有些感慨，张叔和她说了好多，说他去见她妈妈，说他后来做的许多投资领域和览众交叉，打过不少交道。

她才知道，他被有形无形的各种东西束缚在国内的这些年，一直在为了靠近她而努力。

"就是突然想问。"她说着，正要跳过这个话题，他忽然回答。

"……我以前没有想过梦想这种事。"

裴却摸着她的头发说："现在有了几个，都和你有关。"

他的声音还是那么淡，语气却无比坚定。她抬眸看向他，他低下头，在她脸颊亲了下，告诉她。

"你是我第一顺位的梦想。"

夜更深了。

回去的路上，气氛不太一样。

或许是因为目的地是裴却的公寓，或许是因为，这是他们又一次一起过夜。

两个人手臂贴着手臂，说了一会儿话，忽然就都沉默下来。

裴却捏着她的手和手指，无声地把玩着，在车子向前行驶的过程中，呼吸一点点加重。交握的十指变得热起来，不知是谁的温度先带热了对方。

赵霓夏侧头看着窗外，不敢去看他，但又感受着他掌心传来的脉搏和那在寂静中变沉的气息，心跳略微加快。

沉默无言地牵着手下车，上楼。

进了他公寓，赵霓夏还记得之前在他剧组那次的事，这回坚持没让他一起进浴室，洗完澡后出来吹头发，才把空间让给他。

主卧的床很大，两个人洗漱完躺下，关了灯，不一会儿，裴却就从后抱住了她。

黑暗中，亲吻让屋内的热度节节攀升。

这次再没有其他事情来打扰，他们有大把的时间。

窗外开始下起雨了。

这场来势汹汹的雨扑向大地，夜色下的一切都被凶悍的雨幕笼罩。

楼下那片绿植里，娇弱不堪的白玫瑰完全无法承受，稚嫩的花瓣在雨下颤巍巍好不可怜。

玻璃窗被雨拍打不停，雨水从窗缝流淌下来。

这场铺天盖地的雨让整个世界泛起了一片波浪，视野里所有的一切都在浪里摇晃。

除了玻璃窗的震颤声，她只听得到他的声音，像这场雨一样灼热潮湿，一遍遍在她耳边说。

"我好想你……

"我好想你——"

赵霓夏在裴却家足足待了三天，其间哪里都没去。

三天的休息结束后她还有通告。

行程在下午，睡到中午时周涟打了个电话提醒她。

赵霓夏有气无力地应了，不敢多说，怕那边听出异样，挂了电话后又被裴却纠缠了半个多小时才下床。

吃完东西等周涟来接的时候，裴却在餐桌边和她打商量："你搬一点儿东西到我这儿来行吗？"

赵霓夏顿了一下，看向他。

"这样方便来住。"他说，"或者反过来也一样。"

他这个提议还是有点儿道理的，没有换洗衣物确实不方便，但赵霓夏一想到这几天，心下不免犹豫起来。

是真的难以招架。

被他淡薄中又带着丁点儿殷切的目光看着，她没有立刻答应，含糊地应了一句："我考虑一下。"

离开他的公寓，赵霓夏连着忙了好些天。

裴却电影刚杀青，这段时间没有安排工作，都在家休息。

只要她的通告是在京市的，他便会来接她下班。

和她同场通告的其他艺人的粉丝们拍裴却接她下班的图都快拍成习惯了，每次只要有她在的场合，都会有别家粉或者路人开玩笑地说："裴却今天几点来啊？什么时候来？等不及了！"

赵霓夏原本对他那天在餐桌边的提议还有些犹豫，去他那儿住了几次，他也在她公寓留宿了几次，最后还是点头同意。

他的公寓里放了些她的生活用品，他自己的也备了一份放在她那边。

这样频繁的接送和这样黏着的氛围，身边朋友们也忍不住关心起他们两个的关系。

对来询问的圈内朋友们，赵霓夏都大大方方地承认了，收获了一堆激动的反应和祝福。

井佑也不例外，在裴却第二次接她下班的时候，他的电话就打来了。

听到她肯定的答复，他当场义愤填膺："我就知道！我就知道你们两个有事儿！去你家录综艺那次裴却就对你家很熟的样子，可恶你们早就暗度陈仓了竟然还瞒着我！我要跟你们绝交！"

他说着又开始哀号"三个人的电影我为什么总是没有姓名"，赵霓夏被他吵得耳朵生疼，想解释其实那个时候还没有在一起，但想了想说起来太麻烦，又作罢。

井佑鬼哭狼嚎完，很快冷静下来，话里也带上了感慨："行吧。说正经的，你们从以前那会儿到现在实在也是不容易，我还总担心我们三个再也不能像以前那样了，总之你俩能和好好就好，别的不重要。"

聊到结尾，他蓦地又心血来潮地激动起来："对了！我想到了！这样，等演唱会那天，我给你们安排一个惊喜！就当作庆祝你们在一起！"

赵霓夏很想说都提前讲了还算什么惊喜，但为了不打击他的积极性，把话咽了回去。

W-era 演唱会当天，偌大的体育场全部坐满。

裴却和赵霓夏是在傍晚演唱会快要开始前进场的，井佑特意让人去接了他们，带他们从特殊通道入内。他俩都戴着帽子和口罩，但还是被现场的观众认出来。

内场 W-era 的粉丝里有不少对他们很有好感，也有嗑他们 CP 的，井佑的粉丝对他们更是热情。

裴却和赵霓夏牵着手进场入座的时候，周围一片尖叫声和闪光灯。

除了他俩，梁优、韶雨还有井佑的其他朋友，以及他队友的朋友们也来了，VIP 席上还有几个是他们成员的家属。

赵霓夏和认识的打了招呼，不熟的几个圈内艺人也主动过来跟她和裴却问了声好。

简单寒暄了片刻，各自坐下。

演唱会现场的气氛非常能带动人，离得近的粉丝有在叫他们名字的，赵霓夏听见了都会回头冲她们挥挥手，也摘了口罩，任她们拍照。

裴却握着她的手一直没松开，两个人不时挨在一起低声说话，有些亲昵的小动作，比如帮她撩头发，他们也没遮掩。

天黑下来后，正式开场，随着 W-era 的登台，气氛彻底点燃。

他们的歌赵霓夏基本都没听过，但依然沉浸在了他们的表演中。

唱跳、斗舞、抒情歌、乐器展示、单人表演，除了中场休息，全场的喊声几乎没停过。

赵霓夏兴致勃勃地为他们应援了一整晚，到演唱会尾声时，终于知道井佑说的"惊喜"是什么。

他和组合几个人唱完歌站在台上，都有点儿气喘吁吁，井佑拿着话筒看向他们这边："接下来这首歌，我和我的成员们要送给我最好的两位朋友。"

听见这话，全场立刻掀起尖叫声。

"祝他们长长久久甜甜蜜蜜，希望以后有机会在他们的婚礼上唱这首歌就更好了！接下来请听——Wedding！"

Wedding 是他们组合以前出的一首慢歌，因为歌词内容和曲风以及名字都太适合结婚，渐渐变成了婚礼上最常播放的歌曲之一。

夜幕苍穹下，演唱会现场已经嗨到了极点，尖叫声不绝于耳。

W-era 的五个人在井佑的带领下，一边唱一边朝他们的位子走来，走到离他们最近的台前，把这首歌送给他们。

歌曲唱到高潮时，现场摄像很上道地把镜头对准了 VIP 观众席上的裴却和赵霓夏。

开场后，裴却就和赵霓夏一样摘掉了口罩，他们的脸和牵着手的画面一出现在大屏幕上，全场顿时响起一阵激动的尖叫。

赵霓夏笑得有几分不好意思，裴却握了握她的手，在台上送祝福的"伴郎团"的高音合唱中，他轻扯了下唇角，侧头凑过去在她脸上亲了一下。

现场叫声直接掀翻屋顶。

有些离得近的粉丝嗓子都哑了，还在喊："结婚！结婚！——"

赵霓夏被逗笑，和裴却对视一眼，握着的手被他捏了捏。

当晚，微博上又是一阵热议。

和 W-era 演唱会有关的话题下，各种返图和视频一个接一个。

裴霓粉被各种角度的牵手照、撩头发照，还有最后的亲脸视频，弄得激动哀号。

"你们开演唱会的时候没说是裴霓公开现场啊？！你早说啊我要是知道就算抢破头都要抢到票！"

弄得 W-era 粉丝哭笑不得。

"我们自己抢票就已经头破血流很难抢了，你们别来捣乱啊喂！"

更有裴霓粉吐槽裴却。

"啊啊啊啊啊啊你有本事在人家演唱会亲你有本事开直播亲给我们看啊！"

"他才不会！他这么小气只肯亲脸，连嘴都不肯亲给我们看！我们又不会跟他抢老婆！我要再看几遍视频！"

演唱会结束后，裴却和赵霓夏到后台和井佑碰面。

一帮年轻大男孩你一句我一句吵着要去聚餐，扯了个庆祝的名头，其实就是为了撒欢玩。

演出圆满成功，他们的经纪人便没拦着。

VIP 席的亲友们有的先回去了，有的还有工作得先走，只剩下几个赵霓夏和裴却都认识的，一起出发去聚餐。

也不知是谁提议的，几辆车开到城郊吃农家烧烤，坐了两桌，吵吵闹闹又是说话又是喝酒。

吃完后夜已经很深，周边人不多，一群人难得放松，井佑和他队友去车上后备厢翻出他们提前准备的各种小烟花，在附近那条小河的桥上放。

他们吵嚷得不行，围着点着的烟花，点一个像小学生一样激动号叫一次。

裴却和赵霓夏在一旁没凑热闹，夜凉风重，快过年了，冷飕飕的。他们穿得都挺厚，裴却敞开了大衣，把她抱进怀里。

"等他们放完烟花我们就回去。"后面再继续吃烧烤、喝酒的第二场他们就不参加了，他道，"早点儿回去。"

赵霓夏玩得高兴，下意识顺口接了句："早点儿回去干吗？"

问完对上他低暗的视线，她立刻反应过来。

"……"寒风明明很冷，她的脸却泛起了一层热意。

赵霓夏被他低头轻蹭亲着耳边，忍不住伸手掐了他的腰一下。

闹了不一会儿，那边大合照了。

井佑冲他们喊："别在那儿腻腻歪歪，快点儿过来！"

赵霓夏连忙从裴却怀里出来，嗔怪地瞪了他一眼，把先前那个少儿不宜的话题暂时放到一边，手牵着手一起过去拍照。

"一、二、三……茄子！"

掌镜的助理给他们拍了好几张。

照片拍完，赵霓夏倚在桥栏边看了看漆黑的小河，忍不住"哇"地感叹了一声。

"赵霓夏——"

她回过头，石凳上坐着的裴却正拿着手机，对着她拍了一张。她愣了下，随即笑开，冲他的镜头肆意地笑起来。

这天晚上，裴却的微博发了一条动态，是一张照片。

照片里，站在桥栏边的赵霓夏回身笑得开朗。

周围飘着些许寒气，遥远夜幕中星星清晰地闪烁着，而她的笑明亮得一如十九岁。

这张照片的配文只有一句话。

@裴却 V：我的夏天回来了。

裴却的官宣微博发出，赵霓夏第二天也转发了他这条动态，没有多余文字，只一个简洁明了的"爱心"表达了一切。

热搜直接冲上榜首，后面跟着一个鲜艳的"爆"字。

超话里洋溢着浓浓的喜悦之情，粉丝纷纷抽奖庆祝。

路人网友和其他跟他们没有过节的艺人粉群，都被丰富精美的奖品吸引过来，微博程序员、各娱乐媒体从业人员，更是在感慨过后，加班加点撰写跟他们公开恋情有关的内容，整整热闹了两天。

除抽奖之外，裴霓粉又把当初《很久以后的这天》的那张双人海报翻出来了。

赵霓夏和裴却在综艺初期拍摄的那张"面上泾渭分明，私下暗通款曲"的双人图，最早公布的时候搞了一个活动，综艺官博和另一个 App 联动，每日签到数量第一的那组，海报会在各大城市投放，裴霓粉毫无疑问赢了。

恋情公开不久，赵霓夏和裴却在各路祝福声中，过了他们的第一个春节。他们收到了好多晚会的邀请，都希望他们能双人合体出席，但他们一个都没接，在家好好地过了个年，享受了一段悠闲假期。

随着待在一起的时间越来越长，赵霓夏渐渐习惯了和裴却住在一起的生活。他这人除了总是爱黏着她，比较耗费她的精力，他们生活的其他方面都很合拍。

年后三月底，赵霓夏进组了新电影《明日回家》，讲的是一个女儿不停穿越回去拯救母亲命运的故事。

裴却则依旧没有安排太多新工作，先去给成导那部电影补拍了一些镜头，其他时间都在剧组陪她，同时一边学习导演事宜。

到下半年，她拍完电影，两人回到京市，网上传出了他们的婚讯。

一些人立刻忍不住跳出来阴阳怪气，嘲讽裴却倒贴。

赵霓夏刷到这些言论的时候正准备出门，看着手机上那些尖酸刻薄的内容，眉头拧得死紧。

裴却从屋里出来，见她坐在凳子上满脸不高兴，问："怎么了？"

"看到一些言论……"

他走到她身边，就着她的手随意看了几眼屏幕，才知道她是在硌硬那些说他的风言风语。

"没什么好生气的。"相比她的不爽，他反倒淡定许多，"他们说他们的，我又不会少块肉。"

赵霓夏还是有点儿郁闷："可是……"

裴却抬指用指节触了下她的脸颊："该出门了，别看这些，我们去看看新家。"

他们买了一处新房子，是一栋别墅，不日就将搬进去。

赵霓夏也不愿再被那些烦人的东西影响，点点头，收起手机和他一起出门。

新别墅一共三层，环境很好，安保也好，一应都准备得差不多了。

赵霓夏和裴却在楼上楼下看了一圈，最后停在阳台靠着栏杆看了好一会儿风景，已经开始想象搬进来后的生活。

裴却问："喜欢吗？"

"喜欢！"地方是他们一起选的，她看过图片，但还是第一次来。

看完新家出来，回到公寓，裴却对她道："等会儿有人会来。"

"有人？谁啊？"

他说："律师。"

赵霓夏愣了下。

不一会儿，律师上门，送来了一份东西——婚前协议。

没有多停留，律师留下协议就走了。

这份协议的内容很简单，其中最重要的一项就是——若是离婚，裴却净身出户，所有一切一分不留全部归属于她。

赵霓夏有点儿蒙，过会儿反应过来："这，我……"

"没事。"裴却知道她想说什么，"我不在意这些。"

他没催她，只提笔在他该签的地方签了个名，然后递给她，让她拿给律师看过后再签。

裴却如今的身家，拥有的东西何其多，像他这样地位的男演员，谁都不可能轻易准备一份这样的东西。

但他就这样把它们统统都摆在了她面前。

赵霓夏看着他，沉默了一会儿。

网上的酸言酸语都说他是为了她的家世背景，为了她身后的定泰。

那些人讲得那么难听，可他不仅没有试图从她身上得到什么，甚至丝毫没有犹豫地，就把掌握这段关系的缰绳递到了她的手上。

"你不用这样，我知道……"

"你想离开我吗？"他忽地问。

赵霓夏顿了下："当然不……"

"那不就好了。"裴却说，"你不想，我也不想，那签这个又有什么关系呢。"

无论得到多少，拥有多少，最开始他想要成名想要站得高，都只不过是希望能够有资格站在她身边。最大的愿望实现，其他的就都不重要。

"而且我也有私心，我知道你心软。

"我的一切都给你，这样你就永远不会抛下我了。"

赵霓夏看着他。

裴却摸了摸她的头发，他知道她不舍得让他一无所有。 .

他凑近轻轻亲了她一下："你不用多想，是我想签。"

他说："就当是给我安全感。"

在裴却的坚持下，那份婚前协议最后还是签下。

很快，他们就搬进了新别墅。入住几天后，赵霓夏和裴却趁着两人都休息的空当，请了一帮朋友来家里暖居。

井佑一进他们新家就开始咋呼："你们新家也太大太漂亮了吧？？可恶，我也要住这么大的房子，我要在这儿安个房间！"

秦奚也跟着他四处乱窜，除卧室之外的地方都参观了一通，嘴里同样嚷嚷着让裴却给他备间专属客房。

裴却懒得理他们，直接把他们的废话当成耳边风。

一群人难得都在京市，吵吵嚷嚷地坐下，一边吃吃喝喝又是玩游戏，酒也没少喝，玩到最后全都嗨了。

散场时车子不够，作为主家招待客人的裴却和赵霓夏没有喝酒，便开车送了几个朋友回去，权当兜风。

一路上和半醉不醉的几个人说笑聊天，副驾驶和后座笑闹声不断，赵霓夏开了点儿窗缝，吹过脸上的风也变得恣意。

送完人回来，车停进别墅的车库里。

赵霓夏刚想解安全带下车，却发现车门锁着没开。

她疑惑地看向裴却。

他稳如泰山，解了安全带，瞥她一眼，悠悠道："在这儿再待一会儿？"

"这有什么……"

"好待的"几个字没说完，她已经读懂了他眼神中的意思。

住进新家没几天，赵霓夏又开始赶通告。忙完行程回来，和裴却见的第一面不是在家，而是在一个晚会盛典上。

她是当晚的颁奖嘉宾，裴却同样受邀出席。

因为行程连着，她没能回家和他碰面，下了飞机就去做造型，两人各自入场。

裴却和电影圈的几个大佬坐在一起，她则跟《禁城》的班底一块儿。

到场艺人太多，他们的座位隔得远，全程只遥遥地打了个照面，没能说上一句话。

现场粉丝拍他们都不太方便，只能一会儿对准这个，一会儿对准那个。

两人就这么被限制在两边，连转头看一眼都不方便。

一直到赵霓夏颁完奖回去，经过场侧被几个实力派老前辈叫住寒暄，裴却的目光便丝毫不再掩饰，直直地落到她身上。

这远眺的劲头和眼神，也被粉丝们一瞬不落地拍进了镜头里。

活动结束后，超话里全是喊话。

粉丝们又是嗑得开心又是好笑地刷屏。

"多久没见啊殷切成这样？夏夏行程图上这次的通告不是才几天吗，怎么就到这种程度了？"

"我在现场，裴老师一往那边看头都不转回去了，连旁边别家粉都忍不住悄悄问我你家这俩一直这么黏啊？我真的好丢脸！"

"小裴一边鼓掌一边内心想：老婆在那边，看一眼！怎么隔得这么远，再看一眼！台上还在准备，再看一眼！好想老婆，再看一眼！"

除了那些玩笑的内容，裴霓最大双人站之一的站姐[1]回去后也出图了。

她们拍到的画面将全场都框了进去，抓住了裴却看向赵霓夏的其中一瞬。

在星光璀璨的典礼现场，还没落完的彩带纷纷扬扬飘洒在空中，满场众人视线都看着前面预备上台的艺人，只有裴却，视线投向了从台上下来后在侧边和人说话的赵霓夏。

构图浑然天成，色调调得很有质感。

这张图被转发了好几万，连同那句配文，成了裴霓圈又一张神图名场面。

这里是名利场，是争名夺利、姹紫嫣红的演艺圈，但有那么一个人的目光，无论何时何地都追随着另一个人而存在。

"——满地都是六便士，他在看他的月亮。"

1　指的是使用高级相机拍摄偶像的粉丝，亦指明星偶像应援站的组织管理者。

第二天赵霓夏收拾好正要出门，忽地想起来："对了，我给你准备了一份礼物，差点儿被你弄忘了！"

"什么礼物？"裴却趿着拖鞋站在她面前，撩了撩她额前的碎发，眉头微挑，"昨晚的礼物已经很好了。"

赵霓夏瞪他一眼，没理他，去找出自己准备好的东西交到他手上。

"等我出去后你再拆！"

她不让他立刻打开，裴却闻言便没有动。

吃过饭，不多会儿，助理和司机就来接她。

裴却送她到玄关，赵霓夏和他亲了一下，挥了挥手，在他的目送中坐上保姆车。

他在门边一直站到车子开远才关门。

裴却把碗筷都放进洗碗机，歇了一会儿，午后，在客厅打开了她送的东西。

那个盒子很轻，里面是两个信封。

他拿出里面的东西依次看清，不由得顿了一下。

第一个信封里装的，是一张自制机票，上面的字迹全是手绘。航班信息上，时间写的是六年前，是赵霓夏还没退圈，他还在拍第一部电影的时候。

起飞地点是京市，目的地是禾川——他当时拍戏的地方。

第二个信封里装的则是几张信纸，纸上是她亲笔写下的字迹。

她在第一张信上跟他说，她前段时间看到了一个他们俩的剪辑视频，应该是在他们分开的那几年产出的。

视频里剪了很多他们以前的事，剧组花絮、各种采访、一起出席的活动，从他们认识到熟悉，还有好多好多他们对视的画面。

博主还手绘了他们俩的身影，模糊的"他"和"她"在结尾时各自散开，分道扬镳。

她说配的那首歌是一首很悲伤的歌，弹幕里的粉丝都在真情实感地难过。这些年他们有太多这样的悲剧视频了，或许是因为当初她离开，所以他们之间好像总带着点儿悲伤色彩，也总是有些言论在唱衰。

她知道网上那些说他的话他都不在意，但她还是想把这张"机票"给他。

第二张信纸上，她换了口吻。

"六年前，我预订过一张一模一样的机票，想去见一个人，想给那个人送一顶帽子，在下雪的冬天和他一起戴着看雪。

"然后问问他，是不是有一点儿喜欢我，我们要不要结束那样不清不楚的状态，就在一起试试看。"

六年前的赵霓夏，原本已经提前预订好行程，想去给一个人惊喜。

她错过的，远不止那一通电话。

裴却捏着信纸的手微微用力，呼吸不自觉发紧。

他一个字一个字地阅读，缓慢地看清她写给他的这封信。

看清她的爱意和真心。

"帽子已经送了，这张机票，我也想送给六年前的他。

"因为我想告诉他，外面的那些流言蜚语全都不对，他并不是一厢情愿。"

十九岁和二十岁只有一次，十九岁和二十岁的喜欢也只有一次。

就这样淹没在时间的鸿沟里好可惜。

那张没有使用的机票，和那一趟没能坐上的航班。

在尘封的错过的往事里，一切都不足为外人所道。

但，时过境迁，她终于有勇气毫无保留地捧给他看。

在听那些不好的唱衰的声音之前，她希望他能先听见她十九岁的感情和二十岁没能说出口的话——

"裴却，我好喜欢你呀。"

裴却看着赵霓夏送的这份礼物，久久没有动作。

赵霓夏正在工作中，他没有给她打电话，只是在客厅坐了很久，然后郑重地把这份礼物收了起来。

不需要语言。

她说了的、没说的话，他都明白。

他也知道，她能感受得到。

距离赵霓夏回国已经一年，她的事业全面走上了正轨。

七月份，《禁城》开播，收视和口碑大爆。

十月，她进组了一部大女主正剧。

再到春节，她那部母女题材的电影《明日回家》正式上映。

其间商务、代言、通告和递上门的剧本数不胜数，全年下来，忙得几乎连休息时间都没有。

最值得一提的大概要数《明日回家》取得的好成绩，点映之前原本许多人都不看好，觉得她不可能连着爆了电视又爆电影。

但在点映口碑出来后，无论有多少质疑唱衰的，都无法阻挡《明日回家》以绝对的黑马之姿杀出重围，并在最终以29亿元票房领跑，成为这年春节档的榜首。

赵霓夏凭借电视电影双双爆红的绝好成绩，风头无两，单是票房这一项实绩，就已经够她跻身一线年轻女演员的梯队。

春节后三月底，进入她复出的第三年，赵霓夏官宣了一部大导电影，正式标志着她迈入电影圈。

兢兢业业拍到年中，又得到《禁城》入围春兰奖的好消息。

包括最佳电视剧和最佳女主角在内，《禁城》总共获得了五项提名。

网上一阵热议，围绕着她能否摘得桂冠，各大论坛早早就开始了一波预测。

提名一出赵霓夏就接到了一众好友的电话，尤其以井佑最为啰唆，一边问她这次拿奖概率有多大，她经纪人有没有帮她打听，一边说她和裴却到底想卷死谁，她才复出多久事业就跟坐火箭一样上升……绕到最后，当然还是以祝福为主，表达了对她拿奖的殷切期待。

颁奖礼当天，赵霓夏中午就从家里出发了。

裴却很久没有拍过电视剧，早被归到电影圈的范畴内，这次没有被邀请。

赵霓夏要赶着去做妆造，然后再去颁奖现场，时间耽误不得，裴却送她到门口，没有多说别的，只单手抱了抱她。

倒是她先问："不祝福我吗？"

他扯了下唇，低头在她脸颊上亲下。"祝福你。"他说，"我等你回来。"

赵霓夏坐上保姆车，开到造型室做妆发造型，马上又赶去现场和《禁城》剧组会合。

入场顺序都是定好的，她和剧组成员一道踏上红毯，两边的粉丝立刻爆发出热烈尖叫，媒体也将镜头齐齐对准了她。

走到红毯尽头，难免被提了一下裴却："裴却今天没有来，他有收看直播吗？"

赵霓夏笑笑，答复说："有呢，他一早就把电视机打开了。"

导演和其他演员都笑了，现场叫声瞬间变得更大。

进入场内，找到位子坐下。

来来往往都是人，开场前，好一阵漫长的寒暄。

颁奖礼正式开始后，气氛逐渐热烈，颁至最佳女主角这项时，达到了当晚的高潮。

获得最佳女主角提名的还有另外三位，分别是《梨花传》郑意、《婚姻往事》程安、《我的母亲》谢柔。

这三位都算是前辈，赵霓夏是其中年龄最小的一个。

随着嘉宾一个个念出候选人名字，大屏幕上出现那几部电视剧的画面，镜头也给到几个被提名的女演员。

满场寂静中，颁奖嘉宾宣布。

"获得最佳女主角的是——

《禁城》赵霓夏！"

现场响起一片掌声，镜头定格在赵霓夏脸上。

她笑着起身，和身旁《禁城》剧组的成员一一拥抱，拎着裙摆走上台。

场内坐着许许多多的前辈和后辈。

赵霓夏握着奖杯站在台上，目光环视了一圈，笑着说："很高兴能站在这里。"

她感谢了剧组主创团队，感谢了共事的演员们，感谢了工作室的全体成员，感谢了一直支持她的人，感谢了裴却。

在感谢致辞的最后，她停顿了两秒。

灯光汇聚在此，在场的所有人，还有屏幕外正在收看直播的更多人，目光都集中在她身上。

这是她从小时候开始的梦想。

但她想到的不只是这里，想要的不只是这个奖项。

身披此刻璀璨光芒，赵霓夏握紧了奖杯，她笑着说："我会在这条路上一直探索下去，期待能看到更多美好的风景。

"——感谢所有观众。"

我们下一次再见。

颁奖礼结束后，赵霓夏和裴却正式去领了证。

之前婚讯传出，婚前协议也早早签了，只是因为她太忙，迟迟没有进行下一步，一直到如今。

结婚这件事情，她通过林诚和赵定音说了一声。

她们依然没有联系，一直没有再打过电话。

说僵持也不算，只是母女俩都有点儿不知道再怎么面对对方。

赵霓夏本以为不会收到赵定音的回复，但在领证那天，林诚向她转达了赵定音的回应。

赵定音没有对她结婚的事发表什么意见，只说："电影我看了，演得不错。"

她上映了的，只有那部《明日回家》。

赵霓夏看到消息后沉默了好一会儿，收起手机没有再回复。

她和赵定音的关系不知道将会怎么发展下去，但大概，再怎么都不会比以前更差了。

领证回到家当晚，裴却给赵霓夏准备了一份礼物，说是她之前那份礼物的回礼。

她是当着他的面拆的："可以拆？那我拆咯？"

裴却没有不好意思，"嗯"了声说："拆吧。"

赵霓夏把包装撕掉，打开盒子，就见里面躺着的那枚虎头戒和他常戴的耳钉。

她有点愣地看向他："这个……"

裴却伸手拨弄了一下戒指，表情淡淡地说："这些是我读书时买的。

"那时候经常被人堵，所以我买了这个戒指戴在手上，打人的时候会更疼。

"后来我讨厌被人觉得好看、漂亮，又在耳骨上打了洞戴耳钉，为了让自己看起来凶一点儿。"

赵霓夏微怔，有点儿意外地听他提起那时候的事。

虎头戒和耳钉，都是他自我保护的象征。前者是他反抗的能力，后者是他反抗的意识。

"我戴了很久，已经习惯了，但是以后不用了。"

盒子里，不仅是戒指和耳钉。

更是他这么多年以来的安全感。

颠沛流离晦暗不安的十几年，从此都过去。

他不再担惊受怕，不再需要一身利刺去和全世界对抗。

裴却凑近她，轻轻亲了她一下："我把它们全都交给你。"

他的爱和他的安全感。

这里，就是他唯一的避风港。

赵霓夏和裴却没有办婚礼，两人商量过后，只办了个小型的宴会，请了一些关系亲近的好友。其余时间都用在了过二人世界上。

裴却拍的那部成导的电影，经过漫长的制作终于完成，送审并入围了加莱，他再一次被加莱提名。

伴随着这个消息，网友们不由得对他们夫妻俩的事业发出了感慨。

裴却这次无论中不中，他的地位都无可撼动，更别说这次的概率非常大。

而赵霓夏的大女主正剧官宣定档，和大导合作完的那部电影也是要冲击国内奖项的。她有了电视剧奖项认可，现在的路线就是一边担住收视和口碑，一边累积电影票房冲击电影奖项，发展得极快且明显没有短板，年轻女演员中已然没人能够压得住她。

这两人个人粉众多，双人粉体量大，自己又争气，爱情事业双丰收，让不喜欢他俩的人恨得牙痒痒却无计可施。

在加莱提名的消息出来后，还有另一个引起网友们热议的事情——《很久以后的这天》第二季要开了。

有第一季的成功在先，那播放量那热度，多少艺人都想拿下这个综艺名额。有 BE 的艺人心照不宣，没有的也恨不得当场给自己来上那么一个。

更有 CP 粉出来推荐自家，不为别的，上过第一季的裴霓这对，节目录完后直接结婚了，谁不想自家 CP 结婚？上！必须上！

虽然四对里只出了这么一对，但四分之一的概率也是很高的。

于是，一时间，许多人奔着"把自己喜欢的两位送上去复婚"的目的，在《很久以后的这天》官博下踊跃报名。

赵霓夏和裴却收到了郑导的邀请，当然不是让他们再去一次，而是请他们来录制个番外篇或是露个脸，帮忙宣传宣传。

郑导没有强求，只是问他们可不可以。

赵霓夏心里挺感念郑导的，当时他邀请她，不仅开出的条件十分厚道，还大方地让她在他们平台综艺里任选。

虽然他主要是为了请到裴却，她后来也没有真的再去上他们的节目，但念着这一点，再加上《很久以后的这天》这个节目确实给了她和裴却一个重新开始的契机，便答应了下来。

考虑到行程问题，他们最后以直播的方式，参与了这次"番外"出镜。

直播拍的是他们日常相处的一天，他们在一起后都忙着工作，不常分享生活，借着这次机会，粉丝们终于近距离地看到了他们私下的互动，嗷嗷叫着被喂了一嘴的狗粮。

在直播里，裴却还回答了节目组准备的、由观众提出的问题。

"在《很久以后的这天》开始录制时，被问到在这段关系里觉得最遗憾的事，你没有答，现在回答的话，会是什么呢？"

那是录制初期，裴却和赵霓夏在前采都被问到了这个问题，不约而同地选择了避而不答。

后来赵霓夏在节目里回答了，他却仍然没有。

节目组工作人员原本还担心他会再次选择跳过，但裴却看着镜头沉默了几秒，开口说了。

"我最遗憾的，是她退圈离开的那天，没有接到她的电话。"

弹幕因他的回答激动起来，疯狂地刷屏。

他们俩都没有对外说过这件事。

裴却缓慢道："那天我在拍戏，片场信号不好，手机后来也没电了。

"等我再打开，就看到她给我打了很多电话。"

只可惜没有接到，最后，只看到了她发来的祝福他的微信。

虽然可能，即使他接到了电话也不能改变什么。

但他还是很遗憾。

遗憾没有及时伸出挽留她的手。

以至于后来每个梦醒时分想起，都觉得辗转难眠。

弹幕被裴霓粉铺天盖地的言论淹没。

裴却很快调整了表情和语气，他微微坐直了些，少见地对镜头露出了点儿笑意："不过没关系，我以后会第一时间接她每一个电话的。"

在粉丝疯狂"啊啊啊啊啊啊"的刷屏中，他起身，跟镜头前的观众随意挥了挥手。

"好了，就说到这儿，我们该吃饭了。"

他提步走出这个房间，结束这个话题，走向正在厨房思考要用哪几样食材的赵霓夏。

别的地方也装着镜头。

观众们还是在看着他和她。

但这都不重要。

重要的是他们要吃晚饭了。

他要去找赵霓夏。

直播结束，网上引起了热度非常高的讨论，网友们纷纷给《很久以后的这天》官博留言：第二季的嘉宾人选给我照着裴霓来！我们就要这样式的！

郑导为热度高兴的同时，又愁得不行。

他上哪儿去找跟裴霓一样的？哪有那么多对能结婚？

愁归愁，第二天，他还是给裴却和赵霓夏打了电话，感谢他们愿意出镜，帮综艺第二季宣传带热度。

赵霓夏在阳台上看着夕阳，听见裴却的脚步声，回头看。

"打完电话了？"

"嗯。"

她笑笑，刚才郑导在电话里也和她说了很久，到结尾寒暄的部分，她直接交给了裴却。

裴却走到她身后，环住她的腰。

夕阳正在下落。

但这一刻并不悲伤。

两个人静静地欣赏着傍晚瑰丽的景色，不一会儿，天边忽地出现了一道霓虹。

赵霓夏小小"哇"了声，微抬下巴示意："你看！"

先前下过一场短暂的太阳雨，这道虹光大概就是因雨产生。

裴却和她一道看向那个方向。

赵霓夏看了片刻，想起很久前那个场景，微微转头问他："你还记不记得？我们拍第一部戏那会儿，有天也有霓虹。"

他还拍给她看了。

那是他真正开始走进她心里的时刻。

裴却"嗯"了声："记得。"

"除了那一次，后来这几年我一直都没再看到过。"她说，"你也是吧？最近的应该就是那一次了？"

裴却垂眸看向她，没答，在她疑惑的眼神中，轻轻扯了下唇。"不是哦。"他说，"我还看过一次。"

"什么时候？"

"很久了。"他说，"我们出道之前。"

裴却唇边的笑意变深了点儿，不待她再问，低头吻上她的唇。

多余的话全被他堵在喉咙里，赵霓夏问不出口，也没空再去问。

视野一点点拉远，拉至天边。

天穹下，高楼鳞次栉比。

很多年前的那一天，十九岁的裴却，在演技课前，又一次去见了那些曾不放心追到公司讨债的工人，在一声声的追究和责问声中，再一次保证自己真的没有要躲藏，最后带着满身疲惫离开。

他无处可去，也哪儿都不想去，停在广场上，靠着栏杆静静地站着。

朋友圈里，给他和赵霓夏做出道策划的工作人员们，好几个都发了动态。赵霓夏请客吃下午茶，买了很多点心和咖啡，每个人照片里的她都是笑得爽朗开心的模样。

热热闹闹，像是永远不属于他的世界。

裴却安静地刷了几下手机，将要退出之际，却突然收到她的消息。

赵霓夏给他发了一条语音，照片里那个爽朗开心的人，语气昂扬地和他说：“你在哪儿？晚上还有演技课，你什么时候去啊？我马上就过去了，你多久到？我给你带了点心和喝的，都是不太甜的！快点儿来啊，我等你哦！”

广场上声音嘈杂，她说的每个字他却都听得清清楚楚。

很奇怪地，就像着了魔，忍不住又点开了第二遍。

他一遍一遍地听，听那道热闹的、暖洋洋的声音，邀请他进入那个世界。

傍晚的街头，车水马龙。

周边忽然响起行人们的惊呼。

他顺着抬头看过去，傍晚的天边出现了一道虹光。

天际烧得艳丽，彤红一片，一切喧嚣声响好像都被消音。

这是一年中最炽热的夏季。

故事就此拉开帷幕，人生最好的时节，降临在他的十九岁。

夜风招惹霓虹，他迎来一场——

为期一生的心动。

图书在版编目（CIP）数据

惹霓虹 / 云拿月著 . -- 成都：四川文艺出版社，
2024. 10. -- ISBN 978-7-5411-7028-7

Ⅰ . I247.5

中国国家版本馆 CIP 数据核字第 2024TN9215 号

RE NI HONG

惹霓虹

云拿月　著

出 品 人　冯　静
特约监制　王传先　沐　浔
责任编辑　王梓画
责任校对　段　敏

出版发行　四川文艺出版社（成都市锦江区三色路 238 号）
网　　址　www.scwys.com
电　　话　010-82068999（市场部）　028-86361781（编辑部）

印　　刷　河北鹏润印刷有限公司
成品尺寸　146mm×210mm　　开　本　32 开
印　　张　12.625　插页 4　　字　数　450 千
版　　次　2024 年 10 月第一版　印　次　2024 年 10 月第一次印刷
书　　号　ISBN 978-7-5411-7028-7
定　　价　52.80 元